Keith Donohue

HET WISSELKIND

Vertaald door Jeannet Dekker

ARENA

Oorspronkelijke titel: The Stolen Child

© Oorspronkelijke uitgave: Keith Donohue, 2006

© Nederlandse uitgave: Arena Amsterdam, 2007

© Vertaling uit het Engels: Jeannet Dekker

Omslagontwerp: DPS, Amsterdam

Foto voorzijde omslag: Peter Rodger / Getty Images

Foto auteur: Cade Martin

Typografie en zetwerk: Elgraphic+DTQP bv, Schiedam

ISBN 978-90-6974-852-8

NUR 302

Voor Dorothy en Thomas.
Ik wou dat jullie bij me konden zijn.

'We kijken één keer naar de wereld, tijdens onze jeugd.
De rest is herinnering.'
'Nostos', Louise Glück

Een

Noem me geen fee. Zo willen we niet langer worden genoemd. Er was een tijd waarin 'fee' een volkomen aanvaardbare verzamelnaam was voor een grote verscheidenheid aan wezens, maar nu kleven er te veel betekenissen aan. In etymologisch opzicht is een fee iets heel bijzonders; qua aard verwant aan de najade of waternimf, maar qua geslacht volkomen uniek. Het woord 'fee' is afgeleid van het Oudfranse *fée*, dat weer afstamt van het Latijnse Fata, de godin van het lot. Feeën leefden in groepen, tussen het hemelse en het aardse, en werden ook wel 'het kleine volkje' genoemd.

Op deze wereld leeft een aantal ondermaanse geesten die *carminibus coelo possunt deducere lunam*, en sinds het verre verleden worden ze al in zes soorten verdeeld: de geesten van vuur, lucht, aarde, water, de wezens die onder de grond leven en de hele groep van feeën en nimfen. Van de geesten van het vuur, het water en de lucht weet ik zo goed als niets. Maar de aardse en onderaardse duivels ken ik maar al te goed, en over hen wordt een oneindig aantal uiteenlopende mythen verteld die hun gedrag, gewoonten en cultuur betreffen. Over de hele wereld zijn ze onder verschillende namen bekend – laren, geniën, faunen, saters, holenelfen, aardmannetjes, kabouters, gnomen, uldra's, vingerlingen, *sídhe*, trollen – en de paar die er nog over zijn, leven verborgen in de bossen en tonen zich maar zelden aan mensen. Als je me toch een naam wilt geven, noem me dan maar een kobold.

Of nog beter: ik ben een wisselkind – een woord dat op zich al duidelijk maakt wat we beramen, waaraan we niet kunnen ontkomen. We stelen een mensenkind en zetten er een der onzen voor in de plaats. De kobold wordt het kind en het kind wordt de kobold. Niet iedere jongen of ieder meisje is goed genoeg, dat zijn slechts die zeldzame zielen die niet weten wat ze met het leven aan moeten en de wereld als een tranendal beschouwen. Wisselkinderen worden met zorg gekozen omdat een dergelijke kans zich misschien maar eens in de tien jaar voordoet. Een kind dat deel wordt van onze gemeenschap moet soms wel een eeuw wachten voordat het aan de beurt is en het opnieuw de mensenwereld kan betreden.

De voorbereidingen zijn inspannend, onder andere omdat het kind en zijn vrienden en familie nauwlettend moeten worden gadegeslagen. Dat moet natuurlijk ongemerkt gebeuren, en het kind kan het beste worden uitgekozen voordat het naar school gaat. Gaat het eenmaal naar school, dan wordt het veel moeilijker; dan moet er immers veel meer kennis van buiten het kleine kringetje van zijn eigen familie worden verwerkt en onthouden, dan moeten we zijn persoonlijkheid en geschiedenis even diepgravend kennen als we zijn uiterlijk en trekken kunnen imiteren. Een zuigeling is het gemakkelijkst, maar dan is de verzorging weer een probleem. Een leeftijd van zes, zeven jaar is het beste, omdat oudere kinderen te goed beseffen wie ze zijn. Maar oud of jong, het doel is de ouders te laten geloven dat dit wisselkind hun eigen nakomeling is. Dat is eenvoudiger dan de meeste mensen denken.

Het moeilijkste is namelijk niet je de geschiedenis van het kind eigen te maken, maar de pijnlijke lichamelijke verandering zelf. Het begint met de botten en de huid die worden opgerekt totdat je gaat trillen, die bijna knappen voordat ze het goede formaat en de juiste vorm aannemen. Daarna gieten de anderen het hoofd en gezicht van de nieuweling in de juiste vorm, een taak waarvoor de talenten van een beeldhouwer vereist zijn. Er moet flink aan het kraakbeen worden geduwd en getrokken, alsof de schedel een zacht bolletje klei of een draad gesponnen suiker is, en dan volgt het onaangename gedoe met de tanden, het verwijderen van het haar en het langdradige vlechten van de nieuwe haren. Het gehele proces vindt zonder pijnstillers plaats, al neemt een enkeling wel een kwalijk alcoholisch brouwsel van gemalen en gefermenteerde eikels tot zich. Het is bijzonder onaangenaam, maar de moeite waard, al zou ik de tamelijk ingewikkelde herschikking van de geslachtsdelen liever overslaan. Uiteindelijk ben je een volmaakte kopie van het kind in kwestie. Dertig jaar geleden, in 1949, was ik een wisselkind dat weer mens werd.

Ik heb mijn leven gewisseld met dat van Henry Day, een jongen die op een boerderij op het platteland was geboren. Aan het einde van een zomerse middag liep Henry, toen zeven jaar oud, van huis weg en verstopte zich in een holle kastanjeboom. Onze wisselspionnen volgden hem en sloegen alarm, waarop ik mezelf in een volmaakte nabootsing van hem veranderde. We namen hem mee en ik kroop in die holle ruimte en ruilde mijn leven in voor het zijne. Toen ik die avond werd gevonden, waren de mensen erg blij, opgelucht en trots, en zeker niet kwaad, zoals ik had verwacht. 'Henry,' zei een roodharige man in brandweeruniform tegen me, maar ik deed net alsof ik in mijn schuilplaats lag te slapen. Ik opende mijn ogen en schonk hem een stralende glimlach. De man wikkelde me in een dunne deken en droeg me het woud uit, naar de verharde weg waar een brandweerauto stond te wachten. Het rode zwaailicht flitste als het kloppen van een hart. De brandweer bracht me naar huis, naar de ouders van Henry, naar mijn nieuwe vader en moeder. Toen we die avond over de weg reden, kon ik alleen maar denken dat de wereld opnieuw van mij zou zijn als ik die eerste proeve zou doorstaan.

Een wijdverbreide mythe wil dat de wijfjes onder de vogels en zoogdieren altijd hun eigen jongen herkennen en nooit een vreemde zullen toelaten in hun hol of nest. Dat is niet waar. De koekoek legt zelfs haar eieren in de nesten van andere vogels, en hoewel het koekoeksjong doorgaans veel groter is en over een enorme eetlust beschikt, krijgt het evenveel of zelfs meer moederlijke zorg, zodat het uiteindelijk vaak de andere kuikens uit hun hoge huisje verjaagt. Soms laat de moedervogel haar andere jongen verhongeren vanwege de buitensporige verlangens van de koekoek. Mijn eerste taak was het verdichtsel spinnen dat ik de echte Henry Day was. Helaas zijn mensen veel argwanender en minder tolerant jegens indringers in het nest.

De redders wisten niet meer dan dat ze moesten zoeken naar een jongetje dat in het bos was verdwaald, en ik hoefde niets te zeggen. Per slot van rekening hadden ze íémand gevonden, en dus waren ze tevreden. Toen de brandweerauto over de oprit van de familie Day reed, gaf ik over tegen het knalrode portier, een heftig mengsel van gemalen eikeltjes, waterkers en de uitwendige skeletten van een aantal kleine insecten. De brandweerman gaf me een klopje op mijn hoofd en tilde me op, met deken en al, alsof ik van even weinig betekenis was als een gered jong katje of een te vondeling gelegde baby. Henry's vader rende de veranda af en nam me in zijn armen. Met een sterke omhelzing en warme zoenen die naar rook en alcohol roken verwelkomde hij me als zijn enige zoon. De moeder zou minder gemakkelijk voor de gek te houden zijn.

Haar gezicht verraadde al haar gevoelens: vlekkerige huid, ruw van de zilte tranen; rode randjes rond haar bleekblauwe ogen; het haar door de war en vol klitten. Ze stak trillende handen naar me uit en uitte een fel kreetje, het soort geluid dat een konijn maakt wanneer het in een strik is gelopen. Ze veegde haar ogen af met de mouw van haar blouse en wikkelde me in de bevende huivering van een verliefde vrouw. Toen begon ze met die diepe, volle stem van haar te lachen.

'Henry? Henry?' Ze duwde me van zich af en hield me op een armlengte afstand. 'Laat me eens kijken, ben je het echt?'

'Het spijt me, mama.'

Ze veegde mijn pony uit mijn ogen en drukte me toen weer aan haar borst. Haar hart klopte tegen de zijkant van mijn gezicht, en ik had het warm en voelde me niet op mijn gemak.

'Je had je geen zorgen hoeven maken, schattebout. Je bent weer veilig thuis en mankeert niets, dat is alles wat telt. Je bent weer naar me teruggekomen.'

Papa legde zijn grote hand rond mijn hoofd, en ik dacht dat dit weerzien eeuwig zou gaan duren. Ik maakte me los en haalde de zakdoek uit Henry's zak, zodat er kruimels op de grond vielen.

'Het spijt me dat ik het broodje heb gestolen, mama.'

Ze lachte, en er trok een schaduw langs haar ogen. Misschien had ze tot dat moment inderdaad getwijfeld of ik haar vlees en bloed was, maar nu ik het broodje had genoemd, was alles in orde. Henry had er een van tafel gepakt toen hij wegliep, en toen de anderen hem meevoerden naar de rivier had ik het weer van hem gestolen en in mijn zak gestoken. De kruimels bewezen dat ik de hare was.

Ver na middernacht brachten ze me naar mijn bed, dat gerieflijke meubel dat misschien wel de grootste uitvinding is die de mensheid ooit heeft gedaan. Het is in elk geval stukken beter dan slapen in een holletje onder de koude grond, met een schimmelig konijnenvel als kussen, omringd door het grommen en zuchten van een tiental angstig dromende medewisselkinderen. Ik strekte me stokstijf uit onder de gesteven lakens en besefte dat ik heel veel geluk had gehad. Er doen talloze verhalen de ronde over wisselkinderen die hebben gefaald, die niet zijn gevonden door de gezinnen die voor hen waren uitgekozen. Zo verscheen er in een vissersdorpje op Nova Scotia een kind dat zijn arme ouders zo liet schrikken dat ze midden in een sneeuwstorm hun eigen huis ontvluchtten en later doodgevroren werden aangetroffen, dobberend in de ijskoude haven. Een ander wisselkind, een meisje van zes, joeg haar nieuwe ouders met haar eerste woorden zo veel angst aan dat de vader en moeder warme was in elkaars oren goten en voor altijd doof bleven. Andere ouders die ontdekten dat hun kind was verwisseld werden binnen één nacht grijs, werden getroffen door algehele verlamming, kregen een hartaanval of stortten dood ter aarde. Erger, maar zeldzamer, waren de gezinnen die zich door middel van duiveluitdrijving, verbanning, verlating of moord van het wezen ontdeden. Zeventig jaar geleden heb ik een goede vriend verloren omdat hij vergat dat hij met het klimmen der jaren zijn uiterlijk moest aanpassen. Zijn ouders, ervan overtuigd dat hij de duivel was, stopten hem als een ongewenst jong katje in een jutezak en gooiden hem in een put. In de meeste gevallen staan ouders echter alleen maar versteld van de plotselinge verandering in hun zoon of dochter, of geeft de een de ander de schuld van hun bizarre lot. Wisselen is een riskante bezigheid, niet geschikt voor een zwak gestel.

Het stemde me bijzonder tevreden dat niemand tot nu toe had ontdekt wie ik was, maar helemaal op mijn gemak voelde ik me niet. En half uur nadat ik naar bed was gebracht, zwaaide de deur van mijn kamer langzaam open. Meneer en mevrouw Day staken hun hoofden naar binnen, scherp afgetekend in het licht dat op de overloop brandde. Ik kneep mijn ogen tot spleetjes en deed net alsof ik sliep. Ze snikte, zachtjes maar aanhoudend. Niemand kon zo bedreven huilen als Ruth Day. 'We moeten ons leven beteren, Billy. Je moet voorkomen dat dit nog een tweede keer gebeurt.'

'Dat weet ik, en dat zal ik doen,' fluisterde hij. 'Maar kijk hem nu eens slapen. "De slaap der onschuldigen die de uitgehaalde mouw van zorg weeft".'

Hij trok de deur dicht en liet me achter in de duisternis. Mijn medewisselkinderen en ik hadden de jongen maandenlang in de gaten gehouden, dus ik kende de vormen van mijn nieuwe huis aan de rand van het bos. Henry's uitzicht op hun paar hectare en de wereld erachter was sprookjesachtig. Buiten schenen de sterren boven een kartelrand van dennen. Door het open raam woei een briesje naar binnen dat met de lakens speelde, en motten fladderden met hun vleugels toen ze zich terugtrokken van hun plekje op de hor. De bijna volle maan wierp zo veel licht in de kamer dat ik het vage patroon op het behang kon zien, het kruisbeeldje boven mijn hoofd, de uit tijdschriften en kranten gescheurde pagina's die aan de muur waren gehangen. Boven op het bureau lagen een honkbalknuppel en een handschoen, en op het kastje gloeiden een lampetkan en kom, wit als fosfor. Een klein stapeltje boeken rustte tegen de kom, en ik kon amper mijn opwinding onderdrukken omdat ik morgen zou kunnen lezen.

De tweeling begon bij het krieken van de dag te jammeren. Ik liep op het geluid af, over de overloop, langs de kamer van mijn nieuwe ouders. De kleintjes vielen even stil toen ze me zagen, en ik weet zeker dat Mary en Elizabeth, als ze al begiftigd waren geweest met spraak en rede, 'Jij bent Henry niet' zouden hebben gezegd zodra ik de kamer binnenkwam. Maar het waren slechts dreumesen, met meer tanden dan verstand, en ze konden de raadselen van hun jonge gedachten niet in woorden vatten. Ze keken me met grote heldere ogen aan en sloegen elke beweging met stille aandacht gade. Ik glimlachte, maar mijn lach werd niet beantwoord. Ik trok gekke gezichten, kietelde hen onder hun dikke kinnetjes, danste als een marionet en floot als een spotvogel, maar ze keken me alleen maar aan, even passief en roerloos als twee stomme padden. Ik deed mijn uiterste best om iets te bedenken waarmee ik hen zou kunnen bereiken en probeerde me te herinneren of ik in het woud ooit iets was tegengekomen wat even hulpeloos en gevaarlijk was als deze twee mensenkinderen. Tijdens een wandeling door een eenzaam dal was ik een keer op een berenwelpje gestuit dat van zijn moeder gescheiden was geraakt. Het doodsbange diertje had zo'n ijzingwekkende kreet geuit dat ik verwachtte dat ik weldra door alle beren uit de bergen zou worden omringd, en hoewel ik de gave had met dieren om te gaan, had ik niets kunnen uitrichten tegenover een monster dat me met een enkele beweging van zijn klauw kon openhalen. Het lukte om het beertje te kalmeren door op zalvende toon te zingen, dat wist ik nog, en nu probeerde ik dat ook bij mijn kersverse zusjes. Mijn stemgeluid boeide zo dat ze begonnen te kirren en in hun mollige handjes klapten, terwijl er lange draden kwijl over hun kinnetjes liepen. Liedjes als 'Slaap kindje slaap' en 'In de maneschijn' stelden hen gerust of overtuigden hen ervan dat ik behoorlijk dicht in de buurt van hun broer kwam. Of misschien was ik wel te verkiezen boven hun echte broer; wie weet welke gedachten er door hun eenvoudige geesten gingen. Ze gorgelden en ze kirden. Tussen de liedjes door sprak ik hen met Henry's stem aan, en langzaam gingen ze het geloven – of lieten ze hun gevoel van ongeloof achter zich.

Mevrouw Day kwam neuriënd en zingend met ferme pas de kinderkamer in. Ik verbaasde me over haar volle, omvangrijke gestalte; ik had haar al talloze keren eerder gezien, maar nooit van zo dichtbij. Vanuit de beschutting van het woud had ze er net zo uitgezien als alle andere volwassenen, maar nu ik haar van dichtbij meemaakte, bleek ze zich te onderscheiden door tederheid. Ze rook een tikje zuur, naar een mengeling van melk en gist. Ze danste in het rond, trok de gordijnen open, verblindde de kamer met het gouden ochtendlicht. De meisjes, opgevrolijkt door haar komst, grepen de spijlen van hun ledikantjes vast en trokken zichzelf omhoog. Ik glimlachte ook naar haar. Het had weinig gescheeld of ik was in een gelukzalig lachen uitgebarsten. Ze glimlachte terug alsof ik haar enige zoon was.

'Wil je me even helpen met je zusjes, Henry?'

Ik tilde het meisje op dat het dichtste bij me lag en zei nadrukkelijk tegen mijn nieuwe moeder: 'Ik neem Elizabeth wel.' Ze was net zo zwaar als een das. Het is vreemd een kind vast te houden dat je niet wilt stelen; de allerkleinsten zijn zo aangenaam zacht.

De moeder van de meisjes bleef even staan en keek me aan, en heel even zag ze er stomverbaasd en onzeker uit. 'Hoe weet je dat dat Elizabeth is? Je kunt die twee nooit uit elkaar houden.'

'Dat is heel gemakkelijk, mama. Als Elizabeth lacht, heeft ze twee kuiltjes in haar wang, en haar naam is langer, en Mary heeft er maar één.'

'Wat ben je toch een slimmerik.' Ze tilde Mary op en liep naar beneden.

Elizabeth verborg haar gezichtje tegen mijn schouder toen we onze moeder volgden. De keukentafel kreunde onder het gewicht van een feestmaal: warme broodjes en spek, een kroes warme ahornsiroop, een glanzende kan melk, en porseleinen kommetjes met plakjes banaan. Na een lang leven in het woud, waar je maar moet eten wat je kunt vinden, leek deze eenvoudige verzameling een enorm banket van exotische heerlijkheden, rijk en rijp, dat een volle maag beloofde.

'Kijk eens, Henry, ik heb al je lievelingskostjes gemaakt.'

Ik had haar ter plekke kunnen zoenen. Als ze al blij met zichzelf was omdat ze de moeite had genomen Henry's lievelingsdingen te maken, dan moest ze bijzonder dankbaar zijn geweest toen ze zag met hoeveel geestdrift ik op het ontbijt aanviel. Na vier warme broodjes, acht plakken spek en bijna de hele kan melk, op twee glaasjes na, klaagde ik nog dat ik honger had en maakte ze drie eieren voor me klaar en roosterde een half zelfgebakken brood. Het leek alsof mijn stofwisseling was veranderd. Ruth Day zag mijn eetlust als een blijk van liefde jegens haar, en in de elf jaar die volgden, totdat ik het huis verliet om te gaan studeren, bleef ze me verwennen. Na verloop van tijd onderdrukte ze haar eigen angsten en ging net zo eten als ik. Een tientallen jaren durend bestaan als wisselkind had mijn eetlust en energie in een bepaalde vorm gegoten, maar zij was maar al te menselijk en werd elk seizoen dikker. Door de jaren heen heb ik me vaak afgevraagd of ze ook zo dik zou zijn geworden als ze haar echte eerstgeborene bij zich had gehad, of dat ze haar knagende argwaan stilde met eten.

Die eerste dag hield ze me binnen, en wie kon haar dat kwalijk nemen, na alles wat er was gebeurd? Ik bleef dichter bij haar dan haar eigen schaduw, ik leerde nog beter hoe ik haar zoon moest zijn terwijl zij afstofte en veegde, de afwas deed en de luiers van de tweeling verschoonde. Het huis voelde veiliger aan dan het woud, maar was vreemd en ongewoon. Over-

18

al scholen kleine verrassingen. Daglicht viel schuin tussen de gordijnen voor de ramen naar binnen, kroop langs de muren en vormde op de kleden patronen die heel anders waren dan die onder het bladerdak. Bijzonder interessant waren de kleine stofdeeltjes die zich alleen in de stralen van het zonlicht vertoonden en een wereld op zich vormden. In tegenstelling tot het felle zonlicht buiten was het licht binnen slaapverwekkend, zeker voor de tweeling. Kort na het middageten – wederom een feestmaal ter ere van mij – werden de meisjes moe en moesten ze een middagslaapje doen.

Mijn moeder liep op haar tenen hun kamer uit en zag dat ik geduldig stond te wachten op dezelfde plek waar ze me had achtergelaten, als een schildwacht op de overloop. Ik was geheel in de ban van een stopcontact, dat naar me schreeuwde dat ik mijn pink erin moest steken. Hoewel de deur dicht was, klonk het ritmische ademen van de tweeling als een storm die door de bomen raasde, want ik had mezelf nog niet aangewend niet te luisteren. Mama pakte me bij de hand, en haar zachte greep vervulde me met een aanhoudende meelevendheid. Die vrouw kon met alleen al haar aanraking een diepe rust in me oproepen. Ik dacht aan de boeken op Henry's wastafel en vroeg haar of ze me een verhaaltje wilde voorlezen.

We liepen naar mijn kamer en klauterden allebei in bed. De afgelopen eeuw waren volwassenen volslagen vreemden voor me geweest en het leven te midden van de wisselkinderen had mijn blik vervormd. Ze was bijna twee keer zo groot als ik en leek te enorm en te krachtig om echt te zijn, zeker in vergelijking met het schriele jongenslijfje dat ik had aangenomen. Dit leek riskant en hachelijk. Stel dat ze om zou rollen, dan zou ik breken als een bundel twijgjes. Maar haar omvang vormde ook een buffer tegen de wereld. Ze zou me tegen al mijn vijanden beschermen. Terwijl de tweeling sliep, las ze me voor uit de sprookjes van de gebroeders Grimm: 'Het verhaal van de jongen die eropuit trok om griezelen te leren', 'De wolf en de zeven geitjes', 'Hans en Grietje', 'Het zingende botje', 'Het meisje zonder handen' en vele andere, zeldzaam of bekend. Mijn lievelingssprookjes waren 'Assepoester' en 'Roodkapje', die ze voorlas met een prachtig timbre in haar mezzo, een zangerige klank die veel te opgewekt was voor zulke vreselijke fabels. In de muziek van haar stem school een weerklank van lang geleden, en terwijl ik rustig naast haar zat, vielen de decennia weg.

Ik had die verhalen eerder gehoord, lang geleden, maar dan in het Duits, van mijn echte moeder (ja, ook ik had een moeder, ooit), die me kennis liet maken met Aschenputtel en Rotkäppchen uit de *Kinder- und Hausmärchen*. Ik wilde het vergeten, ik dacht dat ik het was vergeten, maar ik kon heel duidelijk haar stem in mijn hoofd horen: '*Es war einmal im tiefen, tiefen Wald.*'

Hoewel ik de wereld der wisselkinderen lang geleden heb verlaten, ben ik in zekere zin achtergebleven in die donkere wouden en heb ik mijn ware identiteit voor mijn dierbaren verborgen gehouden. Pas nu, na de vreemde gebeurtenissen van het afgelopen jaar, heb ik de moed het verhaal te vertellen. Dit is mijn bekentenis, te lang uitgesteld, die ik niet durfde te doen en nu slechts onthul vanwege de uitzonderlijke gevaren die mijn eigen zoon bedreigen. We veranderen. Ik ben veranderd.

Twee

Ik ben er niet meer.

Dit is geen sprookje, maar het ware verhaal van mijn dubbelleven dat ik daar heb achtergelaten waar het allemaal is begonnen, voor het geval ik ooit weer word gevonden.

Mijn eigen verhaal begon toen ik een jongetje van zeven was en nog niet werd geplaagd door mijn huidige verlangens. Bijna dertig jaar geleden, op een middag in augustus, liep ik van huis weg om nooit meer terug te keren. Bepaalde onbeduidende en vergeten kwesties hadden me kwaad gemaakt, maar ik weet nog goed dat ik me voorbereidde op een lange reis, dat ik mijn zakken volpropte met de broodjes die na het eten waren blijven liggen, en dat ik zo heimelijk het huis verliet dat mijn moeder misschien niet eens heeft gemerkt dat ik verdween.

Van de achterdeur van de boerderij tot aan de voortkruipende rand van het woud baadde ons erf in het licht, alsof het een grensgebied was dat uit angst voor ontdekking behoedzaam moest worden doorkruist. Toen ik de woestenij bereikte, voelde ik me veilig en verborgen in het donkere, donkere woud, en toen ik verder liep, nestelde de stilte zich in de ruimte tussen de bomen. De vogels waren opgehouden met zingen en de insecten roerden zich niet. Een boom, moe van de kokende hitte, kreunde alsof hij zich in een prettige positie bewoog. Het groene bladerdak boven me zuchtte onder elk zeldzaam en voorbijtrekkend briesje. Toen de zon achter de bomen verdween, stuitte ik op een indrukwekkende kastanje met aan zijn voet zo'n grote holte dat ik er gemakkelijk in kon kruipen om daar te wachten totdat ze me misschien zouden gaan zoeken. En toen ze zo dichtbij kwamen dat ik ze had kunnen roepen, bleef ik doodstil zitten. De volwassenen bleven 'Henry!' schreeuwen; in de wegstervende middag, in het halfschemer, in de koele nacht vol sterren. Ik weigerde te antwoorden. Lichtbundels van zaklantaarns dansten woest tussen de bomen op en neer, de zoekenden stommelden door het kreupelhout, struikelden over stronken en omgevallen bomen, liepen me voorbij. Al snel stierven hun kreten weg in de verte, verstilden tot echo's, fluisteringen, stilte. Ik wilde beslist niet worden gevonden.

Ik kroop dieper weg in mijn hol, drukte mijn gezicht tegen de binnenste ribben van de boom en ademde de zoete geur van verrotting en vocht in. De nerf van het hout voelde ruw tegen mijn huid. Ver weg klonk een laag geruis dat aanzwol tot gezoem. Toen het geluid dichterbij kwam, klonk het gemurmel harder en sneller. Twijgjes knapten en bladeren kraakten toen het naar de holle boom galoppeerde en vlak bij mijn schuilplaats tot stilstand kwam. Een hijgende ademhaling, gefluister, voetstappen. Ik rolde me zo stijf mogelijk op toen iets gedeeltelijk de holte kwam ingekropen en tegen mijn voeten botste. Koude vingers sloten zich rond mijn blote enkel en trokken.

Ze sleurden me het gat uit en drukten me tegen de grond. Ik kon één keer schreeuwen voordat een kleine hand mijn lippen bedekte en een ander stel handen een prop in mijn mond duwde. In de duisternis waren hun trekken niet goed te zien, maar hun omvang en vorm waren vergelijkbaar met de mijne. Ze trokken snel mijn kleren uit en wikkelden me als een mummie in een web van ragfijn draad. Kleine kinderen, buitengewoon sterke jongens en meisjes, hadden me ontvoerd.

Ze tilden me boven hun hoofden en renden weg. Ik zoefde met halsbrekende snelheid door het woud, op mijn rug, omhooggehouden door verschillende paren handen en benige schouders. De sterren schenen tussen de bladeren door, stroomden als een regen van meteoren naar beneden, en de wereld draaide in het duister snel om me heen. De atletische wezens bewogen zich ondanks hun last opvallend gemakkelijk voort en doorkruisten het onzichtbare woud met al die bomen zonder ook maar één keer te struikelen of ergens tegenaan te botsen. Ik zweefde als een uil door het nachtelijke bos, opgewonden en bang tegelijk. Terwijl ze me zo droegen, spraken ze met elkaar in een onverstaanbaar taaltje dat leek op het piepen van een eekhoorn of het ruwe kuchen van een hert. Een schorre stem fluisterde iets wat klonk als 'Kom mee' of 'Henry Day'. De meesten hielden hun mond, hoewel er af en toe eentje begon te snuiven als een wolf. Alsof er een teken was gegeven, verminderde het groepje zijn vaart tot een langzaam drafje en volgde naar, wat later bleek, vaak gebruikte hertenwissels die alle bewoners van het woud dienden.

Muggen kwamen neer op de ontblote huid van mijn gezicht, handen en voeten, beten me waar ze maar wilden en dronken naar hartenlust van mijn bloed. Ik had jeuk en wilde niets liever dan krabben. Boven het geluid van de krekels, de cicaden en de kikkers uit hoorde ik ergens dichtbij water kabbelen en kolken. De duiveltjes scandeerden als één man kreten, totdat het groepje opeens tot stilstand kwam. Ik hoorde de rivier stromen. En nog steeds vastgebonden werd ik in het water gegooid. Verdrinken is een vreselijke manier om te sterven. Het was niet het zweven door de lucht dat me aan het schrikken maakte, of het eigenlijke moment waarop ik het water raakte, maar het geluid van mijn lichaam dat als een mes door de lucht gleed. De pijnlijke tegenstelling tussen warme lucht en koud water gaf me nog de grootste schok. De prop werd niet uit mijn mond gehaald; mijn handen werden niet losgemaakt. Ondergedompeld kon ik niets meer zien, en ik probeerde even mijn adem in te houden, maar ik voelde de pijnlijke druk in mijn borst en holten toen mijn longen snel volstroomden. Mijn leven schoot niet als een flits voor mijn ogen voorbij – ik was nog maar zeven – en ik riep niet om mijn moeder of mijn vader of God. Mijn laatste gedachten betroffen niet doodgaan, maar dood zijn. Het water omringde zelfs mijn ziel, de diepten sloten zich aan alle kanten om me heen en planten wikkelden zich rond mijn hoofd.

Jaren later, toen het verhaal van mijn verandering en zuivering een legende was geworden, werd beweerd dat ik, op het moment dat ze me weer bijbrachten, een stroom water vol kikkervisjes en kleine vissen uitbraakte. Mijn eerste herinnering betreft ontwaken in een geïmproviseerd bed onder een deken van riet, met mijn neus en mond vol droog, aangekoekt snot. Boven op de rotsen en stronken en om me heen zaten de feeën, zoals ze zichzelf noemden, rustig met elkaar te praten alsof ik er niet eens was. Ik telde ze, en met mij erbij waren we een even getal, twaalf. Een voor een merkten ze dat ik wakker was en nog leefde. Ik bleef heel stil liggen, niet alleen omdat ik bang was, maar ook omdat ik me schaamde omdat ik onder de dekens naakt was. Het leek allemaal net een droom, maar dan wakker, alsof ik was gestorven en was herboren.

Ze wezen naar me en spraken op opgewonden toon. In het begin klonk hun taal vreemd, vol afgeknepen medeklinkers en ruis. Maar toen ik me heel erg concentreerde, herkende ik een verbasterd Engels. De feeën kwamen voorzichtig dichterbij om me niet te laten schrikken, op dezelfde manier zoals je een vogeltje zou naderen dat uit het nest is gevallen, of een hertenkalfje dat van zijn moeder is gescheiden.

'We dachten dat je het niet zou redden.'

'Heb je honger?'

'Heb je dorst? Wil je wat water?'

Ze slopen naderbij, zodat ik hen duidelijker kon zien. Ze oogden als een stam verdwaalde kinderen. Zes jongens en vijf meisjes, lenig en dun, met een huid die stoffig was van de zon en een laagje vuil en as. Ze waren bijna naakt; zowel de jongens als de meisjes droegen slecht passende korte broeken of ouderwetse kniebroeken, en drie of vier hadden versleten truien aan. Geen van hen droeg schoenen, en hun voetzolen waren hard en eeltig, net als hun handpalmen. Hun haar was lang en warrig, vol pijpenkrullen of knopen en klitten. Een paar hadden nog een volledig stel melktanden, anderen waren aan het wisselen. Slechts eentje, die een paar jaar ouder oogde dan de rest, had twee nieuwe blijvende tanden boven in zijn mond. Hun gezichten waren erg sierlijk en fijngevormd. Toen ze me aandachtig aankeken, verschenen er rimpeltjes rond de hoeken van hun doffe en lege ogen. Ze zagen er niet uit zoals andere kinderen die ik kende, maar als heel oude mensen in de lichamen van wilde kinderen.

Het waren feeën, maar niet de feeën uit boeken, van schilderijen, of uit de film. Ze leken helemaal niet op de zeven dwergen, lilliputters, Klein Duimpje, pinkeltjes, elfjes of die bijna naakte vliegende feetjes aan het begin van *Fantasia*. Dit waren geen roodharige, in het groen geklede mannetjes die je naar het einde van de regenboog leidden. Dit waren niet de hulpjes van de kerstman, ze leken helemaal niet op de reuzen, trollen en andere monsters uit de sprookjes van Grimm en Moeder de Gans. Dit waren jongens en meisjes die waren blijven steken in de tijd, leeftijdloos, woest als een roedel wilde honden.

Een meisje, bruin als een noot, hurkte vlak bij me neer en trok met haar vinger patroontjes in het stof naast mijn hoofd. 'Ik heet Speck.' De fee glimlachte en staarde me aan. 'Je moet iets eten.' Ze zwaaide met haar hand, ten teken dat haar vrienden dichterbij moesten komen. Ze zetten drie kommen voor me neer: een salade van paardenbloemblaadjes, waterkers en wilde paddenstoelen; een bergje bramen die voor zonsopgang tussen de doorns vandaan waren geplukt; en een verzameling verschillende geroosterde kevers. Die laatste wilde ik niet, maar ik spoelde het fruit en de groenten weg met helder, koud water uit een uitgeholde kalebas. In kleine groepjes bijeen klittend staarden ze me indringend aan; ze fluisterden tegen elkaar, keken af en toe naar mijn gezicht en glimlachten wanneer hun blik de mijne kruiste.

Er verschenen drie feeën die mijn lege schalen weghaalden, een andere bracht me een broek. Ze giechelde toen ik onder de deken van riet lag te worstelen en barstte in lachen uit toen ik mijn gulp probeerde dicht te knopen zonder mijn naaktheid te hoeven tonen. Ik was niet bepaald in staat de hand te schudden die de leider naar me uitstak toen hij zichzelf en zijn metgezellen voorstelde.

'Ik ben Igel,' zei hij, en hij streek zijn blonde haar met zijn vingers naar achteren. 'Dit is Béka.'

Béka was een jongen met een gezicht als een kikker, minstens een kop groter dan de anderen.

'En dit is Onions.' Ze deed een stap naar voren, gekleed in een gestreept jongensoverhemd en een korte broek met bretels. Ze hield één hand boven haar ogen, die ze half dicht-kneep tegen de zon, en keek me glimlachend aan, en een blos verspreidde zich tot aan mijn borstbeen. Haar vingertop-pen waren groen van het uitgraven van de wilde uien die ze zo graag at. Toen ik klaar was met aankleden, kwam ik half overeind, leunend op mijn ellebogen, zodat ik de rest beter kon bekijken.

'Ik ben Henry Day,' zei ik met krakende stem, schor van al-les wat ik had doorstaan.

'Dag, Aniday.' Onions glimlachte, en iedereen moest la-chen om die naam. De feeënkinderen begonnen 'Aniday, Ani-day!' te roepen, en in mijn hart klonk een kreet. Vanaf dat moment heette ik Aniday, en na verloop van tijd vergat ik de naam die ik bij mijn geboorte had gekregen, al kwam die heel af en toe bij me boven als Andy Day of Anyway. Aldus ge-doopt begon mijn oude identiteit te verbleken, grotendeels zoals een baby zich niet zal kunnen herinneren wat er is ge-beurd voor de geboorte. Je naam verliezen is het begin van vergeten.

Toen het gejuich wegstierf, begon Igel iedere fee aan me voor te stellen, maar de wirwar van namen ketste af tegen mijn oren. Ze liepen in groepjes van twee of drie weg, verdwe-nen in de verborgen holen die de open plek omringden en kwamen even later weer tevoorschijn met touwen en rugzak-ken. Heel even vroeg ik me af of ze me wilden vastbinden en me opnieuw wilden dopen, maar de meesten schonken am-per aandacht aan mijn paniek. Ze liepen wat heen en weer, verlangend om te beginnen, en Igel liep naar mijn bedje toe. 'We gaan op jacht, Aniday. Maar jij moet hier blijven om uit te rusten. Je hebt een behoorlijke beproeving doorstaan.'

Toen ik probeerde op te staan, voelde ik de weerstand van zijn hand op mijn borst. Hij zag er misschien uit als een zes-jarige, maar had de kracht van een volwassen man.

27

'Waar is mijn moeder?' vroeg ik.

'Béka en Onions blijven wel bij je. Rust maar even uit.' Hij brulde één keer, en in een flits stond de roedel aan zijn zijde. Zonder geluid te maken, voordat ik kon protesteren, waren ze verdwenen, losten ze op in het bos als de geesten van wolven. Speck, die achterop was geraakt, keek over haar schouder en riep: 'Je hoort nu bij ons.' Toen rende ze weg om zich bij de anderen te voegen.

Ik ging weer liggen en keek vechtend tegen de tranen naar de hemel. Wolken trokken langs de zomerzon en lieten hun schaduwen tussen de bomen door rollen, over het kamp van de feeën. In het verleden had ik me alleen of samen met mijn vader in het woud gewaagd, maar ik was nog nooit zo ver tot een dergelijke stille, eenzame plek doorgedrongen. De bekende kastanje, eik en iep waren hier groter, en het bos rond de open plek oogde dik en ondoordringbaar. Hier en daar waren versleten stronken en boomstammen te zien, en de resten van een kampvuur. Een hagedis lag te zonnen op het rotsblok waarop Igel had gezeten. Vlakbij scharrelde een doosschildpad door de afgevallen bladeren, maar toen ik overeind kwam om hem beter te bekijken, trok hij zich sissend terug onder zijn schild.

Opstaan bleek een vergissing, het maakte me duizelig en gedesoriënteerd. Ik wilde naar huis en daar in bed liggen, in de troostende aanwezigheid van mijn moeder, ik wilde haar voor de kleintjes horen zingen, maar in plaats daarvan voelde ik de kille, kille blik van Béka. Naast hem zat Onions in zichzelf te neuriën, vol aandacht voor de kop-en-schotel van touw die ze tussen haar vlijtige vingers hield. Haar bedenksels hypnotiseerden me. Doodmoe ging ik weer liggen, huiverend ondanks de hitte en de vochtigheid. De middag gleed zwaar voorbij en wekte slaap op. Mijn twee metgezellen keken naar me terwijl ik naar hen keek, maar ze zeiden niets. Ik werd ondergedompeld in bewusteloosheid en kwam weer boven, niet in staat mijn vermoeide ledematen te bewegen. Ik dacht aan de gebeurtenissen die me hierheen hadden gevoerd en maakte me zorgen over wat me te wachten zou staan als ik thuiskwam. Halverwege mijn dutje deed ik mijn ogen open omdat ik iets ongewoons voelde. Vlakbij lagen Béka en Onions onder een deken te worstelen. Hij lag boven op haar rug te duwen en te grommen, en zij lag op haar buik, met haar gezicht naar me toe. Haar groene mond stond open, en toen ze me steels zag kijken, lachte ze heel even haar tanden bloot. Ik deed mijn ogen dicht en draaide mijn hoofd om. Fascinatie en walging streden in mijn verwarde gedachten om voorrang. De slaap keerde pas terug toen het tweetal stilviel; zij neuriede zachtjes in zichzelf, het kikkertje snurkte tevreden. Mijn maag kwam als een gebalde vuist omhoog en misselijkheid golfde als koorts door me heen. Ik was doodsbang en wilde dolgraag naar huis, ik wilde wegrennen en deze vreemde plek ver achter me laten.

Drie

Tijdens die laatste twee weken van de zomer met mijn nieuwe moeder, Ruth Day, leerde ik mezelf opnieuw lezen en schrijven. Ze wilde per se dat ik binnen gehoorsafstand bleef, ergens waar ze me kon zien, en ik deed dat maar al te graag. Lezen is in wezen natuurlijk niets anders dan symbolen in verband brengen met klanken en combinaties, niets anders dan de regels en, het allerbelangrijkste, de ruimte tussen woorden in het geheugen prenten. Schrijven bleek een stuk moeilijker, vooral omdat ik iets te zeggen moest hebben voordat ik een leeg vel onder ogen kreeg. Het daadwerkelijke opschrijven van het alfabet bleek een moeizame klus. Meestal oefende ik 's middags met een griffel en een leitje, dat ik keer op keer volschreef met mijn nieuwe naam. Mijn moeder begon zich zorgen te maken over mijn dwangmatige gedrag, dus daarom hield ik er uiteindelijk mee op, maar pas nadat ik zo netjes mogelijk had opgeschreven: 'Ik hou van mijn moeder.' Het deed haar deugd toen ze dat later die dag zag, en ik verdiende er een hele perziktaart mee waarvan ik geen punt hoefde af te staan, zelfs niet aan mijn vader.

Het nieuwtje van de tweede klas was er al snel af. Op school kon ik goed meekomen, al bleef ik ten opzichte van mijn klasgenoten enigszins achter wanneer het om die andere methode van logische symbolen ging: rekenen. Ik heb nog steeds moeite met cijfers; niet zozeer met de eigenlijke handelingen als optellen, aftrekken en vermenigvuldigen, maar met de abstractere begrippen. De eenvoudigste lessen kennis der natuur en geschiedenis lieten me zien dat er een manier van denken bestond die heel anders was dan de ervaringen die ik bij de wisselkinderen had opgedaan. Ik had er bijvoorbeeld geen idee van dat George Washington, figuurlijk gezien, de vader van ons land is, en evenmin besefte ik dat een 'voedselketen' een rangorde van organismen is binnen een bepaalde ecologische structuur, gebaseerd op de volgorde waarin ze elkaar opeten. Een dergelijke verklaring van de natuurlijke orde voelde in het begin heel onnatuurlijk aan. In het woud was alles veel praktischer. Overleven was een kwestie van het aanscherpen van instincten, niet van het stampen van weetjes. Sinds de laatste wolven door premiejagers waren gedood of verdreven was de enige vijand de mens geweest. Zolang we ons bleven verbergen, konden we voortbestaan.

Onze moeilijkste opgave was het juiste kind te vinden met wie we van plaats konden wisselen. Het was geen willekeurige keuze. Een wisselkind moet kiezen voor een kind dat dezelfde leeftijd heeft als hijzelf toen hij werd ontvoerd. Ik was zeven toen ze me meenamen en zeven toen ik vertrok, al had ik bijna een eeuw lang in de bossen geleefd. De echte beproeving in die wereld is niet alleen het overleven in de wildernis, maar vooral het lange, ondraaglijke wachten op de terugkeer naar deze wereld.

Toen ik voor de eerste keer terugkeerde, bleek dat aangeleerde geduld een deugd. Mijn klasgenoten zagen de tijd elke middag voortkruipen en wachtten een eeuwigheid op de bel van drie uur. Wij tweedeklassers zaten van september tot halverwege juni in hetzelfde afstompende lokaal, en afgezien van de weekends en de heerlijke vrijheid van feestdagen werden we elke dag geacht om acht uur binnen te komen en ons zeven uur lang te gedragen. Wanneer het weer meewerkte, mochten we twee keer per dag, tijdens het speelkwartier en de middagpauze, op het plein spelen. Achteraf gezien verbleken de momenten die we met elkaar doorbrachten in verhouding tot de tijd waarin we niet bij elkaar waren, maar bij sommige zaken kun je beter naar kwaliteit kijken dan naar kwantiteit. Mijn klasgenoten maakten elke dag tot een marteling. Ik had beschaving verwacht, maar ze waren erger dan wisselkinderen. De jongens met hun sjofele donkerblauwe vlinderdasjes en blauwe uniformen waren allemaal even erg: ze peuterden in hun neus, zogen op hun duim, snurkten, deden nooit hun best, lieten scheten, boerden, waren ongewassen en vies. Een pestkop die Hayes heette, deed niets liever dan de rest dwarszitten: hij stal boterhammen, drong voor, plaste op schoenen, vocht op het plein. Wie niet zijn hielen likte en weigerde zijn kant te kiezen, werd vroeg of laat zelf het slachtoffer. Een paar jongens waren altijd de klos. Ze reageerden er niet goed op, ze kropen helemaal in hun schulp of, erger nog, begonnen bij de minste aanleiding te jammeren en te krijsen. Op jonge leeftijd waren ze al voor het leven getekend, zodat ze onvermijdelijk zouden eindigen als verkoper of filiaalleider, als systeemanalist of adviseur. Na het speelkwartier droegen ze de sporen van de pesterijen – blauwe ogen en bloedneuzen, de rode zwellingen van tranen – maar ik weigerde hen te hulp te schieten, al had ik dat misschien wel moeten doen. Als ik ooit uit mijn echte krachten had geput, had ik die pestkoppen gemakkelijk met één enkele klap op hun nummer kunnen zetten.

De meisjes hadden het op hun eigen manier nog zwaarder. Ook zij gaven blijk van dezelfde teleurstellende gewoonten en een gebrek aan algehele hygiëne. Ze lachten te hard of helemaal niet. Ze beconcurreerden elkaar en hun tegenstanders uiterst heftig of gingen stilletjes als muisjes op in hun omgeving. De ergste van hen, die Hines heette, had de gewoonte de meest verlegen meisjes te kwetsen door hen te beledigen of te negeren. Ze vernederde haar slachtoffers zonder een spoortje genade wanneer die bijvoorbeeld op school in hun broek plasten, zoals op de eerste dag vlak voor het speelkwartier de onvoorbereide Tess Wodehouse overkwam. Ze bloosde zo hevig dat het leek alsof ze in brand stond, en voor de allereerste keer voelde ik iets wat op medelijden voor het lot van een ander leek. Het arme kind werd er tot aan Valentijnsdag mee gepest. De meisjes in hun geruite truien en witte blouses moesten het bij hun strijd eerder van woorden dan van hun lichaam hebben. In dat opzicht verbleekten ze bij de vrouwelijke kobolden, die geslepen als kraaien en fel als lynxen waren.

Deze mensenkinderen waren over het geheel genomen inferieur. Heel soms wenste ik 's nachts dat ik terug kon sluipen naar het woud, dat ik de slapende vogels van hun takken kon verjagen, kleren van waslijnen kon stelen en streken kon uithalen, in plaats van bladzijden lang huiswerk maken en piekeren over mijn leeftijdsgenootjes. Maar de echte wereld bleek ondanks haar tekortkomingen een heerlijke plek, en ik was vastbesloten het verleden te vergeten en weer een echte jongen te worden. School was weliswaar ondraaglijk, maar het leven thuis maakte heel veel goed. Mama zat elke middag op me te wachten, al deed ze net alsof ze druk aan het koken of afstoffen was wanneer ik binnenkwam.

'Daar is hij dan,' zei ze steevast, en dan nam ze me mee naar de keuken voor een snee brood met jam en een kopje Ovaltine. 'Hoe was het vandaag op school, Henry?'

Omwille van haar verzon ik een of twee aangename leugentjes.

'Heb je nog iets nieuws geleerd?'

En dan somde ik alles op wat ik op weg naar huis had geoefend. Ze leek overdreven nieuwsgierig en vergenoegd, maar uiteindelijk liet ze me altijd alleen zodat ik mijn huiswerk kon doen dat ik meestal vlak voor het avondeten af had. Wanneer ze in de korte tijd voordat mijn vader thuiskwam van zijn werk ons eten klaarmaakte, hield ik haar aan de keukentafel gezelschap. Ze had altijd de radio aan, zodat op de achtergrond haar lievelingsliedjes te horen waren. Zodra ik ze één keer had gehoord, kende ik ze al uit mijn hoofd, en wanneer de platen onvermijdelijk nogmaals werden gedraaid, zong ik zonder nadenken mee. Ik wist de stemmen van de zangers perfect na te bootsen, per ongeluk of onbewust, en kon elke klank, noot of frase precies zo laten klinken als Bing Crosby en Frank Sinatra, Rosemary Clooney of Jo Stafford. Mama beschouwde mijn muzikale vaardigheden als een niet meer dan vanzelfsprekende aanvulling op mijn algehele wonderbaarlijkheid, charme en aangeboren intelligentie. Ze luisterde graag naar me; vaak zette ze de radio uit en smeekte me dan het liedje nog een keer te zingen.

'Wees eens lief en zing nog eens "There's a Train Out for Dreamland" voor me.'

Toen mijn vader mijn voordracht voor het eerst hoorde, reageerde hij niet al te vriendelijk. 'Waar heb je dat geleerd? Eerst kun je geen noot zuiver zingen, en nu lijk je wel een nachtegaal.'

'Kweenie. Misschien luisterde ik eerst niet goed.'

'Ach, kom nou. Ze heeft die herrie dag en nacht aanstaan, ze blijft maar luisteren naar Nat King Cole en allerlei jazz en vraagt voortdurend of ik een keer met haar ga dansen. Alsof

34

de moeder van een tweeling... Hoe bedoel je, je luisterde niet goed?'

'Ik concentreerde me niet, bedoel ik.'

'Je zou je op je huiswerk moeten concentreren en je moeder in huis moeten helpen.'

'Als u zelf goed zou luisteren zou u het ook zo oppikken.'

Hij schudde zijn hoofd en stak nog een Camel op. 'Caruso, spreek eens met een beetje respect tegen de grote mensen.'

Ik zorgde ervoor dat ik in het bijzijn van mijn vader nooit meer zo'n perfecte imitatie ten gehore gaf.

Mary en Elizabeth waren daarentegen te jong om beter te weten en aanvaardden mijn ontluikende talent tot imiteren zonder tegenstribbelen. Ze smeekten voortdurend of ik voor hen wilde zingen, vooral wanneer ze in hun wiegjes lagen, en dan gaf ik alle nieuwe deuntjes als 'Mairzy Doats' en 'Three Little Fishes' ten beste. Elke keer vielen ze als een blok in slaap zodra ik 'Over the Rainbow' zong. Mijn Judy Garland mocht er wezen.

Mijn dagen bij de familie Day verliepen al snel volgens een vast stramien, en zolang ik in huis of in de klas zat, ging alles goed. Het weer sloeg plotseling om, en opeens kleurden de bladeren felgeel en opzichtig rood, zo bont dat alleen al de aanblik van de bomen pijn deed aan mijn ogen. Ik had een hekel aan die kleurige herinneringen aan het leven in het woud. Oktober bleek een aanval op de zintuigen, die in de duizelingwekkende laatste weken voor Halloween een hoogtepunt bereikte. Ik wist dat er dan feestjes zouden zijn, dat kinderen langs de deuren gingen en om noten en snoep vroegen, dat er vreugdevuren op het plein werden ontstoken en de bewoners in het ootje werden genomen. Geloof me, wij kobolden speelden onze rol in het geheel met verve: we tilden poorten uit de scharnieren, smeten pompoenen kapot, zeep-

35

ten de ramen van de bibliotheek in met afbeeldingen van spoken uit stripboeken. Waar ik niet op had gerekend, was dat de kinderen elkaar onderling ook voor de gek hielden en dat zelfs de school een rol in de festiviteiten speelde. Twee weken voor de grote dag begonnen de nonnen met de voorbereidingen van een klassenfeest, compleet met optredens en hapjes en drankjes. Ze versierden de bovenrand van het bord met oranje en zwart crêpepapier en de muren met papieren pompoenen en zwarte katten. We knipten braaf enge dingen uit knutselkarton en plakten onze eigen artistieke pogingen aan elkaar, hoe beschamend die ook waren. Moeders werden geronseld om koekjes en brownies te bakken en slingers van popcorn en geglaceerde appels te maken. Je mocht je verkleden, dat werd zelfs verwacht. Ik weet nog precies wat ik erover tegen mijn moeder zei.

'We hebben een Halloweenfeestje op school, en de juf zegt dat we niet in uniform moeten komen, maar in onze verkleedkleren. Ik wil als kobold gaan.'

'Wat is dat?'

'Gewoon, een kobold.'

'Ik geloof niet dat ik weet wat dat is. Lijkt een kobold op een monster?'

'Nee.'

'Op een spook? Een boze geest?'

'Nee, niet zo een.'

'Een vampiertje dan?'

'Ik ben geen bloedzuiger, moeder.'

'Is het dan misschien een fee?'

Ik brulde. Voor het eerst in bijna twee maanden verloor ik mijn zelfbeheersing en schreeuwde met mijn natuurlijke, wilde stem.

Het geluid maakte haar aan het schrikken. 'In godsnaam, Henry, ik schrik me een hoedje. Wil je soms de doden tot leven wekken? Je krijst als een wit wijf. Als het zo moet, ga jij geen Halloween vieren.'

'Witte wieven' weeklagen, wilde ik zeggen, ze jammeren en huilen, maar ze krijsen nooit. Maar in plaats daarvan liet ik de tranen komen en huilde als de tweeling.

Ze trok me naar zich toe en drukte me tegen haar buik. 'Hé, ik maakte maar een grapje.' Ze legde haar vinger onder mijn kin en keek me recht aan. 'Ik weet gewoon niet hoe een kobold eruitziet. Hoor eens, heb je geen zin om als piraat te gaan? Dat vind je toch ook leuk, of niet?'

En zo kwam het dat ik verkleed in een kniebroek en een hemd met pofmouwen ging, met een doek om mijn hoofd geknoopt en een ring in mijn oor, net als Errol Flynn. Op Halloween stond ik voor een klas vol spoken, heksen en zwervers, als de enige piraat van school of misschien wel de hele streek. Juf had besloten dat ik 'Teddy Bear's Picnic' moest zingen, als onderdeel van het angstaanjagende vermaak op het feestje. Mijn normale spreekstem was hoog en piepend, net als die van Henry Day, maar toen ik 'If you go out in the woods tonight' zong, klonk ik net zoals de diepe bas van Frank DeVol op de plaat. De imitatie maakte iedereen heel erg aan het schrikken. In de achterste hoek zat Caroline Hines tijdens het hele lied te snikken van angst. De meeste kinderen staarden me met open mond aan, geschminkte of achter maskers verstopte monden vielen open, en niemand wist goed wat hij of zij ervan moest denken. Ik weet nog dat Tess Wodehouse me zonder te knipperen aan zat te staren, alsof ze zich ervan bewust was geworden dat ze heel erg bij de neus werd genomen, maar er niet in slaagde het trucje te doorzien. Maar de nonnen wisten wel beter. Aan het einde van het lied stonden ze met elkaar te fluisteren, als samenzwerende pinguïns, om vervolgens allemaal tegelijk te knikken en een kruis te slaan.

Het langs de deuren gaan viel uiteindelijk tegen. Mijn vader reed me bij het vallen van de avond naar het stadje en wachtte op me terwijl ik in Main Street langs de deuren ging. Her en der zag ik andere kinderen in armzalige pakjes. Er was geen kobold te zien, al probeerde wel een zwarte kat mijn pad te kruisen. Ik blies in vloeiend kats naar het dier, dat zich omdraaide en in paniek wegrende om zich onder de kamperfoelie te verstoppen. Een kwaadaardige grijns verspreidde zich over mijn gezicht. Het was fijn te weten dat ik niet al mijn streken had verloren.

Vier

In de schemering kwamen de kraaien aangevlogen en verzamelden zich voor de nacht in een groepje kale eiken. Een voor een stegen de vogels op naar de rest van de kolonie, als zwarte schaduwen die zich aftekenden tegen de donker wordende hemel. Mijn ontvoering, die me nog steeds vers in het geheugen lag, had me gedwee en verslagen gemaakt, en ik vertrouwde geen enkel wezen in het woud. Ik miste mijn familie, maar de dagen en weken gingen voorbij, gekenmerkt door de telkens terugkerende verschijning van de vogels. Hun komst en vertrek bood een rustgevende regelmaat. Tegen de tijd dat de bomen hun bladeren hadden laten vallen en hun naakte ledematen uitstaken naar de hemel, maakten de kraaien me niet langer bang. Ik begon uit te kijken naar hun sierlijke aankomst, naar de silhouetten die zich aftekenden tegen de winterse hemel en die een vanzelfsprekend deel van mijn nieuwe leven vormden.

De feeën verwelkomden me als een van de hunnen en leerden me alles over het leven in het woud, en ik raakte op hen allemaal gesteld. Naast Speck, Igel, Béka en Onions waren er nog zeven anderen. De drie meisjes waren onafscheidelijk: Kivi en Blomma waren blond met sproeten, stil en zelfverzekerd, en Chavisory, die ze altijd op sleeptouw namen, was een babbelkous die niet ouder dan vijf oogde. Wanneer ze grijnsde, glansde haar melkgebit als een parelketting, en wanneer ze breeduit lachte, schudden en beefden haar magere schouders. Wanneer ze iets echt grappig of opwindend vond, tolde ze als een vleermuis in het rond, danste rondjes of liep in achtjes over de open plek.

Afgezien van de leider Igel en de einzelgänger Béka trokken de jongens in groepjes van twee op. Ragno en Zanzara, zoals ik me hen herinner, deden me denken aan de twee zonen van de Italiaanse kruidenier in ons stadje. Ze waren mager en hadden een lichtbruine huid; ieder had een dikke bos krullen en werd snel kwaad, maar vergaf nog sneller. De andere twee, Smaolach en Luchóg, gedroegen zich als broers, maar hadden niet meer van elkaar kunnen verschillen. Smaolach was groter dan bijna iedereen, op Béka na, en concentreerde zich altijd uitsluitend op wat hij aan het doen was, net zo ernstig en zich even onbewust van zijn omgeving als een roodborstje dat probeerde een worm uit de grond te trekken. Zijn goede vriend Luchóg, de kleinste van ons allemaal, was altijd bezig een ontembare lok ravenzwart haar uit zijn ogen te strijken die telkens weer als de staart van een muis over zijn voorhoofd viel. Zijn ogen, blauw als de zomerhemel, maakten duidelijk hoezeer hij om zijn vrienden gaf, zelfs wanneer hij deed alsof die hem niets konden schelen.

Igel, de oudste en de aanvoerder van de groep, deed zijn uiterste best me de gewoonten van het woud uit te leggen. Hij liet me zien hoe ik kikkers en vissen moest vangen, waar ik het water kon vinden dat zich 's nachts in de holtes van gevallen bladeren verzamelde, hoe ik eetbare paddenstoelen van dodelijke exemplaren kon onderscheiden, en tientallen andere foefjes om te overleven. Maar zelfs de beste gids moet het afleggen tegen eigen ervaringen, en gedurende het grootste deel van mijn eerste tijd daar werd ik als een kind behandeld. Twee van hen hielden me voortdurend in de gaten, en ik was gedwongen in het kamp te blijven, met de uitdrukkelijke opdracht me te verstoppen zodra er mensen leken te naderen.

'Als ze je te pakken krijgen, zullen ze je voor een duivel aanzien,' zei Igel tegen me. 'Dan sluiten ze je op, of erger nog, dan zullen ze kijken of je deugt door je in het vuur te gooien.'

'En dan zul je branden als brandhout,' zei Ragno.

'En zal er niet meer van je overblijven dan een pluimpje rook,' zei Zanzara, en Chavisory gaf een voorbeeld door om het kampvuur heen te dansen en de rand van het duister op te zoeken.

Toen de eerste strenge vorst kwam, werd een klein groepje op nachtelijke expeditie gestuurd, en ze keerden terug met armenvol truien, jassen en schoenen. De achterblijvers hadden zitten huiveren onder hun hertenvellen.

'Omdat jij de jongste bent,' zei Igel tegen me, 'mag jij als eerste kleren en schoenen uitkiezen.'

Smaolach, die over de stapel schoenen gebogen stond, gebaarde dat ik moest komen. Het viel me op dat hij op blote voeten liep. Ik doorzocht de verzameling kinderschoenen in twee kleuren, brogues met vierkante neuzen, linnen tennisschoenen en de enkele hoge schoen zonder partner en koos ten slotte voor een paar gloednieuwe zwart-witte gaatjesschoenen die mijn maat leken te hebben.

'Die gaan je enkels afknellen.'

'Deze dan?' Ik hield de tennisschoenen omhoog. 'Die krijg ik misschien nog wel aan.' Mijn voeten voelden vochtig en koud aan door de ijzige aarde.

Smaolach rommelde wat in de stapel en pakte de lelijkste bruine schoenen die ik ooit had gezien. Het leer kraakte toen hij de zolen boog, en de veters leken op opgerolde slangen. Op de neuzen zaten kleine stalen plaatjes. 'Geloof me, deze zullen je de hele winter lekker warm houden, en het zal heel lang duren voordat ze zijn versleten.'

'Maar ze zijn te klein.'

'Je weet toch dat je jezelf hebt laten krimpen?' Met een sluwe grijns stak hij zijn hand in zijn broekzak en haalde een paar dikke wollen sokken tevoorschijn. 'En deze heb ik speciaal voor jou meegenomen.'

Iedereen hapte bewonderend naar adem. Ze gaven me een gebreide kabeltrui en een oliejas die me ook op de natste dagen droog wist te houden.

Toen de nachten langer en kouder werden, verruilden we onze matten van gras en eenpersoonsbedden voor een berg dierenhuiden en gestolen dekens. We sliepen met ons twaalven in een grote kluwen. Dat ervoer ik als aangenaam en geruststellend, hoewel de meeste van mijn vrienden een slechte adem hadden of stonken. Dat kwam waarschijnlijk deels door de verandering in voedsel; na de overvloed van de zomer kwam het verval van de herfst en daarna het gebrek van de winter. Een paar arme zielen woonden al zo lang in het woud dat ze de hoop op terugkeer naar de wereld der mensen hadden opgegeven. Een paar wilden dat zelfs helemaal niet meer en leefden daarom als dieren; ze wasten zich slechts zelden en maakten hun gebit niet langer schoon met een takje. Zelfs een vos zal zijn achterhand nog likken, maar sommige feeën waren erger dan de vuilste dieren.

Die eerste winter wilde ik niets liever dan de jager-verzamelaars vergezellen wanneer die 's morgens op zoek gingen naar eten en andere voorraden. Net als de kraaien die zich bij zonsopgang en zonsondergang verzamelden, genoten die dieven een vrijheid, ver bij de groep vandaan. Ik moest achterblijven in het gezelschap van een oppas als die pad van een Béka en zijn metgezel Onions, of bij de oude Zanzara en Ragno, die de hele dag zaten te kibbelen en notendoppen en steentjes gooiden naar de vogels en eekhoorns die rond onze verborgen voorraden scharrelden.

Op een grijze ochtend besloot Igel zelf op me te passen, en ik had het geluk dat mijn vriend Smaolach hem gezelschap wilde houden. Ze zetten een pot thee van gedroogde boombast en pepermunt, en terwijl we naar de koude regen zaten te kijken, stelde ik de vraag die me zo bezighield: 'Waarom mag ik niet met de anderen mee?'

'Mijn grootste angst is dat je zult weglopen en terug zult gaan naar de plek waar je vandaan bent gekomen, maar dat kan niet, Aniday. Je bent nu een van ons.' Igel nipte aan zijn thee en staarde voor zich uit. Na een gepaste pauze, waarin zijn wijsheid tot me kon doordringen, vervolgde hij: 'Maar je hebt je wel een waardevol lid van de groep getoond. Je sprokkelt hout, pelt eikels en graaft een nieuwe latrine wanneer we je dat vragen. Je begint te leren wat echte gehoorzaamheid en respect is. Ik heb je in de gaten gehouden, Aniday, en je heb onze gewoonten goed leren kennen.'

Smaolach staarde naar het dovende vuur en zei iets in een geheime taal die een en al klinkers en harde medeklinkers vol slijm was. Igel dacht even over die zin na en gaf na enig nadenken antwoord. Toen verwonderde ik me al net zoals nu over de manier waarop mensen denken, over de methoden waarmee ze de vragen van het leven proberen te beantwoorden. Na hun korte overleg hervatte Igel zijn gestaar.

'Vanmiddag ga je met Luchóg en mij mee,' meldde Smaolach met een samenzweerderige knipoog. 'Zodra de anderen terug zijn, zullen we je de omgeving laten zien.'

'Je kunt je maar beter warm aankleden,' raadde Igel aan. 'Deze regen zal snel in iets anders veranderen.'

Precies op dat moment vermengden de eerste sneeuwvlokken zich met de regendruppels, en een paar minuten later sneeuwde het hevig. We zaten nog steeds op dezelfde plek toen de anderen terugkwamen, naar huis gedreven door de plotselinge guurheid. Soms werd het vroeg winter in ons deel van het land, maar meestal viel de eerste sneeuw pas na kerst. Tijdens de sneeuwbui vroeg ik me voor de eerste keer af of het misschien al kerst was geweest en of Thanksgiving achter ons lag, en het was beslist al Halloween geweest. Ik dacht aan mijn familie, en of die nog steeds elke dag in het woud naar me zocht. Misschien dachten ze wel dat ik dood was. Dat gaf me een naar gevoel, en ik wou dat ik kon laten weten dat ik het goed maakte.

Thuis zou moeder nu de dozen met kerstballen uitpakken, de stal en de kribbe neerzetten en de trapleuning versieren met slingers. Vorig jaar had vader me meegenomen toen hij een spar ging omhakken, en ik vroeg me af of hij zich nu verdrietig voelde omdat ik hem niet kon helpen er eentje uit te zoeken. Ik miste zelfs mijn zusjes. Liepen ze al, praatten ze al, droomden ze van de kerstman? Vroegen ze zich af waar ik was?

'Welke dag is het?' vroeg ik aan Luchóg toen hij warmere kleren aantrok.

Hij likte aan zijn vinger en stak die omhoog in de wind. 'Dinsdag?'

'Nee, ik bedoel de datum. Welke dag van de maand?'

'Ik heb geen idee. Als ik om me heen kijk, zou ik zeggen eind november, begin december. Maar je geheugen kan je parten spelen en is onbetrouwbaar wanneer het om tijd of het weer gaat.'

Het was nog geen kerst geweest. Ik besloot vanaf dat moment de dagen in de gaten te houden en de feestdagen op gepaste wijze te vieren, ook al gaf de rest van het groepje niets om dergelijke zaken.

'Weet je hoe ik aan papier en een potlood kan komen?'

Hij wurmde zijn voeten in zijn laarzen. 'Wat wil je daar nu mee?'

'Een kalender maken.'

'Een kalender? Daar zou je een hele stapel papier en een stel potloden voor nodig hebben, om hier een kalender te maken. Ik zal je leren hoe je naar de zon en de hemel en de levende dingen moet kijken. Die geven je genoeg inzicht in de tijd.'

'Maar stel dat ik een tekening wil maken of voor iemand een briefje wil achterlaten?'

Luchóg ritste zijn jas dicht. 'Een briefje? Voor wie dan? De meesten van ons zijn vergeten hoe je moet lezen en schrijven, en de rest kon het toch al niet. Je kunt maar beter meteen je zegje doen en niet voor altijd ergens vastleggen wat je denkt of voelt. Dat kan gevaarlijk zijn, juweeltje.'

'Maar ik teken graag.'

We liepen dwars over de open plek, waar Smaolach en Igel als twee hoge bomen stonden te overleggen. Omdat Luchóg de kleinste van ons allemaal was, kostte het hem moeite me bij te houden. Hij huppelde naast me voort en vervolgde: 'Dus je bent een kunstenaar? Zonder potlood en papier? Wist je dat kunstenaars vroeger hun eigen pen en papier maakten? Van dierenhuiden en vogelveren. En ze maakten inkt van as en speeksel. Dat deden ze, en nog veel vroeger krasten ze in steen. Ik zal je leren hoe je je sporen kunt achterlaten, en dat papier zul je ook nog wel krijgen, maar je moet geduld hebben.'

Toen we de leider hadden bereikt, gaf Igel me een klopje op de schouder en zei: 'Je hebt mijn vertrouwen gewonnen, Aniday. Luister naar die twee en volg hun voorbeeld.'

Luchóg, Smaolach en ik trokken het woud in, en ik keek achterom om gedag te zwaaien. De andere feeën zaten in groepjes bij elkaar, ineengedoken tegen de kou, en lieten zich door de sneeuw bedekken, gek, onaangedaan en kwetsbaar.

Ik was opgetogen omdat ik het kamp uit mocht, maar mijn metgezellen deden hun best mijn nieuwsgierigheid te beteugelen. Ze lieten me onhandig over de wissels banjeren totdat mijn klunzigheid een vlucht duiven deed opschrikken. De vogels stoven in één keer op, een en al gekoer en veren. Smaolach legde een vinger tegen zijn lippen en ik begreep wat hij bedoelde. Ik deed precies na hoe zij zich bewogen en was bijna even sierlijk. We liepen zo zachtjes dat ik de sneeuw kon horen vallen, boven het geluid van onze voetstappen uit. Stilte is op zijn eigen manier betoverend, mooi, en versterkt de zintuigen, met name het gehoor. Wanneer er ergens in de verte een twijgje knapte, draaiden Smaolach en Luchóg hun hoofden meteen die kant op en probeerden te bepalen waar het geluid vandaan kwam. Ze lieten me de verborgen dingen zien die door de stilte werden onthuld: een fazant die zijn kop uitstak om ons vanuit het kreupelhout gade te slaan, een kraai die van tak naar tak wipte, een wasbeer die in zijn hol lag te snurken. Voordat het daglicht helemaal wegstierf, trokken we over de natte grond naar de modderige rivieroever. Langs de waterkant groeiden ijskristallen, en toen we onze oren spitsten, hoorden we de vorst kraken. Een eenzame eend zwom verderop de rivier af, en elke sneeuwvlok siste bij de eerste aanraking met het water. Het zonlicht stierf weg tot een fluistering en verdween toen helemaal.

'Luister...' Smaolach hield zijn adem in, '...hier eens naar.'

Op hetzelfde moment veranderde de sneeuw in ijzel, die tegen de afgevallen bladeren en stenen en druipende takken tikte, als een minuscule symfonie van de natuur. We liepen bij de rivier vandaan en zochten beschutting in een bosje naaldbomen. IJs had zich als een jasje om elk van de naalden gesloten. Luchóg pakte het leren buideltje dat aan een koord om zijn nek hing en haalde een klein stukje papier tevoorschijn, gevolgd door een dikke pluk gedroogde en bruine grasachtige vezels die op tabak leken. Met vaardige bewegingen van zijn vingers en een snelle lik van zijn tong rolde hij een dunne sigaret. Uit een ander vakje in de buidel haalde hij een paar lucifers, legde ze in zijn handpalm, telde ze en deed ze op één na terug in het waterdichte vakje. Met zijn duimnagel streek hij langs de lucifer, zodat die vlam vatte. Hij stak het puntje van de sigaret aan. Smaolach had een kuiltje gegraven dat diep genoeg was om aan een laagje droge naalden en dennenappels te komen. Hij pakte de brandende lucifer voorzichtig tussen de vingertoppen van zijn vriend vandaan en legde de lucifer in het kuiltje, zodat we al snel een vuurtje hadden om onze handen en vingertoppen aan te warmen. Luchóg gaf de sigaret door aan Smaolach, die een flinke trek nam en de rook een hele tijd in zijn mond hield. Toen hij ten slotte toch uitademde, was het effect even plotseling en indringend als de clou van een mop.

'Geef die jongen ook een hijs,' stelde Smaolach voor.

'Ik weet niet hoe je moet roken.'

'Doe mij maar na,' zei Luchóg met opeengeklemde kaken. 'Maar zeg niets tegen Igel. Je mag tegen niemand iets zeggen.'

Ik nam een trekje van de gloeiende sigaret en begon te kuchen en te proesten van de rook. Ze begonnen te giechelen en bleven lachen totdat het laatste restje was geïnhaleerd. De lucht onder de dennentakken was dik van een ongewone geur die me een duizelig gevoel gaf, licht in het hoofd, en een tikje misselijk. Luchóg en Smaolach vielen ten prooi aan dezelfde betovering, maar zij leken vooral tevreden, op hun hoede en rustig tegelijk. De ijzel nam af, en de stilte keerde terug als een verdwaalde vriend.

'Hoorde je dat?'

'Wat is er?' vroeg ik.

Luchóg gaf aan dat ik stil moest zijn. 'Luister eerst eens of je het hoort.' Een tel later hoorde ik het geluid, en hoewel het me bekend voorkwam, begreep ik niet wat het was of waar het vandaan kwam. Luchóg sprong op en schudde zijn vriend door elkaar. 'Het is een auto, juweeltje. Heb je ooit een auto achternagezeten?' Ik schudde mijn hoofd, in de veronderstelling dat hij een hond voor een auto aanzag. Ze pakten me allebei bij mijn hand en daar gingen we, we renden vlugger dan ik me ooit had kunnen voorstellen. De wereld snelde aan me voorbij, vlekken en strepen duisternis waar ooit bomen hadden gestaan. Modder en sneeuw stoven op en bedekten onze broeken met spatten terwijl we in een waanzinnig duizelingwekkend tempo doorrenden. Toen het kreupelhout dichter werd, lieten ze mijn handen los en snelden we achter elkaar over het pad. Takken sloegen in mijn gezicht, en ik struikelde en viel in de modder. Ik krabbelde overeind, koud en nat en vies, en besefte dat ik voor het eerst in maanden alleen was. De angst greep me naar de keel, en ik deed mijn ogen open en spitste mijn oren, wanhopig zoekend naar mijn vrienden. Ik concentreerde me zo hevig dat er een scherpe pijn door mijn voorhoofd schoot, maar ik hield vol en hoorde hen in de verte door de sneeuw rennen. Ik voelde dat een nieuwe, krachtige magie zich meester maakte van mijn zintuigen, want ik kon hen duidelijk zien en besefte tegelijkertijd dat ze te ver weg waren, buiten mijn zicht. Door me voor te stellen hoe ik moest lopen, kon ik de achtervolging inzetten, en de bomen en takken die me zo-even nog in de war hadden gebracht, leken nu helemaal geen obstakel meer. Ik snelde door het woud zoals een mus zonder nadenken door een gat in een hek vliegt en zijn vleugels op het juiste moment tegen zich aan gedrukt, zodat hij erdoorheen kan glijden.

Toen ik hen had ingehaald, zag ik dat ze achter de dennen vlak bij de rand van het woud stonden. Voor ons lag een weg, en op die weg was een auto stil blijven staan. Het licht van de koplampen scheen door de nevelige duisternis en stukjes van de metalen grille lagen te glanzen op het asfalt. Het portier aan de kant van de bestuurder stond open en we zagen in de auto een klein lampje branden. De auto bood zo'n ongewone aanblik dat ik me er meteen toe aangetrokken voelde, maar de sterke armen van mijn vrienden hielden me tegen. Er dook een gestalte op uit de duisternis die de kring van licht betrad, een slanke jonge vrouw in een felrode jas. Ze hield een hand tegen haar voorhoofd, boog zich langzaam voorover en raakte met haar vrije hand bijna een donkere massa aan die op de weg lag.

'Ze heeft een hert geraakt,' zei Luchóg, met een zweem van droefheid in zijn stem.

Ze stond gekweld over het ineengedoken dier gebogen, streek haar haar uit haar gezicht, drukte haar andere hand tegen haar lippen.

'Is het dood?' vroeg ik.

'De truc,' zei Smaolach met zachte stem, 'is dat je in zijn mond moet ademen. Hij is helemaal niet dood, alleen maar verstijfd van schrik.'

Luchóg fluisterde tegen me: 'We wachten tot ze weg is, dan kun jij het inblazen.'

'Ik?'

'Weet je dat nog niet? Je bent nu een fee, net als wij, en je kunt alles wat wij ook kunnen.'

Dat idee bracht me hevig van mijn stuk. Een fee? Ik wilde meteen weten of dat waar was, ik wilde mijn eigen krachten leren kennen. Daarom maakte ik me los van mijn vrienden en liep vanuit de schaduwen naar het hert toe. De vrouw stond midden op die verlaten weg en keek naar beide kanten om te zien of er een auto aankwam. Ze zag me pas toen ik er bijna was, me over het dier heen boog, mijn hand op de warme flank legde en zijn bloed naast het mijne voelde stromen. Ik pakte de snuit van het hert vast en ademde uit in zijn warme mond. Bijna onmiddellijk hief het dier zijn kop op, duwde me opzij en wiegde net zo lang heen en weer totdat hij stond. Heel even staarde hij me aan, en toen, als een wit embleem, schoot zijn staart waarschuwend omhoog en sprong hij weg, de avond in. Zeggen dat de gang van zaken ons – het dier, de vrouw, mijzelf – verbaasde, was bijzonder zacht uitgedrukt. Ze keek uiterst geschrokken, en dus glimlachte ik naar haar. Op dat moment riepen mijn kameraden op luide fluistertoon naar me.

'Wie ben jij?' Ze trok die rode jas dichter om zich heen.

Ik dacht althans dat ze dat zei, maar haar stem klonk vreemd, alsof ze onder water sprak. Ik keek naar de grond en besefte dat ik het juiste antwoord niet wist. Haar gezicht kwam zo dicht bij het mijne dat ik het begin van een glimlach rond haar lippen kon zien, en het bleke blauwgroen van haar irissen achter haar brillenglazen. Haar ogen waren prachtig.

'We moeten gaan.' Een hand kwam uit het donker tevoorschijn en pakte mijn schouder vast, en Smaolach trok me mee de bosjes in, zodat ik me afvroeg of het allemaal een droom was geweest. We verstopten ons dicht tegen elkaar aan terwijl zij naar ons zocht, maar ten slotte gaf ze het op en stapte in en reed weg. Op dat moment wist ik het nog niet, maar zij was de laatste mens die ik in meer dan tien jaar zou zien. De achterlichten zigzagden over de heuvels en verdwenen tussen de bomen. Er was niets meer te zien.

In een verongelijkte stilte liepen we terug naar het kamp. Halverwege raadde Luchóg me aan: 'Je mag tegen niemand zeggen wat er vanavond is gebeurd. Blijf bij mensen uit de buurt en wees tevreden met wat je bent.' Onderweg bedachten we een verhaal dat onze lange afwezigheid kon verklaren, een verzinsel over het water en de wildernis, en eenmaal verteld bleef ons verhaal bestaan. Maar ik vergat nooit dat geheim van de vrouw met de rode jas, en later, toen ik aan het bestaan van de bovenwereld begon te twijfelen, herinnerde de gedachte aan die stralende, eenzame ontmoeting me eraan dat die wereld geen mythe was.

Vijf

Het leven bij de familie Day volgde een geruststellend patroon. Vader ging naar zijn werk voordat de rest van ons wakker werd, en dat gouden wakkere uur tussen zijn vertrek en mijn wandeling naar school was een troost. Mijn moeder die aan het fornuis in de pap stond te roeren of iets voor het ontbijt aan het bakken was, de tweeling die met onvaste stapjes de keuken verkende. De grote ramen omlijstten de wereld buiten en hielden die op afstand. De boerderij van de familie Day was allang niet meer als boerderij in gebruik, maar hoewel er niet langer werd geboerd, waren de sporen nog zichtbaar. Een oude schuur, bedekt met rode verf die inmiddels zachtpaars was geworden, diende nu als garage. Het hek dat de voorkant van het erf begrensde, viel lat voor lat uit elkaar. De akker, ongeveer een are die ooit schuil was gegaan onder een groene deken van maïs, lag braak, onder een kluwen van doornstruiken die papa nu nog maar één keer per jaar snoeide, in oktober. De familie Day was de eerste in de streek die de landbouw eraan had gegeven, en in de loop der jaren volgden hun verre buren hun voorbeeld en verkochten hun huizen en akkers aan projectontwikkelaars. Maar toen ik een kind was, was het nog een stille, eenzame plek.

De kunst van het groot worden is onthouden hoe je moet groeien. Henry Day worden betekende dat ik elk detail van zijn leven moest onthouden, maar hoe goed je je ook gereedmaakt voor de verandering, niets kan je voorbereiden op de familiegeschiedenis van die persoon die je door en door moet kennen: de herinneringen aan verjaardagsfeestjes van vroeger, persoonlijke dingen. De geschiedenis is niet moeilijk te vervalsen; wie lang genoeg blijft kijken, leert hoe alles in elkaar steekt. Dat neemt echter niet weg dat andermans identiteit aannemen altijd bepaalde risico's behelst; je kunt niet alles weten en de kans op vergissingen blijft aanwezig. Gelukkig kregen we zelden bezoek omdat het oude huis eenzaam en alleen op een oud stukje akkerland lag, ver van andere bebouwing.

Op een dag, kort voor mijn eerste Kerstmis, toen mijn moeder boven bij de huilende tweeling was gaan kijken en ik wat bij de haard lag te luieren, werd er op de deur geklopt. Op de veranda stond een man met een gleufhoed in zijn hand. Rond hem hing de lucht van een pas gerookte sigaar, vermengd met de vaag medicinale geur van haarolie. Hij lachte alsof hij me meteen herkende, al had ik hem nog nooit gezien.

'Henry Day,' zei hij. 'Dat ik dat nog mag meemaken.'

Ik stond als verstijfd op de drempel en zocht wanhopig naar een herinnering die me duidelijk kon maken wie dit was. Hij klakte zijn hakken tegen elkaar en boog een tikje vanuit zijn middel. Daarna beende hij langs me heen de woonkamer in en keek steels langs de trap omhoog. 'Is je moeder thuis? Kan ze zich vertonen?'

Overdag kwam er bijna nooit iemand langs, alleen heel af en toe boerinnen uit de buurt of moeders van klasgenootjes, die vanuit de stad hierheen reden met een pas gebakken taart en verse roddels. Toen we Henry hadden bespioneerd, hadden we maar een paar mannen gezien: zijn vader en de melkboer die aan huis kwam.

De man legde zijn hoed op het dressoir en draaide zich naar me om. 'Het is een tijd geleden, hè, Henry? Was het je moeders verjaardag? Het lijkt wel of je geen centimeter bent gegroeid. Geeft je vader je soms niets te eten?'

Ik keek de vreemde man aan en wist niet wat ik moest zeggen.

'Ga eens even naar boven en zeg tegen je mama dat ik er ben. Toe maar, jongen.'

'Wie kan ik zeggen dat er is?'

'Nou, je oom Charlie natuurlijk.'

'Maar ik heb geen ooms.'

De man lachte, maar toen verschenen er rimpels op zijn voorhoofd en vertrok zijn mond zich tot een ernstige lijn. 'Gaat het, Henry?' Hij boog zich voorover en keek me recht aan. 'Ik ben niet echt je oom, jongen, maar de oudste vriend van je moeder. Een vriend van de familie, zou je kunnen zeggen.'

Mijn moeder redde me door ongevraagd de trap af te lopen, en zodra ze de vreemde man zag, hief ze haar armen en rende naar hem toe om hem te omhelzen. Ik nam de gelegenheid waar om ongezien weg te glippen.

Dat scheelde weinig, maar een paar weken later schrok ik nog veel erger. Tijdens die eerste paar jaar beschikte ik nog steeds over alle eigenschappen van een wisselkind en was mijn gehoor zo scherp als dat van een vos. Vanuit elke kamer in het huis kon ik mijn ouders afluisteren wanneer die dachten dat niemand hen kon horen, en tijdens een van die intieme gesprekjes hoorde ik dat mijn vader argwaan koesterde.

'Is jou de laatste tijd niets vreemds aan die jongen opgevallen?'

Ze kroop naast hem in bed. 'Vreemds?'

'Er wordt in huis gezongen.'

'Hij heeft een prachtige stem.'

'En die vingers.'

Ik keek naar mijn handen. Mijn vingers waren in vergelijking met die van andere kinderen overdreven lang, buiten proportie.

'Hij kan vast een goed pianist worden. Billy, we zouden hem op les moeten doen.'

'En zijn tenen.'

In mijn bed boven kromde ik mijn tenen.

'En de hele winter lang is hij geen centimeter gegroeid en geen grammetje aangekomen.'

'Hij heeft gewoon wat zon nodig.'

Vader rolde naar haar toe. 'Het is gewoon een vreemde jongen, dat bedoel ik.'

'Billy... hou op.'

Die avond besloot ik een echte jongen te worden en er beter op te letten dat ik zo normaal mogelijk over zou komen. Wanneer een fout eenmaal was gemaakt, was die niet meer recht te zetten. Ik kon moeilijk mijn vingers en tenen korter maken zonder nog meer de aandacht te trekken, maar ik kon wel de rest van mijn lijf verder uitrekken en de andere kinderen proberen bij te houden. Bovendien deed ik mijn best vader zoveel mogelijk te vermijden.

Het idee van een piano fascineerde me; daarmee zou ik me misschien nog geliefder bij mijn moeder kunnen maken. Wanneer ze de radio niet afstemde op een zender met populaire zangers zette ze vaak een klassieke zender op, vooral op zondag. Bach deed mijn hoofd tollen van begraven hersenschimmen en riep echo's op uit een ver verleden. Ik moest een manier zien te vinden om mijn moeder duidelijk te maken dat ik belangstelling voor muziek had, maar zonder te verraden dat ik weet had van haar persoonlijke gesprekken, al had ze die op nog zo'n zachte, vertrouwelijke toon gevoerd. Gelukkig bood de tweeling uitkomst. Mijn grootouders, die een heel eind bij ons vandaan woonden, stuurden de meisjes met Kerstmis een speelgoedpiano bij wijze van cadeau. Het instrument was niet groter dan een broodtrommel, maar er viel een metalige octaaf aan te ontlokken. Het stuk speelgoed stond al sinds nieuwjaarsdag stof te verzamelen, maar ik redde het van de vergetelheid en begon op de kinderkamer deuntjes te spelen die ik uit mijn herinnering opdiepte en die amper te herkennen waren. Mijn zusjes waren er zoals gewoonlijk helemaal van in de ban en zaten als twee mediterende oosterse wijzen te luisteren naar het beperkte aantal noten dat ik aan de piano ontlokte en dat mijn geheugen moest opfrissen. Mijn moeder liep langs, een stofdoek in de hand, en bleef aandachtig luisterend in de deuropening staan. Vanuit mijn ooghoek zag ik haar naar me kijken, en toen ik met een zwierige beweging de laatste toets aansloeg, kwam haar applaus niet geheel onverwacht.

Stukje bij beetje toonde ik haar mijn aangeboren talent door in de korte tijd tussen huiswerk en avondeten telkens een ander deuntje te spelen, maar ze had meer aanmoediging nodig. Mijn plan blonk uit in eenvoud. Ik liet me ontvallen dat een stuk of vijf, zes kinderen in mijn klas op muziekles zaten, al waren het er in werkelijkheid maar een of twee. Tijdens ritjes in de auto deed ik net alsof het paneel onder mijn raampje een klavier was en ik met mijn vingers toonladders speelde, totdat mijn vader me opdroeg ermee te stoppen. Tijdens het afdrogen floot ik met opzet de eerste paar noten van iets bekends, zoals de Negende van Beethoven. Ik smeekte nooit, maar wachtte af totdat ze zou denken dat het haar eigen idee was. Op de zaterdag voor Henry's achtste verjaardag plukte ik de vruchten van mijn pogingen: mijn ouders besloten met me naar een pianoleraar in de grote stad te gaan.

We lieten de tweeling achter bij de buren en gingen met ons drieën voorin bij mijn vader zitten. We vertrokken al vroeg op die voorjaarsochtend, in onze beste kleren. We reden door het stadje waar ik naar school ging, waar we boodschappen deden en naar de kerk gingen, en daarna draaiden we de grote weg op naar de stad. Glanzende auto's schoten over het asfalt voorbij, en we verhoogden onze snelheid en voegden ons in het lint van pure energie dat beide kanten op stroomde. We reden sneller dan ik ooit in mijn leven had gereden, en ik was al bijna honderd jaar niet meer in de stad geweest. Billy bestuurde de De Soto uit '49 alsof het een oude vriend was, met zijn vrije arm over de leuning achter mijn moeder en mij. De oude veroveraar staarde ons vanaf het plaatje in het midden van het stuur aan, en wanneer papa een bocht nam, leken de ogen van de ontdekkingsreiziger ons te volgen.

Toen we de stad naderden, zagen we eerst de fabrieken aan de rand, met hun grote schoorstenen die wolken zwarte rook uitbraakten en hun ovens die gloeiden door het vuur in hun hart. Na een bocht in de weg zagen we opeens gebouwen die zich naar de hemel leken uit te strekken. Het centrum was zo groot dat ik naar adem hapte, en alles werd steeds hoger naarmate we dichterbij kwamen. Opeens reden we door de overvolle straten en werden de schaduwen langer en donkerder. Door een dwarsstraat kroop een trolleybus voort die met zijn kabel de vonken van de bovenleiding liet spatten. De deuren gleden open als een blaasbalg en mensen in voorjaarskleren en met hoeden op stroomden de bus uit; ze bleven op een betonnen eiland in het midden van de straat wachten totdat de verkeerslichten op groen sprongen. In de etalages van de warenhuizen vermengden de spiegelbeelden van de klanten en verkeersagenten zich met de uitgestalde nieuwe waren, de damesjurken en mannenpakken, en in het begin zag ik heel even de paspoppen aan voor levende mensen die doodstil stonden.

'Ik snap niet waarom we helemaal hierheen moeten. Je weet dat ik een hekel aan de stad heb. Ik kan nergens mijn auto kwijt.'

Mama's rechterarm schoot naar voren. 'Daar is een plekje. Is dat niet boffen?'

In de lift naar boven zocht mijn vader in zijn binnenzak naar een Camel, die hij opstak toen de deuren op de vierde verdieping openschoven. We waren een paar minuten te vroeg, en terwijl mijn ouders stonden te redetwisten over de vraag of ze wel of niet naar binnen moesten gaan, liep ik naar de deur en ging de woning binnen. Meneer Martin was weliswaar geen fee, maar gewoon was hij ook niet. Hij was lang en dun, met lang wit haar dat in een slordig jongenskapsel was geknipt, en hij droeg een donkerrood pak. Janneman Robinson, volwassen en verlept. Achter hem stond het mooiste instrument dat ik ooit had gezien. Een glanzend zwart gelakte vleugel die al het leven in de kamer naar zijn opengeslagen klep lokte. Die toetsen behelsden in al hun rust de mogelijkheid van talloze prachtige geluiden. Ik was zo met stomheid geslagen dat ik niet meteen antwoord op zijn vraag gaf.

'Kan ik je misschien helpen, jongeman?'

'Ik ben Henry Day, en ik wil alles leren wat u weet.'

'Mijn beste jongeman,' antwoordde hij met een zucht, 'ik vrees dat dat niet mogelijk is.'

Ik liep naar de piano en nam plaats op de kruk. De aanblik van de toetsen riep een verre herinnering op aan een strenge Duitse leraar die me opdroeg het tempo te verhogen. Ik strekte mijn vingers zo ver mogelijk uit, keek hoe breed ik mijn handen kon maken en plaatste mijn vingertoppen op het ivoor zonder per ongeluk een klank tevoorschijn te toveren. Meneer Martin gleed naar me toe en keek over mijn schouder naar mijn handen. 'Heb je vaker gespeeld?'

'Ooit, lang geleden...'

'Laat u eens de middelste C horen, meneer Day.'

En zonder nadenken drukte ik met de zijkant van mijn linkerduim één enkele toets in.

Mijn vader en moeder kwamen binnen en kondigden hun komst met een beleefd 'Ahum' aan. Meneer Martin draaide zich met een ruk om en beende naar hen toe om hen welkom te heten. Terwijl zij elkaar de hand schudden en zich voorstelden, speelde ik vanuit het midden de toonladders. De klanken van de piano zetten mijn synapsen aan het werk, riepen partituren op die ik uit mijn hoofd kende. Een stem in mijn hoofd vroeg om *heißblütig, heißblütig* – met meer passie, met meer gevoel.

'U zei dat hij een beginner was.'

'Dat is hij ook,' antwoordde mijn moeder. 'Ik geloof dat hij nog nooit een echte piano heeft gezien.'

'Hij is een natuurtalent.'

Voor de grap gaf ik tinkelend 'Boer er ligt een kip in het water' ten beste, op dezelfde manier waarop ik het voor mijn zusjes zou spelen. Ik gebruikte met opzet maar één vinger, alsof de vleugel een speelgoedpiano was.

'Dat heeft hij zichzelf geleerd,' zei mijn moeder. 'Op een klein pianootje dat eerder in een feeënorkestje thuishoort. En zingen kan hij ook, als een vogel.'

Papa wierp me een korte zijdelingse blik toe. Meneer Martin, die het te druk had met mijn moeder, merkte niets van de woordenloze dialoog. Mijn moeder ratelde maar door over al mijn talenten, maar niemand luisterde. Te langzaam, met noten die te ver uit elkaar lagen, speelde ik Chopin, zo verhuld dat zelfs de oude Martin de melodie niet herkende.

'Meneer Day, mevrouw Day, ik wil uw zoon lesgeven. Mijn minimumeisen behelzen echter dat de lessen gedurende acht aangesloten weken worden gegeven, op woensdagmiddag en op zaterdag. Ik zal het deze jongen leren.' Toen noemde hij, op een toon die amper meer dan een fluistering was, zijn honorarium. Mijn vader stak nog een Camel op en liep naar het raam.

'Maar voor uw zoon...' hij sprak nu weer tot mijn moeder, '... voor Henry, een geboren musicus, zal ik de helft rekenen, mits u zestien weken lang komt. Vier maanden. Dan zullen we weten hoe ver we kunnen komen.'

Ik speelde een uitgebeende versie van 'Happy Birthday'. Mijn vader rookte zijn sigaret op en klopte me op mijn schouder, ten teken dat we vertrokken. Hij liep naar mama en pakte haar lichtjes bij het vlezige deel van haar arm, net boven de elleboog.

'Ik bel u maandag,' zei hij, 'om half vier. We zullen er even over nadenken.'

Meneer Martin boog lichtjes en keek me recht aan. 'Je hebt een gave, jongeman.'

Op de terugweg zag ik de stad in de spiegel steeds kleiner worden en ten slotte helemaal verdwijnen. Mama zat aan één stuk door te babbelen, droomde over de toekomst, stippelde onze levens uit. Billy, zijn handen rond het stuur geklemd, concentreerde zich op de weg en zei niets.

'Ik ga een paar leghennen kopen, dat ga ik doen. Weet je nog dat je zei dat je weer een echte werkende boerderij wilde hebben? Ik neem een toom kippen, en dan verkopen we de eieren, daar kunnen we heus wel die lessen van betalen. En dan hebben we zelf ook elke dag verse eieren. En Henry kan met de schoolbus naar de tramhalte, en daarna met de tram naar de stad. Jij kunt hem op zaterdag toch wel naar de tram brengen?'

'Ik kan klusjes doen om het lesgeld te verdienen.'

'Zie je nu wel, Billy, zo graag wil hij het leren. Hij heeft talent, dat zei die meneer Martin ook al. Wat is die man verfijnd. Heb je die piano gezien? Hij poetst hem vast elke dag.'

Mijn vader draaide zijn raampje een paar centimeter naar beneden om frisse lucht binnen te laten.

'Heb je hem "Happy Birthday" horen spelen? Alsof hij nooit iets anders doet. Hij wil het graag. Ik wil het graag. Lieverd.'

'Maar waar moet hij dan oefenen, Ruth? Zelfs ik weet dat je elke dag moet oefenen, en ik kan de lessen misschien wel betalen, maar zeker geen piano.'

'Op school staat een piano,' zei ik. 'Niemand speelt er ooit op. Als ik het vriendelijk vraag, mag ik na school misschien...'

'En je huiswerk dan, en die klusjes die je wilde doen? Ik wil niet dat je slechtere cijfers gaat halen.'

'Negen maal negen is eenentachtig. Onmiddellijk spel je als o-n-m-i-d-d-e-l-l-i-j-k. Oppenheimer heeft voor de bom gezorgd die korte metten met de Jappen heeft gemaakt. De heilige drie-eenheid bestaat uit de Vader, de Zoon en de Heilige Geest, en dat is een heilig mysterie dat niemand kan ontrafelen.'

'Goed dan, Einstein, je mag het proberen, maar niet langer dan acht weken, voor de zekerheid. En je moeder zal het lesgeld met de verkoop van eieren moeten verdienen, en jij zult haar moeten helpen de kippen te verzorgen. Hebben ze je dat op die school van je geleerd?'

Ruth keek hem aandachtig aan, met een zeldzame blik vol liefde en bewondering. Ze glimlachten allebei, schaapachtig en heimelijk, een aarzelend lachje waarvan de betekenis me ontging. Ik zat tussen hen in en genoot van de warmte van dat ogenblik, zonder enig schuldgevoel omdat ik niet echt hun kind was. We reden voort, het gelukkigste gezinnetje dat er was.

Toen we over een hoge brug over de rivier reden, niet ver van ons huis, bewoog er opeens iets op de oever onder ons. Tot mijn ontzetting zag ik een stel wisselkinderen in een rij over een open plek lopen. Ze leken op te gaan in de ontluikende bomen en struiken om hen heen en waren in een oogwenk verdwenen. Die vreemde kinderen bewogen zich als herten. Mijn ouders merkten er niets van, maar bij de gedachte aan die wezens daar beneden begon ik te blozen. Het zweet brak me uit, maar al snel kreeg ik het koud. Ik was hen bijna helemaal vergeten en schrok hevig nu ik aan hun bestaan werd herinnerd. Het idee dat ze zouden kunnen onthullen wie ik was geweest, maakte me misselijk. Ik wilde mijn vader smeken de auto stil te zetten, maar hij stak nog een sigaret op en deed zijn raampje iets verder open. Door de frisse lucht zakte de misselijkheid, maar mijn angst niet.

Mama verbrak de betovering. 'Zei meneer Martin niet dat we vier maanden lang moesten komen?'

'Ik bel hem maandag wel om iets af te spreken. Laten we maar beginnen met twee maanden. Eens kijken of hij het leuk vindt.'

In de acht jaar die volgden, kreeg ik pianoles, en dat was de mooiste tijd van mijn leven. Wanneer ik vroeg naar school kwam, mocht ik van de nonnen oefenen op de piano in de kantine. Later mocht ik in de kerk op het orgel spelen en werd ik de jongste invaller voor de organist die de parochie ooit had gehad. Mijn leven kreeg regelmaat, discipline bood me vreugde. Elke ochtend gleed mijn hand onder de warme kippenbuikjes om de eieren te rapen en elke middag gleden mijn vingers over de toetsen en verbeterde ik mijn techniek. Op woensdag en zaterdag ging ik naar de stad, ritjes die een balsem bleken, ver weg van de boerderij en mijn familie. Ik was niet langer iets wilds, maar een beschaafd schepsel, wederom op weg een virtuoos te worden.

Zes

Bij het vastleggen van mijn herinneringen aan die eerste jaren die nu zo ver achter me liggen word ik, zoals zovelen, door de tijd zelf voor de gek gehouden. Mijn ouders, die deze wereld allang hebben verlaten, leven weer. Ik kan me meer herinneren over de vrouw met de rode jas, die ik slechts één keer heb gezien, dan van wat ik gisteren heb gedaan of of ik distels met honing of vlierbessen bij het ontbijt heb gegeten. Mijn zussen, die nu van middelbare leeftijd zijn, zullen voor mij altijd dreumesen blijven, identieke cherubijntjes met kleine krulletjes, mollig en hulpeloos als welpjes. Het geheugen, dat ons in ons wakende bestaan kwelt met verwachting en spijt, is misschien wel het enige wat ons troost kan bieden wanneer de tijd uit het lood wordt geslagen.

Mijn eerste nachtelijke strooptocht door het woud had me doodmoe gemaakt, en ik verborg me onder een berg jassen en dekens en bont. De volgende dag kreeg ik koorts, die rond het middaguur hoog was opgelopen. Zanzara kwam me een kop warme thee en een kom met een vies soepje brengen en zei dwingend: 'Drink, drink, nip ervan.' Maar ik kon nog geen slok wegkrijgen. Het maakte niet uit met hoeveel lagen ze me bedekten, ik kreeg het niet warm. Tegen het vallen van de avond lag ik onbeheersbaar te beven. Mijn tanden klapperden en mijn botten deden pijn.

Met de slaap kwamen vreemde, nare nachtmerries waarin alles tegelijk leek te gebeuren. Mijn familie drong mijn dromen binnen. Hand in hand staan ze in een halve cirkel rond een gat in de grond, zwijgend als stenen. Mijn vader pakt mijn enkel vast en trekt me uit de holle boom waarin ik me heb verstopt en legt me op de grond. Dan steekt hij weer zijn hand in de boom en haalt de tweeling er bij hun enkels uit. Hij houdt de meisjes omhoog en ze giechelen van angst en plezier. En mijn moeder zegt bestraffend: 'Wees niet zo hard voor die jongen. Waar heb je gezeten, waar heb je gezeten?'

Dan sta ik weer op de weg, in het licht van de koplampen van een oude Ford, het hert ligt op zijn rug op het wegdek en haalt oppervlakkig adem, en ik laat mijn longen gelijk met de zijne op en neer gaan en de vrouw met de rode jas en de lichtgroene ogen zegt: 'Wie ben je?' En dan buigt ze zich naar me toe, neemt mijn kin in haar hand en geeft me een zoen op mijn lippen, en dan ben ik weer een jongen. Mezelf. Maar ik weet niet meer hoe ik heet.

Aniday. Een wild kind als ik, een meisje met de naam Speck, buigt zich voorover en geeft me een kus op mijn voorhoofd, haar lippen zijn koel op mijn warme huid. Achter haar veranderen de eikenblaadjes in duizend kraaien die allemaal tegelijk wegvliegen, in een grote, kolkende, zingende wervelstorm van vleugels. Nadat de roffelende vlucht aan de horizon is verdwenen, valt er weer een stilte, en de ochtend breekt aan. Ik jaag de vogels op, ik ren zo snel en hard dat mijn huid aan beide zijden als een zoom openscheurt en mijn hart tegen mijn ribben bonst, totdat ik word tegengehouden door de dodelijke verschijning van een kolkende zwarte rivier. Ik concentreer me uit alle macht, zodat ik de andere oever kan zien, en daar op de oever, hand in hand rond een gat in de grond, staan mijn vader en moeder, de vrouw in de rode jas, mijn twee zusjes, en de jongen die ik niet ben. Ze staan er als stenen, als bomen, naar de open plek te staren. Als ik de moed kan vatten om in het water te springen, dan kan ik misschien bij hen komen. Zwart water heeft me ooit weggevoerd, en dus ga ik op de oever staan, roep met een stem die niet kan worden gehoord woorden die niemand kan begrijpen.

Ik weet niet hoe lang ik heb geijld van de koorts. Een nacht, een dag of twee, een week, een jaar? Toen ik wakker werd onder een vochtige staalgrijze hemel voelde ik me geborgen en veilig, hoewel mijn armen en benen pijn deden van de stijfheid en mijn ingewanden afgeschraapt en hol aanvoelden. Ragno en Zanzara, die voor me moesten zorgen, zaten te kaarten, met mijn buik als tafel. Hun spel spotte met elke logica, want ze hadden nooit een volledig spel kaarten weten te vergaren. Door de restjes van talloze verschillende spellen bij elkaar te stoppen hadden ze nu bijna honderd kaarten. Ieder had een handvol, de rest lag in een slordige stapel op mijn buik.

'Heb je een *cinque*?' vroeg Ragno.

Zanzara krabde op zijn hoofd.

Ragno stak vijf vingers op en riep tegen hem: '*Cinque, cinque.*'

'Kwartet.'

En een kwartet had hij, door elke kaart om te draaien totdat hij er eentje vond die bij de andere paste. Hij hield ze triomfantelijk omhoog voordat hij de beurt weer aan Zanzara gaf.

'Je speelt vals, Ragno.'

'En jij bent een uitzuiger.'

Ik kuchte om duidelijk te maken dat ik wakker was.

'Hé, kijk eens, hij is er ook weer.'

Zanzara legde zijn klamme hand op mijn voorhoofd. 'Ik haal wel even iets te eten voor je. En een kop thee misschien?'

'Je hebt een hele tijd liggen slapen, jongen. Dat krijg je ervan als je met die knapen op stap gaat. Die Ierse jongens, die zijn nergens goed voor.'

Ik keek om me heen om te zien of mijn vrienden er ook waren, maar zoals elke middag was het kamp verlaten.

'Wat voor dag is het?' vroeg ik.

Zanzara stak heel even zijn tong uit en proefde de lucht. 'Dinsdag, volgens mij.'

'Nee, welke dag van de maand, bedoel ik. De datum.'

'Jongen, ik weet niet eens welke maand het is.'

Ragno kwam tussenbeide: 'Het loopt al tegen de lente. De dagen worden langer, elke dag een beetje.'

'Heb ik Kerstmis gemist?' Voor het eerst in maanden kreeg ik last van heimwee.

De jongens haalden hun schouders op.

'Heb ik de kerstman gemist?'

'Wie is dat?'

'Hoe kom ik hier vandaan?'

Ragno wees naar een pad dat schuilging tussen twee naaldbomen.

'Hoe kom ik weer thuis?'

Er verscheen een glazige blik in hun ogen, en hand in hand draaiden ze zich om en huppelden weg. Ik wilde huilen, maar er kwamen geen tranen. Vanuit het westen kwam een hevige bui opzetten, donkere wolken schoten langs de hemel. Ik dook weg onder mijn dekens en sloeg de veranderende dag gade, alleen met mijn zorgen, totdat de anderen op de wind naar huis gedwarreld kwamen. Ze schonken me evenveel aandacht als om het even welke hoop aarde waar je elke dag langsloopt. Igel ontstak een vuurtje door wat vuurstenen tegen elkaar te slaan totdat het brandhout vlam vatte. Twee van de meisjes, Kivi en Blomma, legden de bijna lege kuil met voorraden bloot en groeven een karig maal op. Met een paar behendige halen van een vlijmscherp mes vilden ze vaardig een deels bevroren eekhoorn. Speck verkruimelde wat gedroogde kruiden boven onze oude theepot en vulde die met water uit een holte in de grond. Chavisory roosterde noten op een plat rooster. De jongens die niet bezig waren met koken trokken hun natte schoenen en laarzen uit en verruilden die voor het schoeisel van een dag eerder, dat nu droog en hard was. Al deze huishoudelijke klusjes werden zonder ophef en met weinig woorden verricht; ze hadden van de voorbereidingen op de nacht een ware wetenschap gemaakt. Terwijl de eekhoorn gaar werd aan het spit kwam Smaolach naar me toe om te kijken hoe het ging. Het verbaasde hem dat ik wakker en helder was.

'Aniday, je bent teruggekeerd uit de dood.'

Hij pakte mijn hand, trok me overeind. We omhelsden elkaar, maar hij drukte zo hard dat mijn zijden pijn deden. Met een arm rond mijn schouder leidde hij me naar het vuur, waar sommige feeën me vol verwondering en opluchting begroetten. Béka keek me met ongeïnteresseerde minachting aan, en Igel haalde zijn schouders op toen ik 'Hallo' zei en bleef met zijn armen over elkaar geslagen zitten wachten totdat iemand hem zou bedienen. We schoven aan voor een maal van eekhoorn en noten, maar het vlees kon amper de eetlust van alle aanwezigen stillen. Na de eerste draderige hapjes duwde ik mijn tinnen bord opzij. De gezichten van de anderen gloeiden in het licht van het vuur en het vet op hun lippen deed hun lachjes glanzen.

Na het eten gebaarde Luchóg dat ik dichterbij moest komen. Hij fluisterde in mijn oor dat hij een verrassing voor me verborgen had gehouden. We liepen het kamp uit, de laatste stralen roze zonlicht schenen ons bij. Ineengeklemd tussen twee grote stenen stonden vier kleine enveloppen.

'Pak maar,' zei hij grommend, met de zware bovenste steen in zijn armen, en ik griste de enveloppen weg voordat hij het stuk steen met een bons liet vallen. Luchóg stak zijn hand in zijn hemd en pakte zijn verborgen buideltje, waar hij het stompje van een scherp potlood uithaalde dat hij met gepaste bescheidenheid aan me liet zien. 'Prettig kerstfeest, juweeltje. Nu kun je een beginnetje maken.'

'Is het vandaag kerst?'

Luchóg keek om zich heen om te zien of iemand hem kon horen. 'Je hebt het niet gemist.'

'Prettige kerst,' zei ik. En ik scheurde mijn cadeaus open, waarbij ik de kostbare enveloppen kapotmaakte. In de loop der jaren ben ik twee van de vier brieven kwijtgeraakt, maar ze waren op zich niet zo heel kostbaar. De ene was een betalingsbewijs van een hypotheek, met de bijbehorende cheque; die gaf ik aan een hevig smekende Luchóg, die van het papier sigaretten wilde draaien. Het andere verloren gegane stuk correspondentie was een woedende brief aan de redactie van de plaatselijke krant waarin Harry Truman ervan langs kreeg. Dat vel bleek waardeloos omdat het aan beide zijden helemaal tot aan de randen was gevuld met een priegelig handschrift. De andere twee brieven vertoonden meer witte plekken, en in een ervan stonden de regels zo ver uiteen dat ik ertussen kon schrijven.

2 februari 1950

Liefste,

Die nacht laatst betekende zo veel voor me dat ik maar niet kan begrijpen waarom je sindsdien niet hebt gebeld of geschreven. Je zei dat je van me hield en ik hou ook van jou, maar je hebt nog steeds mijn laatste drie brieven niet beantwoord en bij je thuis of zelfs op je werk neemt niemand de telefoon op. Het is niet mijn gewoonte te doen wat we in de auto hebben gedaan, maar ik deed het omdat jij maar bleef zeggen dat je van me hield en je anders zo'n pijn had en je zo ongemakkelijk voelde.

Ik wilde je laten weten dat ik niet zo'n soort meisje ben. Ik ben het soort meisje dat van je houdt en ook het soort meisje dat verwacht dat een heer zich als een heer gedraagt.

Schrijf me alsjeblieft terug, of beter nog, bel me. Ik ben niet zozeer boos als wel in de war, maar ik zal zeker kwaad worden als ik niets van je hoor.

Ik hou van je, weet je dat?

Veel liefs,

Martha

Toen beschouwde ik die brief als de beste verwoording van ware liefde die ik ooit had aanschouwd. Hij was niet gemakkelijk te lezen omdat Martha in schuinschrift had geschreven, maar gelukkig waren het grote letters die aan drukwerk deden denken. De tweede brief stelde me voor meer vraagtekens dan de eerste, maar ook daarvoor was slechts driekwart van de ene zijde van het vel gebruikt.

2-3-1950

Lieve vader en moeder,

Ik kan niet in woorden uitdrukken hoe verdrietig ik ben, en ik wil mijn innige deelneming betuigen met het verlies van onze lieve opoe. Ze was een goede vrouw, een lieve vrouw, en ze is nu op een betere plek. Het spijt me dat ik niet naar huis kan komen, maar ik heb geen geld voor de reis. Daarom moet ik mijn oprechte verdriet uitdrukken middels deze uiterst ontoereikende brief.

De winter loopt kil en verdrietig ten einde. Het leven is niet eerlijk, nu jullie opoe hebben verloren, en ik bijna alles.

Jullie zoon

Toen de meisjes in het kamp van de brieven hoorden, wilden ze per se dat we die van elkaar konden lezen. Ze waren niet alleen nieuwsgierig naar de inhoud, maar ook naar de lees- en schrijfvaardigheid waarover ik naar eigen zeggen beschikte, want verder nam bijna niemand in het kamp ooit nog de moeite te lezen of te schrijven. Sommigen hadden het nooit geleerd, anderen waren het vergeten. We zaten in een kring rond het vuur en ik las de brieven zo goed mogelijk voor, al begreep ik lang niet alle woorden of de betekenis erachter.

'Hoe denken jullie over Liefste?' vroeg Speck de groep toen ik klaar was.

'Hij is een rotzak, een leugenaar,' zei Onions.

Kivi streek haar blonde krullen naar achteren en zuchtte. Haar gezicht glom in het licht van het vuur. 'Ik begrijp niet waarom Liefste Martha niet terugschrijft, maar dat is nog niets in vergelijking met de problemen van Jullie zoon.'

'Ja,' voegde Chavisory eraan toe, 'misschien moeten Jullie zoon en Martha met elkaar trouwen, dan zullen ze nog lang en gelukkig leven.'

'Nou, ik hoop dat vader en moeder opoe weer zullen vinden,' vulde Blomma aan.

Het verwarrende gesprek duurde tot laat op de avond. Ze

verzonnen poëtische verhalen over de andere wereld. Hun ondoorgrondelijke medeleven, bezorgdheid en verdriet verbaasden me zeer, maar de meisjes voelden zich altijd enorm betrokken bij kwesties die niets met ons te maken hadden. Ik wilde het liefst alleen zijn, zodat ik het schrijven zou kunnen oefenen, maar de meisjes bleven hangen totdat er van het vuur niets dan as restte. Daarna kropen ze onder de dekens en zetten daar hun gesprek voort, fantaserend over het lot van de schrijvers, hun onderwerpen en de beoogde lezers van de brieven. Ik zou de vellen pas later kunnen gebruiken. De nacht werd bitter koud, en al snel lagen we met ons twaalven tegen elkaar, in een verstrengelde kluwen van ledematen. Toen de laatste van ons onder de mat kroop, herinnerde ik me opeens welke dag het was. 'Prettige kerst!' zei ik, maar mijn wens riep slechts hoon op: 'Hou je mond!' en 'Ga slapen'. Tijdens de lange uren voor zonsopgang raakte een voet mijn kin, porde een elleboog in mijn kruis en knalde een knie tegen mijn gevoelige ribben. In een donker hoekje van de meute kreunde een meisje toen Béka haar besteeg. Ik verdroeg de verstoring van de rust geduldig en wachtte op de ochtend, de brieven tegen mijn borst gedrukt.

Het licht van de opkomende zon werd weerkaatst door een deken van hoge vederwolken die aan de oostelijke rand het helderst was en overliep in zachte pastelkleuren. De takken van de bomen verdeelden de hemel in losse stukken, als de vakjes in een caleidoscoop. De rode zon kwam op en veranderde het patroon, loste alles op tot blauw en wit. Ik stond op en genoot van het licht, dat aanzwol totdat het fel genoeg was om erbij te kunnen tekenen en schrijven. Ik pakte het papier en mijn potloodje, legde een koude platte steen op mijn schoot en vouwde het betalingsbewijs van de hypotheek in vieren. Ik trok een lijn langs de vouwen en maakte vakjes voor vier tekeningen. Het potlood voelde zowel vreemd als vertrouwd aan. In het eerste vakje tekende ik mijn vader en moeder, mijn twee zusjes en mezelf, van top tot teen, in een rechte lijn naast elkaar. Toen ik mijn eigen werk bekeek, kwamen de portretten grof en slordig over, en ik was teleurgesteld in mezelf. In het volgende vakje tekende ik de weg door het bos met het hert, de vrouw, de auto en Smaolach en Luchóg, allemaal in hetzelfde perspectief. Het licht gaf ik aan met twee rechte lijnen die vanuit een cirkel op de auto naar de tegenoverliggende hoeken van het vakje liepen. Het hert leek meer op een hond, en ik wou dat er een gummetje op de achterkant van het gele potlood had gezeten. In het derde vakje: een afgeplatte kerstboom, uitbundig versierd, met eronder op de grond een stapel cadeaus. In het laatste vakje tekende ik een jongen die verdronk. Gebonden in spiralen zonk hij weg onder de golvende lijn.

Toen ik het vel later die middag aan Smaolach liet zien, pakte hij mijn hand vast en dwong me met hem mee te rennen naar een wild bosje hulst. Hij keek alle kanten op om er zeker van te zijn dat we alleen waren en vouwde het vel toen zorgvuldig in vieren en gaf het me terug.

'Je moet voorzichtiger zijn met wat je tekent.'

'Hoe bedoel je?'

'Dat zul je wel merken als Igel hier ooit achterkomt. Je moet beseffen, Aniday, dat hij elk contact met de andere kant afwijst, en die vrouw...'

'Met die rode jas?'

'Hij is bang dat we worden ontdekt.' Smaolach pakte het vel en stopte het in de zak van mijn jas. 'Sommige dingen kun je beter voor jezelf houden,' zei hij, en toen knipoogde hij naar me en liep fluitend weg.

Schrijven bleek pijnlijker dan tekenen. Van bepaalde letters – B, G, R en W – kreeg ik kramp in mijn handen. In die eerste pogingen helde mijn K soms achterover, ging mijn S alle kanten op en werd een F per ongeluk een E. Dergelijke fouten beschouw ik nu, terugkijkend op mijn eerste jaren, als vermakelijk, maar toen gaf mijn handschrift reden tot veel schaamte en gêne. Nog erger dan het alfabet waren de woorden zelf. Ik kon helemaal niet spellen en wist niets van leestekens. Ik ergerde me aan mijn woordenschat, om nog maar te zwijgen over mijn stijl, zinsstructuur, afwisseling, bijwoorden en bijvoeglijke naamwoorden en dergelijke. Het daadwerkelijke schrijven, de handeling op zich, duurde vreselijk lang. Ik moest de zinnen stukje bij beetje bijeenrapen, maar eenmaal voltooid bleken ze niet meer dan een ruwe benadering van wat ik voelde of wilde zeggen, een naargeestig hek over een witte akker. Toch hield ik het de hele morgen vol en schreef ik alles op wat ik me kon herinneren, in alle woorden die ik tot mijn beschikking had. Rond de middag waren de lege plekken aan beide zijden van het vel gevuld met het verhaal van mijn ontvoering en avonturen, maar ook met de vaagste herinneringen aan het leven dat ik voor mijn komst naar het woud had geleid. Ik was inmiddels al meer vergeten dan ik me kon herinneren: mijn eigen naam en die van mijn zusjes, mijn geliefde bed, mijn school, mijn boeken, elk besef van wat ik wilde worden als ik eenmaal groot was. Na verloop van tijd zou veel me weer te binnenschieten, maar zonder de brieven van Luchóg zou ik voor altijd verloren zijn geweest. Toen ik het laatste woord op het laatste lege plekje had weten te persen, ging ik naar hem op zoek. Nu ik geen papier meer had, was het mijn missie meer te bemachtigen.

Zeven

Op mijn tiende trad ik voor het eerst op voor publiek. Als bedankje aan de nonnen die me op de piano op school lieten oefenen stemde ik in met een optreden tijdens het jaarlijkse kerstspel. Onder begeleiding van mijn muziek zouden ouders hun stoelen opzoeken en de kinderen hun jassen en sjaals verruilen voor de kostuums van de elfjes en de drie koningen. Samen met meneer Martin, mijn pianoleraar, stelde ik een programma samen dat begon met Bach, Strauss en Beethoven en ter nagedachtenis aan Arnold Schönberg, die een jaar eerder was overleden, eindigde met diens 'Sechs kleine Klavierstücke'. We hadden het idee dat dit laatste 'moderne' stuk, dat bij ons publiek niet bijzonder bekend zou zijn, aangaf wat ik allemaal kon, zonder dat het er te dik bovenop zou liggen. De dag voor het kerstspel nam ik in bijzijn van de nonnen het half uur durende programma door, maar mijn keuze zorgde voor gefrons en boze blikken onder de kapjes.

'Dat is prachtig, Henry, heel bijzonder,' zei het hoofd. Ze was de moeder-overste van de troep kraaien die de school bestierde. 'Maar dat laatste stuk...'

'Van Schönberg?'

'Ja, bijzonder interessant.' Ze stond op, ten overstaan van de zusters, en beende heen en weer, zoekend naar een tactvolle opmerking. 'Ken je nog iets anders?'

'Iets anders, moeder?'

'Iets wat beter bij de tijd van het jaar past?'

'De tijd van het jaar, moeder?'

'Iets wat de mensen kennen?'

'Ik geloof niet dat ik begrijp wat u bedoelt.'

Ze draaide zich om en keek me recht aan. 'Ken je ook nog kérstliedjes? Gezangen? "Stille nacht" misschien? Of "Hark! The Herald Angels Sing" – volgens mij is dat muziek van Mendelssohn. Als je Beethoven kunt spelen, kun je ook Mendelssohn spelen.'

'U wilt kerstliedjes?'

'Niet alleen gezangen.' Ze liep verder, trok haar habijt naar beneden. 'Je zou "Jingle Bells" kunnen spelen, of "White Christmas".'

'Dat komt uit *Holiday Inn*,' merkte een der nonnen op. 'Bing Crosby en Fred Astaire en Marjorie Reynolds. O, maar daar ben je te jong voor.'

'Hebben jullie *Bells of St. Mary's* gezien?' vroeg de juf van de derde klas aan haar medezusters. 'Daar was hij zo goed in.'

'Ik vond *Boys Town* erg goed, je weet wel, met Mickey Rooney.'

De moeder-overste rammelde met de kralen van haar rozenkrans en maande hen zo tot stilte. 'Je kent toch wel een paar kerstliedjes?'

Die avond ging ik verslagen naar huis en studeerde de deuntjes in op het kartonnen toetsenbord dat mijn vader voor me had gemaakt. De avond erop kortte ik voor het kerstspel mijn repertoire met de helft in en voegde er aan het einde een paar kerstliedjes aan toe. Ik speelde wel Schönberg, al was dat geen succes, en oogstte een overweldigende ovatie met mijn meesterlijke vertolking van de kerstmopjes. 'Stelletje idioten,' mompelde ik binnensmonds toen ik het applaus in ontvangst nam. Tijdens mijn herhaaldelijke buigen voelde ik dat mijn walging hun luide geklap en gefluit dreigde te overstemmen, maar toen keek ik op en zag die massa gezichten, herkende ik mijn ouders en buren, die stuk voor stuk even vrolijk waren en me dankbaar waren voor het feestelijke gevoel dat ik met mijn voorspelbare fragmenten van hun oude lievelingsliedjes had weten op te wekken. Geen geschenk is zo welkom als dat waar je op rekent. Het applaus zwol steeds verder aan, ik werd steeds duizeliger en lichter in het hoofd. Mijn vader stond op, met een gemeende, brede lach op zijn gezicht. Ik viel bijna flauw. Ik wilde meer.

Die ervaring was zo heerlijk omdat mijn muzikale talent een menselijke gave was. In het woud waren geen piano's. En terwijl mijn magische krachten langzaam verdwenen, werd mijn artistieke talent steeds groter. De afstand tussen mij en degenen die me honderd jaar lang bij zich in het woud hadden gehouden, werd steeds groter, en ik kon alleen maar hopen en wensen dat ze me voor altijd met rust zouden laten. Na het optreden had ik voortdurend het gevoel dat ik in tweeën was gespleten: mijn ene helft bleef oefenen bij meneer Martin, die de nadruk legde op de klassieke canon en me werk van de oude componisten liet spelen totdat ik als Thor op de toetsen kon hameren of ze onder de lichtste aanraking kon laten fluisteren. Mijn andere helft werkte gestaag aan een repertoire van liedjes die het publiek volgens mij wilde horen, zoals de liefdesliedjes van de radio waar mijn moeder zo graag naar luisterde. Mij konden zowel de fuga's uit *Das Wohltemperierte Klavier* als 'Heart and Soul' bekoren, beide vloeiden moeiteloos uit mijn handen, maar door het spelen van populair werk kon ik af en toe wat bijverdienen op klassenavonden en verjaarsfeestjes. Aanvankelijk maakte meneer Martin bezwaar tegen een dergelijke verspilling van mijn talent, maar ik hing een zielig verhaal op en zei dat ik het geld nodig had om zijn lessen te kunnen betalen. Meteen verlaagde hij zijn honorarium met een kwart. Dankzij het geld dat we zo bespaarden, de centen die ik op feesten verdiende en de steeds lucratievere eieren- en kippenhandel van mijn moeder konden we nog net op tijd voor mijn twaalfde verjaardag een eigen piano kopen.

'Wat is dat?' vroeg mijn vader toen hij op de dag van de bezorging thuiskwam en het prachtige instrument in zijn mantel van palissander zag staan.

'Dat is een piano,' antwoordde mijn moeder.

'Dat zie ik. Hoe komt die hier?'

'Pianoverhuizers.'

Hij haalde een sigaret uit zijn zak en stak die met een snelle beweging aan. 'Ruthie, ik snap dat iemand dat ding is komen brengen. Waarom ís die piano hier?'

'Voor Henry. Dan kan hij oefenen.'

'Dat kunnen we niet betalen.'

'We hebben hem gekocht, Henry en ik.'

'Met het geld dat ik met optredens heb verdiend,' vulde ik aan.

'En met de kippen en de eieren.'

'Jullie hebben hem gekocht?'

'Op aanraden van meneer Martin. Voor Henry's verjaardag.'

'O, nou gefeliciteerd dan maar,' zei hij op weg naar buiten.

Ik speelde zo vaak als ik maar kon. Jarenlang zat ik elke dag uren aan de piano, gefascineerd door de mathematische regelmaat van de noten. De muziek stroomde als een rivier door me heen en stuwde mijn bewustzijn op naar de kern van mijn ziel, alsof er op de hele wereld maar één klank bestond. Die zomer liet ik mijn benen twee, drie centimeter langer groeien dan noodzakelijk was, zodat ik beter bij de pedalen kon. Overal – thuis, op school, in het stadje – spreidde ik mijn vingers zo ver als ik kon. Mijn vingertoppen werden glad en uiterst gevoelig. Na een tijdje stonden mijn schouders naar voren gebogen. Ik droomde van golven van toonladders. Naarmate mijn vaardigheden toenamen en ik de muziek steeds beter begreep, groeide ook het besef dat frasering in het dagelijks leven eveneens een rol kon spelen. De kunst is mensen te laten luisteren naar een bijna onhoorbaar ritme, de ogenschijnlijk onbeduidende stiltes tussen noten en de afwezigheid van tonen tussen tonen. Door met een meedogenloos strenge precisie te fraseren, kun je alles spelen – of zeggen. Dankzij de muziek ontwikkelde ik een enorme zelfbeheersing.

Mijn vader kon er niet tegen wanneer ik zat te oefenen, misschien omdat hij besefte hoe goed ik was geworden. Hij liep de kamer uit, trok zich terug in de verste hoeken van het huis, zocht een excuus om naar buiten te gaan. Een paar weken nadat mama en ik de piano hadden aangeschaft, kwam hij thuis met onze allereerste televisie, en een week later kwam een man de antenne op het dak zetten. 's Avonds keek mijn vader naar spelletjes als *You Bet Your Life* of komische series als *The Jackie Gleason Show* en droeg me op niet zo veel lawaai te maken. Maar hij ging vooral steeds vaker gewoon de deur uit.

'Ik ga een eindje rijden.' Hij had zijn hoed al op.

'Je gaat toch geen borrel pakken, mag ik hopen.'

'Misschien neem ik er eentje met de jongens.'

'Kom niet te laat thuis.'

Hij stommelde ruim na middernacht weer naar binnen, in zichzelf zingend of mompelend, dan vloekte hij wanneer hij over een stuk speelgoed van de meisjes struikelde of in het voorbijgaan zijn scheen tegen de pianokruk stootte. Wanneer het mooi weer was, deed hij elk weekend iets buiten: de luiken vervangen, het huis schilderen, de kippenren met nieuw gaas bespannen. Hij zat niet bij de haard, wilde niet luisteren. In het bijzijn van Mary en Elizabeth speelde hij de liefhebbende vader; hij nam hen op schoot, schikte hun krullen en jurkjes, uitte bewonderende kreten bij het zien van de simpelste tekening of een huisje van ijslollystokjes, ging aan tafel zitten om net te doen alsof hij bij hen op de thee kwam, dat soort dingen. Maar tegen mij was hij kil, en hoewel ik geen gedachten kan lezen, vermoed ik dat mijn hevige liefde voor muziek hem van zijn stuk bracht. Misschien had hij het idee dat kunst me bedierf, me minder mannelijk maakte. Kwam het al tot een gesprek, dan was het omdat hij een standje gaf als ik een bepaald klusje niet gedaan had of omdat ik niet het hoogste cijfer voor een proefwerk had gehaald.

Toen hij me op een zaterdag bij de trolleybushalte ophaalde en naar huis bracht, deed hij een poging me bij een gesprek te betrekken en me te begrijpen. Op de radio werd verslag gedaan van een footballwedstrijd tussen de Fighting Irish van Notre Dame en Navy. Een van de teams scoorde op fantastische wijze een *touchdown*.

'Wat zeg je me daarvan? Hoorde je dat?'

Ik keek uit het raampje en tikte met mijn rechterhand een melodietje op de armleuning.

'Hou je eigenlijk wel van football?' vroeg hij.

'Kweenie. Het gaat wel.'

'Hou je van andere sporten? Honkbal? Basketbal? Heb je zin om een keertje te gaan jagen?'

Ik zei niets. Het idee dat ik alleen zou zijn met Billy Day en een geweer maakte me doodsbang. In het woud huizen duivels. We lieten een paar kilometer zwijgend aan ons voorbijgaan.

'Waarom ben je dag en nacht alleen maar met die piano bezig?'

'Ik hou van muziek. En ik ben er goed in.'

'Dat is zo, maar zeg eens eerlijk, denk je nu nooit eens dat je ook iets anders zou kunnen doen? Weet je niet dat er meer in het leven is dan alleen maar muziek?'

Als hij mijn echte vader was geweest, zou ik voor altijd hevig teleurgesteld in hem zijn geweest. Die man had geen visie, geen passie voor het leven, en ik was blij dat we niet echt aan elkaar verwant waren. De auto gleed tussen de schaduwen van de bomen door, en de ruit kleurde donkerder. In mijn eigen spiegelbeeld zag ik de weerspiegelde beeltenis van Henry's vader, maar ik leek alleen maar zijn telg. Ooit had ik een echte vader gehad. Ik kon zijn stem horen: *'Ich erkenne euch! Ihr wollt nur meinen Sohn!'* Zijn ogen dansten wild achter zijn uilenbril, maar toen verdween het fantoom van de herinnering. Ik merkte dat Billy Day me vanuit zijn ooghoeken aan zat te kijken, zich afvragend hoe het toch zover had kunnen komen. Hoe had hij zo'n zoon kunnen krijgen?

'Ik geloof dat ik meisjes steeds leuker ga vinden,' deed ik een poging. Hij glimlachte en haalde zijn hand door mijn haar. Hij stak nog een Camel op, een teken dat mijn antwoord hem beviel. De vraag of ik wel mannelijk genoeg was, kwam nooit meer ter sprake.

Per ongeluk was een fundamentele waarheid ontsnapt. Meisjes waren op de een of andere manier altijd wel aanwezig. Ik zag hen op school, bekeek hen in de kerk, speelde bij elk optreden voor hen. Meisjes waren er opeens, alsof ze uit de schaduwen gesprongen kwamen, en alles veranderde voorgoed. Ik werd tien keer op een dag verliefd: op een oudere vrouw van misschien midden twintig in een grijze jas die ik op een grijze straathoek zag; op de bibliothecaresse met het ravenzwarte haar die elke dinsdagmorgen een dozijn cicren kwam halen. Op meisjes met paardenstaarten die aan het touwtjespringen waren. Op meisjes met charmante accenten, meisjes met kniekousen en wijde rokjes. Op het meisje in de krantenstrip 'Blondie', op Cyd Charisse, Paulette Goddard, Marilyn Monroe. Op iedereen met rondingen. Aantrekkingskracht gaat verder dan het uiterlijk, het is de manier waarop ze de wereld sieren. Sommige vrouwen trekken de aandacht door bewegingen van een innerlijk vliegwiel, andere glijden als op schaatsen door het leven. Sommige vrouwen tonen hun lijden in hun blikken, andere omringen je met de muziek van hun lach. De manier waarop ze één worden met hun kleren. Roodharigen, blondines, brunettes. Ik hield van hen allemaal. Vrouwen die met je flirten: hoe kom je aan die lange wimpers? Van de melkboer. Meisjes die zo verlegen zijn dat ze geen woord durven uitbrengen.

De beste meisjes waren de meisjes die van muziek hielden. Bij nagenoeg elk optreden kon ik precies degenen aanwijzen die zaten te luisteren en degenen die zich kapot zaten te vervelen of gewoon geen belangstelling hadden. De meisjes die terugstaarden, brachten me van mijn stuk, maar ze luisterden in elk geval, net als degenen die zich met hun ogen dicht en hun kin opgeheven op mijn spel concentreerden. Anderen zaten met hun nagels hun gebit schoon te maken, peuterden met hun pink in hun oor, lieten hun knokkels knakken, gaapten zonder hun hand voor hun mond te houden, keken naar de andere meisjes (of jongens) of tuurden op hun horloge. Na het optreden kwamen er altijd veel mensen naar me toe die even met me wilden babbelen, me de hand wilden schudden of bij me wilden zijn. Die korte ontmoetingen na een optreden waren het fijnst, en ik vond het heerlijk zo lang mogelijk complimentjes in ontvangst te nemen en vragen te beantwoorden. Ondertussen probeerde ik te peilen hoeveel belangstelling de vrouwen en meisjes hadden.

Helaas zat er doorgaans een flinke tijd tussen de concerten en recitals, en toen ik in de puberteit kwam, werd ik steeds minder vaak gevraagd feestjes op te luisteren met klassieke muziek. Een wonderkind van tien kon op belangstelling van liefhebbers rekenen, maar van een tiener die een en al elleboog en puistjes was, was het nieuwtje snel af. En eerlijk gezegd had ik ook schoon genoeg van de oefeningen van Hanon en Czerny, van dezelfde zouteloze etude van Chopin die ik jaar in, jaar uit van mijn leraar moest spelen. Ik veranderde opnieuw, ik merkte dat mijn oude krachten afnamen en hormonen de kop opstaken. Het was alsof mijn verlangen een jongen te zijn in één nacht was veranderd in het verlangen een volwassen man te worden. Halverwege de brugklas ontdekte ik na maandenlang navelstaren en somber gekibbel met mijn moeder dat er een manier was om mijn liefde voor muziek en belangstelling voor meisjes te combineren: ik moest een eigen band beginnen.

Acht

'Ik heb iets voor je.'

De laatste bitterkoude winterdagen hielden de hele troep gevangen. Een sneeuwstorm en ijzige temperaturen maakten uitstapjes buiten het kamp onmogelijk. De meesten van ons lagen dag en nacht onder de dekens, verzonken in een sluimering veroorzaakt door kou en honger. Speck torende boven me uit, glimlachend, een verrassing verborgen achter haar rug. Een windvlaag blies haar lange zwarte haar voor haar gezicht, en met een ongeduldig gebaar schoof ze het als een gordijn opzij.

'Wakker worden, slaapkop. Kijk eens wat ik heb gevonden.'

Met het hertenvel dicht om me heen geslagen tegen de kou stond ik op. Ze schoof me een envelop toe, waarvan de witheid afstak tegen haar schrale handen. Ik pakte hem aan en maakte hem open. Er gleed een ansichtkaart uit met een groot rood hart op de voorkant. Afwezig liet ik de envelop op de grond vallen, en ze bukte zich snel om hem op te rapen.

'Kijk eens, Aniday.' Haar stijve vingers gleden langs de rand in een poging die los te scheuren. 'Als je hem openmaakt, kun je op beide kanten schrijven. Voorop zit alleen maar een postzegel en staat het adres, maar de andere kant is helemaal leeg.' Ze pakte de kaart uit mijn hand. 'Kijk, je kunt op de voorkant en op de achterkant tekenen, en ook aan de binnenkant, om die letters hier heen.' Speck sprong op haar tenen op en neer in de sneeuw, misschien niet alleen uit blijdschap, maar ook om warm te worden. Doorgaans was ze hard als steen, alsof ze niet wist hoe ze met anderen moest omgaan.

'Graag gedaan, hoor. Je mag wel iets dankbaarder zijn. Ik heb hiervoor een heel eind door de sneeuw geploegd terwijl jij hier lekker bij die luiwammesen lag en een winterslaap hield.'

'Hoe kan ik je bedanken?'

'Door me op te warmen.' Ze kwam naar me toe, en ik sloeg het hertenvel op, zodat ze eronder kon komen. Ze kroop tegen me aan en deed me schrikken met haar ijskoude handen en ledematen. We voegden ons bij de anderen onder de stapel dekens en vielen in een diepe slaap. De volgende morgen werd ik wakker met mijn hoofd tegen haar borst gedrukt. Speck had een arm om me heen geslagen, en in haar andere hand had ze de kaart geklemd. Toen ze wakker werd, knipperde ze met haar smaragdgroene ogen om de ochtend te verwelkomen. Haar eerste vraag was of ik de tekst binnen in de kaart wilde voorlezen:

Doch brengt die stonde, vriend, uw beeld voor mij, Dan is 't verlies geboet, mijn leed voorbij. Shakespeare, sonnet 30.

Niet ondertekend, geen aanhef, en de namen die in inkt op de envelop hadden gestaan, waren door de natte sneeuw tot vergetelheid uitgeveegd.

'Wat denk je dat dat betekent?'

'Dat weet ik niet,' zei ik tegen haar. 'Wie is Shakespeare?' De naam kwam me vaag bekend voor. 'Zijn vriend maakt alles weer goed, als hij aan hem denkt... of misschien is het een zij.'

De zon verscheen boven de boomtoppen en verwarmde ons vredige kamp. Het smelten werd hoorbaar: sneeuw gleed van de dennen, ijskristallen braken in stukjes, ijspegels smolten weg tot druppels. Ik wilde alleen zijn met de kaart, mijn potlood brandde als een gloeiend kooltje in mijn zak.

'Wat ga je schrijven?'

'Ik wil een kalender maken, maar ik weet niet hoe. Weet je wat voor dag het vandaag is?'

'Elke dag is hetzelfde als die ervoor.'

'Wil je dan niet weten welke dag het vandaag is?'

Speck trok onhandig haar jas aan en vroeg me hetzelfde te doen. Ze leidde me over de open plek naar het hoogste punt in de buurt van het kamp, een heuvelrug langs de noordwestelijke rand, een moeilijke tocht over een steile helling vol losliggende stukken schalie. Toen we op de top waren aangekomen deden mijn benen pijn en was ik buiten adem. Zij stond daarentegen met haar voet te tikken en zei dat ik stil moest zijn en moest luisteren. We zwegen en wachtten af. Op het geluid van de dooi in de bergen na was het stil.

'Wat word ik geacht te horen?'

'Concentreer je.'

Ik deed mijn best, maar op af en toe een lach van een boomklever en het gekraak van takken en twijgen na bereikte geen enkel geluid mijn oor. Ik haalde mijn schouders op.

'Doe beter je best.'

Ik luisterde zo ingespannen dat een hevige hoofdpijn tegen de binnenkant van mijn hoofd klopte: haar gelijkmatige, ontspannen ademhaling, het kloppen van haar hart, en ver weg een ritmische trilling die eerst klonk als het raspende geluid van een vijl maar al snel indringender werd. Het zoemen van stemmen die elkaar afwisselden, een zacht spetteren, af en toe een claxon, banden op het asfalt, en toen besefte ik dat we naar verkeer in de verte stonden te luisteren.

'Gaaf,' zei ik tegen haar. 'Auto's.'

'Luister goed. Wat hoor je?'

Mijn hoofd knalde bijna uit elkaar, maar ik concentreerde me. 'Heel veel auto's?' raadde ik.

'Goed zo.' Ze grijnsde. 'Heel erg veel auto's. 's Ochtends vroeg.'

Ik begreep er nog altijd niets van.

'Mensen die naar hun werk gaan. In de stad. Schoolbussen vol kinderen. Heel veel auto's in de ochtend. Dat betekent dat het een doordeweekse dag is, geen zondag. Op zondag is het stiller, dan komen er niet zo veel auto's voorbij.'

Ze hield een naakte vinger omhoog en stak die toen even in haar mond om te proeven. 'Ik denk dat het maandag is,' zei ze.

'Dat heb ik jullie eerder zien doen. Hoe weet je dat?'

'Al die auto's maken rook, en de fabrieken maken rook. Maar op zondag zijn er minder auto's op de weg en zijn de fabrieken dicht. Dan proef je bijna helemaal geen rook. Op maandag iets meer. Tegen vrijdagavond smaakt de lucht als een mondvol steenkool.' Ze likte weer aan haar vinger. 'Ja, het is zeker een maandag. Laat me nu je brief eens zien.'

Ik gaf haar de valentijnskaart en de envelop, die ze aandachtig bekeek. Toen wees ze naar het stempel op de postzegel. 'Weet je op welke datum Valentijnsdag valt?'

'14 februari.' Ik voelde me trots, alsof ik tijdens de rekenles het goede antwoord had gegeven. Ik zag heel even het beeld voor me van een vrouw, gekleed in zwart en wit, die cijfers op een schoolbord schreef.

'Dat is waar, en heb je dit gezien?' Ze wees naar de datum

van het poststempel, die in een halve cirkel was afgedrukt: MA 13 FEB 1:50 U. 'Toen is je Shakespeare op de post gedaan. Op een ma. Dat betekent dat ze hem op maandagmorgen hebben afgestempeld.'

'Dus vandaag is het Valentijnsdag? Prettige Valentijnsdag.'

'Nee, Aniday, je moet de tekens leren lezen en weten wat ze betekenen. Je moet speuren en conclusies trekken. Hoe kan het vandaag Valentijnsdag zijn als het vandaag maandag is? Hoe kunnen we een kaart vinden voordat die wordt verloren? Als ik deze kaart gisteren heb gevonden en het vandaag maandag is, hoe kan het dan vandaag Valentijnsdag zijn?'

Ik was moe en begreep er niets van. Mijn hoofd deed pijn.

'Afgelopen maandag was het 13 februari. Als deze kaart nog langer op straat had gelegen, was er nu niets meer van over geweest. Ik heb hem gisteren gevonden en voor je meegenomen. Gisteren was een rustige dag, niet veel auto's, dus een zondag. Vandaag moet het de maandag erop zijn.'

Ik ging me afvragen of ik nog wel logisch kon denken.

'Het is heel simpel. Vandaag is het maandag 20 februari 1950. Je hebt echt een kalender nodig.' Ze stak haar hand uit voor mijn potlood, dat ik haar maar al te graag overhandigde. Op de achterkant van de kaart tekende ze zeven vakjes op een rij en zette daar z-m-d-w-d-v-z in om de dagen van de week aan te geven. Toen schreef ze in een kolom ernaast de maanden van het jaar op en daarna, aan de andere kant, de cijfers 1 tot en met 31. Tijdens het schrijven vroeg ze me hoeveel dagen elke maand precies had en zong ze een bekend liedje dat ze in herinnering moest brengen, maar we hielden geen rekening met schrikkeljaren, waardoor ik in de war raakte. Daarna haalde ze drie metalen rondjes uit haar zak en liet zien dat ik, om bij te kunnen houden welke dag het was, alleen maar elke ochtend de rondjes een vakje op hoefde te schuiven, waarbij ik niet moest vergeten aan het einde van elke week en maand weer opnieuw te beginnen.

Speck liet me vaker dingen zien die een logische oplossing bleken, maar die niemand anders leek te kunnen bedenken omdat het hen aan inzicht en vindingrijkheid ontbrak. Op zulke momenten keken haar ogen me recht aan en beefde haar stem niet langer. Nu ontsnapte een enkele haar, die haar gezicht in tweeën deelde. Ze pakte haar lokken met twee ruwe rode handen beet en stopte ze achter haar oren, de hele tijd glimlachend om mijn blik. 'Als je het ooit mocht vergeten, Aniday, kom dan naar me toe.' Ze liep weg, door het bos, over de heuvelrug en weg van het kamp, en liet me alleen met mijn kalender. Ik zag haar gestalte tussen de bomen verdwijnen totdat ze helemaal met de natuur was versmolten. Toen ze weg was, kon ik alleen maar aan de datum denken: 20 februari 1950. Ik had zo veel tijd verloren.

Ver beneden me sliepen de anderen in het kamp onder een laag stinkende dekens en huiden. Door naar het verkeer te luisteren en dat geluid naar de bron te volgen, zou ik kunnen terugkeren naar de mensenwereld, en een van die auto's zou ongetwijfeld stoppen en me een lift naar huis geven. De bestuurder zou een jongen langs de kant van de weg zien staan en zijn auto een eindje verder in de berm parkeren. Ik zou op haar wachten, op de vrouw met de rode jas, die me zou komen redden. Ik zou niet weglopen, maar blijven staan en mijn best doen haar niet opnieuw aan het schrikken te maken. Ze zou haar ogen op gelijke hoogte met de mijne brengen en haar haar uit haar gezicht strijken. 'Wie ben je?' Ik zou me de gezichten van mijn ouders en mijn zusje voor de geest halen en de vrouw met de lichtgroene ogen vertellen waar ik woonde, hoe je daar moest komen. Ze zou zeggen dat ik in moest stappen. Ik zou naast haar gaan zitten en vertellen wat me was overkomen, en ze zou haar hand op mijn achterhoofd leggen en zeggen dat alles weer goed zou komen. Zodra we voor mijn huis zouden stoppen, zou ik uit de auto springen. Mijn moeder zou bezig zijn de was op te hangen, mijn zusje zou met fladderende armpjes in haar gele jurk naar me toe komen waggelen. 'Ik heb uw zoon gevonden,' zou de vrouw zeggen, en dan zou mijn vader in een rode brandweerauto aan komen rijden. 'We hebben je allemaal al een hele tijd lopen zoeken.' Later, na een maal van gebraden kip en broodjes, zouden we teruggaan naar het woud om mijn vrienden Smaolach, Luchóg en Speck te redden, die bij ons konden komen wonen, zodat we allemaal samen naar school konden gaan en daarna weer naar huis, waar het warm en veilig was. Ik hoefde me alleen maar te concentreren en de geluiden van de beschaving te volgen. Ik keek zo ver als ik kon voor me uit naar de horizon, maar ik zag geen teken. Ik spitste mijn oren, maar hoorde niets. Ik probeerde het me te herinneren, maar ik wist niet meer hoe ik heette.

Ik stak mijn drie ringetjes in mijn zak, draaide de kalender om en las Shakespeare hardop aan mezelf voor: 'Doch brengt die stonde, vriend, uw beeld voor mij, dan is 't verlies geboet, mijn leed voorbij.' De mensen die daar beneden in die holen sliepen, waren mijn vrienden. Ik pakte mijn potlood en schreef alles op wat ik me kon herinneren. Sindsdien is er menig jaar verstreken en heb ik dit verhaal meer dan eens opgeschreven, maar die dag vormde het begin, alleen boven op de heuvelrug. Mijn vingers werden stijf van de kou. Toen ik de helling afdaalde naar het kamp lokte het beddengoed me met de belofte van warme dromen.

Kort na de valentijnskaart van Speck viel me nog een ander geschenk in de schoot. Luchóg kwam ermee aanzetten na een van zijn strooptochten en pakte zijn zak uit zoals de kerstman dat onder de kerstboom doet. 'En dit, mijn juweeltje, is voor jou. De vervulling van al je aardse verlangens. Genoeg ruimte voor al je dromen. Wonder der wonderen, en ook nog eens droog. Papier.'

Hij gaf me een zwart schrift met een harde kaft, van het soort dat schoolkinderen voor hun oefeningen gebruiken, met gelinieerde pagina's die ervoor moesten zorgen dat alle woorden en zinnen op de juiste plaats terechtkwamen. Op de voorkant stond de naam van de school en het opschrift OEFENSCHRIFT – GELINIEERD. Achterop stond een klein vakje met de gedrukte waarschuwing: SLUIT BIJ EEN ATOOMAANVAL DE GORDIJNEN EN GA ONDER DE TAFEL ZITTEN. BLIJF KALM. Binnenin had de gebruiker van het schrift, Thomas McInnes, zijn naam op het schutblad genoteerd. De verweerde pagina's waren gevuld met zijn nagenoeg onleesbare handschrift, in roestbruine inkt. Voor zover ik kon zien, was het een verhaal, of deel van een verhaal, want op de laatste pagina eindigde de tekst halverwege een zin, gevolgd door het tamelijk cryptische ZIE VOLGENDE SCHRIFT op de binnenkant van de achterkaft. Door de jaren heen heb ik het verhaal verschillende keren geprobeerd te lezen, maar de essentie ervan ontglipte me telkens. Voor mij school de schoonheid van het schrift in de luxe die McInnes zich had veroorloofd: hij had telkens slechts één zijde van de achtentachtig pagina's beschreven. Ik draaide het schrift om en schreef mijn tegengestelde verhaal in omgekeerde richting. Inmiddels is dat dagboek samen met zo veel andere dingen tot as vergaan, maar over de globale inhoud kan ik nog steeds dit zeggen: het was een naturalistisch verslag van mijn leven in het woud, compleet met tekeningen van voorwerpen die ik had gevonden. Een dagboek van de beste jaren van mijn leven.

Dankzij mijn kroniek en mijn kalender kon ik het verstrijken van de tijd bijhouden, de tijd die al snel een aangenaam ritme volgde. Ik bleef jarenlang hopen, maar niemand kwam me halen. Hartzeer was altijd ergens op de achtergrond aanwezig, maar wanhoop kwam even plotseling opzetten als de schaduw van de wolken en verdween op dezelfde manier. Die jaren waren vervuld van het geluk dat mijn vrienden en metgezellen me gaven, en naarmate ik vanbinnen steeds ouder werd, verdronk de jongen in een nietszeggend niets. Gewoonlijk hield het halverwege maart op met sneeuwen, en een paar weken later smolt dan het ijs, sprong het groene leven in de knop, insecten worden geboren, keerden vogels terug en lieten vissen en kikkers zich gemakkelijk vangen. De lente gaf ons meteen nieuwe energie, het lengen der dagen voedde ons verlangen tot verkennen. We gooiden de huiden en kapotte dekens van ons af, deden jassen en schoenen uit. Op de eerste warme dag in mei doken negen van ons de rivier in en baadden we onze stinkende lijven, verdronken het ongedierte in ons haar, schraapten de aangekoekte modder en vuiligheid van onze huid. Op een dag stal Blomma bij een tankstation een stuk zeep, dat we in een enkele verkwikkende waspartij tot een schilfer oplosten. Bleke lichamen op een oever vol kiezels, geboend totdat ze roze en schoon waren.

De paardenbloemen kwamen vanuit het niets in bloei en de lente-uitjes ontsproten aan de weiden, en onze Onions stopte zich vol, ze at de uien en het gras totdat haar mond en tanden groen zagen, loom, totdat haar huid zelf doordringend en bitterzoet rook. Luchóg en Smaolach dikten paardenbloemen in tot een krachtig brouwsel. Dankzij mijn kalender kon ik de parade aan bessen volgen: aardbeien in juni, gevolgd door blauwe bessen, kruisbessen, vlierbessen en nog veel meer. In een stukje bos boven de heuvelrug ontdekten Speck en ik een leger aan frambozen dat de helling in bezit had genomen, en we brachten de nodige julidagen door met het verzamelen van de zoetheid die tussen de doorns school. Bramen werden het laatste rijp, en telkens wanneer ik bij het avondeten de eerste kommen vol met die vruchten zag, voelde ik me verdrietig omdat ik wist dat die zwarte juwelen het einde van de zomer inluidden.

De insecteneters onder ons genoten van de overvloed die het warme seizoen met zich meebracht, maar insecten waren beslist iets wat je moest leren eten. Iedere fee had zijn of haar eigen voorkeuren en methoden om ze te vangen. Ragno at alleen vliegen, die hij uit spinnenwebben plukte. Béka was een veelvraat die alles in zijn mond stak wat zijn kant op kroop, vloog, gleed of kronkelde. Hij zocht naar termietenkolonies in rottende boomstronken, naar slakken in drassige grond, naar karkassen waar hij vol geestdrift de maden uit peuterde, die hij rauw opat. Hij kon geduldig bij het vuur zitten en met zijn tong de motten uit de lucht grijpen wanneer ze te dichtbij kwamen. Ook Chavisory was berucht om haar voorliefde voor insecten, maar zij kookte ze in elk geval nog. Gebakken kon ik ze nog verdragen, die larven en koninginnen die ze op een opgewarmde steen bereidde totdat ze knapten, bruin en knisperend als spek. De poten van sprinkhanen bleven aan je tanden kleven, en als je mieren niet eerst roosterde, beten ze je op weg naar binnen in je tong en keel.

Voordat ik naar het woud kwam, had ik nog nooit een levend wezen gedood, maar we waren jager-verzamelaars en hadden af en toe allemaal wat eiwit nodig. We vingen eekhoorns, mollen, muizen, vissen en vogels, al was het vaak te lastig de eieren zo uit een nest te stelen. Voor de rest waren we net aaseters; al het andere vlees, bijvoorbeeld van herten, troffen we als levenloze dieren aan. Ik gaf niet veel om dingen die al een hele tijd dood waren. Vooral aan het einde van de zomer en het begin van de herfst genoot de stam vaak van een feestmaal van een onfortuinlijk wezen dat aan het spit werd geregen. Niets is beter dan een konijn onder de sterrenhemel. Maar, zoals Speck altijd zei, elke idylle bezwijkt onder verlangen.

Eén gebeurtenis uit mijn vierde jaar in het woud steekt met kop en schouders boven alle andere uit. Speck en ik waren een eind van het kamp afgedwaald, ze wilde me de weg wijzen naar een bosje waar de honingbijen hun raten hadden verborgen. Bij een oude grijze kornoelje bleven we staan. 'Klim eens omhoog, Aniday, en steek je hand in de stam, dan vind je de zoetste nectar die er is.'

Ik klauterde te midden van de zoemende bijen omhoog, zoals me was opgedragen, en kroop voorzichtig naar de opening. Vanaf mijn plekje hoog op de takken kon ik haar opgeheven gezicht zien, de ogen die straalden van verwachting.

'Toe dan!' riep ze van beneden. 'Wees voorzichtig. Maak ze niet kwaad.'

De eerste steek, als een speldenprik, maakte me aan het schrikken en de tweede en de derde deden pijn, maar ik wilde van geen wijken weten. Ik rook de honing voordat ik hem voelde, ik voelde hem voordat ik hem zag. Met handen en polsen die opgezwollen waren van het gif, met een gezicht en blote huid die onder de rode bulten zaten, viel ik van de tak op de grond, mijn armen vol honingraten. Ze keek me vol ongeduld en dankbaarheid aan. We sloegen op de vlucht voor de woedende zwerm en wisten de bijen af te schudden op een heuvelrug die baadde in het zonlicht. Daar gingen we in het lange jonge gras liggen en zogen we elke druppel honing op, aten we de was van de raten totdat onze lippen en kinnen en handen met een glibberig laagje waren bedekt. Dronken van het spul, met magen die zwaar van nectar waren, lagen we te genieten van de zoete pijn. Toen we alle honing hadden afgelikt, begon ze de overgebleven angels uit mijn gezicht en handen te trekken, telkens glimlachend wanneer ik ineenkromp van de pijn. Toen ze de laatste dolk uit mijn hand had getrokken, draaide ze zich om en drukte een kus op mijn handpalm.

'Wat ben je toch een dwaas, Aniday.' Maar haar blik was in tegenspraak met haar woorden, en haar glimlach flitste even snel als bliksem die de zomerhemel verscheurt.

Negen

'Luister eens.' Mijn vriend Oscar legde een plaat op de draaitafel en liet voorzichtig de naald zakken. Het singletje knapte en siste, maar toen steeg de melodie op, gevolgd door vierstemmige zang. 'Earth Angel' van The Penguins of 'Gee' van The Crows. Oscar ging dan op de rand van het bed zitten, deed zijn ogen dicht en ontrafelde al die verschillende harmonieën, door eerst de partij van de tenor te zingen en te eindigen met de bas. Of hij draaide een nieuw mopje jazz van Miles of misschien Dave Brubeck en viste de contrapunten eruit, hield zijn hoofd scheef om de bijna onhoorbare piano achter de blazers te kunnen ontdekken. Tijdens al die jaren op de middelbare school zaten we urenlang op zijn kamer naar zijn enorme, uiteenlopende verzameling platen te luisteren, waarbij we de subtielere momenten in de composities uitputtend analyseerden en bespraken. De liefde die Oscar Love voor muziek koesterde, deed mijn ambities verbleken. Op de middelbare school had hij de bijnaam 'witte neger' omdat hij zo anders was dan alle anderen, zo cool, en helemaal in zijn eigen wereldje leefde. Oscar was zo'n buitenstaander dat hij mij het gevoel gaf dat ik normaal was. Hij zat een klas hoger dan ik, maar liet me toch in zijn leven toe. Mijn vader vond Oscar wilder dan Brando, maar mijn moeder keek door de buitenkant heen en hield van hem alsof hij haar eigen zoon was. Hij was de eerste die ik vroeg of hij zin had een bandje te beginnen.

Oscar was erbij vanaf het allereerste begin als The Henry Day Five, en ook in alle andere versies: The Henry Day Four, The Four Horsemen, Henry and the Daylights, The Daydreamers, en ten slotte heel simpel Henry Day. Helaas slaagden we er nooit in dezelfde groep langer dan een paar maanden bij elkaar te houden: onze eerste drummer gaf de middelbare school eraan en ging bij de marine, onze beste gitarist verhuisde omdat zijn vader een baan kreeg in Davenport in Iowa. De meeste jongens stopten ermee omdat ze niet muzikaal genoeg waren, alleen Oscar en zijn klarinet hielden het vol. We bleven om twee redenen bij elkaar: ten eerste omdat hij elk blaasinstrument, zeker zijn eigen exemplaar, heerlijk kon laten scheuren, en ten tweede omdat hij oud genoeg was voor een rijbewijs en zijn eigen auto had, een rood-witte Bel Air uit '54 die in onberispelijke staat verkeerde. We speelden overal, van schoolbal tot bruiloft, en af en toe een avondje in een nachtclub. We speelden allerlei genres voor elk publiek; onze maatstaf was ons gehoor, niet een vooringenomen idee over wat hip was.

Op een avond, na een jazzoptreden waarbij we het publiek helemaal gek hadden gemaakt, bracht Oscar ons naar huis, de radio op tien, de jongens in opperbeste stemming. Hij zette de anderen af, en op die zomeravond laat parkeerden we de auto voor het huis van mijn ouders. Nachtvlinders dansten als bezetenen in het licht van de koplampen en het ritmische tsjirpen van de krekels was het enige wat de stilte verbrak. De sterren en een halve maan stonden aan de luie

hemel. We stapten uit en gingen op de motorkap van de Bel
Air naar het donker liggen kijken. We wilden niet dat er een
einde aan de avond zou komen. 'God, wat waren we goed,' zei hij. 'We hebben ze echt een
poepie laten ruiken. Zag je die ene vent kijken toen we "Hey
now" deden, alsof hij zoiets nog nooit had gehoord?'

'Ik ben doodop, man.'

'O, maar je was zo cool.'

'Jij deed het ook niet slecht.' Ik hees mezelf iets meer omhoog om te voorkomen dat ik van de motorkap zou glijden.
Mijn voeten kwamen niet helemaal bij de grond, en daarom
zwaaide ik ze heen en weer op de maat van een deuntje in
mijn hoofd. Oscar haalde een sigaret achter zijn oor vandaan
en stak die met een klik van zijn aansteker aan. Hij blies rook-
kringels de nacht in, de ene door de andere.

'Waar heb je leren spelen, Day? Je bent nog maar een koter,
wil ik zeggen. Vijftien, toch?'

'Oefenen, jongen, flink oefenen.'

Hij hield op met naar de sterren kijken en keek naar mij.
'Je kunt zoveel oefenen als je wilt, maar van oefenen krijg je
geen soul.'

'Ik heb al een paar jaar les. In de stad. Bij een vent die Martin heet en die vroeger met het Phil heeft gespeeld. Klassiek,
dat soort dingen. Daardoor kan ik muziek beter begrijpen.'

'Ja, dat snap ik.' Hij gaf me de sigaret aan, en ik nam een
flinke trek omdat ik wist dat hij er wiet doorheen had gedaan.

'Maar soms heb ik het gevoel dat ik in tweeën word gespleten. Mijn vader en moeder willen dat ik les blijf volgen bij meneer Martin. Je weet wel, zodat ik bij een symfonieorkest kan
gaan, of solist kan worden.'

'Net als Liberace.' Oscar giechelde.

'Hou je bek.'

'Mietje.'

'Hou je bek.' Ik gaf hem een duw tegen zijn schouder.

'Hé, rustig aan, man.' Hij wreef over zijn arm. 'Maar je kunt doen wat je wilt. Ik ben goed, maar jij bent ongelooflijk. Net alsof je altijd al zo bent geweest, alsof je zo bent geboren.'

Misschien kwam het door de wiet, of door de combinatie van de zomeravond en de roes van na het optreden of het feit dat Oscar mijn eerste echte vriend was. Of misschien kwam het wel omdat ik dolgraag mijn hart wilde luchten.

'Ik moet iets bekennen, Oscar. Ik ben Henry Day helemaal niet, maar een kobold die heel, heel erg lang in het woud heeft gewoond.'

Hij moest zo hard giechelen dat de rook uit zijn neusgaten kwam.

'Nee, het is waar man, we hebben de echte Henry Day gestolen, ontvoerd, en ik ben in hem veranderd. We zijn van plaats gewisseld, maar niemand weet het. Ik leef nu zijn leven en ik denk dat hij het mijne leeft. En ooit, lang geleden, voordat ik een wisselkind was, was ik iemand anders. Ik was een jongen in Duitsland, of ergens anders waar ze Duits spreken. Dat weet ik niet meer, maar soms komen er flarden bij me op. En daar heb ik pianogespeeld, heel lang geleden, totdat de wisselkinderen me kwamen stelen. En nu ben ik weer onder de mensen en herinner ik me amper iets van mijn verleden, maar het is net alsof ik deels Henry Day ben en deels wie ik was. En ik moet ooit een heel hippe muzikant zijn geweest, dat is de enige verklaring.'

'Ha, dat is een goeie, zeg. Maar waar is de echte Henry dan?'

'Ergens in de bossen. Of misschien wel dood. Hij kan heel goed dood zijn; dat gebeurt soms. Maar de kans is groot dat hij zich ergens in het woud verstopt.'

'Bedoel je dat hij ons nu misschien in de gaten zit te houden?' Hij sprong van de auto en fluisterde in het donker: 'Henry? Ben jij dat?'

'Hou op, man. Maar het kan. Ze zijn bang voor mensen, dat weet ik wel.'

'Wie zijn "ze"?'

'De wisselkinderen. Daarom zie je ze nooit.'

'Waarom zijn ze zo bang voor ons? Ik heb eerder het idee dat wij bang voor hen zouden moeten zijn.'

'Vroeger wel, man, maar mensen geloven niet meer in sprookjes en mythen.'

'Maar stel dat Henry daar nu is en ons in de gaten houdt, en dat hij zijn lijf terug wil en naar je toe komt, om je te pakken?' Snel stak hij zijn hand uit en greep mijn enkel vast. Ik schreeuwde en schaamde me omdat ik in zo'n simpel grapje was getuind. Oscar liet zich op de motorkap vallen en lachte naar me. 'Je hebt te veel griezelfilms gezien, man.'

'Nee, het is echt zo...' Ik gaf hem een por tegen zijn arm.

'En er staan vast peulen in je kelder, of niet?'

Ik wilde hem weer een por geven, maar toen besefte ik hoe bespottelijk mijn verhaal klonk en begon ik ook te lachen. Als Oscar zich die nacht al kon herinneren, dan bracht hij hem nooit meer ter sprake, en misschien dacht hij wel dat ik hallucineerde. Hij reed even later weg, in zichzelf kakelend van de lach, en ik voelde me leeg nu ik de waarheid had verteld. Ik was er zo goed in geslaagd Henry Day te spelen dat niemand vermoedde hoe het echt zat. Zelfs mijn vader, die van nature sceptisch was, geloofde me, of hield althans zijn twijfels diep in zijn binnenste verborgen.

De benedenverdieping van ons huis was even donker en stil als een grot. Boven lag iedereen te slapen. Ik deed het licht in de keuken aan en schonk een glas water in. Nachtvlinders die werden aangetrokken door het licht fladderden en botsten tegen de hor voor het raam. Ze vlogen krassend op en neer, een geluid dat dreigend en angstaanjagend klonk. Ik deed het licht uit en ze vlogen weg. Opnieuw in duisternis gehuld zocht ik naar een bewegende schaduw, luisterde ik naar voetstappen tussen de bomen, maar er roerde zich niets. Ik sloop naar boven om bij mijn zusjes te gaan kijken.

Toen Mary en Elizabeth nog klein waren, was ik vaak bang geweest dat de kobolden ze zouden komen halen en twee wisselkinderen in hun plaats achter zouden laten. Ik wist wat hun gewoonten waren, ik kende hun trucjes en foefjes, en ik wist ook dat ze twee of soms drie keer hetzelfde gezin konden treffen. Het verhaal gaat dat niet ver van hier, ergens rond 1770, het gezin Church woonde, van wie zeven kinderen, allemaal zeven jaar oud, werden gestolen en vervangen door wisselkinderen, een voor een, totdat er geen enkel kindje Church meer over was, alleen maar wisselkinderen. Die arme ouders waren te beklagen, met al dat vreemde kroost. Mijn zusjes waren even kwetsbaar, en ik lette aandachtig op de tekens – een plotselinge grilligheid, een bepaalde afstand tot het leven – die aangaven dat er sprake was van een verwisseling.

Ik droeg de tweeling op uit de buurt te blijven van het woud en van donkere plekken. 'Vlak bij ons stukje grond liggen gevaarlijke slangen en beren en lynxen op de loer. Praat nooit met vreemden. Waarom zou je buiten gaan spelen,' zei ik, 'als er iets leuks en boeiends op tv is?'

'Maar ik ga graag op onderzoek uit,' zei Elizabeth.

'Als we nooit buiten komen, hoe kunnen we dan ooit de weg naar huis terugvinden?' voegde Mary eraan toe.

'Heb je ooit een bosratelslang gezien? Nou, ik wel, en ook een moccasinslang, of een groefkopadder. Eén beet, en je bent verlamd, dan worden je ledematen zwart en val je dood neer. Denk je dat je sneller kunt rennen en klimmen dan een beer? Ze kunnen beter in bomen klimmen dan katten, en dan pakken ze je been vast en peuzelen ze je op. Heb je ooit een wasbeer met het schuim rond zijn bek gezien?'

'Ik zie nooit wat,' jammerde Elizabeth.

'Hoe kunnen we gevaar uit de weg gaan als we niet weten wat gevaar is?' vroeg Mary.

'Het gevaar is daarbuiten. Je kunt over een oude boomstam struikelen en je been breken en dan zal niemand je ooit vinden. Of je komt in een sneeuwstorm terecht waarin de wind van alle kanten blaast zodat je nooit meer je eigen voordeur kunt vinden, en dan vinden ze je de volgende ochtend, hard als een ijslolly, op drie meter afstand van je huis.'

'Zo is het genoeg!' schreeuwden ze eenstemmig en gingen dan *Howdy Doody* en *Romper Room* kijken. Ik wist echter dat ze mijn waarschuwingen in de wind sloegen en hun eigen gang gingen wanneer ik op school zat of met de band aan het repeteren was. Ze kwamen soms thuis met grasvlekken op hun knieën en achterwerken, krassen op hun blote huid, twijgjes in hun krullen, kikkers in hun overalls en de geur van gevaar in hun adem.

Maar die nacht sliepen ze als lammetjes, en twee deuren verder snurkten mijn ouders. Mijn vader riep mijn naam in zijn slaap, maar ik durfde zo laat niet meer te antwoorden. Het huis was onnatuurlijk stil. Ik had mijn donkerste geheim verteld, maar zonder gevolgen, en dus ging ik naar bed, even veilig als altijd.

Ze zeggen dat je nooit je eerste liefde vergeet, maar ik moet tot mijn ongenoegen bekennen dat ik me haar naam niet meer kan herinneren, en ook niet veel andere dingen over haar – alleen nog dat zij het eerste meisje was dat ik naakt heb gezien. Omwille van het verhaal zal ik haar Sally noemen. Misschien heette ze ook wel zo. Na de zomer waarin ik mijn bekentenis aan Oscar had gedaan, ging ik verder met de lessen bij meneer Martin, en daar zag ik haar. Ze was na de vakantie teruggekeerd als een ander wezen: als een begeerlijk iemand, een fetisj, een obsessie. Ik ben even schuldig aan anoniem verlangen als ieder ander, maar zij was degene die mij koos. Ik nam haar genegenheid dankbaar in ontvangst, zonder aarzelen. Mijn oog was al maanden geleden op haar rondingen gevallen, voordat ze de moed vatte me tijdens het winterrecital aan te spreken. We stonden allebei in onze chique kleren in de coulissen te wachten totdat het onze beurt was om plaats te nemen aan de piano. De jongste kinderen mochten als eersten, want een kwelling kan het beste als voorafje worden geserveerd.

'Waar heb jij leren spelen?' fluisterde Sally tijdens een akelig langzaam menuet.

'Hier. Bij meneer Martin, bedoel ik.'

'Je bent echt ongelooflijk goed.' Ze glimlachte, en aangemoedigd door haar opmerking speelde ik geïnspireerder dan ooit. In de weken en maanden daarna leerden we elkaar langzaam beter kennen. Ze bleef vaak hangen om me telkens weer hetzelfde stukje te horen spelen en meneer Martin korzelig 'Adagio, adagio' te horen fluisteren. We spraken af op zaterdag samen te gaan lunchen. Bij de broodjes die lagen uitgespreid op waspapier babbelden we over de les van die dag. Ik had vaak een paar dollar in mijn zak die ik met mijn optredens had verdiend, zodat we naar de film konden of ergens een ijsje of een glaasje fris konden halen. Onze gesprekken gingen over de dingen die kinderen van vijftien bespreken: school, vrienden, onuitstaanbare ouders, en, in ons geval, de piano. Of om preciezer te zijn praatte ik over muziek: componisten, meneer Martin, langspeelplaten, de overeenkomsten tussen jazz en klassiek, en allerlei vergezochte theorieën die ik had bedacht. Het was niet echt een gesprek, eerder een monoloog. Ik wist niet hoe ik moest luisteren, haar tot een uitspraak moest verleiden, of hoe ik in stilte van haar gezelschap moest genieten. Misschien was ze wel een heel aardige meid.

Toen de zon de lentelucht begon op te warmen, gingen we in het park wandelen, een plek die ik doorgaans vermeed omdat die me te veel aan het woud deed denken. Maar de narcissen stonden in bloei en het leek allemaal heel erg romantisch. De stad had de fontein aangezet, nog zo'n lentebode, en we gingen aan de rand van het water zitten en keken een hele tijd naar de klaterende stroom. Ik wist niet hoe ik moest doen wat ik wilde doen, hoe ik het moest vragen, wat ik moest zeggen, hoe ik het onderwerp eigenlijk moest aansnijden. Sally redde me.

'Henry?' vroeg ze, met een stem die een octaaf steeg. 'Henry, we wandelen samen en eten samen en gaan naar de film, nu al een maand of drie, en ik vraag me de hele tijd al af: vind je me leuk?'

'Ja, natuurlijk vind ik je leuk.'

'Maar als je me echt leuk vindt, waarom houd je dan nooit mijn hand vast?'

Ik nam haar hand in de mijne, verbaasd over de warmte van haar vingers, het zweet in haar handpalm.

'En waarom heb je nog nooit geprobeerd me te zoenen?'

Voor de allereerste keer keek ik haar recht aan. Ze keek alsof ze een of ander metafysisch vraagstuk wilde uitleggen. Omdat ik niet wist hoe ik moest zoenen, deed ik het heel snel, en nu heb ik spijt dat ik niet iets langer de tijd heb genomen, al was het maar om het gevoel beter in mijn geheugen te kunnen prenten. Ze haalde haar vingers door mijn haar vol brillantine, wat tot een onverwachte reactie leidde, en ik deed haar na, maar een vraag sijpelde door in mijn gedachten. Ik had geen idee wat ik hierna moest doen. Als ze niet opeens had ontdekt dat ze moest rennen om de tram te halen, hadden we elkaar daar nu misschien nog stompzinnig aan zitten staren. Op weg terug naar de plek waar mijn vader op me wachtte, ontleedde ik mijn emoties. Op dit punt in mijn menselijke leven 'hield' ik van mijn ouders, maar ik had nog nooit van een vreemde 'gehouden'. Dat is een vrijwillig en groot risico. Een emotie die wordt vertroebeld door lust. Ik telde de uren af tot zaterdag, vol verlangen naar ons weerzien.

Godzijdank nam zij het initiatief. Terwijl we op het donkere balkon van het Penn Theater zaten te zoenen, pakte ze mijn hand en legde die op haar borst, en haar hele lichaam huiverde onder mijn aanraking. Zij was degene die alles voorstelde, die eraan dacht aan oren te knabbelen, die over de eerste dij streek. We spraken nog maar zelden wanneer we bij elkaar waren, en ik weet niet waar Sally opuit was, en of ze eigenlijk wel iets dacht. Geen wonder dat ik van dat meisje hield, hoe ze ook heette, en toen ze zei dat ik moest doen of ik ziek was om onder de les van meneer Martin uit te komen, deed ik dat maar al te graag.

We namen de tram naar het huis van haar ouders in de South Side. In het felle zonlicht beklommen we de heuvel naar haar huis, waardoor ik begon te zweten, maar Sally, die aan de klim gewend was, huppelde over het trottoir en plaagde me omdat ik haar niet kon bijhouden. Haar huis was als een klein nest dat zich vastklampte aan de zijkant van een rots. Haar ouders waren er niet, verzekerde ze me, die waren de hele dag buiten de stad aan het rondrijden.

'We hebben het hele huis voor ons alleen. Heb je trek in limonade?'

Ze had net zo goed een schort kunnen dragen, en ik had een pijp kunnen roken. Ze haalde de limonade en ging op de bank zitten. Ik dronk mijn glas in één teug leeg en verplaatste naar haar vaders luie stoel. We zaten en wachtten af. In gedachten hoorde ik bekkens tegen elkaar slaan.

'Waarom kom je niet naast me zitten, Henry?'

Als een gehoorzame, kwispelende en gretig hijgende pup draafde ik naar haar toe. Onze vingers vlochten zich door elkaar. Ik glimlachte. Zij glimlachte. Een lange kus – hoe lang kun je kussen? Mijn hand op haar blote buik onder haar blouse wekte een opgekropt oergevoel op. Ik kroop verder naar boven. Ze pakte mijn hand vast. 'Henry, Henry, dit is te veel.' Sally hijgde en wuifde zichzelf met wapperende handen koelte toe. Ik wendde me van haar af, tuitte mijn lippen, ademde uit. Hoe had ik haar signalen verkeerd kunnen begrijpen?

Sally kleedde zich zo snel uit dat de verandering me bijna ontging. Het was alsof ze op een knopje had gedrukt: daar gingen haar blouse en haar beha, haar rok, onderrok, sokken en onderbroek. De hele tijd keek ze me uitdagend aan en glimlachte engelachtig. Natuurlijk had ik schilderijen in het museum gezien, foto's van pin-ups als Betty Page en Franse ansichten, maar die beelden ontbeerden breedte en diepte en kunst is niet hetzelfde als het echte leven. Een deel van me wilde naar haar toe gaan, mijn handen op haar huid leggen, maar alleen al het feit dat het kon, hield me tegen. Ik zette een stap in haar richting.

'Nee, nee. Je kunt mij zien, maar nu wil ik jou ook zien.'

Ik had me niet meer uitgekleed sinds ik een kleine jongen was geweest en we waren gaan zwemmen, en al helemaal niet in het bijzijn van vreemden, en ik schaamde me al bij het idee. Maar het is erg moeilijk het verzoek van een naakt meisje te weigeren. En dus kleedde ik me uit, terwijl zij de hele tijd naar me keek. Ik was al bij mijn boxershort toen het kleine driehoekje haar tussen haar benen me opviel, en ik was nog helemaal kaal. In de hoop dat deze toestand kenmerkend was voor het vrouwelijk geslacht trok ik mijn onderbroek naar beneden, en er schoot een ontzette en ontstemde uitdrukking over haar gezicht. Ze hapte naar adem en sloeg haar hand voor haar mond. Ik keek naar beneden en toen weer naar haar, uiterst verward.

'O god, Henry,' zei ze, 'je ziet eruit als een klein jongetje.'

Ik bedekte me.

'Dat is de kleinste die ik ooit heb gezien.'

Kwaad raapte ik mijn kleren van de vloer.

'Het spijt me, maar je ziet eruit als mijn neefje van acht.' Sally begon haar kleren op te pakken. 'Henry, wees nou niet boos.'

Maar ik was wel boos, niet zozeer op haar als op mezelf. Zodra ze dat zei, wist ik wat ik was vergeten. In de meeste opzichten leek ik net een vijftienjarige, maar ik was een van de belangrijkste delen vergeten. Terwijl ik me aankleedde, vernederd, dacht ik aan alle pijn en leed van de afgelopen jaren. De melktanden die ik uit mijn mond had getrokken, het trekken en rekken en duwen aan de botten en spieren en huid om ervoor te zorgen dat ik tot een jongere kon uitgroeien. Maar ik had niet aan de puberteit gedacht. Ze smeekte of ik wilde blijven, verontschuldigde zich omdat ze me had uitgelachen, zei op een bepaald moment zelfs dat het formaat niet belangrijk was, dat het eigenlijk wel schattig was, maar niets wat ze zei of deed kon mijn schaamte verminderen. Ik heb haar nooit meer gesproken, op een enkele groet na. Ze verdween uit mijn leven, alsof ze me was ontstolen, en nu vraag ik me af of ze me het ooit heeft vergeven. Of misschien is ze die middag ooit wel vergeten.

Uitrekken bood een oplossing voor het probleem, maar dat deed heel erg veel pijn en leidde tot onverwachte bijwerkingen. Een ervan was een ongewoon gevoel dat met de bekende kleverigheid eindigde. Het interessante was dat ik het proces kon bespoedigen door te denken aan iets aantrekkelijks, maar dat de gedachte aan iets vervelends, zoals het woud, honkbal, arpeggio's, tot uitstel of zelfs afstel kon leiden. Over de tweede bijwerking praat ik minder gemakkelijk.

Misschien begon mijn vader zich te ergeren aan het piepen van het bed, maar op een avond stormde hij mijn kamer in en betrapte me op heterdaad, al lag ik helemaal onder de dekens.

Hij sloeg zijn ogen ten hemel. 'Henry, waar ben je mee bezig?'

Ik hield op. Er was een onschuldige verklaring, maar die kon ik niet onthullen.

'Denk maar niet dat ik het niet weet.'

Wat weet je dan, wilde ik vragen.

'Als je zo door blijft gaan, word je blind.'

Ik knipperde met mijn ogen.

Hij liep de kamer uit en ik draaide me op mijn buik en duwde mijn gezicht in het koele kussen. Mijn krachten namen steeds verder af. Verziendheid, een scherp gehoor, een snelle tred; dat alles was bijna verdwenen, en mijn vermogen om mijn verschijning te beïnvloeden, was sterk verminderd. Ik werd steeds meer de mens die ik had willen zijn, maar in plaats van daarvan te genieten, kroop ik weg in de matras en trok het laken over me heen. Ik gaf mijn kussen een stomp en martelde de dekens in een vergeefse poging een aangename houding te vinden. Elke hoop op bevrediging verdween met mijn erectie. In plaats van genot ebde er rafelige eenzaamheid weg. Ik had het gevoel dat ik was blijven steken in een eeuwigdurende kindertijd, dat ik was gedoemd bij ouders te blijven wonen die de mijne niet waren maar wel de baas speelden en me elke dag tientallen keren argwanend aankeken. In het woud had ik de tijd moeten bijhouden en op mijn beurt als wisselkind moeten wachten, maar daar hadden de jaren dagen geleken. In de zenuwslopende periode die de puberteit was, leken dagen jaren. En nachten konden eindeloos zijn.

Een paar uur later werd ik zwetend wakker en gooide de

dekens van me af. Ik liep naar het raam om de frisse lucht binnen te laten en zag op het gazon, in het holst van de nacht, het rode aspuntje van een sigaret en wist de donkere gestalte van mijn vader te onderscheiden. Hij staarde naar het donkere woud, alsof hij wachtte totdat er iets uit de schaduwen tussen de bomen zou springen. Toen hij zich omdraaide om naar binnen te lopen, keek hij op en zag mij door het raam naar hem kijken, maar hij heeft er nooit iets over gezegd.

Tien

De volle maan toverde een stralenkrans achter Igels hoofd en riep herinneringen op aan heiligen en iconen in de kerk die ik nog amper wist. Naast hem stond Luchóg. Ze waren allebei op reizen gekleed, in jassen en schoenen die de vorst moesten afweren.

'Aniday, sta op en kleed je aan. Je gaat vanmorgen met ons mee.'

'Vanmorgen?' Ik wreef de slaap uit mijn ogen. 'Het is midden in de nacht.'

'De zon komt zo op. Je kunt maar beter opschieten,' raadde Luchóg me aan.

We slopen over verborgen paadjes door het woud, sprongen als konijnen, wrongen ons tussen de doornstruiken door, kwamen met flinke snelheid vooruit en namen geen pauze. Wolken gleden langs de maan en onttrokken het landschap eerst aan het zicht om het daarna weer te onthullen. Ons pad voerde over verlaten wegen, onze voetstappen weerklonken op het plaveisel. We snelden over open velden, over akkers vol maïspluimen die ritselden en zoemden toen we tussen de rijen met planten doorliepen, langs een schuur die zich groot aftekende tegen de nachtelijke hemel en een boerderij die geel was in het wispelturige maanlicht. Een hond blafte één keer. Langs de boerderij, weer een groepje bomen, nog een weg, en toen staken we via een duizelingwekkend hoge brug een riviertje over. Aan de overkant leidde Igel ons naar een greppel die evenwijdig aan de weg liep en waar we diep in wegdoken. De hemel lichtte op en kleurde donkerpaars. Een motor kuchte, en even later reed de wagen van een melkboer over de weg boven ons.

'We zijn te laat vertrokken,' zei Igel. 'Nu zal hij voorzichtiger moeten zijn. Aniday, we willen vanmorgen kijken in hoeverre je al een van ons bent.'

Ik keek de weg af en zag de melkboer stoppen bij een doorsnee bungalow aan de rand van het stadje. Naast het huisje was een kleine kruidenierszaak met één benzinepomp ervoor. De melkboer, geheel in het wit, kwam achter het stuur vandaan en liep met zijn mandje naar de deur aan de zijkant, om even later terug te komen met twee lege glazen flessen die tegen het dunne metaaldraad van het mandje tikten. Ik ging zo op in het tafereel dat ik bijna vergat mijn kameraden te volgen toen die voortslopen. Ik haalde hen in bij een duiker op een meter of tien van de benzinepomp, en ze stonden samenzweerderig te fluisteren en te wijzen. In het aanzwellende licht kreeg het voorwerp van hun verlangen steeds meer vorm. Boven op de pomp stond een mok als een wit baken te stralen.

'Haal die beker,' droeg Igel me op. 'Zorg ervoor dat je niet wordt gezien.'

De opkomende zon dreef de donkere schakeringen van de nacht weg, en elke mogelijke aarzeling van mijn kant maakte de kans op ontdekking groter. Het was heel eenvoudig om over het gras en de tegels te rennen, de beker te pakken en terug te snellen naar onze schuilplaats. Angst hield me tegen.

'Doe je schoenen uit,' raadde Igel aan. 'Dan horen ze je niet.'

Ik trok de gaatjesschoenen van mijn voeten en rende naar de pomp. Het paard met de rode vleugels op de pomp leek op te stijgen naar de hemel, en ik griste de mok mee en wilde me net omdraaien en wegrennen toen een onverwacht geluid me als aan de grond genageld deed stilstaan. Glas op glas. Ik stelde me voor dat de eigenaar van de winkel het mandje met melkflessen pakte, iets ongewoons bij zijn pomp zou zien en zou brullen dat ik moest stoppen, maar dat gebeurde niet. Een hordeur piepte en viel toen met een klap dicht. Ik slikte en draafde terug naar mijn kornuiten, de mok triomfantelijk omhooghoudend.

'Goed gedaan, juweeltje.'

'Toen jij over die open plek dartelde...' Igel sloeg zijn blik neer, '... ben ik de melk gaan halen.'

De fles was al open. Zonder hem te schudden, zodat het laagje room van zeker een centimeter in de hals bleef staan, schonk Igel eerst een mok voor mij in, en we klokten de anderhalve liter weg als drie dronkaards die het glas hieven op de dageraad. De koude melk zocht een plekje in mijn maag, deed mijn buik opzwellen, zorgde ervoor dat ik de rest van de ochtend bedwelmd en beneveld met mijn mededieven in de greppel doorbracht.

Rond de middag ontwaakten we uit onze sluimering en liepen met afgemeten passen in de richting van het stadje, verborgen in de schaduwen, zodat we ons konden schuilhouden zodra iets op de komst van mensen leek te wijzen. We hielden alleen halt bij huizen die verlaten leken te zijn, waar geen mensen waren, en daar keken we, snuffelden en stalen we. We klommen alle drie over een lage stenen muur en gapten armenvol fruit uit een perenboom. Elke hap was een zoete zonde, en we namen veel meer mee dan we op konden. Ik vond het vreselijk de peren achter te moeten laten, maar we gooiden het grootste deel terug over het muurtje, de boomgaard in, waar ze konden wegrotten in de zon. Van een waslijn vol kleren stalen we elk een schoon, nieuw hemd, en ik griste een witte trui voor Speck mee. Luchóg stak één sok van een paar dat daar hing in zijn zak. 'Traditie.' Hij grijnsde als de kolderkat. 'Het raadsel van de verdwenen sok, elke wasdag weer.'

Toen het daglicht langzaam wegstierf verschenen de kinderen met hun boeken en schooltassen, en een uur of twee later kwamen hun vaders in hun grote auto's thuis. We wachtten totdat de zon onder was gegaan en daarna totdat de lampen aangingen en weer werden uitgedaan. Het ene welterusten volgde op het andere, en huizen werden als knappende zeepbellen door het duister opgeslokt. Hier en daar brandde nog een lamp; misschien zat een eenzame ziel na middernacht nog te lezen, liep hij slapeloos rond, of woonde er gewoon een vergeetachtige vrijgezel. Igel hield die tekenen van het verstrijken van de tijd in de gaten als een generaal op een slagveld, en daarna slopen we de straat op.

Jaren geleden had ik voor het laatst de etalage van een speelgoedwinkel gezien of het ruwe oppervlak van een hoek van bakstenen betast. Het stadje leek zo onwerkelijk, maar toch kon ik geen enkel punt passeren zonder te worden overmand door een vloedgolf aan associaties en herinneringen. Bij de poort van de katholieke kerk hoorde ik een koor van geesten een gezang in het Latijn aanheffen. De roerloze barbiersstok aan de gevel van de kapperszaak riep de geur van shampoo en het geluid van een knippende schaar bij me op. Brievenbussen op straathoeken deden me denken aan valentijns- en verjaardagskaarten. Mijn school riep het beeld op van kinderen die met tientallen tegelijk door de klapdeuren naar buiten stroomden, schreeuwend om de zomer. Hoe ver-

trouwd de straten echter ook waren, ze hadden iets veront-
rustends, met hun keurige hoeken en rechte lijnen, het loze
gewicht van de muren, de duidelijke grenzen die de ramen
vormden. De herhaalde architectuur had het effect van een
ommuurde doolhof. De borden en de woorden en de waarschuwingen – STOP; EET HIER; REINIGEN DEZELFDE DAG
KLAAR; U VERDIENT EEN KLEURENTELEVISIE – wierpen
geen enkel licht op raadsels, maar zorgden er alleen maar
voor dat hun herhaaldelijke boodschappen me koud lieten.
Eindelijk bereikten we ons doel.

Luchóg klom naar een raam en glipte door een spleet die
veel te klein en smal leek. Hij dook ineen als een muis die onder een deur door wil kruipen. Igel en ik, die in de steeg waren
blijven wachten, stonden op de uitkijk totdat we de zachte klik
van de voordeur hoorden; hij leidde ons de trap op naar de
winkel. Luchóg grijnsde aarzelend toen hij de deur voor ons
opendeed en Igel haalde een hand door zijn haar. Stilletjes slopen we langs de rekken vol artikelen, langs de Ovaltine en de
Bosco, muesli in felgekleurde pakken, blikken met groenten,
fruit, vis en vlees. Alle nieuwe etenswaren leken me te lokken,
maar Igel stond geen getreuzel toe en gebood me fluisterend:
'Kom hier, nu.' Ze hurkten tussen de achterste schappen bij
een paar zakken neer, en Igel scheurde er eentje open met een
beweging van zijn scherpe duimnagel. Hij likte aan zijn vin-
gertop, doopte die in het poeder en proefde.

'Jakkes... meel.'

Hij liep een stukje door en herhaalde de handelingen.

'Nog erger. Suiker.'

'Daar ga je dood aan,' zei Luchóg.

'Pardon,' zei ik, 'ik kan lezen. Wat zoeken jullie?'

Luchóg keek me aan alsof die vraag de bespottelijkste was
die hij ooit had gehoord. 'Zout, jongen. Zout.'

Ik wees naar de onderste plank en merkte op dat zelfs iemand die niets van taal wist nog wel de afbeelding zou herkennen van het ouderwetse meisje onder haar paraplu dat een spoor van zout achter zich liet. 'Het regent zout,' zei ik, maar ze leken niet te snappen wat ik bedoelde. We stopten zoveel als we konden dragen in onze rugzakken en liepen door de voordeur van de winkel weer naar buiten, wat gezien de overvloed binnen een teleurstellend vertrek was. Door onze last duurde de tocht naar huis langer en liepen we meer gevaar, en pas bij het krieken van de dag kwamen we bij het kamp aan. Het zout, ontdekte ik later, was bedoeld om vlees en vis in te maken voor de karige maanden, maar op dat moment had ik het gevoel dat we de wereldzeeën hadden afgezocht naar schatten en met een kist vol zand naar de thuishaven waren teruggekeerd.

Specks ogen werden groot van verbazing en verrukking toen ik haar de nieuwe trui gaf. Ze trok de versleten trui die ze al maanden droeg uit en trok de nieuwe over haar hoofd. Haar armen gleden als twee palingen de mouwen in. Het korte zicht op haar blote lijf bracht me van mijn stuk, en ik wendde mijn blik af. Ze ging op een deken zitten, haar benen onder haar achterste gevouwen, en vroeg of ik naast haar kwam zitten.

'Vertel, o grote jager, over jullie bezoek aan de oude wereld. Verhaal me van jullie misstappen en dappere dagen. Maak er een mooi epos van.'

'Er valt niet veel te vertellen. We zijn naar de winkel gegaan voor zout. Maar ik heb een school en een kerk gezien, en we hebben een fles melk gepakt.' Ik stak mijn hand in mijn zak en haalde een zachte, overrijpe peer tevoorschijn. 'Deze heb ik ook voor je meegenomen.'

Ze legde de peer op de grond. 'Vertel eens wat meer. Wat heb je allemaal gezien? Welk gevoel gaf de wereld je?'

'Het was alsof ik tegelijkertijd dingen vergat en me ze kon

herinneren. Wanneer ik in het licht van de lampen stapte, verscheen mijn schaduw, of verschenen er soms meerdere, maar eenmaal buiten de kring van licht verdwenen ze allemaal weer.'

'Je hebt wel vaker schaduwen gezien. Fel licht werpt scherpere schaduwen.'

'Het is een vreemd licht, en de wereld zit vol rechte lijnen en hoeken. De hoeken van hun muren zijn scherp als een mes. Het is onwerkelijk, en een tikje beangstigend.'

'Dat is gewoon je verbeelding die je parten speelt. Schrijf je indrukken maar in je boek.' Specks vingers gleden langs de zoom van haar trui. 'Over boeken gesproken, heb je de bibliotheek nog gezien?'

'Bibliotheek?'

'Waar ze alle boeken bewaren, Aniday. Heb je die niet gezien?'

'Dat was ik helemaal vergeten.' Maar nu we het er over hadden, herinnerde ik me weer de rekken vol versleten boeken, de bibliothecaresse die iedereen tot stilte maande, zwijgende mannen en aandachtige vrouwen die zich over boeken bogen en zaten te lezen. Mijn moeder had me meegenomen naar dat gebouw. Mijn moeder. 'Daar kwam ik vroeger altijd, Speck. Dan mocht ik boeken mee naar huis nemen en ze weer terugbrengen wanneer ik ze had gelezen. Ik kreeg een kartonnen kaartje en moest mijn naam op een stukje papier achter in het boek zetten.'

'Je weet het nog.'

'Maar ik weet niet meer wat ik opschreef. Het was geen "Aniday".'

Ze pakte de peer en keek of er zachte plekjes op zaten. 'Geef eens een mes, Aniday, dan snijd ik deze in tweeën. En als je braaf bent, zal ik je meenemen naar de bibliotheek zodat je naar de boeken kunt kijken.'

We verlieten het kamp niet midden in de nacht, zoals de vorige keer, maar liepen op een heldere dag in oktober rond het middaguur weg, zonder gedag te zeggen. Luchóg, Speck en ik volgden dezelfde paadjes naar het stadje, maar we namen de tijd, alsof we door een park kuierden. We wilden niet voor zonsondergang in het stadje aankomen. Een brede doorgaande weg deelde het woud in tweeën, en we moesten erg lang wachten voordat we konden oversteken. Ik keek naar de auto's, voor het geval de dame in de rode jas voorbij mocht rijden, maar we stonden te ver van de weg om mensen achter het stuur te kunnen onderscheiden.

Bij het tankstation aan de rand van het stadje reden twee jongetjes op fietsen rondjes rond de pomp, in trage cirkels, nog heel even genietend in het wegstervende zonlicht. Hun moeder riep dat ze moesten komen eten, maar voordat ik haar gezicht kon zien, ging de deur alweer dicht en was ze verdwenen. Met Luchóg voorop staken we in ganzenpas de straat over. Halverwege bleef hij doodstil op het asfalt staan en draaide zijn hoofd naar het westen. Ik hoorde niets, maar voelde in mijn botten de geladen stilte voor het naderende gevaar, even snel als zomers onweer. Een tel van besluiteloosheid, en we verloren onze voorsprong. De honden sprongen uit de duisternis tevoorschijn en hadden ons al bijna te pakken toen Speck mijn hand vastgreep en 'Rennen!' gilde.

De twee honden gingen uiteen en joegen ons op in een werveling van geblaf en gegrom. Tanden klapten op elkaar. De grootste van het stel, een gespierde herder, ging Luchóg achterna, die verder het stadje in rende. Speck en ik renden terug naar de bosrand, achtervolgd door een keffende hond. Toen we de bomen bereikten, trok ze me mee naar voren, naar boven, zodat ik al twee meter boven de grond bungelde voordat ik besefte dat we in een esdoorn klommen. Speck draaide zich om en keek naar de hond, die een sprong in haar richting maakte, maar ze deed een stap opzij, greep het beest bij zijn nekvel en slingerde het de bosjes in. De hond gilde het uit tijdens zijn vlucht, liet de takjes kraken toen hij neerkwam en krabbelde vol pijn en verwarring weer overeind. Hij keek over zijn schouder naar het meisje, stak zijn staart tussen zijn poten en sloop ervandoor.

Vanuit de andere richting kwam de Duitse herder aangedraafd, aan de zijde van Luchóg, alsof hij al heel lang diens huisdier was. Ze bleven tegelijk staan, en de hond kwispelde en likte aan Luchógs vingers. 'Kun je je dat laatste wisselkind nog herinneren, Speck? Die Duitse jongen?'

'Je mag niets zeggen over...'

'Die is me nog van pas gekomen met dit stomme beest. Ik rende voor mijn leven toen ik me opeens dat oude wiegeliedje herinnerde dat onze knaap altijd zong.'

'"*Guten Abend*"?'

Hij zong: '*Guten Abend, gut'Nacht, mit Rosen bedacht,*' en de hond piepte. Luchóg aaide de herder tussen zijn oren. 'Blijkbaar kan muziek het woeste beest mild stemmen.'

'Zo luidt het citaat niet,' zei ze. 'Muziek kan de vermoeide geest mild stemmen, dat moet het zijn.'

'Zeg dat nu niet,' barstte Luchóg uit. '*Auf Wiedersehen, Schatzi*. Ga maar naar huis.'

De hond drentelde weg.

'Dat was eng,' zei ik.

Luchóg rolde zo achteloos mogelijk een sigaret. 'Het had erger kunnen zijn. Het hadden mensen kunnen zijn.'

'Als we iemand tegenkomen, doe dan net alsof je stom bent,' droeg Speck me op. 'Dan denken ze dat we een stelletje kinderen zijn en sturen ons naar huis. Knik gewoon als ik iets zeg en houd verder je mond.'

Ik keek naar de verlaten straten om me heen, hoopte stiekem op een ontmoeting, maar iedereen leek binnen te zitten, aan tafel, of deed de kinderen in bad, maakte zich klaar om naar bed te gaan. In veel huizen was een onwerkelijke blauwe gloed te zien.

De bibliotheek stond plomp en vierkant in het midden van een huizenblok dat werd omzoomd door bomen. Speck liep rond alsof ze hier al heel vaak was geweest, en het probleem van afgesloten deuren bleek gemakkelijk te omzeilen. Luchóg leidde ons naar de achterkant van het gebouw, waar een trap was, en wees naar een spleet waar het beton zich had losgemaakt van de gevel.

'Ik geloof niet dat ik daar doorheen pas. Mijn hoofd is te groot en zo mager ben ik niet.'

'Luchóg is net een muis,' zei Speck. 'Kijk maar, daar kun je iets van leren.'

Hij leerde me een geheim, hoe je je botten zacht kon maken. De truc is dat je net zo leert te denken als een muis of een vleermuis en beseft hoe buigzaam je eigenlijk bent. 'De eerste keer doet het pijn, jongen, zoals alle goede dingen in het leven, maar het is echt niet moeilijk. Een kwestie van vertrouwen. En oefenen.'

Hij verdween in de spleet, en Speck volgde hem, uitademend in een enkele lange zucht. Mezelf door die nauwe spleet wringen deed meer pijn dan ik onder woorden kan brengen. Het duurde weken voordat de schaafwonden op mijn slapen waren geheeld. Nadat ik mezelf zachter had gemaakt, moest ik niet vergeten mijn spieren een tijdlang aangespannen te houden om te voorkomen dat een arm of been slap zou worden. Maar Luchóg had gelijk: na enig oefenen werd wringen een tweede natuur.

De kruipruimte onder de bibliotheek was donker en eng. Toen Speck een lucifer afstreek, gloeide het vlammetje van hoop. Ze hield de vlam bij de lont van een kaars en stak met die kaars een stormlamp aan die naar muskus en petroleum rook. In het licht van eerst de kaars en toen de lamp werden de afmetingen en eigenschappen van de ruimte steeds beter zichtbaar. De achterkant van het gebouw was tegen een flauwe helling gebouwd, zodat de vloer vanaf het punt waar wij binnen waren gekomen – daar kon je tamelijk gemakkelijk rechtop staan – omhoogliep naar de tegenoverliggende muur, waar je alleen nog maar kon zitten. Ik heb ik weet niet hoe vaak mijn hoofd gestoten tegen het plafond achterin. Het vertrek was per ongeluk ontstaan, een soort holte onder de uitbouw van de oude bibliotheek. Omdat deze ruimte niet op dezelfde fundamenten stond, was het er in de zomer warmer dan buiten en in de winter stervenskoud. In het licht van de lamp zag ik dat iemand had geprobeerd het gezellig te maken: een paar kleden, een stel bekers, en, in de noordwestelijke hoek, een soort luie stoel die van verzamelde dekens was gemaakt. Luchóg begon met zijn tabakszak te spelen, waarop Speck zei dat hij maar buiten moest gaan roken als hij niet anders kon. Mopperend kroop hij door de spleet.

'Wat vind je ervan, Aniday? Een tikje primitief, maar toch... beschaving.'

'Het is geweldig.'

'Je hebt het beste gedeelte nog niet gezien. De reden waarom ik je hierheen heb gebracht.' Speck gebaarde dat ik haar moest volgen, en we haastten ons over de oplopende vloer naar de achterste muur. Ze stak haar hand uit, raakte een knop aan, en een plafondplaat viel naar beneden. Met een snelle beweging trok ze zich op en verdween door het gat. Ik hurkte neer, wachtte totdat ze terug zou komen, staarde in het gat omhoog.

Op hetzelfde moment verscheen daar haar gezicht. 'Kom je nog?' fluisterde ze.

Ik liep haar achterna, de bibliotheek in. Het bleke licht dat vanuit de kamer onder ons naar boven straalde, loste op in de zaal, maar ik zag desondanks – en mijn hart maakte een sprongetje bij die aanblik – rij na rij, plank boven plank, van plafond tot vloer, een zee aan boeken. Speck draaide zich naar me om en vroeg: 'Goed, wat zullen we eerst gaan lezen?'

Elf

Toen het einde kwam, bleek dat tijdig en toepasselijk. Ik had niet alleen alles geleerd wat meneer Martin me kon bijbrengen, maar ik had er bovendien genoeg van: van het oefenen, het repertoire, de discipline, en de verveling die achtentachtig toetsen opriepen. Tegen de tijd dat ik zestien werd, zocht ik naar een excuus om te stoppen, op een manier die niet het hart van mijn moeder zou breken. De waarheid was dat ik weliswaar heel erg goed piano kon spelen, fantastisch zelfs, maar dat ik nooit een virtuoos ben geweest. Ja, ik was zeker de allerbeste in ons afgelegen stadje, in ons hoekje van de staat en misschien zelfs in de hele staat, maar daarbuiten? Nee. Ik ontbeerde de hartstocht, het allesverterende vuur dat je nodig hebt om een pianist van wereldklasse te worden. De vooruitzichten waren verschrikkelijk. Net zo eindigen als de oude meneer Martin zelf en na een tweederangscarrière les gaan geven aan anderen? Ik kroop nog liever in een bordeel achter de piano.

Op een morgen deed ik tijdens het ontbijt deze openingszet: 'Mam, ik denk niet dat ik nog veel beter kan worden.'

'Hoe bedoel je, beter?' zei ze, terwijl ze eieren losklopte.

'Op de piano. In de muziek. Ik denk dat ik heb bereikt wat ik kan.'

Ze goot het mengsel in de koekenpan, zodat de eieren sisten toen ze in aanraking kwamen met de hete boter, en begon zonder iets te zeggen te roeren. Ze gaf me een bord eieren met geroosterd brood en ik at alles zwijgend op. Met haar koffiekopje in de hand ging ze tegenover me aan tafel zitten. 'Henry,' zei ze zacht, zodat ze mijn aandacht zou trekken. 'Kun je je nog herinneren dat je als klein jongetje een keer bent weggelopen?'

Dat kon ik niet, maar ik knikte bevestigend tussen de happen door.

'Het was een heldere, zonnige dag, bloedheet. Ik wilde een bad nemen om af te koelen. Hitte is iets waaraan ik maar niet kan wennen. Ik had jou gevraagd of je op Mary en Elizabeth wilde passen, maar je verdween in het bos. Weet je dat nog?'

Dat kon ik me echt niet meer herinneren, maar ik knikte toen ik de laatste slok sinaasappelsap doorslikte.

'Ik had de meisjes net naar bed gebracht en kwam weer beneden, maar jij was verdwenen.' Haar ogen werden vochtig bij de herinnering. 'We hebben overal naar je gezocht, maar we konden je niet vinden. In de loop van de dag belde ik je vader om te vragen of hij naar huis wilde komen, en we belden de politie en de brandweer, en we hebben uren naar je lopen zoeken en tot diep in de nacht je naam geroepen.' Ze keek langs me heen, alsof ze de ervaring in gedachten opnieuw beleefde.

'Zit er nog wat in de pan, mam?'

Ze gebaarde naar het fornuis en ik schepte nog wat op. 'Toen het donker werd, werd ik steeds banger. God mag weten wat er allemaal in dat bos leeft. Ik heb ooit een vrouw in Donegal gekend wier baby werd gestolen. Ze was zwarte bessen gaan plukken en had haar kindje slapend op een dekentje achtergelaten, op een stralende zomerdag, en toen ze terugkwam, was het kindje verdwenen. Ze hebben haar nooit meer gevonden, geen enkel spoor. Het arme schepsel. Het enige wat van haar restte, was een afdruk in het gras.'

Ik bestrooide mijn eieren met peper en viel erop aan.

'Ik kon alleen maar denken dat je verdwaald was en terug naar je moeder wilde, maar ik kon niet bij je komen, en ik bad tot God dat je weer thuis zou komen. Toen ze je vonden, was het alsof ik een tweede kans kreeg. Als je nu zou stoppen, zou je jouw tweede kans verspillen, het talent dat God je heeft gegeven. Het is een zegen. Je moet je gave gebruiken.'

'Ik kom te laat op school.' Ik depte mijn bord schoon met het kapje van het brood, gaf haar een kus boven op haar hoofd en liep naar buiten. Maar voordat ik de voordeur uit was, had ik er spijt van dat ik niet wat daadkrachtiger was geweest. Een groot deel van mijn leven is bepaald geweest door besluiteloosheid, en ik ben altijd blij wanneer het lot tussenbeide komt en me ontslaat van de verplichting tot kiezen en het nemen van verantwoordelijkheid voor mijn daden.

Tegen de tijd van het winterrecital in dat bewuste jaar was alleen al de aanblik of het geluid van de piano voldoende om me misselijk te maken. Ik mocht mijn ouders niet teleurstellen door helemaal met de lessen bij meneer Martin te stoppen, en daarom deed ik alsof alles in orde was. We kwamen al vroeg bij de concertzaal aan en ik liet mijn familie achter bij de ingang, zodat ze hun zitplaatsen konden zoeken, en bleef zelf achter de bühne rondhangen. Het gedoe rondom het recital was nog altijd hetzelfde. In de coulissen stonden leerlingen die zich in gedachten voorbereidden op hun beurt en hun vingerzettingen op elk plat vlak oefenden. Meneer Martin ijsbeerde tussen ons door, telde de koppen, stelde degenen gerust die plankenkoorts hadden, niet goed waren of gewoon niet wilden. 'Je bent mijn beste leerling,' zei hij. 'De beste die ik ooit heb gehad. De enige echte pianist van het stel. Breng ze tot tranen, Henry.' En met die woorden speldde hij een anjer op mijn revers. Hij draaide zich zwierig om en schoof de gordijnen opzij, zodat het felle licht van de spots ons kon verwelkomen. Mijn optreden vormde de grote finale, dus ik had nog even tijd om naar achteren te gaan en een Camel op te steken die ik uit het pakje van mijn vader had gestolen. De winterse avond was gevallen, helder en koud. Een rat die schrok van mijn plotselinge verschijning in de steeg bleef staan en staarde me aan. Ik liet het ongedierte mijn tanden zien, siste en keek het boos aan, maar ik kon het niet bang maken. Ooit waren zulke beesten doodsbenauwd voor me geweest.

Die ijskoude avond voelde ik me helemaal mens, gesterkt door de gedachte aan een warm theater. Als dit mijn laatste optreden zou worden, zou ik hun iets geven wat ze niet licht zouden vergeten. Ik bewoog als een zweep, liet de toetsen kraken, donderde, zweefde, legde de juiste nadruk op alle halve noten. Het publiek stond al op om te applaudisseren voordat het trillen van de laatste snaar was verstomd. Diep onder de indruk bedolven ze me onder hun gejubel, dat zo overweldigend was dat ik bijna vergat dat ik zo'n hekel aan het hele gedoe had gekregen. Na mijn optreden kwam meneer Martin als eerste naar me toe, met tranen in zijn ogen, en wist piepend 'Bravo' uit te brengen, en toen volgden de andere leerlingen, van wie sommigen nog maar net hun verontwaardiging wisten te onderdrukken of werden verteerd door jaloezie, en met tegenzin toe moesten geven dat ik beter was dan zij. Daarna volgden ouders, broers en zussen, vrienden en vriendinnen, buren en muziekliefhebbers in alle soorten en maten. Ze dromden om de leerlingen heen, maar ik trok het grootste aantal aan, en ik zag de vrouw met de rode jas pas toen de meesten alweer waren weggelopen.

Mijn moeder veegde net met een natte zakdoek lippenstift van mijn wang toen ik de vrouw vanuit mijn ooghoeken dichterbij zag komen. Ze zag er doodgewoon en vriendelijk uit, leek een jaar of veertig. Haar donkerbruine haar omlijstte een intelligent gezicht, maar ik was vooral verbaasd door de blik in haar lichtgroene ogen die op me bleef rusten. Ze staarde, keek aandachtig, bestudeerde me en sloeg me nadenkend gade, alsof ze diep uit haar binnenste een raadsel naar boven haalde. Ze was een volslagen vreemde voor me.

'Pardon,' zei ze, 'maar ben jij Andrew Day?'

'Henry Day,' verbeterde ik haar.

'Henry. Je bent heel erg goed.'

'Dank u.' Ik draaide me weer om naar mijn ouders, die aangaven dat ze klaar waren voor vertrek.

Misschien zag ze mijn profiel, of misschien was het gewoon het omdraaien dat iets in haar gedachten opriep, maar ze hapte naar adem en legde haar vingers tegen haar lippen. 'Je bent het echt,' zei ze. 'Jij bent dat jongetje.'

Ik keek haar met toegeknepen ogen aan en glimlachte.

'Jou heb ik die avond in het bos gezien. Op de weg? Met dat hert?' Haar stem ging hoger klinken. 'Weet je dat niet meer? Ik zag je op de weg staan, met die andere jongens. Dat moet nu zo'n acht, negen jaar geleden zijn geweest. Je bent nu groot en zo, maar jij bent dat jongetje, geen twijfel mogelijk. Ik heb me zorgen over je gemaakt.'

'Ik weet niet waar u het over hebt, mevrouw.' Ik wilde me omdraaien, maar ze pakte mijn arm vast.

'Jij bent het. Ik stootte mijn hoofd tegen het dashboard toen ik dat hert aanreed, en ik dacht eerst dat ik me je verbeeldde. Je kwam het bos uit...'

Ik uitte een kreet die het hele vertrek stil deed vallen, een pure, rauwe schreeuw die iedereen, ook mij, aan het schrikken maakte. Ik wist niet dat ik nog steeds in staat was zo'n onmenselijk geluid voort te brengen. Mijn moeder kwam tussenbeide.

'Laat mijn zoon los,' zei ze tegen de vrouw. 'U doet hem pijn.'

'Hoor eens, mevrouw,' zei ik, 'ik ken u niet.'

Mijn vader stapte de driehoek in. 'Wat is er allemaal aan de hand?'

De ogen van de vrouw straalden van woede. 'Ik heb uw zoon gezien. Op een avond reed ik vanaf het platteland naar huis toen er opeens een hert voor mijn auto de weg op sprong. Ik week uit, maar raakte het dier met mijn bumper. Ik wist niet wat ik moest doen en stapte uit om te kijken wat er aan de hand was.'

Ze verlegde haar aandacht van mijn vader naar mij en sprak nu tot mij. 'Toen kwam er opeens een jongen het bos uit, van een jaar of zeven, acht. Uw zoon. En ik schrok meer van hem dan van het hert. Hij kwam zomaar aangelopen, vanuit het niets, en ging naar dat hert toe alsof dat vanzelf sprak; toen boog hij zich voorover naar de mond of neus of hoe noem je dat. Het is niet te geloven, maar hij legde zijn hand rond de snuit en blies. Het was gewoon tovenarij. Het hert rolde op zijn zij, strekte zijn poten uit, stond op en sprong weg. Het meest onvoorstelbare wat me ooit is overkomen.'

Op dat moment besefte ik dat er sprake was geweest van een ontmoeting. Maar ik wist dat ik haar nooit eerder had gezien, en hoewel sommige wisselkinderen wilde dieren inblazen, had ik me nog nooit met zulke dwaasheden beziggehouden.

'Ik heb die jongen in het licht van mijn koplampen goed

kunnen zien,' zei ze, 'al had ik minder zicht op zijn vrienden in het bos. Jij was het. Wie ben je echt?'

'Ik ken haar niet.'

Mijn moeder, geboeid door haar relaas, kwam met een alibi. 'Het kan Henry niet zijn geweest. Hoor eens, hij is een keer van huis weggelopen toen hij zeven was, en ik heb hem in de jaren daarna geen moment uit het oog verloren. Hij is 's avonds nooit in zijn eentje op stap gegaan.'

De intensiteit smolt weg uit de stem van de vrouw, en haar blik zocht naar een teken van bevestiging. 'Hij keek me aan, en toen ik vroeg hoe hij heette, rende hij weg. Sinds die avond heb ik me afgevraagd...'

Mijn vader bezigde een milde toon die hij zelden gebruikte. 'Het spijt me, maar u hebt zich vergist. Iedereen heeft wel een dubbelganger. Misschien hebt u iemand gezien die op mijn zoon lijkt. Het spijt me dat u zo'n aanrijding hebt meegemaakt.' Ze keek hem aan, zoekend naar bevestiging, maar hij bood slechts de troost van zijn kalme aanblik. Hij pakte de rode jas van haar arm en hield die voor haar omhoog. Ze stak haar armen in de mouwen en liep daarna zonder iets te zeggen naar buiten, zonder om te kijken. In haar kielzog zweefden restjes woede en nervositeit.

'Dat is toch niet te geloven?' zei mijn moeder. 'Wat een verhaal. En dan te bedenken dat ze nog het lef had om dat te komen vertellen.'

Vanuit mijn ooghoeken zag ik mijn vader naar me kijken, wat me zenuwachtig maakte. 'Kunnen we nu gaan? Kunnen we hier nu weg?'

Toen we allemaal weer in de auto zaten en de stad uitreden, kondigde ik mijn beslissing aan. 'Ik ga niet meer terug. Geen recitals meer, geen lessen, geen vreemden die naar me toe komen en rare verhalen ophangen. Ik stop ermee.'

Heel even dacht ik dat mijn vader van de weg zou raken.

Hij stak een sigaret op en liet het gesprek aan mijn moeder over.

'Henry, je weet hoe ik over stoppen denk...'

'Heb je gehoord wat die vrouw zei?' kwam Mary tussenbeide. 'Ze dacht dat je in het woud woont.'

'Je durft niet eens naast een boom te staan,' zei Elizabeth lachend.

'Dit gaat niet om wat u vindt, mama, maar om mij.'

Mijn vader staarde naar de witte middenstreep.

'Je bent een gevoelige jongen,' vervolgde mijn moeder. 'Maar je kunt niet je leven laten bepalen door het verhaal van één vrouw. Je wilt toch niet zeggen dat je acht jaar hard werken eraan wilt geven vanwege één verhaaltje?'

'Het gaat niet om de vrouw met de rode jas. Ik heb er gewoon genoeg van. Verder dan dit kan ik toch niet komen.'

'Bill, zeg jij er eens iets van.'

'Pap, ik ben het gewoon zat. Ik ben het oefenen echt helemaal zat. Ik heb er genoeg van dat ik nooit een zaterdag voor mezelf heb. En ik vind dat ik over mijn eigen leven moet kunnen beslissen.'

Hij haalde diep adem en tikte met zijn vingers op het stuur. De rest van ons gezin kende dat signaal. De hele weg naar huis was het stil. Die avond hoorde ik hen met elkaar praten, kon ik de getijden van een luide en emotionele confrontatie onderscheiden, maar ik was niet langer in staat van een afstand een gesprek af te luisteren. Af en toe hoorde ik hem woest 'verdomme' of 'godsamme' zeggen, en misschien huilde ze wel – ik denk het wel – maar meer niet. Tegen middernacht stormde hij naar buiten en hoorde ik zijn auto wegrijden, daarna viel er een desolate stilte. Ik liep naar beneden om te zien of mama de beproeving had doorstaan en zag haar kalm aan de keukentafel zitten, met voor zich een open schoenendoos.

'Henry, het is al laat.' Ze bond een lintje rond een stapeltje brieven en legde het in de doos. 'Toen je vader in Noord-Afrika zat, schreef hij één keer per week.' Ik kende het verhaal al van buiten, maar ze vertelde het nogmaals. Zwanger, met een echtgenoot die overzee in een oorlog vocht, toentertijd nog maar negentien jaar oud, woonde ze bij zijn ouders. Toen Henry werd geboren, was ze nog steeds alleen, en ik was nu bijna even oud als zij ten tijde van die beproeving was geweest. Wanneer ik mijn leven als kobold meetelde, was ik oud genoeg om haar opa te kunnen zijn. Ongebreidelde ouderdom was haar hart binnengeslopen.

'Als je jong bent, denk je dat het allemaal gemakkelijk is, dat je bijna alles kunt verdragen omdat je gevoelens zo sterk zijn. Wanneer je je goed voelt, ben je in de hemel, en wanneer je somber bent, zit je diep in de put. Maar hoewel ik oud ben geworden...'

Ik rekende het na. Ze was vijfendertig.

'...betekent dat niet dat ik ben vergeten hoe het is om jong te zijn. Natuurlijk moet je zelf bepalen wat je met je leven doet. Ik had hoge verwachtingen van je als pianist, Henry, maar je mag worden wat je wilt. Als je er niet met heel je hart achter kunt staan, begrijp ik het wel.'

'Wilt u een kopje thee, mam?'

'Dat zou ik heerlijk vinden.'

Twee weken later, op een middag vlak voor Kerstmis, reden Oscar Love en ik naar de stad om mijn nieuw verworven onafhankelijkheid te vieren. Sinds het voorval met Sally had ik getwijfeld of ik wel tot gemeenschap in staat zou zijn, dus het tochtje verliep niet zonder zenuwen. Toen ik nog in het woud woonde, wist alleen een van die monsters hoe het moest. Hij was te laat in zijn jeugd gevangengenomen, op de grens van de puberteit, en hij viel de arme meisjes alleen

130

maar lastig. De rest van ons was er lichamelijk nog niet toe in staat.

Die avond was ik er echter aan toe om seks te ervaren. Oscar en ik sloegen een fles goedkope wijn achterover en liepen aldus gesterkt in de schemering naar het huis, net toen de meisjes de tent openden. Ik had graag willen zeggen dat ik mijn maagdelijkheid op een exotische en erotische manier heb verloren, maar eerlijk gezegd was het vooral ruw, donker, en voorbij voordat ik het wist. Ze had een blanke huid en had haar beste jaren al gehad, haar kroon van platinablond haar was lokaas en list, en een van haar regels tijdens het geheel luidde dat er niet werd gezoend. Toen ik aarzelend liet merken dat ik niet goed wist wat ik moest doen, of wanneer, pakte ze me vast en duwde me in de juiste houding. Korte tijd later hoefde ik me alleen nog maar aan te kleden, de rekening te voldoen en haar een prettige kerst te wensen.

Toen het ochtend werd en ons gezin in pyjama en ochtendjas rond de boom met pakjes zat, had ik het gevoel dat ik op weg was naar een nieuw leven. Mama en de tweeling merkten niets van de verandering en deden gewoon zoals ze altijd deden; ze waren lief tegen elkaar en hielden rekening met de ander. Mijn vader kan daarentegen zijn vermoedens hebben gehad over mijn liederlijke gedrag van de avond ervoor. Toen ik eerder die ochtend rond twee uur thuis was gekomen, had de woonkamer naar Camel geroken, alsof hij op me had zitten wachten en pas naar bed was gegaan toen Oscars auto de oprit op was gereden. Tijdens die slaapverwekkende feestdag liep mijn vader door het huis als een beer die heeft gemerkt dat er een ander mannetje zijn territorium is binnengedrongen. Er werd niets gezegd, maar er werden zijdelingse blikken geworpen, er werd bruusk gereageerd, een paar keer gesnauwd. Gedurende de rest van de tijd die we onder één dak woonden, konden we niet met elkaar overweg. Ik had nog anderhalf jaar middelbare school te gaan voordat ik kon gaan studeren, en dus draaiden we om elkaar heen en wisselden tijdens onze zeldzame ontmoetingen amper een woord. De helft van de tijd deed hij alsof ik een vreemde voor hem was.

Ik kan me nog twee gelegenheden herinneren waarbij hij uit zijn innerlijke wereld stapte, en beide keren was dat verontrustend. Een paar maanden na het winterrecital begon hij over de vrouw in het rood en haar vreemde verhaal. We waren bezig het kippenhok van mijn moeder af te breken; ze had haar pluimvee verkocht en was uit de eier- en kippenhandel gestapt, nadat ze een aardige winst had gemaakt. Zijn vragen kwamen op de korte momenten tussen het wrikken met de koevoet, het piepen van de spijkers en het kraken van het hout.

'Kun je je die vrouw nog herinneren, en haar verhaal over dat jongetje en dat hert?' Hij trok nog een plank van het geraamte. 'Wat vond je daarvan? Wat denk je, zou zoiets kunnen gebeuren?'

'Ik vond het erg onwaarschijnlijk klinken, maar ik denk wel dat het kan, ja. Ze leek erg zeker van haar zaak.'

Hij trok aan een roestige spijker, kreunend van inspanning. 'Dus het zou waar kunnen zijn? Hoe kun je verklaren dat ze dacht dat jij het was?'

'Ik zei niet dat het waar was. Ze leek ervan overtuigd dat het echt is gebeurd, maar dat ligt niet voor de hand, hè? Maar goed, stel dat haar zoiets is overkomen, dan heeft ze het wat mij betreft nog mis. Ik was daar niet.'

'Misschien was het iemand die op jou leek?' Hij zette zijn hele gewicht erachter, en de rest van de wand stortte in, zodat alleen het geraamte bleef staan, scherp afgetekend tegen de hemel.

'Dat is mogelijk,' zei ik. 'Ik deed haar denken aan iemand

die ze ooit heeft gezien. Hebt u niet tegen haar gezegd dat iedereen op deze wereld een dubbelganger heeft? Misschien heeft ze mijn boosaardige tweelingbroer gezien?'

Hij keek aandachtig naar het raamwerk. 'Een paar goede trappen, en dan ligt dit ook omver.' Hij voegde de daad bij het woord, laadde het hout achter in de auto en reed weg.

Het tweede voorval geschiedde ongeveer een jaar later. Het geluid van zijn stem wekte me bij zonsopgang, en ik volgde de klanken, mijn kamer uit, door de achterdeur naar buiten. Een nevel steeg op van het grasveld en daar stond hij, met zijn rug naar me toe, midden op het natte gras, en riep mijn naam, kijkend naar een groepje dennen voor hem. Een meter of drie verder voerde een donker spoor van voetstappen het bos in. Hij stond als aan de grond genageld, alsof hij een wild dier had laten schrikken dat angstig op de vlucht was geslagen. Maar ik zag niets. Tegen de tijd dat ik dichterbij was gekomen, waren zijn kreten afgezwakt tot een raspend, wegstervend 'Henry'. Toen liet hij zich op zijn knieën vallen, drukte zijn hoofd tegen de grond en begon te huilen. Ik sloop terug naar binnen en deed net alsof ik de sportpagina zat te lezen toen hij binnenkwam. Mijn vader staarde naar mijn gebogen lijf boven de krant, naar mijn lange vingers rond het koffiekopje. De natte ceintuur van zijn ochtendjas sleepte als een ketting over de vloer. Doorweekt, slordig, ongeschoren leek hij veel ouder, maar misschien was me gewoon niet eerder opgevallen dat hij verouderde. Zijn handen trilden, alsof hij aan de ziekte van Parkinson leed, en hij haalde een Camel uit zijn zak. De sigaret was zo nat dat hij hem ondanks herhaalde pogingen niet aangestoken kreeg, en daarom kneep hij het hele pakje fijn en gooide het in de afvalbak. Ik zette een kop koffie voor hem neer, en hij staarde naar de damp alsof ik hem een gifbeker had overhandigd.

'Pap, gaat het? U ziet er vreselijk uit.'

'Jij.' Hij stak een vinger naar me uit alsof hij een wapen op me richtte, maar meer zei hij niet. Het woord bleef de hele ochtend hangen, en ik geloof niet dat ik hem daarna ooit nog 'Henry' heb horen zeggen.

Twaalf

We betraden de kerk om kaarsen te stelen. Zelfs in het holst van de nacht wist het gebouw van leisteen en glas zijn stempel op Main Street te drukken. De kerk, die werd omgeven door een ijzeren hek, had de vorm van een kruis, en van welke kant je ook kwam, aan de symboliek was niet te ontkomen. Een enorme kastanjehouten deur boven aan een trap met twaalf treden, gebrandschilderde ramen met Bijbelse taferelen die het maanlicht weerkaatsten, engelen die schuilgingen op balustrades vlak onder het dak. Het geheel rees op als een schip dat ons dreigde te bedelven wanneer we naderbij zouden komen. Smaolach, Speck en ik kropen over het kerkhof aan de oostelijke zijde en glipten naar binnen door een zijdeur die de pastoor niet had afgesloten. De lange rijen kerkbanken en het gewelfde plafond schiepen een ruimte die, in het donker, op ons neer leek te drukken; de leegte had massa en volume. Toen onze ogen echter aan het donker gewend waren, leek de kerk minder verstikkend. Het formaat was niet langer bedreigend en de hoge wanden en gewelfde plafonds leken ons te willen omhelzen. We gingen uiteen:

Smaolach en Speck speurden in de sacristie aan de rechterkant naar grotere kaarsen en ik zocht in de alkoof aan de andere kant van het altaar naar kleinere votiefkaarsen. Een ijle gedaante leek me langs het altaar te volgen en ik voelde onversneden angst in me opwellen. In een standaard van smeedijzer stonden tientallen kaarsen als soldaten opgesteld in glazen voetjes. Een offerblok vol munten rinkelde toen ik met mijn vingers tegen de metalen buitenkant tikte, en de open plekken waren bedekt met afgestreken lucifers. Ik streek een nieuwe lucifer af langs het ruwe oppervlak, zodat er een vlammetje verscheen, als de knip van een stel vingers. Meteen had ik spijt van mijn daad, want ik keek op en zag het gezicht van een vrouw naar me staren. Ik doofde de vlam en hurkte neer naast het altaar, in de hoop dat niemand me zou zien.

De paniek en angst stroomden even snel uit me weg als ze me hadden vervuld, en wat me verbaasde, was dat er in zo'n korte tijd zo veel door mijn hoofd schoot. Toen ik haar blik op me zag vallen, wist ik het weer: de vrouw in het rood, mijn klasgenootjes, de mensen in het stadje, de mensen in de kerk, Kerstmis, Pasen, Halloween, mijn ontvoering, het verdrinken, bidden, de Heilige Maagd, en mijn zusjes, vader, moeder. Ik had bijna het raadsel van mijn identiteit ontrafeld. Toch, even kort als het duurde om 'Pardon' te zeggen, verdwenen de herinneringen weer, en daarmee ook mijn ware verhaal. Het leek alsof de ogen van het beeld flakkerden in het licht van de lucifer. Ik keek naar het raadselachtige gezicht van Maria, door een anonieme beeldhouwer uitgebeeld als de ideale vrouw, het onderwerp van onnoemelijke aanbidding, toewijding, verbeelding, smeekbeden. Toen ik de kaarsen in mijn zakken propte, werd ik heel even getroffen door schuldgevoel.

Achter me gingen de grote houten deuren die de hoofddingang vormden krakend open toen een boeteling of pater binnenkwam. We schoten door de zijdeur naar buiten en zigzagden over het kerkhof. Hoewel daar lijken begraven lagen, was het lang niet zo eng als de kerk zelf. Ik bleef even bij een grafsteen staan, liet mijn vingers over de uitgehouwen letters gaan en wilde een lucifer afsteken om de naam te kunnen lezen. De anderen sprongen over het ijzeren hek, dus ik haastte me achter hen aan, joeg hen op door het stadje totdat we allemaal veilig achter de bibliotheek zaten. Elke keer dat we bijna werden betrapt, was uitermate spannend, en we zaten als kleine kinderen op onze dekens te giechelen. We staken zo veel kaarsen aan dat ons toevluchtsoord baadde in het licht. Smaolach kroop weg in een donker hoekje en rolde zich op als een vos, met zijn neus verborgen onder zijn in een mouw gehulde arm. Speck en ik zochten juist het licht op en gingen met onze nieuwste boeken in de hand naast elkaar zitten lezen. Het geritsel van omslaande bladzijden gaf het verstrijken van de tijd aan.

Sinds ze me met deze geheime plek had laten kennismaken, kwam ik hier dolgraag. Aanvankelijk ging ik op zoek naar boeken die ik uit mijn jeugd kende. Die oude verhalen – de sprookjes van Grimm en Moeder de Gans, prentenboeken als *Mike Mulligan*, *Make Way for Ducklings* en *Homer Price* – beloofden nieuwe aanwijzingen over mijn identiteit. Maar ze hielpen me niet het verleden opnieuw te vangen, ze vervreemdden me er alleen maar verder van. Door naar de plaatjes te kijken en de tekst hardop te lezen had ik gehoopt opnieuw de stem van mijn moeder te kunnen horen, maar ze was verdwenen. Na mijn eerste paar bezoeken aan de bibliotheek liet ik dergelijke kinderachtige dingen voor wat ze waren en keek er nooit meer naar om. In plaats daarvan begon ik aan een reis die Speck voor me uitstippelde. Zij koos, of hielp mij bij de keuze, voor verhalen die de belangstelling van een jongere als ik konden vasthouden: boeken als *The Call of the Wild* en *White Fang*, verhalen over avontuur en waaghalzerij. Ze hielp me woorden uit te spreken die ik niet kon ontcijferen en gaf een verklaring voor personages, symbolen en plots die mijn verbeelding te boven gingen. Het vertrouwen waarvan ze blijk gaf wanneer ze tussen de rekken en talloze boeken door liep, deed me geloven dat ik ook kon lezen en me iets kon verbeelden. Zonder haar zou ik net zo zijn geworden als Smaolach, die door strips bladerde met titels als *Speed Carter* of *The Adventures of Mighty Mouse*, die bij de drogist werden verkocht. Of erger nog, dan had ik misschien helemaal niet gelezen.

In ons knusse holletje zat ze met een dik deel Shakespeare op schoot, dat in een akelig klein lettertype was gezet, en ik was halverwege *De laatste der Mohikanen*. Het flakkerende kaarslicht zwoer samen met de stilte, en we stoorden de ander alleen wanneer we iets leuks wilden vertellen.

'Speck, luister eens: "Die kinderen van het woud stonden korte tijd bij elkaar en wezen naar het instortende gebouw, om daarna te spreken in de onnavolgbare taal van hun stam."'

'Dat lijken wij wel. Wie zijn die mensen?'

Ik hield het boek omhoog zodat ze het omslag kon zien, de titel in vergulde letters op een kaft van groene stof. We trokken ons weer terug in onze verhalen, en er verstreek zeker een uur voordat ze weer iets zei.

'Maar, Aniday. Ik ben *Hamlet* aan het lezen en nu komen er twee kerels binnen. Rosencrantz en Guildenstern. Hamlet begroet hen: "Beste vrienden, hoe voelen jullie je?" En dan zegt Rosencrantz: "Net als alle onbeduidende kinderen der aarde. " En Guildenstern zegt: "Gelukkig, maar niet bijzonder gelukkig; we zijn niet bepaald de knoop op de muts van vrouwe Fortuna."'

'Wat bedoelt hij, dat ze niet gelukkig waren?'

Ze lachte. 'Nee, dat niet, dat niet. Ga niet op zoek naar een beter lot.'

Ik begreep de helft niet van wat ze zei, maar ik lachte met haar mee en probeerde daarna weer te vinden waar ik bij Hawkeye en Uncas was gebleven. Toen de morgen dreigde aan te breken en we onze spullen pakten, zei ik tegen haar dat ik had genoten van wat ze me over het lot had voorgelezen.

'Schrijf het op, jongen. Wanneer je in een boek iets tegenkomt wat je wilt onthouden, dan moet je het in je schriftje schrijven; dan kun je het telkens opnieuw lezen en uit je hoofd leren, wanneer je maar wilt.'

Ik pakte mijn potlood en een kaartje van de stapel die ik uit de catalogus had gestolen. 'Wat zeiden ze?'

'Rosencrantz en Guildenstern: onbeduidende kinderen der aarde.'

'De laatsten der Mohikanen.'

'Dat zijn wij.' Ze schonk me een snelle glimlach en liep toen naar de hoek om onze slapende vriend Smaolach te wekken.

We gristen een paar boeken mee, zodat we thuis op een kille winterochtend in bed konden liggen om een dun boekje tevoorschijn te halen dat we bij het licht van een waterig zonnetje op ons gemak konden lezen. Onder de dekens kan een boek een zonde zijn. Ik heb talloze uren in een dergelijke wakende droom doorgebracht, en toen ik eenmaal had leren lezen, kon ik me geen ander leven voorstellen. De onbeduidende kinderen om me heen deelden mijn geestdrift voor het geschreven woord niet. Sommigen gingen ervoor zitten wanneer er een goed verhaal werd verteld, maar als een boek geen plaatjes had, toonden ze amper belangstelling.

Wanneer een paar van ons op strooptocht naar het stadje gingen, kwamen ze vaak terug met een stapel tijdschriften, *Time* of *Life* of *Look*, en dan kropen we bij elkaar in de schaduw van een oude eik om naar de foto's te kijken. Ik kan me die zomerdagen nog herinneren, een kluwen van knieën en voeten, ellebogen en schouders, vechtend om een plekje om alles het beste te kunnen zien, hun blote huid vochtig tegen de mijne. We dromden tegen elkaar als de klamme pagina's die door vochtigheid aan elkaar kleefden en omkrulden. Het nieuws of beroemdheden zeiden hun niets. Castro of Chroetsjow, Monroe of Mantle betekenden voor hen slechts iets vluchtigs, een interessant gezicht. Ze waren wel heel erg geboeid door foto's van kinderen, met name in bijzondere of grappige situaties, en door foto's uit het dieren- en plantenrijk, vooral van exotische dieren in een dierentuin of het circus of ergens in het wild in verre landen. Een jongen boven op een olifant veroorzaakte al sensatie, maar over een jongen met een babyolifantje werd nog dagenlang gepraat. Foto's van ouders en kinderen samen vielen het meest in de smaak.

'Aniday,' zei Onions dan smekend, 'vertel eens over de vader en zijn kindje.'

Een klein meisje met glanzende ogen kijkt vanuit haar wiegje op naar haar verrukte, lachende vader. Ik las het bijschrift aan hen voor: '"Wat een snoepje. Senator Kennedy bewondert zijn kersverse dochter, Caroline, in hun huis in Georgetown."'

Toen ik de pagina wilde omslaan, legde Blomma haar hand plat op de foto. 'Wacht. Ik wil nog even naar die baby kijken.'

Chavisory viel haar bij: 'Ik wil naar die man kijken.'

Ze waren vreselijk nieuwsgierig naar de buitenwereld – zeker op de afstand die door foto's mogelijk wordt gemaakt – en naar de plaatsen waar mensen opgroeiden, verliefd werden, kinderen kregen en oud werden, zodat de cyclus weer opnieuw begon, in tegenstelling tot onze meedogenloze tijdloosheid. De voortdurend veranderende levens van mensen fascineerden ons. Ondanks de vele taken die we moesten verrichten, hing er altijd een sfeer van aanhoudende verveling rond het kamp. Vaak deden we lange tijd niets anders dan de uren laten verstrijken.

Kivi en Blomma konden een hele dag bezig zijn met het vlechten van elkaars haar; ze haalden de vlechten weer uit en begonnen opnieuw. Of ze speelden met poppen die ze hadden gestolen of zelf hadden gemaakt van takjes of stukjes stof. Met name Kivi gedroeg zich als een klein moedertje; ze drukte een lappenpop tegen haar borst, stopte haar speelgoedbaby onder de wol in een wiegje dat was gemaakt van een picknickmand die iemand had laten liggen. Eén baby bestond uit de verloren of gebroken ledematen van vier andere poppen. Toen Kivi en Blomma op een morgen hun poppen aan de oever van de beek in bad deden, ging ik bij hen zitten en hielp het nylon haar uit te spoelen totdat het weer glad aan de koppen van de poppen kleefde.

'Waarom spelen jullie zo graag met jullie baby's?'

Kivi keek niet op van wat ze aan het doen was, maar ik kon merken dat ze huilde.

'We zijn aan het oefenen,' zei Blomma. 'Voor wanneer het onze beurt is om wisselkinderen te zijn. We oefenen voor de dag waarop we moeder zullen worden.'

'Waarom ben je verdrietig, Kivi?'

Ze keek me aan. De helderheid was uit haar blik verdwenen. 'Omdat het zo lang duurt.'

Dat was zeker zo. Want hoewel we ouder werden, veranderden we lichamelijk niet. We werden niet groot. Degenen die al tientallen jaren in het woud woonden, leden het meest. Wie echt ondeugend was, bestreed de eentonigheid door streken uit te halen, denkbeeldige problemen op te lossen of iets na te jagen wat op het eerste gezicht zinloos leek.

Igel had de afgelopen tien jaar in het kamp besteed aan het graven van een doorwrocht netwerk aan tunnels en ondergrondse holen dat ons bescherming moest bieden. Béka, de volgende die aan de beurt was, wachtte voortdurend zijn kans af om een nietsvermoedend meisje te grijpen en haar de bosjes in te sleuren.

Ragno en Zanzara probeerden nagenoeg elke lente druiven aan te planten in de hoop onze gefermenteerde brouwseltjes te kunnen vervangen door wijn van eigen makelij. Natuurlijk verzette de bodem zich tegen elke vorm van bemesting, scheen er nooit genoeg zon en kwamen er mijten en spinnen en insecten op af, zodat mijn vrienden geen geluk hadden. Soms liepen er een of twee wijnstokken uit en kronkelden en draaiden de ranken rond het rekje dat Ragna had gebouwd, maar in al die jaren kwam er nooit een druif aan. Elke september vervloekten ze hun lot en braken het rek af, om in maart van het jaar daarop weer te worden geplaagd door dezelfde dromen. Toen ik hen voor de zevende keer de harde bodem zag omspitten, vroeg ik aan Zanzara waarom ze ondanks herhaaldelijke mislukkingen niet van ophouden wilden weten. Hij hield op met spitten en leunde op de stokoude schop, waarvan de steel vol barsten zat.

'Toen we nog jongens waren, dronken we elke dag een glas wijn bij het avondeten. Ik wil die smaak graag weer eens proeven.'

'Maar dan kun je toch wel een paar flessen in het stadje stelen?'

'Mijn papa verbouwde druiven, en zijn vader ook, en daarvoor en daarvoor ook.' Hij wreef over zijn voorhoofd met een hand die vol aangekoekte aarde zat. 'Op een dag zullen we druiven hebben. Je moet hier leren geduldig te zijn.'

Ik bracht veel tijd door met Luchóg en Smaolach, die me leerden hoe ik een boom moest vellen zonder te worden verpletterd, hoe iets met een bepaald gewicht precies naar beneden viel, vanuit welke hoek je moest naderen wanneer je te voet op een haas joeg. Maar de dagen die ik met Speck doorbracht, waren me het dierbaarst. En het allermooiste waren mijn verjaardagen.

Ik had mijn kalender nog steeds en had 23 april, de verjaardag van Shakespeare, tot mijn verjaardag gekozen. Tijdens mijn tiende lente in het woud viel die datum op een zaterdag, en Speck vroeg of ik zin had mee te gaan naar de bibliotheek voor een nachtje rustig samen lezen. Toen we daar aankwamen, zag de kamer er heel anders uit. Tientallen kaarsjes hulden het vertrek in een warme gele gloed die deed denken aan het licht van een kampvuur onder de sterren. Vlak bij de spleet die de ingang vormde, had ze met krijt een felicitatie neergeschreven, in een krullerig schrift dat ze zelf had bedacht. Alles wat de kamer zo sjofel had gemaakt – de spinnenwebben, de vuile dekens en versleten kleden – was weggehaald, zodat het er schoon en knus uitzag. Ze had een feestmaal uitgestald van brood en kaas, beschermd tegen de muizen, en al snel kookte het water voor de echte thee in onze bekers.

'Dit is ongelooflijk, Speck.'

'Gelukkig hebben we besloten dat het vandaag je verjaardag is, want anders had ik dit allemaal voor niets gedaan.'

Die avond keek ik af en toe op van mijn boek en zag haar vlak naast me zitten lezen. Licht en schaduw speelden over haar gezicht, en met enige regelmaat streek ze een losse lok uit haar ogen. Haar aanwezigheid bracht me van mijn stuk: ik had nog niet veel bladzijden gelezen en moest te veel zinnen meer dan eens lezen. Laat die nacht werd ik wakker in haar armen. Ik schopte en duwde niet, zoals ik gewoonlijk deed wanneer ik wakker werd en voelde dat iemand half over me heen lag, maar kroop dichter tegen haar aan en wenste dat dit moment heel lang zou duren. De kleinste kaarsen waren al opgebrand, en tot mijn verdriet besefte ik dat onze tijd samen voorbij was.

'Speck, wakker worden.'

Ze mompelde iets in haar slaap en trok me tegen zich aan. Ik maakte haar arm van me los en rolde weg.

'We moeten gaan. Merk je niet dat de lucht anders aanvoelt op je huid? De zon kan elk moment opkomen.'

'Ga weer slapen.'

Ik pakte mijn spullen. 'Als we nu niet gaan, komen we niet meer weg.'

Ze hees zichzelf omhoog en leunde op haar ellebogen. 'We kunnen ook blijven. Het is zondag, de bibliotheek is dicht. We kunnen hier de hele dag blijven lezen. Er komt toch niemand. Dan gaan we wel terug als het donker is.'

Heel even overwoog ik dat te doen, maar alleen al de gedachte om overdag in het stadje te moeten blijven, waar mensen rondliepen die ons zouden kunnen zien, vervulde me met een hevige angst.

'Dat is te gevaarlijk,' fluisterde ik. 'Stel dat er iemand langsloopt? Een agent, of een bewaker.'

Ze liet zich terugvallen op de deken. 'Vertrouw me nu maar.'

'Kom je nog?' vroeg ik bij de deur.

'Ga maar. Soms kun je zo'n klein kind zijn.'

Ik wrong me door de uitgang heen en vroeg me af of ik een vergissing had begaan. Ik sprak Speck niet graag tegen en wilde haar niet alleen achterlaten, maar ze had vaak genoeg een paar dagen ergens anders in haar eentje doorgebracht. Mijn gedachten stuiterden heen en weer tussen beide keuzes, en misschien waren mijn zorgen over Speck van invloed op mijn oriëntatievermogen, want al snel nadat ik haar alleen had gelaten, verdwaalde ik. Na elke nieuwe bocht zag ik andere onbekende straten en vreemde huizen, en in mijn haast weg te komen raakte ik nog meer in de war. Aan de rand van het stadje vroeg een groepje bomen me in hun warme omhelzing te kruipen, en daar koos ik een van de drie paden en volgde de bochtjes en kronkels. Achteraf gezien had ik beter kunnen blijven waar ik was totdat de zon helemaal was opgekomen en ik die als kompas had kunnen gebruiken, maar op dat moment werden mijn gedachten vertroebeld door vragen. Waar had ze allemaal aan gedacht toen ze die voorbereidingen voor mijn verjaardag had getroffen? Hoe moest ik ouder worden, een man worden, terwijl ik voor altijd gevangenzat in dit kleine, nutteloze lijfje? De afnemende zilveren maan zakte achter de horizon en verdween.

Een klein beekje, niet meer dan een dun stroompje, deelde het pad in tweeën. Ik besloot het water te volgen. Bij de dageraad een beekje volgen kan een bijzonder vredige ervaring zijn, en dat woud was zo vaak in mijn dromen verschenen dat het me even vertrouwd was als mijn eigen naam. Het beekje zelf liep langs een weg vol steentjes, en die weg leidde me naar een verlaten boerderij. Vanaf de oever zag ik het dak, en toen de eerste zonnestralen de veranda in een gouden licht dompelden, liep ik om het huis heen naar de achterkant.

Door een speling van het licht leek het huis niet af te zijn, alsof het in een droom was gevangen, tussen dag en nacht. Ik verwachtte bijna dat mijn moeder naar buiten zou komen en me voor het eten zou roepen. Toen het licht aanzwol en het huis beter te zien was, oogde het gastvrijer en staarden de ramen me niet langer meedogenloos aan, leek de deur steeds minder op een hongerige muil. Ik liep het bos uit en stapte het gazon op, waarbij ik een donker spoor op het gras achterliet. Opeens zwaaide de deur open, en ik bleef verstijfd van schrik staan. Er kwam een man het trapje af, die op de een na onderste tree bleef staan om een sigaret op te steken. De gestalte, die was gehuld in een blauwe ochtendjas, deed een stap naar voren en tilde toen zijn voet op, geschrokken van het natte gras. Hij lachte en vloekte zachtjes.

De man had me nog steeds niet in de gaten, hoewel we tegenover elkaar stonden: hij vlak naast het huis en ik aan de rand van het woud. Ik wilde me omdraaien om te zien waar hij naar keek, maar ik stond even doodstil als een haas, terwijl om ons heen de dag aanbrak. Vanaf het gazon steeg de kilte in flarden nevel op. Hij kwam dichterbij en ik hield mijn adem in. Op amper een tiental passen afstand bleef hij staan. De sigaret gleed tussen zijn vingers vandaan. Hij deed nog een stap in mijn richting. Op zijn voorhoofd verscheen een bezorgde frons. Zijn dunne haar bewoog in de zachte wind. Er verstreek een eeuwigheid terwijl zijn ogen in hun kassen dansten. Zijn lippen trilden toen hij zijn mond opende en iets zei.

'En wie? Hen wie?'

Ik begreep niets van de woorden die naar me toe kwamen.

'Bijen daar? Bijen daar? Bijen het, hen wie?'

De geluiden die hij maakte, deden pijn aan mijn oren. Op dat moment wou ik dat ik weer in Specks armen lag te slapen. Hij knielde neer op het vochtige gras en spreidde zijn armen, alsof hij verwachtte dat ik naar hem toe zou rennen. Maar ik begreep er niets van en wist niet of hij me kwaad wilde doen. Daarom draaide ik me om en rende weg, zo snel als ik kon. Het monsterlijke gegorgel uit zijn keel achtervolgde me tot diep in het woud en toen hielden de vreemde woorden opeens op, maar ik bleef de hele weg naar huis rennen.

Dertien

De rinkelende telefoon deed nog het meest denken aan een krankzinnig lied, voordat iemand in het studentenhuis godzijdank zo vriendelijk was even op te nemen. Op die bewuste avond lag ik een paar deuren verder met een studente in bed en probeerde me te concentreren op haar naakte huid. Even later werd er op mijn deur geklopt, vervolgens viel er een ongewone stilte, en toen zwol het kloppen aan tot een donderend geraas waar het arme kind zo van schrok dat ze bijna van me af gleed.

'Wat is er? Ik ben bezig. Heb je die stropdas aan de deurknop niet gezien?'

'Henry Day?' De stem aan de andere kant van de deur kraakte en beefde. 'Je moeder is aan de lijn.'

'Zeg maar dat ik er niet ben.'

De stem zakte een octaaf. 'Ik vind het heel naar voor je, Henry, maar je moet echt even komen.'

Ik trok een broek en een trui aan, deed de deur open en duwde de jongen opzij die naar de grond stond te staren. 'Dan mag dit wel een zaak van leven of dood zijn.'

Het ging over mijn vader. Mijn moeder vertelde over de auto, op zo'n vanzelfsprekende toon dat ik in mijn schrik aannam dat het een ongeluk was geweest. Eenmaal thuis leerde ik stukje bij beetje het ware verhaal kennen, dankzij een woord hier en daar, opgetrokken wenkbrauwen, zinspelingen. Hij had zichzelf door het hoofd geschoten, in de auto, voor een verkeerslicht op amper vier straten afstand van mijn universiteit. Er was geen briefje gevonden, geen uitleg. Alleen mijn naam en het nummer van mijn kamer achter op een visitekaartje dat in een pakje met nog slechts één Camel was gestoken. In de dagen voor de begrafenis probeerde ik iets van de zelfmoord te begrijpen. Sinds die vreselijke ochtend waarop hij iets in de tuin had gezien, had hij steeds vaker naar de fles gegrepen, maar ik heb altijd gemerkt dat alcoholisten de voorkeur geven aan een langdurige, langzame roes boven een snelle, onomkeerbare genadeklap. Het was niet de drank die hem had gedood, het was iets anders. Misschien had hij zijn vermoedens, maar de waarheid over mij kan hij nooit hebben ontdekt. Ik was te voorzichtig, te geweikst in mijn bedrog. Sinds ik was gaan studeren, had ik hem nog slechts een paar keer gezien, en tijdens die ontmoetingen had hij zich kil, afstandelijk en onverzettelijk getoond. Hij werd geplaagd door persoonlijke demonen, maar ik voelde geen medelijden. Met één kogel liet hij mijn moeder en zusjes in de steek, en dat heb ik hem nooit kunnen vergeven. In die paar dagen voor de begrafenis en tijdens de uitvaart zelf werd ik gesterkt in mijn overtuiging dat zijn egoïsme ons gezin tot op het bot had aangevreten.

Mijn moeder, die eerder verward dan ontzet was, deed haar best alles zo goed mogelijk te regelen. Ze wist de plaatselijke pastoor ervan te overtuigen dat hij mijn vader, ondanks de zelfmoord, op het kerkhof naast de kerk moest begraven. De wekelijkse giften die ze al jaren deed, zullen hierbij zeker een rol hebben gespeeld. Het zat haar behoorlijk dwars dat een mis natuurlijk uitgesloten was, maar gelukkig beschermde haar woede haar tegen andere emoties. De tweeling, inmiddels veertien, was meer geneigd tot huilen, en in het uitvaartcentrum bogen de meisjes zich jammerend als twee 'witte wieven' over de dichte kist. Ik zou geen traan om hem laten. Hij was per slot van rekening niet mijn vader, en zijn dood viel op een bijzonder onhandig tijdstip: in het voorjaar van mijn tweede jaar aan de universiteit. Ik vervloekte het mooie weer op de dag van zijn begrafenis, en het verbaasde me dat er zo veel mensen van heinde en verre waren gekomen om hun deelneming te betuigen.

Zoals de gewoonte was in ons stadje liepen we door Main Street van het uitvaartcentrum naar de kerk. Een fonkelnieuwe lijkwagen kroop voor ons uit, een gevolg van meer dan honderd rouwenden volgde ons. Mijn moeder en zusjes en ik leidden de grimmige stoet.

'Wie zijn al die mensen?' fluisterde ik tegen mijn moeder.

Ze keek recht voor zich uit en zei met luide, heldere stem: 'Je vader had veel vrienden. Uit het leger, van zijn werk, mensen die hij ooit heeft geholpen. Je kent maar een deel van het verhaal. Er zit meer aan een zalm dan alleen de vin.'

In de schaduw van de jonge blaadjes begroeven we hem en bedekten hem met aarde. Roodborstjes en lijsters zaten te zingen in de struiken. Mijn moeder huilde niet achter haar zwarte sluier, maar stond onbewogen als een soldaat in het zonlicht. Toen ik haar daar zo zag staan, kon ik hem alleen maar haten omdat hij haar dit had aangedaan; niet alleen haar, maar ook mijn zusjes, onze vrienden en familie, mij. We repten met geen woord over hem toen ik mijn moeder en zusje naar ons huis reed, waar iedereen nog even bij elkaar zou komen.

Vrouwen van de kerk verwelkomden ons met gedempte stemmen. Het huis was koeler en stiller dan in het holst van de nacht. Op de tafel in de eetkamer lagen de blijken van de gemeenschapsgeest: ovenschotels met pasta, varkensvlees in een deegjasje, koude gebraden kip, eiersalade, aardappelsalade, aspic met geraspte worteltjes en een stuk of vijf, zes taarten. Op het dressoir stonden flessen water en mineraalwater naast de gin en whisky en rum en een emmer ijs. Het rook binnen naar de bloemen van de begrafenis, en het koffiezetapparaat pruttelde als een bezetene. Mijn moeder praatte met de buren, vroeg naar elk gerecht en deelde dankbare complimentjes uit aan degenen die iets hadden klaargemaakt. Mary zat aan het ene uiteinde van de bank pluisjes van haar rok te plukken, Elizabeth zat op de andere hoek en keek wie er allemaal binnenkwamen. Een uur na onze thuiskomst verschenen de eerste bezoekers: collega's van mijn vader, stijf en deftig in hun goede pakken. Een voor een drukten ze mijn moeder enveloppen met geld in de hand en omhelsden haar stuntelig. Mijn moeders vriend Charlie was uit Philadelphia hierheen gekomen, maar was te laat voor de begrafenis zelf. Hij keek me van opzij aan toen ik zijn hoed aannam, alsof ik een vreemde was. Een stel oude soldaten kwam langs, geesten uit een verleden dat verder niemand kende. Ze kropen bij elkaar in een hoek en treurden om de goede oude Billy.

Ik kreeg er al snel genoeg van. De bijeenkomst deed me denken aan het samenzijn na een recital, alleen somberder en zinlozer. Buiten op de veranda deed ik mijn zwarte jasje uit, maakte mijn das los en stond een tijdje met een rum-cola in mijn hand. De groene bomen ritselden in het briesje dat af en toe opstak, en de zon verwarmde de voortkruipende middag. Binnen uitten de gasten gemompel dat even regelmatig aanzwol en afzwakte als het geluid van de zee, en af en toe herinnerde een snelle lach ons eraan dat niemand onvervangbaar is. Ik stak een Camel op en staarde naar het jonge gras.

Ze verscheen aan mijn zijde, geurend naar jasmijn; haar parfum verraadde haar heimelijkheid. Een snelle zijdelingse blik en een nog kortere glimlach, daarna hervatten we beiden onze inspectie van het gazon en het donkere woud erachter. Haar zwarte jurk was afgezet met een wit kraagje en witte manchetten, want ze volgde de laatste mode, een afgeleide van de haute couture waarin mevrouw Kennedy liep. Maar Tess Wodehouse wist die stijl na te doen zonder meteen bespottelijk te ogen. Misschien kwam het door haar ingetogen houding, daar bij de leuning van de veranda. Elk ander meisje van mijn leeftijd zou het nodig hebben gevonden iets te zeggen, maar zij liet het aan mij over een gesprek te beginnen.

'Wat aardig van je dat je bent gekomen. Ik heb je niet meer gezien sinds... de basisschool?'

'Ik vind het zo erg voor je, Henry.'

Ik wierp mijn sigaret op het gazon en nipte aan mijn drankje.

'Ik ben een keer naar een recital van je geweest, in de stad,' zei ze, 'een jaar of vier, vijf geleden. Na afloop was er een hoop gedoe met een of andere raaskallende vrouw in het rood. Weet je nog hoe aardig je vader tegen haar was? Alsof ze helemaal niet gek was, maar gewoon iemand wier geheugen haar parten speelde. Mijn pa zou waarschijnlijk hebben gezegd dat ze op moest donderen, en mijn moeder zou haar vast een oplawaai hebben verkocht. Die avond had ik grote bewondering voor je vader.'

Ik kon me die vrouw in het rood nog herinneren, maar Tess niet. Ik had haar al tijden niet meer gezien of zelfs maar aan haar gedacht. In mijn herinnering was ze nog steeds een kleine wildebras. Ik zette mijn glas neer en vroeg haar, met een weids gebaar, of ze wilde gaan zitten. Met ingetogen, gepaste elegantie nam ze naast me plaats, zodat onze knieën elkaar bijna raakten, en ik staarde haar als in trance aan. Zij was het meisje dat in de tweede in haar broek had geplast, het meisje dat me in de zesde bij de vijftig meter hardlopen had verslagen. Toen ik naar de openbare middelbare school in ons stadje was gegaan, had zij de bus gepakt naar de roomse meisjesschool, de andere kant op. In de tussenliggende jaren was ze uitgegroeid tot een schitterende jonge vrouw.

'Speel je nog steeds piano?' vroeg ze. 'Ik heb gehoord dat je in de grote stad studeert. Zit je op het conservatorium?'

'Ik studeer compositie,' zei ik tegen haar. 'Orkest- en kamermuziek. Ik geef geen optredens meer. Heb me nooit op mijn gemak gevoeld ten overstaan van zo veel mensen. Wat doe jij?'

'Ik ben bijna klaar met mijn opleiding tot verpleegkundige. Maar ik zou graag doorleren voor sociaal werkster. Het hangt er allemaal van af.'

'Waar hangt het van af?'

Ze wendde haar blik af en keek naar de deur. 'Van de vraag of ik wel of niet ga trouwen. Het hangt van mijn vriend af, denk ik.'

'Je klinkt niet al te enthousiast.'

Ze boog zich naar me toe, haar gezicht op een paar centimeter afstand van het mijne, en zei zonder geluid te maken: 'Ben ik ook niet.'

'Hoezo niet?' fluisterde ik terug.

Ze klaarde meteen op, alsof er achter haar ogen een lamp werd aangestoken. 'Ik wil nog zo veel doen. De behoeftigen helpen. De wereld zien. Verliefd worden.'

Het vriendje kwam haar zoeken, de hordeur viel met een

klap achter hem dicht. Hij grijnsde toen hij zag dat hij haar had gevonden, maar hij had een verontrustend effect op me, alsof ik hem lang geleden al eens had ontmoet maar zijn gezicht niet kon thuisbrengen. Ik kon het gevoel dat we elkaar kenden niet van me afschudden, maar hij woonde aan de andere kant van het stadje. Zijn verschijning joeg me angst aan, alsof ik een spook zag, een geest die uit een voorbije eeuw hierheen was gelokt. Tess kwam overeind en vlijde zich tegen hem aan. Hij stak een pootje uit en wachtte een tel totdat ik hem de hand schudde.

'Brian Ungerland,' zei hij. 'Gecondoleerd.'

Ik mompelde een bedankje en hervatte mijn studie van het onveranderde gazon. De stem van Tess voerde me terug naar het hier en nu. 'Succes met je composities, Henry,' zei ze. 'Ik zal in de platenzaak naar je uitkijken.' Ze leidde Brian naar de deur. 'Het spijt me dat we onze vriendschap niet onder fijnere omstandigheden nieuw leven konden inblazen.'

Toen ze wegliepen, riep ik haar na: 'Ik hoop dat je krijgt wat je wilt, Tess, en dat je niet krijgt wat je niet wilt.' Ze keek me over haar schouder glimlachend aan.

Toen alle bezoekers waren vertrokken, kwam mijn moeder bij me op de veranda zitten. In de keuken stonden Mary en Elizabeth te prutsen met de afgedekte schotels en de lege glazen in de gootsteen. Tijdens die laatste ogenblikken op de dag van de begrafenis zagen we dat de kraaien zich voor het vallen van de avond in de toppen van de bomen verzamelden. Ze kwamen van mijlenver aangevlogen en beenden als priesters in soutanes over het gazon voordat ze naar de takken vlogen en niet langer te zien waren.

'Ik weet niet hoe ik het moet zien te redden, Henry.' Ze zat in de schommelstoel en keek me niet aan.

Ik nipte aan een volgende rum-cola. Op de achtergrond van mijn verbeelding was een klaaglied te horen.

Toen ik geen antwoord gaf, slaakte ze een zucht. 'We hebben genoeg om rond te komen. Het huis is bijna afbetaald, en we kunnen nog wel een tijdje vooruit met het spaargeld van je vader. Ik zal een baan moeten zoeken, maar god mag weten hoe.'

'De tweeling kan helpen.'

'De meisjes? Die kunnen nog niet eens een glas water inschenken, ik zou voortijdig sterven van de dorst. Ze veroorzaken tegenwoordig alleen maar problemen, Henry.' Ze ging sneller schommelen, alsof haar opeens iets inviel. 'Het zal me al moeite genoeg kosten om te voorkomen dat die twee hun goede naam te grabbel gooien.'

Ik dronk mijn glas leeg en viste een verfrommelde sigaret uit mijn zak.

Ze wendde haar blik af. 'Misschien moet je maar een tijdje hier blijven. Gewoon totdat ik de boel weer een beetje op orde heb. Wat denk je, zou je kunnen blijven?'

'Ik denk dat ik wel een weekje kan missen.'

Ze liep naar me toe en pakte mijn armen beet. 'Henry, ik heb je hier nodig. Blijf een paar maanden, dan kunnen we sparen. Daarna kun je teruggaan en je studie afmaken. Je bent nog jong. Een paar maanden lijkt misschien lang, maar dat is het niet.'

'Mam, we zitten halverwege het semester.'

'Dat weet ik, dat weet ik. Maar wil je bij je moeder blijven?' Ze staarde me aan totdat ik knikte. 'Goed zo, jongen.'

Uiteindelijk bleef ik langer dan een paar maanden. Ik bleef een paar jaar, en mijn hele leven veranderde omdat ik met mijn opleiding was gestopt. Doorstuderen kon niet, daar had mijn vader niet genoeg geld voor nagelaten, en mijn moeder had haar handen vol aan de meisjes, die nog op de middelbare school zaten. Daarom zocht ik een baan. Mijn vriend Oscar

Love, die net klaar was met zijn diensttijd bij de marine, had met zijn spaargeld en een hypotheek van de Farmers & Merchants een leeg winkelpand om de hoek van Linnean Street gekocht. Met hulp van zijn vader en broer verbouwde hij dat tot een kroeg met een podium waarop net een orkestje van vier man paste. We brachten de piano uit het huis van mijn moeder daarheen en begonnen met een paar jongens uit de buurt een band: Jimmy Cummings op drums en George Knoll op bas of gitaar. We noemden onszelf The Coverboys, omdat we alleen maar covers speelden, en wanneer ik niet deed alsof ik Gene Pitney of Frankie Valli was, stond ik een paar avonden per week achter de bar. Dankzij de optredens in Oscars Bar kwam ik het huis uit, en met de paar dollar extra hielp ik ons gezin. Oude vrienden die kwamen kijken juichten het toe dat ik weer pianospeelde, maar ik had de pest aan optreden. Tijdens dat eerste jaar dat ik weer thuis woonde, kwam Tess een paar keer langs, samen met Brian of een vriendin. Wanneer ik haar zag, moest ik denken aan de dromen die ik had opgeschort.

'Je was een en al geheimzinnigheid,' zei Tess op een avond tussen de sets door. 'Vroeger, op de basisschool. Alsof je heel anders was dan wij.'

Ik haalde mijn schouders op en speelde de eerste noten van 'Strangers in the Night'.

Lachend sloeg ze haar ogen ten hemel. 'Echt, Henry, je was een vreemde vogel. Afstandelijk. Je stond boven ons allemaal.'

'O ja? Ik had in elk geval aardiger tegen jou kunnen zijn.'

'O, toe nou.' Ze was aangeschoten, lachte. 'Je bevond je altijd in een andere wereld.'

Haar vriendje wenkte haar en ze was verdwenen. Ik miste haar. Ze was zo ongeveer het enige positieve aan mijn gedwongen terugkeer naar huis, mijn aarzelende hervatting van mijn spel. Later die avond moest ik op weg naar huis aan haar denken. Ik vroeg me af hoe serieus haar relatie was en hoe ik haar kon afpakken van die jongen met het gezicht dat ik eerder had gezien. Het werk als barkeeper en pianist hield me tot diep in de nacht van huis. Mijn moeder en zusjes lagen allang in bed, en ik at om drie uur 's nachts in mijn eentje een bord koud avondeten. Die nacht bewoog er iets in de tuin, voor het keukenraam. De flits aan de andere kant van de ruit, heel even zichtbaar, deed denken aan een hoofd vol haar. Ik nam mijn bord mee naar de woonkamer en zette de televisie aan. *The Third Man* werd uitgezonden. Na de scène waarin Holly Martins Harry Lime voor het eerst in de deuropening ziet staan, viel ik in mijn vaders stoel in slaap. Vlak voor zonsopgang werd ik wakker, zwetend en koud, doodsbenauwd dat ik terug was in het woud, te midden van die duivels.

Veertien

Ik tuurde in de verte, over het pad, en zag haar terugkeren naar het kamp. Dat stelde me gerust. Ze verscheen tussen de bomen, bewoog als een hert langs de heuvelrug. Na het voorval in de bibliotheek wilde ik niets liever dan mijn verontschuldigingen aanbieden, en daarom nam ik een kortere route door het bos, zodat ik haar de weg zou kunnen afsnijden. Ik kon alleen maar denken aan de man in de tuin en hoopte dat ik de kans zou krijgen haar over hem te vertellen voordat ik in al mijn verwarring de belangrijke details weer zou vergeten. Speck zou kwaad zijn, terecht, maar haar medeleven zou alle woede verzachten. Toen ik dichterbij kwam, moet ze me hebben gezien, want ze begon te rennen. Als ik niet had geaarzeld voordat ik de achtervolging inzette, had ik haar misschien kunnen inhalen, maar het onbegaanbare terrein dwong me mijn passen te vertragen. In mijn haast stootte ik mijn teen tegen een afgevallen tak en viel voorover op mijn gezicht in de modder. Ik spuugde bladeren en twijgjes uit, keek op en zag dat Speck het kamp al had bereikt en met Béka stond te praten.

'Ze wil niet met je praten,' zei de oude pad toen ik aan kwam lopen, en hij klemde een hand rond mijn schouder. Een paar van de ouderen – Igel, Ragno, Zanzara en Blomma – waren naast hem komen staan en vormden een muur.

'Maar ik moet haar spreken.'

Luchóg en Kivi voegden zich bij de anderen. Smaolach liep vanaf de rechterkant naar het groepje toe, zijn trillende handen ineengeklemd. Onions naderde vanaf mijn linkerzijde, met een meedogenloze, verlekkerde lach op haar gezicht. Met negen man vormden ze een kring om me heen. Igel stapte de kring in en prikte met een vinger in mijn borst.

'Je hebt ons verbond geschonden.'

'Waar heb je het over?'

'Ze is je gevolgd, Aniday. Ze zag je met die man. Je had elk contact met hem moeten vermijden, maar toch probeerde je met hem te communiceren.' Igel duwde me tegen de grond, zodat er een wolk rottende bladeren opstoof. Vernederd krabbelde ik snel weer overeind. Mijn angst zwol aan toen ik de anderen aanmoedigingen hoorde roepen.

'Weet je niet hoe gevaarlijk dat is?'

'Leer hem een lesje.'

'Zodat je snapt dat niemand ons mag zien.'

'En het nooit meer vergeet.'

'Anders komen ze ons halen en sluiten ze ons op, en dan zullen we nooit meer vrij zijn.'

'Straf hem.'

Igel deelde niet de eerste klap uit. Van achter hem trof een vuist of knuppel me tussen mijn nieren, en ik kromde mijn rug. Nu mijn bovenlichaam op zijn kwetsbaarst was, stompte Igel me midden onder mijn borstbeen en klapte ik dubbel. Speeksel droop uit mijn open mond. Ze doken allemaal tegelijk op me, als een roedel wilde honden die een gewonde prooi tegen de grond werkt. De klappen kwamen van alle kanten, en mijn aanvankelijke schrik maakte plaats voor pijn. Ze haalden mijn gezicht open met hun nagels, trokken plukken haar uit mijn hoofd, zetten hun tanden in mijn schouder totdat ik bloedde. Een arm als een touw slingerde zich rond mijn nek, waardoor ik geen lucht meer kreeg. Ik stikte bijna, mijn strot werd dichtgeknepen. Te midden van alle razernij vonkten hun ogen van woede, hun trekken waren vertekend door onvervalste haat. Daarna bliezen ze bijna allemaal de aftocht, tevreden dat ze zich hadden kunnen uiten, maar de paar die bleven, schopten me tussen mijn ribben, zeiden sarrend dat ik op moest staan, daagden me snauwend en grommend uit terug te vechten. Ik kon de kracht niet opbrengen. Voordat Béka wegliep, ging hij op mijn vingers staan, en Igel zette elk woord van zijn laatste waarschuwing kracht bij met een schop: 'Praat geen tweede keer met mensen.'

Ik deed mijn ogen dicht en bleef roerloos liggen. De zon scheen door de takken van de bomen en verwarmde mijn lichaam. Mijn gewrichten deden pijn van de val, het bloed klopte in mijn opgezwollen vingers. Eén oog was bont en blauw, bloed stroomde uit sneden en verzamelde zich onder paarse zwellingen. Mijn mond smaakte naar braaksel en aarde, en ik verloor het bewustzijn, samengebald tot een verfrommeld hoopje.

Ik schrok wakker toen ik koel water op mijn sneden en blauwe plekken voelde, en het eerste wat ik zag, was Speck die over me heen gebogen stond en het bloed van mijn gezicht veegde. Vlak achter haar stonden Smaolach en Luchóg, met uiterst bezorgde gezichten. Druppels van mijn bloed vormden een rode vlek op Specks witte trui. Toen ik iets probeerde te zeggen, drukte ze de natte lap tegen mijn lippen.

'Aniday, het spijt me zo. Dit was niet mijn bedoeling.'

'Ons spijt het ook,' zei Smaolach. 'Maar de regels zijn nu eenmaal zo, en ze zijn meedogenloos.'

Chavisory stak haar hoofd boven Specks schouder uit. 'Ik heb niet meegedaan.'

'Je had me niet alleen moeten laten, Aniday. Je had me moeten vertrouwen.'

Ik kwam langzaam overeind en keek mijn kwelgeesten aan. 'Waarom lieten jullie dit toe?'

'Ik heb niet meegedaan,' zei Chavisory.

Luchóg knielde naast Speck neer en sprak namens hen allemaal: 'We moesten wel, zodat je het nooit meer zou vergeten. Je hebt met een mens gepraat. Als hij je had gevangen, waren we je voor altijd kwijtgeraakt.'

'Maar stel nu dat ik terug wil?'

Niemand keek me aan. Chavisory neuriede in zichzelf, de anderen zwegen.

'Ik geloof dat hij mijn echte vader was, Speck. Uit de andere wereld. Of misschien was het een monster, een droom. Maar hij wilde dat ik binnen zou komen. Ik ben daar eerder geweest.'

'Het maakt niet uit wie hij was,' zei Smaolach. 'Vader, moeder, zus, broer, de oom van je tante. Dat doet er allemaal niet toe. Wij zijn je familie.'

Ik spuugde een mondvol aarde en bloed uit. 'Familieleden slaan elkaar niet tot moes, ook al is daar alle reden toe.'

Chavisory schreeuwde in mijn oor: 'Ik heb je niet eens aangeraakt!' Ze danste in steeds groter wordende kringetjes om de anderen heen.

'We hielden ons aan de regels,' zei Speck.

'Ik wil hier niet blijven. Ik wil terug naar mijn echte familie.'

'Aniday, dat gaat niet,' zei Speck. 'Je familie heeft je al tien jaar geleden verloren. Je ziet er misschien uit als acht, maar je bent bijna achttien. Wij zijn in de tijd blijven steken.'

Luchóg voegde eraan toe: 'Voor hen zul je een soort geest zijn.'

'Ik wil naar huis.'

Speck sprak me rechtstreeks aan: 'Hoor eens, je hebt drie mogelijkheden, en naar huis gaan hoort daar niet bij.'

'Inderdaad,' zei Smaolach. Hij ging op een verrotte boomstronk zitten en telde die mogelijkheden af op zijn vingers. 'Je kunt hier weliswaar niet oud of dodelijk ziek worden, maar er bestaat wel de mogelijkheid dat je door een ongeluk om het leven komt. Ik kan me nog een knaap herinneren die op een winterdag een stukje ging wandelen. Hij maakte een domme inschattingsfout toen hij van de brug op de rivieroever wilde springen en kwam niet ver genoeg. Hij viel in de rivier, zakte door het ijs en verdronk, vroor dood.'

'Ongelukken gebeuren,' voegde Luchóg eraan toe. 'Heel vroeger kon je worden opgegeten. Toen zwierven hier wolven en poema's rond. Heb je ooit gehoord van die vent uit het noorden die overwinterde in een grot en de volgende lente wakker werd naast een bijzonder hongerige beer? Een man kan sterven aan alles wat je je maar kunt voorstellen.'

'Een tweede mogelijkheid om van ons af te komen,' zei Smaolach, 'is gewoon weggaan. Sta op, loop weg en ga ergens anders wonen, in je eentje. Natuurlijk ontmoedigen we een dergelijke beslissing, want we hebben je nodig om het volgende kind te vinden. Doen alsof je iemand anders bent is moeilijker dan je denkt.'

'Bovendien is het een eenzaam bestaan,' zei Chavisory.

'Dat is waar,' was Speck het met haar eens. 'Maar je kunt ook eenzaam zijn met een tiental vrienden om je heen.'

'Als je voor die mogelijkheid kiest, zul je hoogstwaarschijnlijk door een vreselijk lot worden getroffen,' zei Luchóg. 'Misschien val je wel in een greppel en kom je niet meer overeind. Heb je dan je zin?'

Waarop Smaolach zei: 'Zulke lieden raken meestal helemaal de weg kwijt. Je kunt verdwalen in een sneeuwstorm. In je slaap kan een zwarte weduwe in je duim bijten. En dan kan niemand het tegengif vinden, de dotterbloem of het gekookte kikkerdril.'

'En waar zou het beter kunnen zijn dan hier?' wilde Luchóg weten.

'Ik zou gek worden als ik altijd maar alleen zou zijn,' vulde Chavisory aan.

'Dan,' zei Luchóg tegen haar, 'zou jij moeten wisselen.'

Speck keek langs me heen naar de rij bomen. 'Dat is de derde mogelijkheid. Je moet het juiste kind aan de andere kant zoeken en van plaats wisselen.'

'Nu breng je hem in de war,' zei Smaolach. 'Je moet eerst een kind zoeken en het helemaal leren kennen. We bekijken en bestuderen het allemaal. Van een afstand, natuurlijk.'

'Het moet iemand zijn die niet gelukkig is,' zei Chavisory. Smaolach keek haar boos aan. 'Dat doet er nu even niet toe. We houden het kind in ploegen in de gaten. Sommigen kijken welke gewoonten het heeft, anderen letten op de stem.'

'Je moet beginnen met de naam,' zei Speck. 'En alle feiten verzamelen: leeftijd, verjaardag, broers en zussen.'

Chavisory onderbrak haar: 'Ik zou uit de buurt blijven van jongens met honden. Honden zijn van nature achterdochtig.'

'Je moet zoveel weten,' zei Speck, 'dat je de mensen kunt laten geloven dat je een van hen bent. Hun eigen kind.'

Luchóg rolde zorgvuldig een sigaret en zei: 'Ik heb vaak gedacht dat ik naar een groot gezin zou zoeken, met veel kinderen en zo, en een van de middelste zou kiezen die niemand meteen zou missen, of pas na een tijdje. Als ik dan iets zou vergeten, of het kind niet helemaal perfect zou imiteren, zou niemand het merken. Misschien nummer zes of dertien, of vier of zeven. Nu is dat trouwens minder gemakkelijk dan vroeger. Vaders en moeders krijgen niet meer zo veel kinderen.'

'Ik wil weer een baby zijn,' zei Chavisory.

'Wanneer je eenmaal je keuze hebt gemaakt,' zei Smaolach, 'gaan we er met ons allen op af en pakken het kind. Het kind moet alleen zijn, want anders kunnen we worden gesnapt. Heb je ooit die verhalen uit Rusland of ergens uit die buurt gehoord, waar ze wisselkinderen hebben betrapt die probeerden een kozakkenjongen met scherpe tanden te stelen? Toen hebben die kozakken onze jongens uit de bossen gehaald en tot as verbrand.'

'Verbranden is een vreselijke dood,' zei Luchóg. 'Heb ik je ooit verteld over het wisselkind dat werd betrapt toen ze rondsnuffelde in de kamer van het meisje met wie ze van plaats wilde wisselen? Ze hoort de ouders binnenkomen en springt de kast in, wisselt daar ter plekke van plaats. In het begin zoeken de ouders er niets achter, ze doen de deur van de kast open en zien haar daar in het donker spelen. Maar later die dag komt het echte meisje thuis, en wat denk je dat er gebeurt? Daar staan ze dan, naast elkaar, en onze vriendin had het kunnen redden, ware het niet dat ze nog niet als dat meisje had leren praten. Dus wanneer de moeder zegt: "Wie van jullie is de echte Lucy?" zegt de echte Lucy "Ik" en laat de andere Lucy een ijselijke kreet horen die de doden nog tot leven kan wekken. Ze moest uit het raam op de eerste verdieping springen en helemaal opnieuw beginnen.'

Smaolach keek tijdens het hele relaas van zijn vriend uiterst verbaasd en krabde op zijn hoofd, alsof hij zich iets belangrijks probeerde te herinneren. 'Tovenarij speelt altijd wel een rol. We wikkelen het kind in een web en leiden het naar het water.'

Chavisory draaide zich met een ruk om en riep: 'En dan heb je ook nog de toverspreuk. Die mag je niet vergeten.'

'Het kind gaat het water in, als bij een doop,' ging Smaolach verder. 'En het komt eruit als een van ons.'

Chavisory trok met haar blote teen een rondje in het stof. 'Kun je je die Duitse jongen nog herinneren die pianospeel- de? Die ene, vóór Aniday.'

Speck siste kort, greep Chavisory bij haar haar en trok het arme kind naar zich toe. Ze ging op haar borstkas zitten en legde haar handen op haar gezicht, Chavisory's huid kne- dend en masserend alsof ze deeg in handen had. Het meisje gilde en krijste als een vos in een metalen val. Toen Speck klaar was, had ze een aardig evenbeeld van haar gezicht op dat van Chavisory achtergelaten. Ze leken wel een tweeling. 'Breng me terug,' zei Chavisory klaaglijk. 'Breng me terug.' Speck deed haar perfect na.

Ik kon mijn ogen gewoon niet geloven.

'Dat is je toekomst, juweeltje. Aanschouw het wisselkind,' zei Smaolach. 'Je kunt niet als jezelf terugkeren naar het ver- leden. Maar wanneer je als een andere persoon terugkeert naar hun wereld, moet je daar blijven, groot worden als een van hen, als een van hen leven, min of meer, oud worden zo- als de tijd je dat toestaat, en dat ga je doen ook, als het jouw beurt is.'

'Als het mijn beurt is? Ik wil nu naar huis. Hoe moet ik dat doen?'

'Dat gaat niet,' zei Luchóg. 'Je moet wachten totdat we alle- maal zijn gegaan. Dat is de natuurlijke orde in onze wereld, die niet mag worden verstoord. Een kind voor een wissel- kind. Wanneer jouw tijd is gekomen, zul je een ander kind vinden, uit een ander gezin dan dat wat je hebt achtergela- ten. Je kunt niet terugkeren naar je oude gezin.'

'Ik ben bang, Aniday, dat je als laatste aan de beurt komt. Je moet geduld hebben.'

Luchóg en Smaolach namen Chavisory mee achter de kamperfoelie en begonnen haar gezicht recht te trekken. De hele tijd moesten ze erbij lachen. 'Maak me weer mooi,' en

'Laten we zo'n blad met foto's van vrouwen erbij halen,' en 'Hé, ze is net Audrey Hepburn'. Uiteindelijk wisten ze haar haar eigen gezicht terug te geven en ontsnapte ze als een vleermuis aan hun greep.

De rest van de dag was Speck opvallend aardig tegen me, misschien vanwege een misplaatst schuldgevoel over de mishandeling. Haar vriendelijkheid herinnerde me aan de aanraking van mijn moeder, of aan wat ik me daarvan dacht te herinneren. Mijn eigen moeder had net zo goed een geest kunnen zijn, een hersenspinsel dat ik kon oproepen. Ik was aan het vergeten, het verschil tussen herinnering en verbeelding werd steeds minder duidelijk. De man die ik had gezien, was dat mijn vader? Dat vroeg ik me af. Hij leek me te hebben herkend, maar ik was niet zijn zoon, maar slechts een schaduw uit het woud. In het holst van de nacht schreef ik het verhaal over de drie mogelijkheden op in het schrift van McInnes, in de hoop dat ik het ooit zou kunnen begrijpen. Speck hield me gezelschap, de anderen sliepen. In het licht van de sterren verdween de bezorgdheid van haar gezicht; zelfs haar ogen, die doorgaans zo vermoeid waren, straalden van medeleven.

'Het spijt me dat ze je pijn hebben gedaan.'

'Het doet geen pijn,' fluisterde ik, stijf en beurs.

'Het leven hier heeft ook goede kanten. Hoor maar.'

Een uil op jacht scheerde laag tussen de bomen door en strekte zijn vleugels uit. Speck verstijfde, de dunne haartjes op haar armen gingen overeind staan.

'Je zult nooit oud worden,' zei ze. 'Je hoeft je niet af te vragen of je ooit zult trouwen, een baan zult vinden, kinderen zult krijgen. Geen grijze haren, geen rimpels, geen tanden die uitvallen. Je hebt geen krukken of wandelstok nodig.'

We hoorden de uil dalen en toeslaan. Het muisje krijste één keer, daarna vloeide het leven eruit weg.

'Als kinderen die nooit groot worden,' zei ik.
'"De onbeduidende kinderen der aarde."' De zin leek in de lucht te blijven hangen. Ik richtte mijn blik op een enkele ster in de hoop dat ik de aarde kon voelen draaien of de hemelen kon zien bewegen. Naar de hemel staren en me laten meevoeren is een trucje dat me in de loop der jaren talloze malen van slapeloosheid heeft afgeholpen, maar die avond niet. Die sterren kwamen niet van hun plaats en de aardbol kraakte alsof hij vastzat in zijn baan. Met haar blik omhoog, haar kin opgeheven naar de maan, aanschouwde Speck de nacht, maar ik had geen flauw vermoeden wat ze dacht.

'Was hij mijn vader, Speck?'

'Dat is niet te zeggen. Laat het verleden los, Aniday. Het is net alsof je een paardenbloem in de wind houdt. Als je tot het juiste moment wacht, vliegen de zaadjes alle kanten uit.' Ze keek me aan. 'Je moet gaan slapen.'

'Dat kan ik niet. Mijn hoofd zit vol geluiden.'

Ze drukte haar vingers tegen mijn lippen. 'Luister.'

Er bewoog niets. Haar aanwezigheid, de mijne. 'Ik hoor helemaal niets.'

Maar zij hoorde een geluid in de verte en richtte haar blik naar binnen, alsof ze werd meegevoerd naar de bron.

Vijftien

Nu ik weer thuis woonde, veranderde mijn dagelijks leven in een afstompende sleur en raakten mijn nachten vervuld van wakkere angst. Wanneer ik niet het zoveelste deuntje op de piano naspeelde, stond ik achter de bar en bediende de stamgasten, die allemaal door hun eigen spoken werden achtervolgd. Op een dag, toen het werk in de bar al routine voor me was geworden, kwam de vreemdste bezoeker van allemaal binnen en bestelde een glas whisky. Hij liet het glas langs de stang gaan en staarde ernaar. Ik bediende de volgende klant, schonk een biertje in, sneed een citroen in stukken en keek toen weer naar de man. Het drankje stond er onaangeroerd bij. Hij oogde schalks, schoon, nuchter, in een goedkoop pak met een goedkope das, en voor zover ik wist, hadden zijn handen al die tijd in zijn schoot gelegen.

'Wat is er aan de hand, kerel? Je hebt je drankje niet aangeraakt.'

'Trakteer je me als ik dat glas kan laten bewegen zonder het aan te raken?'

'Hoe bedoel je, "bewegen"? Hoe ver?'

'Hoe ver moet ik het laten bewegen om geloofwaardig over te komen?'

'Niet echt ver.' Mijn belangstelling was gewekt. 'Als het maar beweegt, dan vind ik het best.'

Hij stak zijn rechterhand uit om de mijne te schudden, en achter hem begon het glas langzaam over de bar te glijden, totdat het een centimeter of vijftien links van hem tot stilstand kwam. 'Een goochelaar onthult nooit het geheim achter zijn truc. Tom McInnes.'

'Henry Day,' zei ik. 'Er komen hier vaker gasten langs die trucjes doen, maar dat was een van de beste die ik ooit heb gezien.'

'Ik betaal wel,' zei McInnes, en hij legde een dollar op de bar. 'Maar dan ben je me er nog eentje schuldig. In een schoon glas, graag, meneer Day.'

Hij sloeg de tweede borrel in één keer achterover en liet het eerste glas voor zich glijden. In de volgende vier uur nam hij vier andere gasten beet met dat trucje, maar hij raakte het eerste glas geen enkele keer aan. De hele avond werd hij door anderen getrakteerd. Rond een uur of elf stond hij op om naar huis te gaan, maar het glas liet hij op de bar achter.

'Hé, Mac, je whisky,' riep ik hem achterna.

'Ik raak het spul nooit aan,' zei hij, terwijl hij zijn regenjas aantrok. 'En ik raad je dringend aan het evenmin op te drinken.'

Ik hield mijn neus boven het glas en rook eraan.

'Het is gelood.' Hij hield een magneetje omhoog dat hij in zijn linkerhand verborgen had gehouden. 'Maar dat wist je toch al?'

Ik draaide het glas rond en zag het ijzervijlsel op de bodem liggen.

'Dat is onderdeel van mijn studie naar de mensheid,' zei hij, 'naar onze bereidheid te geloven in wat we niet kunnen zien.'

McInnes werd een vaste klant in Oscar's Bar en kwam in de jaren daarna soms wel vier tot vijf keer per week langs, merkwaardig vastberaden om de andere gasten met nieuwe trucjes of puzzels te vermaken. Soms gaf hij een raadsel op of kwam hij met een ingewikkeld wiskundig spelletje waarbij de ander een getal moest kiezen, het met twee moest vermenigvuldigen, er zeven bij optellen en dan zijn leeftijd ervan aftrekken enzovoort, enzovoort, totdat het slachtoffer weer terug was bij het getal dat hij had gekozen. Of het was een spelletje met lucifers, een spel kaarten, een goocheltrucje. De borrels die McInnes ermee verdiende, konden hem niet veel schelen: hij putte zijn ware genoegen uit de goedgelovigheid van anderen. En hij was in meer opzichten vreemd. Op de avonden dat The Coverboys optraden, ging hij altijd in de buurt van de deur zitten. Tussen de sets door kwam hij soms even met de jongens babbelen, en hij kon zowaar goed opschieten met Jimmy Cummings, het schoolvoorbeeld van een ongeoefend denker. Maar wanneer we de verkeerde nummers speelden, kon je er vergif op innemen dat hij het pand verliet. Toen we in '63 of '64 The Beatles gingen coveren, liep hij steevast bij de eerste noten van 'Do You Want to Know a Secret?' naar buiten. Zoals de meeste drinkers werd hij na een paar borrels echt zichzelf. Hij werd nooit stomdronken en evenmin spraakzamer of melancholisch, maar slechts meer ontspannen, een tikje scherper. En hij kon meer alcohol op één avond wegkrijgen dan wie dan ook. Op een avond vroeg Oscar hem hoe hij dat toch voor elkaar kreeg.

'Het is een kwestie van wilskracht. Een goedkoop trucje dat samenhangt met een klein geheim.'

'En wat mag dat zijn?'

'Ik zou het echt niet weten. Het is eigenlijk een gave, en tegelijkertijd een vloek. Maar ik zal je eerlijk zeggen: om zo veel te kunnen drinken, moet er een reden voor de dorst zijn.'

'En wat maakt jou dan zo dorstig, oude kameel?' vroeg Cummings lachend.

'De ondraaglijke schaamteloosheid van de hedendaagse jeugd. Als er geen groentjes van eerstejaars waren geweest, of hachelijke kwesties als verplicht publiceren, dan had ik nu een vaste aanstelling aan de universiteit gehad.'

'Je bent universitair docent geweest?' vroeg ik.

'Antropologie. Met als specialisatie de rol van mythologie en theologie in culturele rituelen.'

Cummings onderbrak hem: 'Rustig aan, Mac, ik heb niet doorgeleerd.'

'Hoe mensen mythen en bijgeloof gebruiken om de lotgevallen van de mensheid te verklaren. Ik was vooral geïnteresseerd in de psychologie van het ouderschap en ben ooit begonnen aan een boek over de gebruiken op het platteland van de Britse eilanden, Scandinavië en Duitsland.'

'Dus je bent gaan drinken vanwege een oude vlam?' bracht Oscar het gesprek terug naar het begin.

'Ik wou dat het vanwege een vrouw was.' Hij tuurde naar de paar vrouwen in de kroeg en liet zijn stem zakken. 'Nee, vrouwen zijn erg goed voor me geweest. Het is de geest, jongens. De meedogenloze denkmachine. De onophoudelijke eisen van morgen en gisteren die zich ophopen als een stapel lijken. Het is dit leven, en al die levens hiervoor.'

Oscar kauwde op een rietje. 'Levens voor dit leven?'

'Reïncarnatie?' vroeg Cummings.

'Dat zou ik niet weten, maar ik weet wel dat een flink aantal mensen zich dingen uit het verleden kan herinneren, soms zelfs van te lang geleden. Breng hen in slaap, en je zult versteld staan van de verhalen die van diep van binnen komen. Ze praten over iets wat een eeuw geleden is gebeurd alsof het gisteren was. Of vandaag.'

'In slaap?' vroeg ik.

'Hypnose, de vloek van Mesmer, de wakende slaap. De transcendente trance.'

Oscar keek argwanend. 'Hypnose. Weer een van je trucjes.'

'Ik sta erom bekend dat ik al een aantal lieden heb laten sluimeren,' zei McInnes. 'Ze vertelden verhalen uit hun dromende bewustzijn die te onvoorstelbaar waren om waar te kunnen zijn, maar ze deden het met zo veel gevoel en gezag dat je hen wel moest geloven. Mensen doen en zien vreemde dingen wanneer ze onder hypnose zijn.'

Cummings merkte op: 'Ik wil wel gehypnotiseerd worden.'

'Blijf wachten totdat de tent dicht is, dan doe ik het.'

Om twee uur 's nachts, toen de bezoekers naar huis waren, gaf McInnes Oscar de opdracht de lichten te dimmen en vroeg George en mij muisstil te blijven zitten. Hij nam naast Jimmy plaats en zei dat hij zijn ogen dicht moest doen; vervolgens sprak hij op lage, afgemeten toon tegen hem en beschreef vredige plekken en rustgevende omstandigheden zo levensecht dat het een wonder is dat we niet allemaal in slaap vielen. McInnes deed een paar testjes om te zien of Jimmy echt onder hypnose was.

'Steek je rechterarm recht voor je uit. Die is gemaakt van het hardste staal ter wereld, en hoe je ook je best doet, je kunt hem niet buigen.'

Cummings stak zijn rechterarm strak uit en kon die niet buigen; dat konden Oscar en George en ik evenmin, want toen we het probeerden, voelde het lichaamsdeel aan als een echte ijzeren staaf. McInnes deed nog een paar van zulke testjes en begon toen vragen te stellen, waarop Jimmy vlak en eentonig antwoord gaf. 'Wie is je favoriete muzikant, Jimmy?'

'Louis Armstrong.'

We lachten om die geheime bekentenis. Wakker zou hij

een of andere rockdrummer als Charlie Watts van The Stones hebben genoemd, maar nooit Satchmo.

'Goed. Dan raak ik nu je ogen aan, en als je ze weer opendoet, ben je een paar minuten lang Louis Armstrong.'

Jimmy was een magere blanke knaap, maar toen hij die hemelsblauwe ogen opende, veranderde hij meteen. Zijn mond vertrok zich tot Armstrongs beroemde brede glimlach, en hij veegde af en toe zijn lippen af met een denkbeeldige zakdoek en sprak met gruizige, maar melodieuze stem. Hoewel Jimmy nooit een nummer zong, bracht hij nu een aardige versie ten gehore van een oud mopje dat 'I'll Be Glad When You're Dead, You Rascal You' heette, en daarna tetterde hij, met zijn duim als mondstuk en zijn vingers als hoorn, een jazzbruggetje. Gewoonlijk verschool Cummings zich achter zijn drums, maar nu sprong hij op tafel, en als hij niet was uitgegleden over een plas bier en op de grond was gevallen, had hij ons nu misschien nog wel vermaakt.

McInnes snelde naar hem toe. 'Ik tel tot drie en knip met mijn vingers,' zei hij tegen de ineengedoken gestalte, 'en dan word je wakker, even fris alsof je deze hele week elke nacht als een roos hebt geslapen. Ik wil dat je dit onthoudt, Jimmy: elke keer wanneer je iemand "Satchmo" hoort zeggen, voel je de onbedwingbare neiging een paar noten Armstrong te zingen. Kun je dat onthouden?'

'Uh-huh,' zei Cummings in zijn trance.

'Verder zul je je niets meer kunnen herinneren, alleen deze droom. Goed, dan knip ik nu met mijn vingers en word jij blij en verfrist wakker.'

Een schaapachtige grijns verspreidde zich over Jimmy's gezicht toen hij wakker werd en ons stuk voor stuk met zijn ogen knipperend aankeek, alsof hij niet begreep waarom we hem allemaal aan zaten te staren. Hij kon zich niets van het afgelopen half uur herinneren, hoewel we hem met vragen bestookten.

'En kun je je...' zei Oscar, 'Satchmo nog herinneren?'

Cummings zette 'Hello, Dolly!' in en hield toen plotseling op.

'Jimmy Cummings, de swingendste vent ter wereld,' zei George lachend.

In de dagen daarna bleven we Cummings allemaal plagen door af en toe 'Satchmo' te laten vallen, maar na een tijdje was de magie wel uitgewerkt. De gebeurtenissen van die avond bleven echter door mijn hoofd spelen. Wekenlang bleef ik McInnes bestoken met vragen over hoe hypnose nu eigenlijk werkte, maar het enige wat hij zei, was dat 'het onderbewustzijn komt bovendrijven en alle onderdrukte neigingen en herinnering vrij spel krijgen'. Niet tevreden over zijn antwoord reed ik op mijn vrije dagen naar de bibliotheek in ons stadje en dompelde me onder in literatuur over het onderwerp. De mensheid bleek al duizenden jaren bekend met hypnose, van de slaaptempels in het oude Egypte via Mesmer tot Freud, en filosofen en wetenschappers hebben altijd al getwist over de vraag of het werkt. Een artikel uit het *Internationale tijdschrift voor klinische en experimentele hypnose* beslechtte voor mij het pleit: 'De patiënt, en niet de therapeut, bepaalt in hoeverre de verbeeldingskracht het onderbewustzijn kan bereiken.' Ik scheurde het citaat uit het blad en stopte het in mijn portefeuille. Af en toe herlas ik de woorden, alsof ik een mantra herhaalde.

In de volste overtuiging dat ik mijn eigen verbeeldingskracht en onderbewustzijn in de hand kon houden, vroeg ik McInnes of hij mij wilde hypnotiseren. McInnes zou tot mijn onderdrukte leven kunnen doordringen en me kunnen vertellen wie ik was, waar ik vandaan was gekomen, alsof hij de weg terug kon vinden naar een vergeten land. En als ik de waarheid zou spreken en mijn Duitse wortels aan het licht zouden komen, dan zou iedereen toch denken dat het fantasie was. We hadden het allemaal al eens eerder gehoord: in een vorig leven was ik Cleopatra, Shakespeare, Djengis Khan. Wat moeilijker te duiden of als een grapje af te doen zou zijn, was mijn leven als kobold in het woud, en dan met name die afschuwelijke avond in augustus toen ik die jongen had gestolen en met hem van plaats was gewisseld. Sinds ik bij de familie Day woonde, had ik mijn best gedaan elk spoor van mijn leven als wisselkind zorgvuldig uit te wissen. Het zou riskant kunnen zijn als ik onder hypnose niets zou kunnen vertellen over wat Henry Day voor zijn zevende had meegemaakt. Mijn moeder had me zo vaak over Henry's jeugd verteld dat ik niet alleen geloofde dat het over mij ging, maar dat ik me dat leven soms echt dacht te kunnen herinneren. Zulke gekunstelde herinneringen zijn breekbaar als glas.

McInnes kende mijn halve verhaal van wat hij aan de bar had opgevangen. Hij had me horen vertellen over mijn moeder en zusjes, over mijn afgebroken studie, en nadat Tess Wodehouse op een avond met haar vriendje was langsgekomen, had ik zelfs bekend dat ik een oogje op haar had. Maar hij had geen flauw vermoeden van de andere helft van mijn verhaal. Ik zou voor alles wat ik me per ongeluk liet ontvallen een logische verklaring moeten vinden, maar mijn verlangen naar de waarheid over de Duitse jongen was sterker dan mijn angst als wisselkind te worden ontmaskerd.

De laatste zuiplap van die avond waggelde de straat op, Oscar telde de kas en hing zijn schort op. Op weg naar buiten gooide hij de sleutels naar me toe, zodat ik kon afsluiten, en McInnes deed alle lampen uit, op die aan het einde van de bar na. De jongens namen afscheid en McInnes en ik bleven alleen achter. Paniek en nervositeit sloegen hun klauwen naar me uit. Stel dat ik iets over de echte Henry Day zou zeggen en mezelf zou verraden? Stel dat hij me zou chanteren, of uitleveren aan de autoriteiten? Toen schoot er een gedachte door me heen: als ik hem zou doden, zou niemand ooit weten wat er was gebeurd. Voor het eerst in jaren had ik het gevoel dat ik in iets wilds veranderde, in een dier, een en al instinct. Maar op het moment dat hij begon, ebde de paniek weg.

In de donkere en lege kroeg gingen we tegenover elkaar aan een tafeltje zitten, en terwijl ik naar de monotone stem van McInnes zat te luisteren, kreeg ik het gevoel dat ik van steen was. Zijn stem kwam van ergens ver boven en achter me, en hij beheerste mijn handelingen en gevoelens met zijn woorden, die mijn hele bestaan vormden. Je overgeven aan die stem was een beetje als verliefd worden. Geef je over, laat je gaan. Een onvoorstelbare zwaartekracht trok aan mijn ledematen, alsof ik door ruimte en tijd werd gezogen. Licht verdween, maakte plaats voor het plotselinge flikkeren van een projector. Op de witte wand van mijn geest werd een film vertoond, maar het was een film zonder verhaallijn, zonder een visuele stijl waaraan je een conclusie kon verbinden of iets kon afleiden. Geen verhaal, geen plot, slechts personages en emoties. Er verschijnt een gezicht dat spreekt, ik word bang. Een koude hand sluit zich rond mijn enkel. Een schreeuw wordt gevolgd door dissonante klanken van een piano. Mijn wang wordt tegen een bovenlijf gedrukt, een hand duwt mijn hoofd dicht tegen een borst. Op een bepaald niveau vang ik heel bewust een glimp op van een jongen, die snel zijn gezicht van me afwendt. Daarna botsten traagheid en chaos op elkaar en werden de grote akkoorden geheel en al genegeerd.

Het eerste wat ik deed toen McInnes me uit mijn trance wekte, was op de klok kijken. Vier uur 's nachts. Ik voelde me net zoals Cummings het had omschreven: op een vreemde manier verkwikt, alsof ik acht uur had geslapen, al bleek uit mijn haar vol klitten en kleverige overhemd dat dat niet waar kon zijn. MacInnes oogde volkomen uitgeput en vermoeid. Hij tapte een biertje voor zichzelf en klokte het weg als een man die vanuit de woestijn terugkeert naar huis. In het vage licht van de lege kroeg keek hij me ongelovig maar geboeid aan. Ik bood hem een Camel aan, en we zaten in de vroege uurtjes van de dag te roken.

'Heb ik iets onthullends gezegd?' vroeg ik ten slotte.

'Spreek je Duits?'

'Een klein beetje,' antwoordde ik. 'Ik heb het twee jaar op school gehad.'

'Je sprak Duits als de gebroeders Grimm zelf.'

'Wat zei ik dan? Kon je het volgen?'

'Dat weet ik niet precies. Wat is een *Wechselbalg*?'

'Dat woord heb ik nog nooit gehoord.'

'Je schreeuwde alsof je iets vreselijks overkwam. Iets over de *Teufel*. Dat betekent toch duivel?'

'Ik ken hem niet.'

'En over *Feen*. Zijn dat kwade geesten?'

'Misschien wel.'

'*Kobolden*? Je krijste toen je die zag, wat het ook zijn. Enig idee?'

'Geen flauw idee.'

'*Entführt*?'

'Het spijt me.'

'Ik heb geen idee wat je me probeerde te vertellen. Het was een mengelmoes van talen. Je was bij je ouders, denk ik, of je riep om je ouders, Het was allemaal in het Duits, *mit, mit* – dat betekent toch "met"? Je wilde met hen mee?'

'Maar mijn ouders zijn niet Duits.'

'De ouders die je je kunt herinneren wel. Er kwam iemand

langs, kwade geesten of duivels of *Kobolden*, en ze wilden je meenemen.'

Ik slikte. Het kwam allemaal weer bij me terug.

'Wie of wat het ook was, ze grepen je vast en je riep om je vader en je moeder en *das Klavier*.'

'De piano.'

'Ik heb nog nooit zoiets gehoord. Je zei dat je werd meegenomen, maar toen ik vroeg "Wanneer dan?" zei je iets in het Duits wat ik niet begreep. Ik vroeg het nog eens, en toen zei je "Negenenvijftig". Ik zei: "Dat kan niet. Dat is pas zes jaar geleden." En toen zei jij, luid en duidelijk: "Nee... 1859."'

McInnes knipperde met zijn ogen en keek me aandachtig aan. Ik zat te trillen en stak nog een sigaret op. We staarden zonder iets te zeggen naar de rook. Hij was als eerste klaar en drukte de sigaret met zo veel kracht uit dat hij bijna de asbak brak.

'Ik weet niet wat ik moet zeggen.'

'Weet je wat ik denk?' zei McInnes. 'Ik denk dat je je een vorig leven herinnerde. Ik denk dat je ooit een Duits jongetje bent geweest.'

'Dat geloof ik niet.'

'Heb je ooit de verhalen over wisselkinderen gehoord?'

'Ik geloof niet in sprookjes.'

'Nou... toen ik je naar je vader vroeg, zei je alleen maar: "Hij weet het."' McInnes gaapte. Het was bijna ochtend. 'Wat denk je dat hij wist, Henry? Denk je dat hij iets over het verleden wist?'

Dat dacht ik, maar ik zei het niet. We hadden koffie in de kroeg, en in het koelkastje lagen eieren. Op het kookplaatje achterin maakte ik een ontbijt voor ons klaar, in de hoop dat ik mijn gedachten tot rust kon brengen door me op zulke simpele handelingen te concentreren. Een wazig, vuil licht viel bij zonsopgang door de ramen naar binnen. Ik stond achter de bar, hij zat ervoor op zijn vaste kruk, en we aten onze roereieren op en dronken onze koffie zwart. Op dat tijdstip oogde de ruimte afgeleefd en meelijwekkend, en McInnes' blik was vermoeid en leeg, net zoals mijn vader had geoogd toen ik hem voor het laatst had gezien.

Hij zette zijn hoed op en trok zijn jas aan. De ongemakkelijke stilte die er tussen ons viel, vertelde me dat hij niet meer terug zou komen. De nacht was te ruw en te vreemd geweest voor de oude docent. 'Goedenavond, en tot ziens.'

Toen zijn hand zich om de deurknop sloot, riep ik dat hij even moest wachten. 'Hoe heette ik,' vroeg ik, 'in dat zogenaamde vorige leven van me?'

Hij nam niet de moeite zich om te draaien. 'Weet je, ik heb er niet aan gedacht dat te vragen.'

Zestien

Wanneer er op een koude winterdag een geweer afgaat, weerklinkt het schot kilometers ver door het woud en blijft elk levend wezen staan luisteren. Het eerste geweerschot van het jachtseizoen liet alle feeën schrikken en zette hen op scherp. Verkenners verspreidden zich over de heuvelrug, speurend naar oranje hesjes of hoeden in camouflagekleuren, luisterend naar de stampende voetstappen van mannen die jacht maakten op herten, fazanten, kalkoenen, korhoenders, konijnen, vossen of zwarte beren. Soms namen de jagers hun honden mee, dom maar mooi: gevlekte pointers, setters met haren als veren, honden met een blauwe vacht, een zwart met bruine vacht, retrievers. De honden waren gevaarlijker dan hun bazen. Tenzij we onze geur op elk pad maskeerden, konden ze ons altijd en overal ruiken.

Wanneer ik er alleen opuit ging, was mijn grootste angst dat ik een zwerfhond zou tegenkomen, of erger. Jaren later, toen we met minder waren, kwam een stel jachthonden ons op het spoor en verraste ons terwijl we in de schaduw van een bosje lagen uit te rusten. Ze stormden op ons af, een en al scherpe blikkerende tanden en kwaadaardig gegrom, en we trokken ons instinctief als één man in het veilige struikgewas vol doorns terug. Voor elke stap die we tijdens onze terugtrekking deden, zetten de honden er twee vooruit. Ze vormden een leger met getrokken messen dat een primitieve strijdkreet slaakte, en we konden slechts ontsnappen door onze blote huid af te staan aan de kluwen van doorns. We hadden geluk dat ze bij de rand van de bosjes bleven staan, jankend en in de war.

Maar op deze winterdag waren de honden ver weg. Het enige wat we hoorden, was een fel geblaf, af en toe een schot, gemompelde vloeken of het doden zelf. Ik heb ooit een eend uit de lucht zien vallen; hij veranderde binnen een tel van een vliegende vogel in een molentje van veren dat met een plof op het water neerkwam. Halverwege het decennium werd er in deze heuvels en dalen niet langer gestroopt, en dat betekende dat we ons alleen zorgen hoefden te maken tijdens het jachtseizoen, de periode tussen grofweg de late herfst en de winterse feestdagen. De felle kleuren van de bomen maakten plaats voor kale takken, vervolgens kwam de bittere kou, en we hielden onze oren open voor de geluiden van mensen in de dalen of het knallen van hun geweren. Wanneer twee of drie van ons op pad gingen, zochten de anderen beschutting onder dekens of een berg afgevallen bladeren, in holletjes of holle bomen. We deden ons best onzichtbaar te zijn, alsof we niet bestonden. Het vroege vallen van de avond of dagen vol regen waren het enige wat de immense verveling van het verstoppen kon doorbreken. De stank van onze voortdurende angst vermengde zich met de verrotting van november.

Igel, Smaolach en ik zaten als een driehoek rug aan rug op de uitkijk op de heuvel. Het licht van de ochtendzon werd gedempt door laaghangende dikke wolken, de hemel was zwanger van de sneeuw. Doorgaans wilde Igel niets met me te maken hebben; niet meer sinds die dag jaren eerder, toen ik de stam bijna had verraden in mijn poging met die man te praten. Vanuit zuidelijke richting hoorden we twee paar voetstappen naderen: het ene paar zwaar, zodat de takken kraakten, het ander zacht. Twee mensen liepen het open veld op. De man straalde iets ongeduldigs uit, en de jongen, die een jaar of zeven, acht oud was, leek hem dolgraag een plezier te willen doen. De vader had een geweer in de aanslag, klaar om te vuren. Het geweer van de jongen was ontgrendeld, en het kostte het kind de nodige moeite het met zich mee te slepen door het struikgewas. Ze droegen bij elkaar passende geruite jassen en petten met kleppen; vanwege de kou hadden ze de oorwarmers naar beneden gedaan. We bogen ons voorover, zodat we hun gesprek konden afluisteren. Nu ik jaren had kunnen oefenen en had geleerd me te concentreren, wist ik hun woorden te ontcijferen.

'Ik heb het koud,' zei de jongen.

'Daar word je hard van. En we hebben nog niet gevonden waarvoor we zijn gekomen.'

'We hebben er de hele dag nog niet een gezien.'

'Ze zijn er wel, Osk.'

'Ik ken ze alleen van plaatjes.'

'Als je er een in het echt ziet,' zei de man, 'moet je op het hart richten.' Hij gebaarde dat de jongen hem moest volgen, en ze verdwenen in oostelijke richting in de schaduwen.

'Kom, we gaan,' zei Igel. We liepen op veilige afstand achter de twee aan en zorgden ervoor dat we niet te zien waren. Wanneer zij bleven staan, deden wij dat ook, en toen ze voor de tweede keer stopten, trok ik Smaolach aan zijn mouw. 'Wat is er aan de hand?'

'Igel denkt dat hij er een heeft gevonden.'

We liepen weer verder en bleven opnieuw staan toen zij bleven staan.

'Dat hij wat heeft gevonden?' vroeg ik.

'Een kind.'

Ze leidden ons in kringetjes over de verlaten paden. Er verscheen geen prooi, ze vuurden nooit hun wapens af en wisselden amper meer dan een paar woorden. Toen ze hun middageten nuttigden, hing er een ongemakkelijke stilte, en ik begreep niet waarom dit tweetal zo interessant was. Later liep het sombere stel naar een groene pick-uptruck die naast de weg onder aan de helling geparkeerd stond. De jongen wilde aan de rechterkant instappen, en toen hij voor de auto langsliep, mompelde de vader: 'Jezus, dat hadden we nooit moeten doen.' Igel sloeg het duo met een woeste, intense blik gade, en toen de auto wegreed, las hij hardop het kenteken voor, opdat hij de cijfers niet zou vergeten. Daarna liep hij met ferme passen terug naar huis, in gedachten verzonken, en Smaolach en ik raakten al snel achterop.

'Waarom hebben we hen de hele dag achternagelopen? Wat bedoelde je met "een kind gevonden"?'

'Het kan elk moment gaan regenen.' Smaolach keek aandachtig naar de hemel, die steeds verder betrok. 'Je kunt het ruiken.'

'Wat gaat hij doen?' riep ik. Voor ons bleef Igel staan en wachtte totdat we hem hadden ingehaald.

'Hoe lang ben je nu al bij ons, Aniday?' vroeg Igel. 'Wat zegt jouw steentjeskalender?'

Sinds die dag waarop ze zich tegen me hadden gekeerd, had ik argwaan jegens Igel gekoesterd en geleerd eerbied te tonen. 'Ik weet het niet. December? November? 1966?'

Hij sloeg zijn ogen ten hemel, beet op zijn lip en vervolgde toen: 'Ik heb sinds jouw komst uitgekeken en afgewacht, en nu is het mijn beurt. Die jongen zou het wel eens kunnen zijn. Wanneer jij en Speck naar het stadje gaan om die boeken van jullie te lezen, dan moeten jullie uitkijken naar die groene auto. Laat het me meteen weten als jullie die zien, of die jongen en zijn vader. Als je de moed hebt hen te volgen en uit te zoeken waar hij woont, op welke school hij zit, waar de vader werkt, of hij een moeder, zus, broer, vriend heeft, dan moet je het tegen me zeggen.'

'Ja, dat zal ik doen, Igel. Ik zal in de bibliotheek naar hem uitkijken.'

Hij vroeg Smaolach of die met hem mee wilde lopen, en ik liep achter hen aan. Het begon te regenen, bitter koude druppels die bijna ijzel waren, en ik moest de laatste meters rennen om te voorkomen dat ik doornat zou worden. De burcht die Igel en Luchóg in de loop der jaren hadden gegraven, bood op zo'n winderige avond de ideale beschutting, al werd ik meestal door een aanval van claustrofobie weer naar buiten gedreven. Nu dwongen kou en vocht me de tunnels in te kruipen, en met mijn handen tastte ik het duister af totdat ik de anderen had gevonden.

'Wie is daar?' riep ik. Geen antwoord, slechts een ingehouden gemompel.

Ik riep opnieuw.

'Wegwezen, Aniday.' Het was Béka.

'Ga jij maar weg, ouwe zak. Ik kom net uit de regen.'

'Ga terug naar waar je vandaan bent gekomen. Dit hol is bezet.'

Ik probeerde met hem te onderhandelen. 'Laat me erlangs, dan zoek ik verderop wel een plekje om te slapen.'

Een meisje schreeuwde, en hij ook. 'Verdomme, ze heeft in mijn vinger gebeten.'

'Wie is er daar bij je?'

Speck riep door het donker: 'Ga maar, Aniday. Ik kom zo achter je aan.'

'Ongedierte.' Béka vloekte en liet haar los. Ik stak mijn hand uit in het donker, en ze vond die. We kropen terug naar buiten. De striemende regen hoopte zich op in haar haar en drukte het plat tegen haar schedel. Een dun laagje ijs lag als een helm rond haar hoofd, druppels kleefden aan onze wimpers en liepen over onze wangen. We bleven staan, niet in staat iets tegen elkaar te zeggen. Ze keek alsof ze iets wilde uitleggen, zich wilde verontschuldigen, maar haar lippen trilden en haar tanden klapperden. Ze pakte opnieuw mijn hand vast en leidde me naar de beschutting van een andere tunnel. We kropen naar binnen, maar bleven dicht bij de ingang, uit de regen maar nog niet onder de koude aarde. Ik kon de stilte niet langer verdragen en ratelde daarom maar door over de vader en zoon die we hadden gevolgd en de instructies van Igel. Speck hoorde het allemaal aan, zonder een woord te zeggen.

'Knijp dat water eens uit je haar,' zei ze ten slotte. 'Dan droogt het sneller en lopen er niet telkens druppels langs je neus.'

'Wat bedoelt hij met "een kind gevonden"?'

'Ik heb het koud,' zei ze, 'en ik ben moe en voel me niet lekker en alles doet pijn. Kunnen we het er morgen over hebben, Aniday?'

'Wat bedoelde hij toen hij zei dat hij sinds mijn komst heeft afgewacht?'

'Hij is de volgende die aan de beurt is. Hij gaat van plaats wisselen met die jongen.' Ze trok haar jas uit. Zelfs in het donker lichtte haar witte trui zo fel op dat ik meteen zag waar ze was.

'Ik snap niet waarom hij mag gaan.'

Ze moest lachen om mijn naïviteit. 'We hebben hier een hiërarchie. Van de oudste naar de jongste. Igel neemt alle beslissingen omdat hij de oudste is, en hij is straks als eerste aan de beurt.'

'Hoe oud is hij?'

Ze maakte in gedachten een rekensom. 'Dat weet ik niet. Hij is hier waarschijnlijk al honderd jaar.'

'Dat meen je niet.' Dat getal kon ik amper bevatten. 'Hoe oud zijn de anderen? Hoe oud ben jij?'

'Wil je me nu alsjeblieft laten slapen? Dat zoeken we morgen wel uit. Kom nu maar hier en warm me op.'

De volgende morgen spraken Speck en ik uitgebreid over de geschiedenis van de feeën en ik schreef het allemaal op, maar die papieren zijn, net als vele andere, inmiddels verworden tot as. Het beste wat ik kan doen, is uit mijn herinneringen opdiepen wat we die dag hebben vastgelegd, al was dat om te beginnen al niet echt nauwkeurig, omdat Speck evenmin het hele verhaal kende en slechts kon samenvatten of speculeren. Toch wou ik dat ik die aantekeningen nog had, want dat gesprek was jaren geleden. Het lijkt wel alsof ik mijn hele leven niets anders heb gedaan dan herinneringen reconstrueren.

Dat mijn goede vrienden me op een dag zouden verlaten, vervulde me met een onmetelijke droefheid. De personages wisselen elkaar eigenlijk voortdurend af, maar daar gaat zo veel tijd overheen dat het voelt alsof ze voor altijd meespelen. Igel was de oudste, daarna kwamen Béka, Blomma, Kivi en de tweeling Ragno en Zanzara, die zich aan het einde van de negentiende eeuw bij de groep hadden gevoegd. Onions was in het veelbelovende jaar 1900 gekomen. Smaolach en Luchóg waren de zonen van twee gezinnen die in de eerste decennia van de twintigste eeuw vanuit hetzelfde dorpje in Ierland hierheen waren geëmigreerd, en Chavisory was een Frans-Canadese wier ouders tijdens de grote griepepidemie van 1918 om het leven waren gekomen. Speck was tot aan mijn komst de benjamin geweest. Ze was als vierjarige gestolen tijdens het tweede jaar van de Grote Depressie.

'Ik was veel jonger dan de meeste anderen toen ik van

plaats wisselde,' zei ze, 'alleen de tweeling was jonger dan ik. Er hebben altijd al tweelingen in deze lijn gezeten, en die kun je alleen stelen wanneer ze nog heel erg jong zijn. En we nemen nooit zuigelingen mee, die zijn te lastig.' Vage herinneringen brachten de saus van mijn gedachten in beweging. Waar had ik eerder een tweeling gekend?

'Luchóg heeft me mijn naam gegeven; ik was nog maar een *speck*, een vlekje, van een meisje toen ze me meenamen. Alle anderen mogen eerder wisselen dan ik, en na mij kom jij. Jij staat onder aan de totempaal.'

'En Igel wacht al een eeuw lang op zijn beurt?'

'Hij heeft een tiental anderen zien wisselen en moest telkens afwachten. Nu moeten we allemaal op hem wachten.' Bij de gedachte aan zo'n lange periode sloot ze haar ogen. Ik leunde tegen een boomstam en voelde me hulpeloos vanwege haar en hopeloos vanwege mezelf. Ontsnappen speelde niet voortdurend door mijn gedachten, maar af en toe stond ik mezelf toe te fantaseren dat ik de groep zou verlaten en weer bij mijn familie zou gaan wonen. Speck liet verslagen haar hoofd hangen, zodat haar donkere haar voor haar ogen viel. Haar lippen weken uiteen en ze haalde adem alsof elke hap lucht een beproeving was.

'Wat doen we nu?' vroeg ik.

Ze keek op. 'Igel helpen.'

Het viel me op dat haar ooit zo witte trui bij de kraag en de mouwen begon te slijten en ik besloot tijdens onze jacht op de jongen uit te kijken naar een vervangend exemplaar.

OSCAR'S BAR stond er op het bord op de gevel in stralend rode letters, en op de parkeerplaats achter het pand zag Béka de groene pick-up van de jager staan, helemaal alleen. Hij en Onions sprongen in de laadbak en reden, zonder dat de beschonken chauffeur het zag, mee naar het huis van de man, dat buiten het stadje lag. Ze moest lachen toen ze de naam op de brievenbus voorlas: LOVE. Ze prentten de plek in hun geheugen en vertelden ons later die avond het goede nieuws. Met deze informatie op zak gaf Igel het sein tot verdere verkenning en hij stelde verschillende ploegen aan die de jongen en zijn familie in de gaten moesten houden, zodat we hun gewoonten en handelingen konden leren kennen. Hij droeg ons op het karakter en gedrag van de jongen onze volle aandacht te schenken.

'Ik wil een gedetailleerd verslag van zijn leven. Heeft hij broers of zussen? Ooms en tantes? Grootouders? Heeft hij vrienden? Wat voor spelletjes doet hij? Heeft hij hobby's, wat doet hij in zijn vrije tijd? Zorg ervoor dat jullie alles te weten komen over de band met zijn ouders. Hoe gaan ze met hem om? Zit hij vaak te dagdromen? Zwerft hij wel eens in zijn eentje door het bos?'

Ik schreef zijn woorden op in het schrift van McInnes en vroeg me af hoe we een dergelijke taak moesten uitvoeren. Igel liep naar me toe, bleef naast me staan en wierp een boze blik op mijn gekrabbel.

'Jij,' zei hij, 'wordt onze archivaris. Ik wil een volledig verslag. Jullie moeten allemaal aan Aniday vertellen wat jullie hebben ontdekt. Val mij niet lastig met elk klein detail, maar vertel me het volledige verhaal. Dit zal de beste wissel uit de geschiedenis worden. Regel een nieuw leven voor me.'

Nog voordat ik het kind weer zag, had ik al het gevoel dat ik hem net zo goed kende als mezelf. Chavisory ontdekte dat hij naar zijn oom Oscar was vernoemd, Smaolach kon zijn stem redelijk goed imiteren, en Kivi had met behulp van een onbekende formule uitgerekend hoe lang hij was, hoeveel hij woog en wat zijn bouw was. Na jaren waarin alles slechts had gedraaid om zelfbehoud en voortbestaan grensden de nijverheid en toewijding die de feeën aan de dag legden aan fanatisme.

Ik kreeg de opdracht hem in de bibliotheek in de gaten te houden, maar ik nam bijna nooit de moeite daar naar hem uit te kijken. Het was puur toeval dat hij daar een keer opdook. Zijn moeder had het arme kind meegesleept en hem alleen op het speelplaatsje voor het gebouw achtergelaten. Vanuit mijn schuilplaats kon ik hem niet rechtstreeks in de gaten houden, en daarom keek ik naar zijn spiegelbeeld in de ruiten aan de overkant van de straat. Dat werd vervormd, waardoor hij kleiner en op de een of andere manier doorschijnend oogde.

De jongen met het donkere haar en de wenkbrauwen als rupsen liep zachtjes in zichzelf te zingen terwijl hij keer op keer de glijbaan beklom en naar beneden gleed. Hij had een loopneus, en elke keer wanneer hij het trapje opklom, veegde hij met de rug van zijn hand het snot af en haalde daarna zijn hand langs zijn vettige ribfluwelen broek. Toen hij genoeg had van de glijbaan, slenterde hij naar de schommels en zette zich af in de richting van de helderblauwe hemel. Zijn nietszeggende uitdrukking veranderde geen enkele keer, hij staakte geen moment zijn binnensmondse gezang. Ik hield hem bijna een uur lang in de gaten, maar de hele tijd toonde hij geen enkele emotie; hij vond het blijkbaar helemaal niet erg alleen te moeten spelen totdat zijn moeder hem kwam halen. Toen ze dat deed, verscheen er een flauwe glimlach op zijn gezicht. Zonder een woord te zeggen sprong hij van de schommel, pakte haar hand en liep samen met haar weg. Ik verbaasde me hevig over hun gedrag, het contact tussen hen. Ouders en kinderen beschouwen zulke alledaagse momenten als iets volkomen vanzelfsprekends, alsof er een eindeloze voorraad van is.

Waren mijn ouders me helemaal vergeten? De man die op die morgen zo lang geleden naar me had geroepen, was beslist mijn vader geweest, en ik besloot hem, mijn moeder en mijn kleine zusjes binnenkort een keer te gaan opzoeken. Misschien wel nadat we die onfortuinlijke drommel van de speelplaats hadden ontvoerd. De schommel stopte en de vroege junidag stierf weg. Er verscheen een zwaluw die in de lucht boven het klimrek naar insecten hapte, en al mijn verlangens werden aangewakkerd door de vleugels van die vogel die zigzaggend wegzweefde naar de melkachtige schemering. Ik had met de jongen te doen, hoewel ik wist dat van plaats wisselen de natuurlijke gang van zaken was. Zijn vangst zou Igels vrijlating zijn, en voor mij betekende dat één plekje opschuiven in de rij.

Het kind was een gemakkelijk doelwit; zijn ouders zouden amper iets merken. Hij had weinig vrienden, gaf op school geen reden tot opwinding of onrust en was zo gewoon dat hij bijna onzichtbaar leek. Ragno en Zanzara, die maandenlang op de zolder van het gezin bivakkeerden, meldden dat hij afgezien van doperwtjes en worteltjes alles lustte, het liefst chocolademelk bij het eten dronk, op rubberen lakens sliep en heel vaak in de woonkamer voor dat kastje zat dat mensen liet weten wanneer ze moesten lachen of naar bed moesten gaan. Onze knaap sliep ook goed, in het weekend soms wel twaalf uur achter elkaar. Kivi en Blomma rapporteerden dat hij graag in de zandbak naast het huis speelde, waar hij een uitgebreide verzameling grijze en blauwe plastic popjes had opgesteld. Het zwaarmoedige kereltje leek tevreden te zijn met het bestaan zoals het was. Ik was jaloers op hem.

Igel weigerde naar onze bevindingen te luisteren, al vielen we hem er nog zo mee lastig. We hielden Oscar nu al een jaar in de gaten en iedereen was klaar voor de verwisseling. Ik had het schrift van McInnes bijna volgeschreven, en nog meer verslagen uit het veld zouden niet alleen verspilling van tijd, maar ook van kostbaar papier betekenen. Maar Igel, hooghartig, afgeleid en geplaagd door de verantwoordelijkheden van een leider, was anders dan wij, alsof hij naar vrijheid verlangde maar die tegelijkertijd ook vreesde. Zijn altijd zo onbewogen manier van doen veranderde in een algehele bokkigheid. Op een dag verscheen Kivi bij het eten met een rode striem onder haar ogen.

'Wat is er met jou gebeurd?'

'Die rotzak. Igel heeft me een klap gegeven, alleen maar omdat ik vroeg of hij er klaar voor was. Hij dacht dat ik bedoelde of hij klaar was voor de wissel, maar ik bedoelde voor het eten.'

Niemand wist wat we tegen haar moesten zeggen.

'Ik kan gewoon niet wachten totdat hij hier weg is. Ik heb schoon genoeg van die oude chagrijn. Misschien is de nieuwe jongen wel aardig.'

Ik liet mijn eten staan en rende het kamp door, op zoek naar Igel, vastberaden hem voor het blok te zetten, maar hij was niet op zijn gebruikelijke plekken te vinden. Ik stak mijn hoofd om de hoek van een van zijn tunnels en riep zijn naam, maar er kwam geen antwoord. Misschien was hij de jongen aan het bespioneren. Niemand wist waar hij te vinden was, en nadat ik een paar uur lang in kringetjes had rondgelopen trof ik hem toevallig bij de rivier, waar hij in zijn eentje naar zijn verwrongen spiegelbeeld in het water zat te staren. Hij oogde zo eenzaam dat ik mijn woede vergat en stilletjes naast hem neerhurkte.

'Igel? Gaat het?' zei ik tegen het beeld in het water.

'Kun je je het leven voor dit leven nog herinneren?' vroeg hij.

'Vaag. In mijn dromen zie ik soms mijn vader en moeder en een zusje, of allebei mijn zusjes. En een vrouw in een rode jas. Maar nee, niet echt.'

'Ik ben al zo lang weg dat ik niet goed weet hoe ik terug moet gaan.'

'Speck zegt dat er voor ons allemaal drie mogelijkheden zijn, maar slechts één einde.'

'Speck.' Hij spuugde haar naam uit. 'Ze is een dom kind, bijna net zo dom als jij, Aniday.'

'Je moet onze verslagen lezen. Die zullen de wissel gemakkelijker maken.'

'Ik zal blij zijn als ik van jullie dwazen ben verlost. Stuur haar morgenochtend naar me toe. Ik wil niet met je praten, Aniday. Béka moet maar zeggen wat je hebt ontdekt.'

Hij stond op, veegde het stof van het zitvlak van zijn broek en liep weg. Ik hoopte dat hij voor altijd zou verdwijnen.

Zeventien

Mijn allang vergeten verleden staarde me aan van achter de gordijnen. De vragen die McInnes tijdens de hypnose had gesteld, hadden herinneringen naar boven gehaald die bijna een eeuw lang verdrongen waren geweest, en fragmenten uit mijn onderbewuste begonnen mijn dagelijks leven binnen te dringen. Zo rolde er bijvoorbeeld onverwacht een germanisme over mijn lippen toen we onze tweederangsimitatie van Simon and Garfunkel ten beste gaven. De jongens in de band dachten dat ik stond te trippen, en na een kort excuus aan het publiek moesten we opnieuw beginnen. Of ik merkte tijdens een versierpoging dat het gezicht van de vrouw tegenover me opeens in dat van een wisselkind veranderde. Wanneer ik ergens een baby hoorde huilen, vroeg ik me af of het een mensenkind was of een vreselijk monster dat te vondeling was gelegd. Een foto van de zesjarige Henry Day op zijn eerste schooldag herinnerde me aan alles wat ik niet was. Ik zag mezelf in zijn beeltenis, mijn gezicht weerspiegeld in het glas, over het zijne heen, en vroeg me af wat er van hem was geworden, wat er van mij was geworden. Ik was niet langer een monster, maar ik was evenmin Henry Day. Ik probeerde me uit alle macht mijn eigen naam te herinneren, maar elke keer wanneer ik in de buurt kwam, sloop die Duitse jongen weg.

Deze obsessie kon ik alleen bestrijden met ander dwangmatig gedrag. Telkens wanneer mijn gedachten afdwaalden naar het verre verleden, dwong ik mezelf aan muziek te denken, liet ik mogelijke vingerzettingen en reeksen kwinten door mijn hoofd gaan, neuriede in mezelf en verdreef duistere gedachten met een lied. Ik flirtte opnieuw met de gedachte componist te worden, ook al nam mijn verlangen tot studeren in de volgende twee jaar steeds verder af. In de ogenschijnlijk willekeurige geluiden van het dagelijks leven ging ik patronen zien, die van een paar maten uitgroeiden tot hele muziekstukken. Vaak ging ik na een paar uur slaap terug naar de kroeg, waar ik een pot koffie zette en de noten op papier krabbelde die ik in mijn hoofd hoorde. Omdat ik in die verlaten ruimte alleen de piano tot mijn beschikking had, moest ik de rest van het orkest erbij denken, en die eerste partituren zijn een weerklank van mijn chaotische verwarring over de vraag wie ik ben. De onvoltooide composities waren aarzelende stappen in de richting van het verleden, in de richting van mijn ware aard. Ik kon urenlang zoeken naar een klank, waaraan ik bleef schaven en die ik ten slotte weer verwierp, want in die tijd was componeren even ongrijpbaar voor me als mijn eigen naam.

Doorgaans was de kroeg 's ochtends mijn werkplaats. Oscar begon om een uur of twaalf met werken, George en Jimmy kwamen meestal halverwege de middag repeteren en een paar biertjes drinken, wat me amper genoeg tijd gaf mijn sporen uit te wissen. Aan het begin van een zonnige middag in de zomer van 1967 zat ik vlak voor onze repetitie zonder al te veel enthousiasme op mijn piano te pingelen. George, Jimmy en Oscar experimenteerden met een paar akkoorden en ritmes, maar ze zaten vooral te roken en te drinken. De kinderen in de buurt hadden pas twee weken vakantie, maar verveelden zich nu al; ze reden op hun fietsjes door Main Street heen en weer, hun hoofden en schouders gleden langs het raam voorbij. De pick-up van Lewis Love kwam aangereden, en even later zwaaide de deur open en woei er een vlaag vochtige lucht naar binnen. Lewis bleef op de drempel staan, met vermoeid afhangende schouders, zwijgend en als verdoofd. Oscar legde zijn instrument neer en liep naar zijn broer toe. Ze spraken zo zacht dat er niets van te verstaan was, maar het lichaam verraadt verdriet. Lewis liet zijn hoofd hangen en bracht zijn hand naar de brug van zijn neus, alsof hij zijn tranen wilde inhouden, en George en Jimmy en ik zaten vanaf onze stoelen naar het tafereel te kijken, niet goed wetend wat we moesten doen. Oscar nam zijn broer mee naar de bar en schonk een flinke borrel in, die Lewis in één keer wegklokte. Hij veegde zijn mond af met zijn mouw en boog zich toen als een vraagteken voorover, met zijn voorhoofd tegen de stang rond de bar. We dromden om onze vrienden heen.

'Zijn zoontje wordt vermist,' zei Oscar. 'Sinds gisteravond. De politie en de brandweer zijn aan het zoeken, maar ze hebben nog niets gevonden. Hij is nog maar acht, man.'

'Hoe ziet hij eruit?' vroeg George. 'Hoe heet hij? Hoe lang is hij al weg? Waar heb je hem voor het laatst gezien?'

Lewis rechtte zijn schouders. 'Hij heet Oscar, naar mijn broer hier. Hij ziet er net zo doodgewoon uit als alle andere kinderen. Bruin haar, bruine ogen, ongeveer zo lang.' Hij stak zijn hand uit en hield die op ongeveer een meter twintig boven de grond.

'Wanneer is hij precies verdwenen?' vroeg ik.

'Hij droeg een honkbalshirt en een korte broek, donkerblauw – dat denkt zijn moeder tenminste. En hoge basketbalschoenen. Hij was gisteravond na het eten achter het huis aan het spelen. Het was nog licht buiten. En toen verdween hij.' Hij keek zijn broer aan. 'Ik heb stad en land afgebeld, op zoek naar jou.'

Oscar tuitte zijn lippen en schudde zijn hoofd. 'Het spijt me, man. Ik zat ergens high te worden.'

George liep in de richting van de deur. 'Dit is niet het juiste moment voor verwijten. We moeten een vermist kind gaan zoeken.'

En daar gingen we, het woud in. Oscar en Lewis kropen samen voor in de pick-up, en George, Jimmy en ik gingen in de laadbak zitten. Het rook er naar restjes mest die door de zon waren opgewarmd. De auto reed hobbelend en rammelend over de brandgang aan de rand van het bos, en we kwamen in een wolk van stof tot stilstand. Het reddingsteam was met de enige brandweerauto die de gemeente rijk was zo ver mogelijk het bos ingereden en had die in een dal op ongeveer anderhalve kilometer pal west van mijn huis geparkeerd. De brandweercommandant leunde tegen het gevaarte en dronk met forse teugen uit een flesje cola. Zijn gezicht stak als een rood sein af tegen zijn gesteven witte overhemd. Ons groepje stapte uit en ik werd overweldigd door de zoete geur van de kamperfoelie om ons heen. Bijen zwermden rond de bloemen en sloegen ons loom gade toen we naar de commandant liepen. Sprinkhanen die schrokken van onze voetstappen, snorden voor ons uit in het hoge gras. De wirwar aan wilde frambozen en gifsumak langs de rand van de open plek herinnerde me aan de twee gezichten van het woud. Ik volgde de jongens over een geïmproviseerd pad en keek over mijn schouder naar de commandant en zijn rode wagen totdat ze uit het zicht waren verdwenen.

In de verte blafte een bloedhond die een geurspoor had opgevangen. We banjerden een paar honderd meter achter elkaar aan, en de donkere schaduwen die door het bladerdak werden geworpen, wekten de indruk dat het halverwege de middag al begon te schemeren. Om de paar tellen riep iemand de naam van de jongen, die even in de lucht leek te blijven hangen voordat hij oploste in het warme schemerlicht. We joegen op schaduwen waar geen schaduwen te zien waren. Boven aan een kleine heuvel bleef ons groepje even staan.

'Dit heeft geen zin,' zei Oscar. 'Kunnen we niet beter allemaal een andere kant opgaan?'

Hoewel het me vreselijk leek alleen door het bos te moeten lopen, kon ik niets tegen zijn logica inbrengen, althans niet zonder de indruk te wekken dat ik een lafaard was.

'Laten we elkaar hier weer treffen om negen uur.' Oscar keek met een zekere vastberaden nuchterheid naar de wijzerplaat van zijn horloge en volgde met zijn blik de beweging van de kleine wijzer, in zichzelf tellend. We bleven staan wachten en zagen onze tijd verstrijken.

'Half vijf,' zei hij ten slotte.

'Ik heb het vijf over half,' zei George.

Bijna op hetzelfde moment zei ik: 'Tien voor half.'

'Vijf voor half,' zei Jimmy.

Lewis schudde met zijn pols, maakte zijn horloge los en hield het tegen zijn oor. 'Dat is vreemd, het mijne is gestopt met lopen.' Hij staarde naar de wijzerplaat. 'Half acht. Rond die tijd heb ik hem voor het laatst gezien.'

We keken elkaar allemaal aan, zoekend naar een verklaring voor dat verschijnsel.

Oscar hervatte het staren naar zijn horloge. 'Goed, laten we ze op mijn teken gelijk zetten. Het is nu vijf over half vijf.'

We frummelden aan knopjes en wijzers. Ik vroeg me af of de juiste tijd in dit verband echt zo belangrijk was.

'Oké, dit is het plan: Lewis en ik gaan deze kant op, en Henry, jij gaat in tegengestelde richting. George en Jimmy, jullie gaan ook ieder een andere kant op.' Hij wees telkens naar een van de vier windrichtingen. 'Geef aan waar je al bent geweest, zodat je de weg terug kunt vinden. Breek telkens aan dezelfde kant van het pad om de paar honderd meter een takje af, en zorg ervoor dat je om negen uur weer hier bent. Dan wordt het al donker. En als iemand hem voor die tijd vindt, ga dan naar de brandweerauto.'

We gingen ieder een andere kant op, en de geluiden van mijn vrienden die door het woud stommelden stierven langzaam weg. Sinds ik mijn leven had verwisseld voor dat van Henry Day, had ik het niet meer aangedurfd het woud in te gaan. De hoge bomen sloten het pad aan weerszijden in en de vochtige lucht voelde aan als een deken die naar verrotting en verval rook. Elke stap die ik zette, deed takjes kraken en liet bladeren ritselen, geluiden die mijn gevoel van eenzaamheid alleen maar versterkten. Wanneer ik bleef staan, was er geen enkel geluid meer te horen. Ik riep naar de jongen, maar op een halfslachtige manier, zonder echt op een antwoord te rekenen. De stilte riep een vergeten gevoel bij me op, de herinnering aan mijn wildheid, en daarmee ook de pijn van het opgesloten zitten, tijdloos, in een wereld vol gevaren. Nadat ik twintig minuten had lopen zoeken, ging ik op een omgevallen den zitten. Mijn overhemd, dat vochtig was van het zweet, kleefde aan mijn huid, en ik pakte een zakdoek om mijn voorhoofd af te vegen. Ergens in de verte hamerde een specht tegen een boom, en boomklevers kropen langs de stammen naar beneden, af en toe afgemeten piepend. Over een van de takken van de dode den rende een stoet mieren heen en weer; ze droegen een geheimzinnige last de ene kant op en keerden daarna weer snel terug naar de voedselbron. Te midden van het nest van afgevallen bladeren staken rode bloempjes, even groot als speldenknoppen, uit stukjes zilverkleurig mos omhoog. Ik tilde een stuk stam op en zag de vochtige sporen van verrotting eronder; pissebedden rolden zich op tot een balletje en hooiwagens schrokken op omdat hun leven zo plotseling werd verstoord. Dikke, glanzende wormen kropen weg in holletjes aan de voet van de stam, en ik vroeg me af welke verborgen ruimten er onder dat verval schuilgingen, wat voor leven zich daar afspeelde waarvan ik niets wist. Ik verloor alle besef van tijd. Een blik op mijn horloge deed me schrikken, want ik had bijna twee uur lang zitten niksen. Ik stond op, riep één keer de naam van de jongen en hervatte, toen ik geen antwoord kreeg, mijn zoektocht. Ik drong dieper het donker in, geboeid door de willekeurige aaneenschakeling van stammen en takken, groene bladeren die even wijdverbreid waren als regendruppels. Elke stap was nieuw en toch vertrouwd, en ik verwachtte elk moment te kunnen opschrikken van iets onverwachts, maar alles was even kalm als een diepe slaap. Er was niets in het woud, geen teken van mijn verleden, en amper leven, afgezien van de groeiende bomen en planten en het regelmatige geritsel van onzichtbare piepkleine beestjes die verborgen zaten tussen de verrotting en het verval. Ik stuitte op een beekje dat over stenen kabbelde en zich nergens heen slingerde. Omdat ik opeens heel veel dorst had, doopte ik mijn handen in het water en dronk.

Het riviertje stroomde door een bedding die was bezaaid met kleine en grote stenen. Aan het oppervlak waren de stenen droog, saai en ondoordringbaar, maar langs de waterlijn en eronder waren er allerlei facetten en onvoorstelbaar rijke kleuren in een oneindige schakering zichtbaar. De stenen waren afgesleten en gepolijst door tegengestelde krachten die duizenden jaren lang op elkaar hadden ingewerkt en waren daardoor beeldschoon geworden. Ook het water was er anders door geworden; de loop en het tempo van de stroom waren veranderd en het op zich rustige beekje was een kolkende vloed geworden. Symbiose had de beek gemaakt tot wat hij was. Wanneer het een zou worden weggenomen, zou het ander voor altijd veranderen. Ik was uit dit woud voortgekomen, ik had hier heel, heel lang gewoond, maar ik had ook als een echt mens de wereld bewoond. Mijn leven als mens en mijn leven als wisselkind hadden me gemaakt tot wie ik was. Net als het water en de stenen was ik iets van het een en iets van het ander. Henry Day. Zoals de wereld hem kent, is er geen ander, en die openbaring vervulde me met een warm, aangenaam gevoel. De stenen op de bodem van de beek leken opeens een reeks noten, die ik in gedachten duidelijk voor me zag. Toen ik in mijn zak naar een potlood zocht om die muziek op te schrijven voordat ze zou verdwijnen, hoorde ik achter me tussen de bomen iets ritselen. Voetstappen snelden door de struiken.

'Wie is daar?' vroeg ik, en wat het ook was, het hield op met bewegen. Ik probeerde mezelf klein en onopvallend te maken door weg te duiken in de holte die de beek had uitgesleten, maar wanneer ik me verstopte, kon ik niet zien waar het gevaar vandaan kwam. Door de spanning werden geluiden die me tot dan toe niet waren opgevallen opeens versterkt. Krekels zongen onder de stenen. Een cicade uitte een kreet en viel toen stil. Ik wist niet goed of ik weg moest rennen of moest blijven zitten om de noten in het water vast te leggen. Was dat een briesje door de bladeren, of iets wat ademhaalde? De voetstappen klonken opnieuw, eerst langzaam, maar toen vatte het wezen moed en baande zich een weg door de struiken en rende van me weg. De lucht fluisterde en viel toen stil. Toen het weg was, zei ik tegen mezelf dat het een hert was geweest dat ik had laten schrikken, of misschien een hond die per ongeluk mijn geur had opgevangen. Ik was van mijn stuk gebracht nu ik zo plotseling was gestoord en liep snel terug naar de open plek. Daar kwam ik als eerste aan, een kwartier eerder dan afgesproken.

George arriveerde als tweede, blozend van inspanning en hees omdat hij naar de jongen had lopen roepen. Hij viel uitgeput neer en wolkjes stof stegen op uit zijn spijkerbroek.

'Niemand gevonden?' vroeg ik.

'Wat denk je? Ik heb me helemaal suf gelopen en niets gezien. Je hebt zeker geen peuk bij je?'

Ik haalde twee sigaretten tevoorschijn en stak eerst de zijne en toen de mijne aan. Hij deed zijn ogen dicht en rookte. Daarna verschenen Oscar en Lewis, al even verslagen. Ze wisten niet meer hoe ze dat onder woorden moesten brengen, maar door de zorgen vertraagden hun passen, gingen hun hoofden hangen, vertroebelde hun blik. We wachtten een kwartier op Jimmy Cummings, en toen hij niet kwam opdagen, vroeg ik me af of er een tweede zoektocht zou volgen.

Om half tien vroeg George: 'Waar is Cummings?'

Het laatste restje schemerlicht maakte plaats voor een hemel vol sterren. Ik wou dat we eraan hadden gedacht zaklantaarns mee te brengen. 'Misschien moeten we teruggaan naar de plek waar de politie is.'

Dat wilde Oscar niet. 'Nee, iemand moet hier op Jimmy wachten. Ga jij maar, Henry. Het is heel simpel te vinden, telkens rechtdoor.'

'Kom, George, loop je met me mee?'

Hij hees zich overeind. 'Ga maar voor, Macduff.'

Verderop langs het pad zagen we het rood en blauw van de zwaailichten over de boomtoppen spelen en opstijgen naar de hemel. George had er ondanks zijn zere voeten flink de pas in, en toen we er bijna waren, hoorden we kreten vermengd met ruis uit de walkietalkies komen en voelden we dat er iets mis was. We renden een onwerkelijk tafereel tegemoet; de open plek baadde in het licht, brandweerauto's stonden er nutteloos bij, tientallen mensen liepen in het rond. Een man met een rode honkbalpet liet een stel bloedhonden in de laadbak van zijn pick-up springen. Tot mijn verbazing zag ik Tess Wodehouse staan, in een wit verpleegstersuniform dat straalde in het duister. Ze omhelsde een andere jonge vrouw en streelde haar over haar haar. Twee mannen tilden een druipende kano op het dak van een auto en bonden hem vast. Patronen vormden zich, alsof de tijd stil was blijven staan en alles in één keer te overzien was. Brandweerlieden en politieagenten vormden, met hun ruggen naar ons toe, een halve cirkel rond de achterkant van de ambulance.

De commandant wendde zich langzaam af, alsof hij door zijn blik van het ambulancepersoneel los te rukken de werkelijkheid ongedaan kon maken, en vertelde ons op behoedzame toon: 'We... we hebben een stoffelijk overschot gevonden.'

Achttien

Ondanks onze zorgvuldige voorbereidingen werden er fouten gemaakt. Tot op de dag van vandaag word ik geplaagd door de rol die ik speelde, hoe klein ook, in de reeks onfortuinlijkheden en vergissingen die tot zijn dood hebben geleid. Ik heb zelfs nog meer spijt van de veranderingen die het gevolg van die twee junidagen waren en waarvan de gevolgen ons nog jarenlang bleven kwellen. Het maakt niet uit dat we geen van allen van plan waren kwaad te doen; we zijn nu eenmaal verantwoordelijk voor ons handelen, zelfs als er ongelukken gebeuren, al was het maar omdat we soms dingen niet doen of over het hoofd zien. Achteraf gezien hebben we misschien te veel voorbereid. Ze hadden het huis van de familie Love binnen kunnen glippen, Oscar in zijn slaap weg kunnen grissen en heel onschuldig Igel onder de wol kunnen stoppen. De ouders lieten die knaap altijd urenlang in zijn eentje spelen, we hadden hem op klaarlichte dag kunnen pakken en tegen etenstijd een veranderde Igel kunnen sturen. Of we hadden de zuivering door middel van water kunnen overslaan. Wie gelooft er nu nog in die oude mythe?

Het had niet op zo'n hartverscheurende manier hoeven eindigen.

Op een avond in juni ging Oscar Love nog even buiten spelen, gekleed in een blauwe korte broek en een T-shirt met opschrift op de borst. Hij droeg sandalen, zodat het vuil samenklonterde tussen zijn tenen, en schopte een bal heen en weer over het grasveld. Luchóg en ik waren in een esdoorn geklommen en zaten voor ons gevoel uren tussen de takken naar zijn doelloze spelletje te kijken, ons afvragend hoe we hem het woud in konden lokken. We lieten een veelvoud aan geluiden horen: een hondje, een miauwend katje, vogels in nood, een wijze oude uil, een koe, een paard, een varken, een kip, een eend. Maar hij schonk amper aandacht aan onze imitaties. Luchóg huilde als een baby en ik verhief mijn stem, eerst vermomd als die van een meisje, daarna als een jongen. Oscar was doof voor dat alles en hoorde in plaats daarvan de muziek in zijn hoofd. We riepen zijn naam, beloofden hem een verrassing, deden alsof we de kerstman waren. En net toen we verslagen naar beneden wilden klauteren, kreeg Luchóg het briljante idee een lied in te zetten. De jongen liep zonder aarzelen achter de melodie aan het woud in. Het gehele lied lang zocht hij naar de bron, bedwelmd door nieuwsgierigheid. Diep in mijn hart wist ik dat sprookjes zo niet hoorden te zijn, dat ze niet af moesten stevenen op een onaangenaam einde.

Luchóg lokte de jongen dieper het woud in, waar de rest van ons groepje tussen de bomen bij een beek in een hinderlaag lag. Oscar bleef even op de oever staan en keek naar het water en de stenen, en toen de muziek ophield, besefte hij dat hij heel erg verdwaald was, want hij knipperde met zijn ogen en vocht duidelijk tegen de tranen.

'Kijk hem toch eens, Aniday,' zei Luchóg vanuit onze schuilplaats. 'Hij doet me denken aan de laatste van ons die wisselkind is geworden. Er is iets mis met hem.'

'Hoe bedoel je, er is iets mis?'

'Kijk maar naar zijn ogen. Alsof hij er niet helemaal bij is.'

Ik keek aandachtig naar het gezicht van de jongen, en hij leek inderdaad niet helemaal te beseffen waar hij was. Hij stond er roerloos bij, zijn hoofd gebogen in de richting van het water, alsof zijn eigen weerspiegeling hem verbijsterde. Een gefluit alarmeerde de anderen, die uit het struikgewas tevoorschijn snelden. Vogels schrokken op van het plotselinge geweld en stegen kwetterend op. Een konijn dat verborgen had gezeten tussen de varens raakte in paniek en hopte weg, met een donzig staartje dat op en neer wipte. Maar Oscar bleef roerloos en gefascineerd staan en reageerde pas toen de feeën bijna bij hem waren. Hij sloeg zijn hand voor zijn mond om zijn kreet te smoren, en ze doken op hem af, werkten hem snel en krachtig tegen de grond. Hij verdween in een wirwar van zwaaiende ledematen, woeste blikken en ontblote tanden. Als me niet vooraf was uitgelegd wat een vangst behelsde, zou ik hebben gedacht dat ze hem probeerden te doden. Vooral Igel genoot van de aanval; hij drukte de jongen met zijn knieën tegen de grond en stopte een prop in zijn mond om te voorkomen dat hij zou gaan schreeuwen. Hij wikkelde ranken rond het middel van de jongen en bond diens armen langs zijn zijden vast. Daarna leidde hij ons terug naar het kamp, Oscar achter zich aan slepend.

Jaren later vertelde Chavisory me dat Igel zich heel anders had gedragen dan gebruikelijk was. Het wisselkind werd geacht zijn eigen lichaam en gelaatstrekken vóór de ontvoering te veranderen in die van het te stelen kind, maar Igel had de jongen zijn echte gezicht laten zien. Hij was niet meteen van plaats gewisseld, maar had het kind gepest. Zanzara bond Oscar aan een boom en haalde de prop uit zijn mond. Misschien had de schrik hem met stomheid geslagen, want Oscar staarde alleen maar in opperste verbijstering naar wat zich voor zijn ogen ontvouwde, zijn donkere, vochtige ogen aan één stuk door op zijn kwelgeesten gericht. Igel martelde zijn eigen gezicht totdat hij Oscars evenbeeld was. Ik kon de pijnlijke grimassen niet verdragen, kon niet luisteren naar het knarsen van het kraakbeen en het wrikken aan het bot. Ik gaf over achter een boom en bleef uit de buurt totdat Igel zich tot een imitatie van de jongen had gekneed.

'Snap je het, Oscar?' vroeg Igel sarrend. Hij bracht zijn neus tot vlak bij die van de jongen. 'Ik ben jou en ga je plaats innemen, en jij moet hier bij hen blijven.'

Het kind staarde hem aan alsof het in een spiegel keek zonder zijn eigen spiegelbeeld te herkennen. Ik onderdrukte de neiging naar Oscar toe te gaan en hem vriendelijk en geruststellend toe te spreken. Speck kwam naast me staan en zei op felle toon: 'Dit is wreed.'

Igel wendde zich van zijn slachtoffer af en zei tegen ons: 'Jongens en meisjes, ik ben al te lang bij jullie geweest en neem nu afscheid. Mijn tijd in deze hel zit erop, ik laat de rest aan jullie. Jullie paradijs is aan het verdwijnen. Elke ochtend hoor ik het geraas van auto's dichterbij komen, voel ik de lucht trillen door de vliegtuigen boven onze hoofden. Er zit roet in de lucht, vuil in het water, en alle vogels vliegen weg en komen nooit meer terug. De wereld verandert, en jullie moeten weggaan nu het nog kan. Ik ben er niet blij mee dat ik met deze imbeciel van plaats moet wisselen, maar het is beter dan hier blijven.' Hij maakte een weids gebaar in de richting van de bomen en de met sterren bezaaide hemel. 'Want dit alles zal binnenkort verdwenen zijn.'

Igel liep naar Oscar toe, maakte hem los en hield zijn hand vast. Ze waren volkomen identiek, het was onmogelijk te zeggen wie echt was en wie de imitatie. 'Ik neem deze arme drommel nu mee onze tunnel in en ga hem een verhaal vertellen. Ik neem zijn kleren en zijn walgelijke schoenen mee, dan mogen jullie hem wassen. Hij kan wel een bad gebruiken. Ik kruip er aan de andere kant weer uit. Adieu. Kom mee, mensenkind.'

Oscar keek nog een keer om voordat hij werd meegevoerd, maar zijn blik verraadde geen enkele emotie. Kort tijd later liepen de feeën naar de ingang van de tunnel en trokken Oscars naakte lichaam naar buiten. Ze wikkelden hem in een vlies van spinrag en ranken. Hij bleef de hele tijd onaangedaan, maar zijn blik leek iets aandachtiger, alsof hij zijn best deed kalm te blijven. We hesen hem op onze schouders en renden met hem door het kreupelhout naar de beek. Pas toen we bij de waterkant waren aangekomen, merkte ik dat Speck was achtergebleven. Béka, onze nieuwe leider, sprak de spreuk uit toen we ons pakje hoog in de lucht tilden en in het water lieten vallen. Halverwege de val klapte het lichaam dubbel, daarna viel het met het hoofd naar beneden in de beek. De helft van ons groepje rende het lichaam achterna, zodat ze het verderop volgens de regels van het ritueel weer uit het water konden halen. Het moest aan wal worden getrokken, net zoals ze jaren geleden met mij hadden gedaan, zoals ze met ons allemaal hadden gedaan. Ik bleef staan, vastbesloten de jongen te helpen en tijdens de verandering zo geduldig en begripvol mogelijk te zijn.

Al onze hoop werd weggespoeld. De ophalers stonden langs de waterkant op het lichaam te wachten, maar het kwam niet meer boven. Hoewel Smaolach en Chavisory doodsbang waren te verdrinken, waadden ze toch de rivier in. Al snel stonden ze allemaal tot aan hun middel in het water naar het bundeltje te zoeken. Onions dook keer op keer kopje-onder, totdat ze zo uitgeput en buiten adem was dat ze bijna niet meer de oever op kon klimmen. Béka rende stroomafwaarts naar een voorde waar het lichaam nog de grootste kans maakte in het ondiepe gedeelte te blijven steken, maar ook daar was Oscar niet te vinden. We bleven de hele nacht en tot ver in de ochtend de wacht houden, we bekeken de stenen en takken waartussen zijn lichaam vast had kunnen zitten, we zochten naar elk mogelijk teken, maar het water gaf zijn geheimen niet prijs. De jongen was verdwenen. Rond het middaguur hoorden we beneden in het dal een hond janken van opwinding. Kivi en Blomma werden eropuit gestuurd om naar indringers te zoeken. Een half uur later waren ze weer terug, hijgend en met rode gezichten, en haalden ons op van onze plekjes op de oever.

'Ze komen eraan,' zei Blomma, 'met een stel bloedhonden.'

'De mensen van de politie en de brandweer,' zei Kivi.

'Dan zullen ze ons kamp vinden.'

'Igel heeft de geur van de jongen naar ons huis gevoerd.'

De heuvels weerkaatsten het geluid van blaffende honden. De redders kwamen dichterbij. Tijdens zijn eerste crisis als onze nieuwe leider vroeg Béka om onze aandacht. 'Snel, terug naar het kamp. Verstop alles. Blijf in de tunnels wachten totdat ze weggaan.'

Kivi zei op scherpe toon tegen ons allemaal: 'Er komen er te veel.'

'De honden,' voegde Blomma eraan toe. 'Die zoeken de bodem af en laten zich niet bedotten door een paar takjes voor de ingang van een tunnel.'

Béka keek uiterst verbaasd en begon heen en weer te lopen, zijn vuisten gebald op zijn rug. Op zijn voorhoofd klopte een ader van woede. 'Ik vind dat we ons moeten verstoppen en moeten afwachten.'

'We moeten vluchten.' Smaolach sprak op kalme, maar gezaghebbende toon. De meesten van ons waren het met hem eens. 'Ze zijn in al die jaren nog nooit zo dichtbij geweest.'

Luchóg deed een stap naar voren en sprak Béka aan. 'Ze

zijn al dieper tot het woud doorgedrongen dan de mensen ooit zijn gekomen. Je hebt het mis als je denkt...'

Béka hief zijn hand op om hem een klap te kunnen geven, maar Onions pakte zijn hand vast. 'Maar de jongen dan?' Onze nieuwe leider wendde zich van het groepje af en meldde: 'Oscar is er niet meer. Igel is er niet meer. Dat is allemaal verleden tijd, en we moeten nu onszelf redden. Pak wat je kunt dragen en verberg de rest. Maar wees snel, want we moeten hen voor zien te blijven.'

We lieten Oscars lichaam over aan de rivier en renden naar huis. Terwijl de anderen zich over de waardevolle spullen ontfermden – en pannen en messen begroeven, kleren en voedsel verstopten – zocht ik mijn papieren bij elkaar en maakte een zak om die in te stoppen. Een paar van mijn bezittingen lagen veilig opgeborgen in de bibliotheek, maar hier had ik mijn dagboek en een verzameling potloodstompjes, mijn tekening van mijn familie en de vrouw in het rood uit mijn dromen en nog wat schatten – cadeautjes van Speck. Ik was snel klaar en ging haar daarna zoeken.

'Waar zat je?' vroeg ik. 'Waarom kwam je niet naar de rivier?'

'Waar is hij gebleven?'

'We konden hem niet meer vinden. Wat is er met Igel gebeurd?'

'Hij kroop naar buiten en begon te huilen.'

'Te huilen?' Ik hielp haar een stapel takken voor de ingang van de tunnels te leggen.

'Als een klein kind,' zei ze. 'Hij kroop verdwaasd naar buiten, en toen hij zag dat ik was achtergebleven, rende hij weg. Misschien zit hij hier nog in de buurt, heeft hij zich ergens verstopt.'

We pakten onze spullen en voegden ons bij de anderen, waarna we als een troep vluchtelingen de heuvelrug beklommen. Onder ons lag een eenvoudige open plek die misschien wel de mannen voor de gek zou kunnen houden, maar niet de honden.

'We zullen hier nooit meer terugkomen,' zei Speck.

Béka stak zijn neus in de lucht. 'Honden. Mensen. Kom op.'

Inmiddels met ons elven renden we weg. De heuvels galmden van het weemoedige geblaf van de bloedhonden, dat steeds dichterbij kwam. We roken dat ze naderbij kwamen en hoorden de opgewonden stemmen van de mannen. Toen de zon bloedrood naar de horizon zakte, kwamen de mannen zo dichtbij dat we twee forse gestalten konden onderscheiden, die stevig aan de riemen trokken en hijgend hun best deden de honden bij te houden. Ragno struikelde op het pad, liet zijn bundeltje vallen en zag zijn bezittingen tussen de bladeren verdwijnen. Ik draaide me om en zag dat hij zijn tuinschepje oppakte en daarna zag ik de flits van een rode pet achter hem, maar de man was zich niet van onze aanwezigheid bewust. Zanzara stak zijn hand uit en greep die van Ragno beet, en daar snelden we weer door naar de anderen, met achterlating van die paar aanwijzingen.

We renden urenlang door, staken als opgejaagde vossen een beek over om onze geur te maskeren en verborgen ons ten slotte achter een wirwar van netels. De zon dook weg achter de toppen van de bomen, de geluiden van mannen en honden verstomden. Ze keerden op hun schreden terug. We sloegen daar voor de nacht ons bivak op, legden onze last af, deelden onze angsten. Ik had nog maar net mijn papieren neergelegd toen Béka naar me toe kwam, zijn borst vooruit, klaar om bevel te geven.

'Ga kijken of we al veilig terug kunnen keren.'

'Alleen?'

'Neem maar iemand mee.' Hij keek naar zijn onderdanen en loerde toen weer naar mij. 'Neem Speck mee.'

We waadden door de kronkelende beek terug in de richting van onze achtervolgers en bleven af en toe even staan om te luisteren en te kijken of er gevaar dreigde. Halverwege de stroom sprong Speck op een groot rotsblok.

'Aniday, wil je nog steeds weg hier?'

'Weg? Waar zou ik heen moeten?'

'Ga gewoon weg, nu. We zouden samen kunnen gaan. Ik weet het niet. Naar het westen, naar Californië, en daar naar de diepe blauwe zee staren.'

Een geluid in het water bracht ons tot zwijgen. Misschien waadde er iemand door de beek of staken de honden spetterend over, of misschien leste een hert zijn dorst van die avond.

'Je gaat toch niet weg, Speck?'

'Hoorde je dat?' vroeg ze.

We verstijfden en luisterden ingespannen. Daarna slopen we behoedzaam door het struikgewas, op zoek naar de bron van het geluid. Een paar honderd meter verder stroomafwaarts hing een vreemde geur; menselijk noch dierlijk, maar iets ertussenin. We volgden de oever en ik merkte dat ik buikpijn kreeg. Het laatste licht stierf weg tussen de bomen toen we bijna over de man struikelden, nog voordat we hem zagen.

'Wie is daar?' vroeg hij, en hij dook weg, in een poging zich te verstoppen.

'Speck,' fluisterde ik. 'Dat is mijn vader.'

Ze ging op haar tenen staan en tuurde naar de hurkende man, daarna drukte ze haar vinger tegen haar lippen. Haar neusvleugels bewogen toen ze diep ademhaalde. Speck pakte mijn hand en leidde ons even stilletjes als een flard nevel weg.

Negentien

Hoewel het lichaam een dag lang in het water had gelegen, kon het nog worden geïdentificeerd als dat van de jonge Oscar Love. Het laken werd teruggeslagen, het schokkende, opgezwollen voorkomen van een verdronkene werd zichtbaar, en inderdaad, hij was het, al moet ik eerlijk bekennen dat we hem geen van allen van dichtbij durfden te bekijken. Als er niet zo'n vreemd net rond het volgezogen lijk gewikkeld had gezeten, had iedereen waarschijnlijk gedacht dat het een tragisch ongeluk was. Dan was hij onder een dikke laag aarde begraven en hadden zijn ouders alleen kunnen rouwen. Maar nu stak argwaan de kop op, al vanaf het moment dat ze hem uit de rivier visten. Het lichaam werd naar het regionaal mortuarium gebracht, bijna twintig kilometer verderop, waar een volledige lijkschouwing en onderzoek volgden. De pathologen-anatomen zochten naar een oorzaak, maar vonden slechts raadsels. Zo op het eerste gezicht zagen ze een jongen, maar toen ze hem opensneden, troffen ze een oude man aan. Die vreemde ontdekking heeft de kranten nooit gehaald, maar Oscar vertelde me later over de verschrompelde organen, het afgestorven weefsel van het hart, de uitgedroogde longen, lever, nieren, milt en hersenen van een honderdjarige die de dood had weten te ontlopen.

Het verdriet en gevoel dat er iets vreemds aan de hand was, werden nog versterkt door de verdwijning van Jimmy Cummings. Hij was net als iedereen in het woud gaan zoeken, maar er nooit meer uit tevoorschijn gekomen. Toen Jimmy niet in het ziekenhuis opdook, namen we allemaal aan dat hij eerder naar huis was gegaan of een andere uitgang had genomen, en pas de avond daarop begon George zich zorgen te maken. Op de derde dag deden we dat allemaal en smachtten we naar nieuws. We waren van plan bij goed weer die avond terug te gaan naar het woud, maar net toen ik thuis aan tafel wilde gaan, ging de telefoon. Elizabeth en Mary sprongen allebei op in de hoop dat het een jongen was die voor hen belde, maar mijn moeder zei dat ze moesten blijven zitten.

'Ik heb liever niet dat jullie vrienden en vriendinnen tijdens het eten bellen.' Mama nam de telefoon op die aan de wand hing, en nadat ze 'Hallo' had gezegd, vertrok haar gezicht zich tot een palet van verbazing, schrik, ongeloof en verbijstering. Ze draaide zich half om, zodat wij tegen haar achterhoofd aankeken, en zette het gesprek voort. Daarna legde ze met haar linkerhand de hoorn op de haak en sloeg met haar rechter een kruis. Vervolgens draaide ze zich om en deelde ons het nieuws mee.

'Het is een wonder. Dat was Oscar Love. Jimmy Cummings maakt het goed, en hij heeft hem levend aangetroffen.'

Mijn zusjes hielden halverwege een hap op met eten, zodat hun vorken in de lucht hingen, en staarden haar aan. Ik vroeg mijn moeder of ze dat nog eens wilde herhalen, en toen ze dat deed, besefte ze pas wat haar uitspraak betekende.

'Ze kwamen samen het woud uitgelopen. Hij leeft nog. Hij heeft hem in een hol aangetroffen. Kleine Oscar Love.'

Elizabeth liet haar vork vallen, die met een rammelend geluid op haar bord neerkwam.

'Dat meent u niet. Levend?' zei Mary.

'Te wauw,' zei Elizabeth.

Afwezig speelde mama met de haarspelden bij haar slapen. Ze bleef nadenkend achter haar stoel staan.

'Is hij dan niet dood?' vroeg ik.

'Nou... ze hebben zich vast vergist.'

'Dat is dan een behoorlijke vergissing, mam,' zei Mary.

Elizabeth stelde de niet zo retorische vraag die bij ons allemaal door het hoofd speelde. 'Maar wie ligt er dan in het mortuarium?'

Mary vroeg aan haar tweelingzus: 'Is er nog een Oscar Love? Dat is zo gaaf.'

Mijn moeder plofte op haar stoel neer. Ze staarde naar haar bord gefrituurde kip, in gedachten verzonken, en probeerde dat wat ze net had gehoord te verenigen met wat ze wist dat de waarheid was. De tweeling probeerde elkaar ondertussen te overtreffen met absurde hypotheses, maar ik was zo nerveus dat ik geen hap meer door mijn keel kreeg en ik liep naar de veranda om een sigaret te roken en na te denken. Ik was net aan mijn tweede Camel bezig toen ik een auto hoorde naderen. Een donkerrode Mustang verliet de weg en scheurde onze oprit op, zodat het grind opspatte. De achterkant van de auto zwaaide uit toen de chauffeur op de rem trapte. De tweeling rende de veranda op en de hordeur sloeg al twee keer dicht voordat Cummings was uitgestapt. Zijn haar zat in een paardenstaart en op zijn neus prijkte een bril met roze glazen. Hij maakte even het V-teken met zijn vingers en grijnsde toen breeduit. Mary en Elizabeth groetten terug met hun eigen vredestekens en glimlachten verlegen.

Jimmy beende het erf over, nam met twee treden tegelijk het trapje naar de veranda en bleef vlak voor me staan. Hij rekende er duidelijk op als held te worden verwelkomd. We schudden elkaar de hand.

'Welkom terug uit het dodenrijk, jongen.'

'Hé, gozer, weet je het al? Heb je het al gehoord?' Zijn ogen waren bloeddoorlopen, maar ik kon niet zeggen of hij dronken of stoned of gewoon doodmoe was.

Mam stormde naar buiten en sloeg haar armen om mijn vriend heen, hem omhelzend totdat zijn gezicht er rood van werd. Mijn zusjes, niet in staat zich nog langer te beheersen, deden mee en lieten hem in hun enthousiasme bijna struikelen. Ik zag dat ze zich een voor een van hem losmaakten.

'Je moet ons alles vertellen,' zei mijn moeder. 'Wil je iets drinken? Ik haal wel even wat ijsthee.'

Terwijl zij druk bezig was in de keuken, namen wij plaats in het rotan. Jimmy, die niet kon kiezen tussen mijn zusjes, ging op het bankje zitten, en de tweeling kroop naast elkaar op de schommelbank. Ik bleef op mijn plekje bij de reling staan, en toen mama terugkwam, ging ze naast Jimmy zitten en keek hem stralend aan, alsof hij haar bloedeigen zoon was.

'Hebt u ooit iemand uit de dood zien opstaan, mevrouw Day?'

'O, de hemel sta me bij.'

'Dat dachten meneer en mevrouw Love ook toen ze hem zagen,' zei Jimmy. 'Alsof Oscar uit de hemel was gevallen, of uit de hel was verdreven. Ze konden niet geloven wat hun ogen vertelden. Want ze waren er helemaal klaar voor het lichaam naar de begrafenisondernemer te brengen, ze dachten dat kleine Oscar dood was en moest worden begraven, maar toen kwam ik opeens binnen, hand in hand met hun zoon. Lewis keek alsof hij een hartaanval kreeg, man, en Lib-

214

by liep naar ons toe en zei: "Ben je echt? Kan ik aanraken? Wat ben je? Kun je praten?" En die jongen rende naar haar toe en sloeg zijn armen om haar middel, en toen wist ze dat hij geen geest was.'

Twee identieke wezens, het een dood, het ander levend – het wisselkind en het kind.

'De artsen en verpleegsters schrokken zich natuurlijk ook kapot. Over verpleegsters gesproken, Henry, er werkt er daar eentje die zegt dat ze jou laatst heeft gezien, toen ze die andere jongen vonden.'

Dat was geen jongen.

'Lew schudde me de hand, en Libby bleef maar zeggen: "O, ik ben je zo vreselijk dankbaar." En Oscar, grote Oscar, komt een paar minuten later binnen, het hele ritueel herhaalt zich, en man, natuurlijk vindt-ie het ook te gek dat ik er weer ben. Ze bestoken me met vragen, maar ik had de brandweer en de politie al het hele verhaal verteld. Ze brachten ons naar het ziekenhuis omdat hij drie dagen in het woud had gezeten, maar voor zover ze het kunnen bekijken, mankeert-ie niets. Een beetje van de wereld, alsof hij heeft zitten trippen, en natuurlijk waren we moe en vies en hadden we dorst.'

De hemel in het westen kleurde donker door een naderend noodweer. In het woud zouden de wezentjes nu beschutting zoeken. De kobolden hadden op hun eeuwenoude woonstee een ondergrondse burcht gegraven, een doolhof van tunnels dat hen tegen slecht weer beschermde.

'Maar ik wou het jullie vertellen, weet je wel, dus ik stapte in mijn auto en reed meteen hierheen.'

Hij dronk zijn ijsthee in één teug op en mijn moeder schonk zijn glas meteen opnieuw vol. Net als wij allemaal wilde ze dolgraag weten hoe het was begonnen, en ik vroeg me af of hij klaar zou zijn met zijn verhaal voordat het zou gaan regenen. Niet langer in staat te wachten vroeg ze: 'En, hoe heb je kleine Oscar gevonden?'

'Hé, Henry, zei ik al dat ik die verpleegster heb gezien, Tess Wodehouse? Je moet haar eens bellen, man. Die avond was ik zo druk bezig met zoeken dat ik helemaal de tijd vergat. Mijn horloge was rond half zeven stil blijven staan. Ik kreeg er best wel de zenuwen van, want het moest al na negenen zijn. Niet dat ik in geesten geloof of zo, maar het was al donker.'

Ik keek op mijn horloge en toen naar de naderende bui, in een poging de snelheid ervan te berekenen. Als een of twee van hen niet in het kamp waren wanneer het ging regenen, zouden ze hun toevlucht moeten zoeken in een grot of een holle boom en het ergste moeten afwachten.

'Dus ik was gewoon heel erg verdwaald, weet je wel. Ik vroeg me af of ik ooit nog de weg naar huis zou vinden. Op een gegeven moment kom ik op een open plek, en de sterren stralen en het ziet er allemaal best wel eng uit. Hier en daar is het gras gekneusd, plat, alsof er een hert heeft liggen pitten. In een kring langs de rand van de open plek zie ik allemaal van die ovale afdrukken, dus ik denk dat daar 's nachts een kudde slaapt, snap je?'

Op mooie zomeravonden sliepen we bovengronds. We keken elke ochtend naar de hemel om te zien wat voor weer het zou worden. Terwijl Jimmy even zweeg om op adem te komen, meende ik weer de noten van de stenen in de rivier te horen.

'En ik zie een cirkel van as en verbrande takjes, resten van een kampvuur, waarschijnlijk van jagers of wandelaars, en ik denk: als ik toch vannacht hier moet blijven, is dit misschien een goede plek, want hier is al eerder iemand geweest. Ik maakte een vuurtje, en de vlammen hypnotiseerden me gewoon, want voordat ik het wist, was ik in slaap gevallen en had ik de raarste dromen. Hallucinaties. Alsof ik helemaal flipte. Een stem van ver weg, een jongetje dat maar "Mama" blijft roepen, maar ik zie hem nergens en ben te moe om op te staan. Je kent dat wel, je droomt dat je wekker gaat, maar in werkelijkheid is het je echte wekker, naast je bed? Maar je staat niet op om hem uit te zetten, omdat je denkt dat het een droom is, en dus verslaap je je, en pas als je wakker wordt, weet je weer dat je over de wekker hebt gedroomd?'

'Volgens mij droom ik dat elke ochtend,' zei Mary.

'Jij snapt het. Ik kan hem niet zien, maar ik hoorde kleine Oscar om zijn moeder roepen en ga dus naar hem op zoek. "Oscar? Je mama en papa hebben gevraagd of ik je wil gaan zoeken." En dan roept hij: "Ik zit hier beneden!" Waar beneden? Ik zie hem niet, waar hangt hij uit? "Blijf roepen..." en ik probeer het geluid van zijn stem te volgen. En dan val ik in dat stomme gat. Ik zak dwars door de takjes en troep die iemand over de opening heeft gelegd, alsof het een val is of zo. Ik zit tot aan mijn oksels in een donker hol, met vlak naast me een jongetje dat tranen met tuiten huilt. En ik denk: dit is foute boel, man, dit is foute boel.'

De meisjes hielden op met schommelen. Mijn moeder leunde naar voren. Ik vergat het naderende onweer en concentreerde me op de melodie die me dreigde te ontglippen, die wegzakte tussen de golven van het gesprek.

'Ik zit gewoon klem, joh. Mijn armen worden tegen de zijkant van dat gat gedrukt, en erger nog, mijn voeten raken niet eens de bodem, maar bungelen gewoon wat heen en weer, boven een gat waarvan ik niet eens de bodem kan voelen. En ik denk: misschien zit er daar beneden wel iets, dat wacht totdat het me kan grijpen.' Hij deed een uitval naar de meisjes, die gilden en giechelden.

'Ik verroerde geen vin, voor zover dat ging, mevrouw Day, en riep naar kleine Oscar dat hij zijn snavel moest houden omdat dat geschreeuw van hem op mijn zenuwen werkte. En ik zeg: "Ik zit klem in een gat, maar als ik doorheb hoe ik hieruit moet komen, kom ik je halen." En hij zegt dat hij denkt dat het een tunnel is. Dus ik vraag of hij eens rond kan kruipen, en mocht hij een stel voeten zien, dan zijn dat de mijne, en kan hij me misschien helpen eruit te komen?' In de verte klonk het lage rommelen van de donder. Ik sprong van de veranda en rende naar zijn auto om het raampje dicht te draaien. De kobolden zouden nu bij elkaar kruipen, een en al ellebogen en knieën, en bang zijn voor een plotselinge bliksemschicht. Het lied was weer aan mijn gedachten ontglipt.

'De morgen breekt aan, zodat ik kan zien waar ik ben, en ik zit nog steeds in dat gat. Maar links van me heb ik wat ruimte, dus ik hoef me alleen maar een beetje te draaien en hup, daar glijd ik naar beneden. Het blijkt dat ik maar een halve meter boven de bodem heb gehangen. Maar mijn voeten slapen en mijn armen doen pijn en ik moet ontzettend zeiken – o, sorry, mevrouw Day. Ik was doodop, maar die jongen...'

We schrokken allemaal op van een luide donderslag en een krans van licht die aan de horizon verscheen. De lucht rook naar elektriciteit en de naderende zondvloed. De eerste dikke druppels vielen hard als munten op een bodem en we haastten ons naar binnen. Cummings ging tussen Mary en Elizabeth in op de bank zitten, mama en ik namen plaats op de ongemakkelijke stoelen.

'Vanaf dat gat,' vervolgde Jimmy boven het geluid van het onweer uit, 'liepen tunnels onder de grond, drie verschillende kanten op. Ik riep in alle drie, maar er kwam geen antwoord. Ik vroeg me af of Oscar wel aan het einde van een van die tunnels zat, of dat ik het misschien allemaal had gedroomd. Jullie zouden ze eens moeten zien, jongens, ze zijn echt zo gaaf. God mag weten wie of wat ze heeft gemaakt. Of waarom. Ze zijn heel smal, dat merk je wel als je er doorheen kruipt, dus misschien is het het werk van kinderen. Je moet als een slang over je buik kronkelen, en aan het einde van die tunnels waren weer grotere ruimten, een soort kamertjes. Daar kon ik zelfs zitten. En vanaf die kamertjes liepen er dan weer tunnels alle kanten op. Ik bedenk me net dat ik laatst zoiets op tv heb gezien, in dat programma van Cronkite. Over de Vietcong. Misschien is het een Vietnamees kamp?'

'Denk je nu echt,' vroeg ik, 'dat de Vietcong Amerika is binnengevallen en midden in de rimboe een kamp heeft ingericht?'

'Nee, joh, natuurlijk niet, maar misschien trainen ze onze jongens daar wel, zodat ze weten hoe je in zo'n tunnel moet zoeken. Het is net een bijenkorf, het is een doolhof. Ik kroop maar heen en weer en probeerde niet te verdwalen, maar toen besefte ik opeens dat ik Oscar al de hele dag niet meer had gehoord. Ik dacht net: o jee, hij is toch niet dood, toen hij opeens als een mol zijn hoofd omhoogstak. En weet je wat het gekke was – en dat zag ik eerst niet eens, vanwege alle vuil en stof – hij was zo naakt als een pasgeboren kind.'

'Waar waren zijn kleren dan?' vroeg mama.

De wisselkinderen hadden hem uitgekleed, hem in een vlies van spinrag gewikkeld en zijn lichaam in de rivier geworpen om hem tot een van de hunne te maken. Ze dachten tenminste dat ze dat deden.

'Mevrouw Day, al slaat u me dood. Het eerste wat we deden, was weer naar boven kruipen, en hij liet me de holtes in de wanden van de tunnels zien waar een soort handgrepen en voetsteunen waren aangebracht. Die had ik nog niet eerder gezien, maar hij klom erlangs omhoog alsof het een ladder was.'

Ik had bijna een hele maand lang gewerkt aan die handgrepen, en bijna zag ik een kobold voor me die aan één stuk door in de burcht aan het graven was.

'Het was al laat toen ik hem vond, en hij was moe en had honger en was te zwak om dat hele stuk terug door het woud te lopen. En ik was er zeker van dat iedereen nog steeds naar ons liep te zoeken. Dus we zaten ons daar net af te vragen wat we nu moesten doen toen hij me vroeg of ik honger had. Hij beende naar de rand van de open plek en tilde een oude vuile deken op die daar lag. Eronder lag een hele voorraad eten. Net een kruidenier, man, midden in het bos. Erwten, peren, appelmoes, witte bonen in tomatensaus, een zak suiker, een doosje zout, gedroogde paddenstoelen, rozijnen, appels. Alsof we een begraven schat vonden.'

Ik keek uit het raam. De bui was voorbij. Waar waren ze gebleven?

'Ik ben net iets te eten aan het maken wanneer Oscar langs de rand van dat kamp loopt en op onderzoek uitgaat, terwijl ik me af zit te vragen hoe ik een blik moet openen. Die knaap komt terug met een heel ouderwetse broek aan, een soort drollenvanger, en een smoezelige witte trui. Hij zegt dat hij een hele stapel kleren heeft gevonden. Je gelooft je ogen niet als je ziet wat daar ligt: kleren en schoenen, en handschoenen, hoeden, wanten. We zoeken al die rommel bij elkaar: knopen, een zakje met uitstekende wiet – sorry, mevrouw Day – een verzameling stenen, en oude kaarten en kranten waarop van alles is geschreven, alsof een kind het alfabet heeft zitten oefenen. Iemand had een bolletje touw bewaard, een kam, een roestige schaar. Een of andere rare babypop, met ledematen die niet bij elkaar passen. Het is gewoon een soort commune daar, man. Toen ik het aan de agenten vertelde, zeiden ze dat ze zouden gaan kijken omdat ze zulke lui hier niet willen hebben.'

'Nee, dat lijkt me ook niet.' Mijn moeder kneep haar lippen opeen.

Elizabeth snauwde naar haar: 'Wat is er mis met leven in de vrije natuur?'

'Ik zei niets over de vrije natuur.'

'Wie daar ook wonen,' ging Jimmy verder, 'ze moeten ervandoor gegaan zijn voordat wij kwamen, want er was niemand meer te zien. Tijdens het eten vertelde Oscar me dat hij naakt in een hol onder de grond terecht was gekomen, midden in het bos. Een groepje kinderen, dat net deed alsof ze piraten waren, had hem ontvoerd en aan een boom vastgebonden. Een andere jongen had een masker opgezet, zodat hij precies op hem leek, en had hem gedwongen in het gat te springen. Hij trok al zijn kleren uit en liet Oscar dat ook doen. Ik word er helemaal zenuwachtig van, maar dat andere kind zegt dat Oscar moet vergeten wat er is gebeurd en klimt naar buiten, sluit die tunnel af.'

Hij heeft besloten de wissel niet door te laten gaan. Ik probeer me te herinneren wie dat kan zijn geweest.

'Al die kinderen renden weg, behalve één meisje dat zei dat ze hem kon helpen thuis te komen, maar toen ze een hond hoorde blaffen, rende zij ook weg. De volgende ochtend was hij vreselijk bang omdat niemand hem was komen zoeken, en toen hoorde hij opeens mij roepen. Ik geloof er geen woord van, maar het zou wel een heleboel verklaren. Zoals de oude kleren van die kinderen.'

'En die jongen die ze in de rivier hebben gevonden,' zei mama.

'Misschien dacht hij dat hij dat had gezien,' zei Elizabeth. 'Misschien leek die jongen op hem en dacht Oscar daarom dat hij een masker droeg.'

Mary kwam met een eigen theorie. 'Misschien heeft hij een dubbelganger. Papa zei altijd dat iedereen er een heeft.'

Mama had het laatste woord. 'Volgens mij zijn het gewoon feeën geweest.'

Ze moesten allemaal lachen, maar ik wist wel beter. Ik drukte mijn voorhoofd tegen de koude ruit en zocht het landschap af, speurend naar hen die ik had geprobeerd te vergeten. Het water van de plassen op het erf zakte langzaam de bodem in.

Twintig

We raakten ons thuis kwijt en keerden nooit meer terug. Als eersten kwamen de spoorzoekers en de honden, die rondsnuffelden in het kamp en blootlegden wat we bij onze evacuatie hadden achtergelaten. Daarna kwamen mannen in zwarte pakken foto's nemen van de holen en de voetafdrukken die we in de aarde hadden achtergelaten. Een helikopter hing boven de vindplaats en filmde de ovale open plek en de veelgebruikte paden die het woud in voerden. Tientallen soldaten in groene uniformen verzamelden alles wat was weggegooid en voerden het af in dozen en zakken. Een paar kropen ondergronds, het netwerk van holen in, en kwamen met hun ogen knipperend van het licht weer boven, alsof ze onder water hadden gezeten. Weken later kwam er een tweede ploeg, met zware machines die bulderend de heuvel beklommen en een rij oude bomen kapten, zodat de tunnels instortten. Vervolgens ploegden ze de aarde om, keer op keer, totdat de bovenste laag oranje zag van de vette natte klei. Daarna besprenkelden ze de kring met benzine en staken het gras in brand. Aan het einde van die zomer restten er alleen nog as en de geblakerde skeletten van een paar bomen. Een dergelijke vernietiging kon onze drang om naar huis terug te keren niet temperen. Ik kon niet slapen zonder het vertrouwde patroon van sterren en hemel, omlijst door de takken boven mijn hoofd. Elke geluidje van de nacht – het kraken van een takje, een veldmuis die door het struikgewas scharrelde – verstoorde mijn rust, en 's morgens deden mijn hoofd en nek pijn. Ik hoorde de anderen ook kreunen in hun dromen of achter de bosjes neerhurken om de groeiende druk in hun ingewanden kwijt te raken. Smaolach keek wel tien keer per uur over zijn schouder. Onions beet op haar nagels en vlocht ingewikkelde kransen van gras. Elke vlaag van rusteloosheid werd gevolgd door een dal van moedeloosheid. We wisten dat onze thuisbasis was verdwenen, maar bleven er desalniettemin naar zoeken, alsof hoop alleen ons dat leven kon teruggeven. Toen de hoop vervloog, kwam er een soort morbide nieuwsgierigheid voor in de plaats. We gingen keer op keer terug om boven de resten te piekeren.

Verstopt in de toppen van de hoge eiken of in groepjes verspreid over de heuvelrug keken we naar de verwoesting, ondertussen tegen elkaar fluisterend. De frambozen vernield door een graafmachine, de vogelkers geveld door een bulldozer, de paadjes en laantjes waarop we vol woeste vreugde in het rond hadden gedanst uitgeveegd zoals je een tekening zou uitgummen of een bladzijde zou verscheuren. Dat kamp had al bestaan sinds de komst van de eerste Franse pelshandelaren die hier de inheemse stammen hadden leren kennen. Vol heimwee vertrokken we weer, doken we weg in geïmproviseerde schuilplaatsen, voor altijd verdwaald.

Tot aan het begin van de herfst doolden we door het onontgonnen land. Door de komst van mensen, honden en machines was rondtrekken moeilijk en gevaarlijk geworden en moesten we zware dagen en nachten met elkaar doorbrengen, verveeld en hongerig. Wanneer iemand te ver van de groep afdwaalde, liepen we gevaar. Ragno en Zanzara werden door een landmeter gezien toen ze voor zijn meetinstrument langsliepen. De man brulde en kwam hen achterna, maar ze waren te snel voor hem. Vrachtwagens kwamen aanrijden met ladingen grind, waarmee de zandweg werd bedekt die tussen de snelweg en onze voormalige open plek was aangelegd. Chavisory en Onions zochten bij wijze van spel naar edelstenen tussen het puin; om het even welke bijzondere steen was goed genoeg. In het maanlicht bekeken ze hun nieuwste vondsten, totdat ze op een nacht werden gezien door een chauffeur die in zijn wagen in slaap was gevallen. Hij sloop naar hen toe en greep de meisjes in hun kraag. Ze zouden gevangen zijn genomen als Onions zich niet had losgerukt en hem tot bloedens toe had gebeten. Die chauffeur is misschien wel de enige levende mens bij wie de littekens van een feeënbeet als kralen op het stukje vel tussen duim en wijsvinger liggen.

Op de bouwplaats waar de mannen kelders uitgroeven zag Luchóg een geopend pakje sigaretten op de stoel van een verlaten vrachtwagen liggen. Stilletjes als een muis sloop hij erheen, maar toen hij zijn hand naar binnen stak om de peuken te pakken, stootte hij met zijn knie tegen de claxon. Hij had net de Lucky Strikes gepakt toen de deur van de nabijgelegen mobiele toiletcabine openvloog en een man met zijn broek op zijn knieën vloekend en tierend naar buiten stormde, op zoek naar de indringer. Hij rende naar de vrachtwagen, keek in de cabine en reikte onder het dashboard. Luchóg, die net bij de rand van het woud was aangekomen, kon zich niet langer beheersen en stak in de schemering een lucifer af. Na het allereerste trekje moest hij bukken om te voorkomen dat een schot hagel hem zou raken. De man vuurde nogmaals zijn geweer af, lang nadat mijn vriend lachend en kuchend tussen de bomen was verdwenen.

Na deze incidenten perkte Béka onze vrijheden in. We mochten niet langer alleen reizen, en evenmin mochten we bij daglicht op pad. Hij zette de rem op strooptochtjes naar het stadje, uit angst dat we zouden worden ontdekt. Overdag drongen het gebrom van de motoren en het regelmatige geklop van de hamers vanaf onze oude plek door tot de plek waar we nu zaten. 's Nachts werden we overvallen door een onheilspellende stilte. Ik wilde dolgraag met Speck vluchten naar de bibliotheek en de geruststellende beslotenheid die daar heerste. Ik miste mijn boeken en papieren, en ik had maar weinig materiaal: het vervagende schrift van McInnes, een tekening van de vrouw in de rode jas, een handvol brieven. Verdoofd als ik was schreef ik niets meer op, en de tijd verstreek zonder dat ik die vastlegde. Op een bepaalde manier bestond tijd helemaal niet meer.

Om voedsel te kunnen verzamelen boetten Ragno, Zanzara en ik een grof net, en na veel vallen en opstaan vingen en doodden we een koppeltje korhoenders. De stam maakte een heel ritueel van het kaalplukken, en daarna bonden we de veren samen en staken die in ons haar, alsof we Huron waren. We maakten de vogels schoon en waagden het voor de eerste keer dat seizoen een vuur te maken, zodat we ons eten konden roosteren en onszelf tijdens de koude avond konden opwarmen. We zaten in een kringetje, onze gezichten gloeiden in het flikkerende licht en onze ogen verraadden een zenuwachtige vermoeidheid, maar het maal sterkte ons. Terwijl het vuur langzaam doofde en onze buiken zich steeds meer vulden, daalde er een kalme tevredenheid over ons neer, alsof afwezige moeders een deken rond onze schouders sloegen.

Béka veegde zijn vettige mond af aan zijn mouw en schraapte zijn keel om onze aandacht te trekken. Het gebabbel en het gezuig op de botjes hield meteen op. 'We hebben de mensen kwaad gemaakt en zullen heel lang geen rust kunnen vinden. We hadden die jongen nooit mogen verliezen, maar we hadden hem al helemaal niet mee mogen nemen naar ons kamp.' We hadden dit al veel vaker gehoord, maar Onions, zijn lievelingetje, speelde de nar naast zijn Lear.

'Maar ze hebben Igel. Waarom zijn ze dan zo boos?' vroeg ze.

'Ze heeft gelijk. Ze hebben Igel. Hij is hun Oscar,' voegde Kivi zich bij het koor. 'Maar wij hebben de onze niet. Waarom zijn ze boos? Wij zijn degenen die hebben verloren.'

'Dit gaat niet om die jongen. Ze hebben ons gevonden, ons thuis gevonden, en nu begraven ze die onder een laag asfalt. Ze weten dat we hier zijn. Ze zullen pas ophouden met zoeken wanneer ze ons hebben gevonden en uit dit woud hebben verdreven. Honderd jaar geleden leefden er wolven, coyotes, poema's in deze heuvels. Elk voorjaar kleurde de hemel zwart door wolken duiven die voorbijtrokken. Hier nestelden sialia's, de beken zaten vol vissen en padden en schildpadden. Ooit zag je bij een schuur wel honderd pelzen van wolven te drogen hangen. Maar kijk nu eens om je heen, ze komen jagen en hakken en pakken alles af. Igel had gelijk: het zal nooit meer hetzelfde zijn, en wij zijn de volgende die aan de beurt komen.'

Degenen die klaar waren met eten gooiden de botjes in het vuur, dat siste en knetterde door het verse vet. Die sombere, nare gedachten sloegen ons lam. Toen ik onze nieuwe leider zijn boodschap hoorde uiten, merkte ik dat sommigen van ons zijn preek niet aanvaardden. In de kring werd gefluisterd en gemompeld. Aan de andere kant van het vuur zat Smaolach niet op te letten, maar met een takje op de grond te tekenen.

'Denk je dat je beter bent dan ik?' schreeuwde Béka naar

hem. 'Weet jij wat je moet doen om ons in leven te houden?'

Smaolach hield zijn blik neergeslagen en duwde de punt van het takje in de aarde.

'Ik ben de oudste,' vervolgde Béka. 'Volgens de regels ben ik de nieuwe leider, en ik zal niet accepteren dat iemand mijn autoriteit betwist.'

Speck verhief op verdedigende toon haar stem. 'Niemand betwist de regels... of jouw leiderschap.'

Smaolach, die verderging met het tekenen van zijn plattegrond, sprak zo zacht dat hij bijna niet te verstaan was. 'Ik laat mijn vrienden hier alleen maar onze nieuwe positie zien, die ik heb bepaald aan de hand van de tijd die we onderweg zijn geweest en de sterren aan de hemel. Jij hebt het recht verdiend onze leider te zijn en ons te vertellen waar we heen moeten gaan.'

Met een grom pakte Béka Onions bij de hand en verdween met haar in de bosjes. Smaolach, Luchóg, Speck, Chavisory en ik kropen samen rond de kaart, de anderen verdwenen. Ik kon me niet herinneren ooit eerder een plattegrond te hebben gezien. Ik boog me voorover, nieuwsgierig naar hoe zoiets werkte en wat al die symbooltjes betekenden, en bestudeerde de tekening. Het was me meteen duidelijk dat de golvende lijntjes voor waterwegen stonden, zoals de rivier en de beek, maar wat moest ik denken van de volmaakte rechte lijn die de rivier kruiste, van de verzameling vierkantjes in een groter vierkant, en van de gekartelde lijn tussen een groot ovaal en de x in het zand?

'Ik zie het zo...' Smaolach wees naar de rechterkant van zijn kaart. 'Dit kennen we, en dit kennen we niet. In het oosten ligt de grote stad. En aan de lucht te ruiken kan ik alleen maar aannemen dat de grote stad onze kant opkomt. Het oosten is dus uitgesloten. De vraag is nu: steken we de rivier over naar het zuiden? Als we dat doen, snijden we onszelf af van het stadje.' Hij wees met zijn takje naar de verzameling vierkantjes.

'Als we naar het zuiden gaan, moeten we voor eten en kleren en schoenen elke keer de rivier oversteken, en de rivier is gevaarlijk.'

'Vertel dat maar aan Oscar Love,' zei Chavisory.

Luchóg bood een alternatief. 'Maar we weten niet of er aan de andere kant nog een plaatsje ligt. Daar heeft niemand ooit naar gekeken. Ik stel voor dat we kijken of er aan de overkant van de rivier nog iets is.'

'We moeten in de buurt van het water blijven,' merkte ik op, en ik legde mijn vinger op de golvende lijntjes.

'Maar niet ín het water,' bracht Speck ertegenin. 'Ik stel het noorden en westen voor. Laten we in de buurt van de beek blijven of de rivier volgen totdat die een bocht maakt.' Ze pakte het takje uit zijn hand en tekende de bocht die de rivier naar het noorden maakte.

'Hoe weet je dat die bocht er is?' vroeg Chavisory.

'Zo ver ben ik gekomen.'

We keken vol ontzag naar Speck, alsof ze aan de rand van de aarde had gestaan. Ze staarde terug, ons allemaal uitdagend vraagtekens bij haar uitspraak te plaatsen. 'Het is twee dagen van hier. Of misschien moeten we in de buurt van de beek gaan wonen. Die valt in augustus of september soms droog, maar we zouden een reservoir kunnen maken.'

Ik dacht aan onze schuilplaats in de bibliotheek en merkte op: 'Ik stem voor de beek. Die kunnen we vanuit de heuvels naar het stadje volgen wanneer we iets nodig hebben. Als we te ver weg trekken...'

'Hij heeft gelijk,' zei Luchóg, die op zijn borst en op het lege zakje onder zijn hemd klopte. 'We hebben spullen uit de stad nodig. Laten we tegen Béka zeggen dat we in de buurt van de beek willen blijven. Mee eens?'

Hij lag te snurken, zijn mond open, een arm over Onions heen, die naast hem lag. Ze hoorde ons aankomen, deed snel haar ogen open, glimlachte en legde toen een vinger tegen haar lippen om aan te geven dat we moesten fluisteren. Als we haar advies hadden opgevolgd, hadden we hem misschien op een beter moment getroffen, in een toegeeflijker stemming, maar Speck had nooit veel geduld. Ze schopte tegen zijn voet en wekte hem uit zijn sluimer.

'Wat moet je nu weer?' brulde hij al gapend. Sinds hij leider was geworden, deed hij zich groter voor dan hij was. Hij probeerde dreigend over te komen door overeind te springen.

'We zijn dit leven zat,' zei Speck.

'We slapen nooit twee nachten achter elkaar op dezelfde plek,' zei Chavisory.

Luchóg voegde eraan toe: 'Ik heb niet meer gerookt sinds die man bijna mijn kop van mijn lijf schoot.'

Béka streek met zijn hand over zijn gezicht en dacht in het waas van halfslaap over onze eisen na. Hij begon te ijsberen, twee stappen naar links, draaien, twee stappen naar rechts. Toen hij bleef staan en zijn handen op zijn rug over elkaar vouwde, liet hij duidelijk merken dat hij dit gesprek liever niet voerde, maar voor zulke stilzwijgende verzoeken hielden we ons doof. Een briesje ritselde door de bovenste takken van de bomen.

Smaolach liep op hem af. 'Ten eerste wil ik zeggen dat er niemand is die meer respect heeft voor jouw leiderschap dan ik. Je hebt ons voor erger behoed en ons uit het duister geleid, maar nu hebben we een nieuw kamp nodig, niet dit eindeloze gezwerf. We moeten in de buurt van water zitten, van een weg naar de beschaving. We hebben besloten...'

Béka haalde uit als een slang, de rest van zijn zin smorend. Hij sloot zijn vingers rond Smaolachs keel en bleef knijpen

totdat mijn vriend op zijn knieën zonk. 'Ik neem de beslui-
ten. Jullie moeten luisteren en doen wat ik zeg. Meer niet.'

Chavisory wilde Smaolach te hulp snellen, maar de rug
van een hand trof haar met een harde klap midden in haar
gezicht. Béka liet los en Smaolach viel op de grond, happend
naar adem. Daarna sprak Béka ons toe, terwijl hij ondertussen met een vinger naar de hemel wees: 'Ik zal een thuis voor
ons zoeken, niet jullie.' Hij pakte Onions bij haar hand en
beende de nacht in. Ik keek naar Speck, in de hoop dat zij me
kon geruststellen, maar haar blik was gericht op de plek van
het geweld, alsof ze wraak in haar geheugen prentte.

Eenentwintig

Ik ben de enige die zeker weet wat er in het woud is gebeurd. Nadat ik Jimmy's verhaal had gehoord, was me volkomen duidelijk hoe Oscar Love enkele dagen na zijn verdrinking weer had kunnen verschijnen. Natuurlijk waren het de wisselkinderen geweest, alles wees op wat ik al had vermoed: dat hun poging een kind te stelen was mislukt. Het lijk was dat van een wisselkind, een oude vriend van me. Ik wist nog wel hoe het gezicht eruitzag van degene die na mij aan de beurt was, maar hun namen waren me ontschoten. Mijn leven daar had ik doorgebracht met de hele dag denken aan hoe ik mijn leven in de bovenwereld zou beginnen. In de loop van tientallen jaren waren de spelers veranderd: een voor een wisselden ze, vonden ze een kind en namen diens plaats in. Na verloop van tijd had ik een hekel aan hen allemaal gekregen en voor ieder nieuw lid van onze stam minachting gevoeld. Ik deed mijn best iedereen te vergeten. Zei ik dat er een vriend van me was gestorven? Ik had geen vrienden.

Hoewel het me deugd deed dat er één duivel minder in het

woud leefde, was ik vreemd genoeg van mijn stuk gebracht door Jimmy's verhaal over de kleine Oscar Love, en die nacht droomde ik over een eenzame jongen als hij in een ouderwetse salon. Een stel vinken wipt op en neer in een metalen kooi. Een samowar glimt. Op de schoorsteenmantel staat een rijtje in leer gebonden boeken met titels in een vreemde taal, in vergulde letters en gotisch schrift. De wanden zijn bekleed met karmijnrood behang, voor de ramen hangen dikke gordijnen die het zonlicht buitensluiten, en er staat een opvallende bank waarover een opengewerkt, geborduurd kleed ligt. De jongen is alleen in de kamer; het is een klamme middag, maar ondanks de warmte draagt hij een wollen korte broek en hoge schoenen met knoopjes, een gesteven blauw overhemd en een enorme das die net kerstversiering lijkt. Zijn lange haar valt golvend en krullend over zijn schouders en hij zit over een piano gebogen, gefascineerd door de toetsen, en oefent volhardend op een etude. Achter hem duikt nog een kind op, met hetzelfde soort haar en een soortgelijke bouw, maar dat is naakt en sluipt op zijn tenen voort. De pianist speelt door, zich niet bewust van het gevaar. Andere kobolden turen van achter de gordijnen vandaan, van onder de bank, van achter de lambrisering en het behang; ze komen als rook tevoorschijn. De vinken beginnen te krijsen en vliegen tegen de ijzeren spijlen. De jongen houdt halverwege een noot op, draait zijn hoofd om. Ik heb hem al eerder gezien. Ze vallen hem als één man aan, werken samen; de een bedekt zijn neus en keel, de ander pakt zijn benen vast, en een derde houdt zijn armen achter zijn rug bij elkaar. Achter de gesloten deur klinkt de stem van een man: '*Was ist los?*' Een donderende klap, en de deur zwaait open. Op de drempel verschijnt een lange man met bespottelijke bakkebaarden. 'Gustav?' De vader schreeuwt het uit wanneer een paar kobolden naar hem toe rennen en hem vastgrijpen, terwijl de anderen zijn zoon pakken. *'Ich erkenne euch! Ihr wollt nur meinen Sohn!'*

Ik kon de woede in mijn blik, de felheid van hun aanval, nog steeds voelen. Waar is mijn vader? Een stem snijdt door de droom heen: 'Henry! Henry!' en ik word wakker op een vochtig kussensloop en tussen in elkaar gedraaide lakens.

Ik onderdrukte een geeuw en riep naar beneden dat ik moe was en dat ze maar beter een goede reden konden hebben om me te wekken. Mijn moeder riep terug dat er telefoon voor me was en dat ze mijn secretaresse niet was. Ik trok mijn badjas aan en liep naar beneden.

'Met Henry Day,' gromde ik in de hoorn.

Ze lachte. 'Hoi, Henry. Met Tess Wodehouse. Ik heb je laatst in het woud gezien.'

Ze kon onmogelijk weten wat de reden voor mijn ongemakkelijke zwijgen was.

'Toen we die jongen hebben gevonden. De eerste. Ik hoorde bij de ambulance.'

'O ja, de verpleegster. Tess, Tess, hoe is het met je?'

'Jimmy Cummings zei dat ik je moest bellen. Heb je zin om iets af te spreken?'

We spraken af na haar dienst, en ze liet me de route naar haar huis opschrijven. Onder aan het vel krabbelde ik de naam neer: Gustav.

Ze deed de deur open en stapte meteen de veranda op. Het licht van de middagzon toverde vlekjes op haar gezicht en haar gele zomerjurk. Buiten de schaduwen straalde ze. In één keer, zo lijkt het achteraf, maakte ze duidelijk waarnaar ik was gaan verlangen: de asymmetrische vlekjes in haar irissen, een blauwe ader die over haar rechterslaap kroop en als seinvlag voor hartstocht fungeerde, de plotselinge uitbundigheid van haar scheve glimlach. Tess zei mijn naam en liet die echt lijken.

We reden weg, en de wind die door het open raampje woei, speelde met haar haar en blies het voor haar gezicht. Wanneer ze lachte, wierp ze haar hoofd in haar nek, haar kin opgeheven naar de hemel, en ik wilde niets liever dan haar prachtige hals kussen. Ik reed alsof we een doel hadden, hoewel je in ons stadje niet echt ergens heen kon. Tess zette de radio zachter en we brachten de middag door met praten. Ze vertelde me alles over haar jaren op de particuliere school, en daarna over haar studie verpleegkunde. Ik vertelde haar alles over de openbare school en mijn afgebroken studie muziek. Een paar kilometer buiten het stadje zat sinds kort een nieuw tentje dat gefrituurde kip op het menu had staan, en daar kochten we een emmertje vol. We reden langs de kroeg van Oscar om een fles cider te bietsen. We picknickten op het terrein van de school, dat in de zomer verlaten was, op een paar rode kardinalen na die op het klimrek zaten en ons met hun acht noten tellende lied toezongen.

'Vroeger vond ik je altijd zo'n vreemde vogel, Henry Day. Toen we nog op de lagere school zaten, heb je misschien in totaal twee woorden met me gewisseld. En met de anderen. Je was altijd zo afgeleid, alsof je in gedachten een lied hoorde dat niemand anders kon horen.'

'Zo ben ik nog steeds,' zei ik tegen haar. 'Soms loop ik over straat of zit ik ergens in mijn eentje en dan speel ik een deuntje, stel ik me mijn vingers voor die de toetsen aanraken, en dan hoor ik de noten heel duidelijk.'

'Je lijkt heel ergens anders te zijn, heel ver weg.'

'Niet altijd. Nu niet.'

Haar gezicht begon te stralen en veranderde. 'Het is vreemd, hè? Van Oscar Love, die jongen. Of moet ik zeggen twee jongens, die als twee druppels water op elkaar lijken.'

Ik probeerde van onderwerp te veranderen. 'Mijn zusjes zijn een tweeling.'

'Wat is jouw verklaring?'

'Het is al een hele tijd geleden sinds de lessen biologie op de middelbare school, maar je hebt een eitje en dat...'

Ze likte aan haar vingers. 'Nee, geen tweeling. De verdronken jongen en de verdwaalde jongen.'

'Ik zou het niet weten.'

Tess nam een slok cider en veegde haar handen aan een servetje af. 'Je bent een rare, maar dat vond ik altijd al leuk aan je, zelfs toen we nog klein waren. Vanaf de eerste dag dat ik je op de kleuterschool zag.'

Ik wou echt dat ik er toen was geweest.

'En toen ik nog klein was, wilde ik je lied horen, datzelfde lied dat nu door je hoofd speelt.' Ze boog zich over de deken heen en kuste me.

Ik bracht haar bij zonsondergang naar huis, kuste haar eenmaal bij de deur en reed in een enigszins euforische stemming naar huis. Het huis echode als de binnenkant van een lege huls. De tweeling was niet thuis en mijn moeder zat in haar eentje in de woonkamer naar de film van de week te kijken. Met haar in pantoffels gestoken voeten over elkaar geslagen op het voetenbankje en haar ochtendjas tot aan de kraag dichtgeknoopt zat ze daar, en ze hief bij wijze van groet het drankje in haar rechterhand naar me op. Ik ging op de bank naast de luie stoel zitten en keek haar voor het eerst in jaren aandachtig aan. We werden ouder, dat stond vast, maar ze was mooi oud geworden. Ze was veel zwaarder dan bij onze eerste kennismaking, maar nog steeds knap.

'Hoe was je afspraakje, Henry?' Ze hield haar ogen op de tv gericht.

'Goed, mam, erg leuk.'

'Zie je haar binnenkort weer?'

'Tess? Ik hoop van wel.'

Het verhaal werd onderbroken door reclame, en ze keek me tussen twee slokken door glimlachend aan.

'Mam, heb je ooit...'

'Wat is er, Henry?'

'Ik weet niet. Heb je je ooit eenzaam gevoeld? Of zin gehad om zelf met iemand uit te gaan?'

Ze lachte en oogde jaren jonger. 'Welke man wil er nu met zo'n oude bes als ik op stap?'

'Zo oud ben je niet. En je oogt tien jaar jonger dan je bent.'

'Bewaar die complimenten maar voor die verpleegster van je.'

De reclame was afgelopen. 'Ik dacht...'

'Henry, ik zit hier al een uur naar te kijken. Geef me even de kans om te zien hoe het afloopt.'

Tess veranderde mijn leven, veranderde alles. Na onze spontane picknick zagen we elkaar tijdens die heerlijke zomer elke dag. Ik weet nog goed dat we naast elkaar op een bankje in het park, onze lunch op schoot, in de stralende zonneschijn met elkaar zaten te praten. Ze keek me aan, met een gezicht dat baadde in het heldere licht, zodat ik een hand boven mijn ogen moest houden om haar aan te kunnen kijken, en ze vertelde me verhalen die mijn verlangen naar meer verhalen voedden, zodat ik haar zou kunnen leren kennen en geen enkele zin zou vergeten. Ik hield van elke aanraking die per ongeluk plaatsvond, van de warmte van haar lichaam, van het feit dat ze me het gevoel gaf dat ik leefde en helemaal mens was.

Op vier juli deed Oscar de kroeg dicht en nodigde bijna het halve stadje uit voor een picknick aan de oever van de rivier. Dat deed hij om iedereen te bedanken die had geholpen zijn neefje te zoeken: alle agenten en brandweerlieden, artsen en verpleegsters, klasgenootjes en leraren van de kleine Oscar, de vrijwilligers – onder wie ik, Jimmy en George – de complete familie Love, een paar priesters in burger en de onvermijdelijke aanhang. Er werd een feestmaal aangericht. Varken aan het spit. Kip, hamburgers, hotdogs. Maïs en watermeloen die uit het zuiden waren aangevoerd. Vaten bier, flessen zwaarder spul, bakken ijs en fris voor de kleintjes, een taart die speciaal voor de gelegenheid in de grote stad was gemaakt – even groot als een picknicktafel, met glazuur in rood, blauw en wit en BEDANKT in gouden letters. Het feestje begon om vier uur 's middags en duurde tot diep in de nacht. Toen het donker genoeg was, staken de brandweerlieden vuurwerk af; de vuurpijlen en kaarsen vonkten en sisten toen ze het water van de rivier raakten. Ons stadje werd, zoals zo veel plaatsen in Amerika in die tijd, verdeeld door de oorlog, maar vanwege het feestje deden we net alsof Vietnam en de vredesdemonstraties niet bestonden.

Die avond zag Tess er in die lome hitte verrukkelijk uit, met haar verkoelende glimlach en stralende ogen. Ik leerde al haar collega's kennen; de beschaafde artsen, een groepje verpleegsters en veel te veel politieagenten en brandweerlieden, door en door gebruind en een en al opschepperij. Na het vuurwerk zag ze haar vorige vriendje in gezelschap van een ander meisje staan en wilde ze per se even gedag zeggen. Ik kon het gevoel dat ik hem in mijn vorige leven had gekend niet van me afzetten.

'Henry, je kent Brian Ungerland nog wel.' We schudden elkaar de hand en hij stelde zijn nieuwe vriendinnetje aan ons voor. De vrouwen glipten weg om ons met elkaar te vergelijken.

'Ungerland, hè? Dat is een ongewone naam.'

'Het is Duits.' Hij nipte aan zijn bier en keek naar de vrouwen, die op een overdreven vriendschappelijke manier met elkaar stonden te lachen.

'Komt je familie uit Duitsland?'

'Ze zijn een hele tijd geleden hierheen gekomen. Onze familie woont hier al zo'n honderd jaar.'

Een verdwaalde rol zevenklappers ging rat-tat-tat af. 'Ik geloof dat ze uit een plaatsje kwamen dat Eger heet, maar wat ik al zei, dat is zo'n tijd geleden. Waar komen jouw voorouders vandaan, Henry?'

Ik vertelde hem een leugen en bekeek hem ondertussen aandachtig. De ogen zetten me op het juiste spoor, de kaaklijn, de arendsneus. Als je Ungerland een snor als een walrus opplakte en hem een paar decennia ouder maakte, had je het evenbeeld van de man in mijn droom. De vader. De vader van Gustav. Ik schudde het idee van me af; het was niet meer dan een vreemde mengeling van mijn beangstigende nachtmerries en de zenuwen die ik voelde omdat we Tess' oude vrijer tegen waren gekomen.

Jimmy Cummings dook opeens achter me op en liet me vreselijk schrikken. Hij lachte om mijn verbazing en wees naar een lint dat om zijn nek hing. 'De held van de dag,' riep hij, en ik kon er niets aan doen, ik moest breeduit lachen. Kleine Oscar leek, zoals gewoonlijk, een beetje van zijn stuk gebracht door al die aandacht, maar hij glimlachte naar vreemden die hem over zijn bol aaiden en oudere dames die hem een zoen op zijn wang gaven. Door de aangename stemming verliep de warme avond als in slow motion, het soort dag waaraan je terugdenkt wanneer je een sombere bui hebt. Jongens en meisjes renden in kringetjes achter vuurvliegjes aan. Langharige tieners met nukkige gezichten gooiden een bal over naar politieagenten met rode gezichten en gemillimeterde kapsels. Midden in de nacht, toen een groot deel van de gasten al naar huis was, hield Lewis Love me een eeuwigheid aan de praat. De helft van wat hij zei, ontging me omdat ik naar Tess keek, die onder een donkere iep in een geanimeerd gesprek verwikkeld was met haar vroegere vriendje.

'Ik heb een theorie,' zei Lewis tegen me. 'Hij was natuurlijk bang, omdat hij de hele nacht in zijn eentje buiten was, en hij heeft iets gehoord. Ik weet niet wat, een vos of een wasbeer of zo. Hij verstopt zich in een hol, maar daar is het heel warm, dus hij krijgt koorts.'

Ze stak haar hand uit en raakte Ungerlands arm aan, ze moesten lachen, maar haar hand bleef daar rusten.

'En dan heeft hij een heel vreemde droom...'

Ze stonden elkaar aan te staren, en de oude Oscar, die nooit iets in de gaten had, liep naar hen toe en mengde zich in het gesprek. Hij was dronken en gelukkig, maar Tess en Brian stonden elkaar aan te kijken, met heel ernstige gezichten, alsof ze elkaar iets duidelijk wilden maken zonder woorden te gebruiken.

'Ik denk zelf dat er gewoon een stelletje hippies heeft gekampeerd.'

Ik wilde tegen hem zeggen dat hij zijn mond moest houden. Nu lag Ungerlands hand op haar bovenarm, en ze lachten allemaal. Ze raakte haar haar aan, knikte om wat hij te zeggen had.

'... andere kind is vast weggelopen, maar ik heb toch met hem te doen...'

Ze keek even mijn kant op, glimlachte en zwaaide, alsof er niets was gebeurd. Ik bleef haar even aankijken en richtte mijn aandacht toen weer op Lewis.

'... maar wie gelooft er nu in sprookjes?'

'Je hebt helemaal gelijk, Lewis. Je theorie klopt helemaal. Een andere verklaring is er niet.'

Voordat hij me kon bedanken of nog iets kon zeggen, was ik al vijf passen verder en liep ik naar haar toe. Oscar en Brian zagen me aankomen en de lach verdween van hun gezichten. Ze staarden naar de sterren omdat ze niets beters hadden om naar te kijken. Ik negeerde hen en fluisterde in haar oor, en ze sloeg haar arm om me heen en schoof haar hand onder mijn overhemd, zodat ze met haar nagels kringetjes op mijn huid kon tekenen.

'Waar hadden jullie het over? Over iets grappigs?'

'We hadden het over jou,' zei Brian. Oscar staarde in de hals van zijn flesje en kreunde.

Ik voerde Tess van hen weg, en ze legde zonder om te kijken haar hoofd op mijn schouder. Ze leidde me naar het woud, naar een plek ver van de massa, en ging in het lange gras en de varens liggen. De zachte, zware lucht voerde het geluid van stemmen mee, maar de nabijheid van anderen maakte het moment alleen maar opwindender. Ze trok haar korte broek uit en maakte mijn riem los. Bij de rivier hoorde ik een groepje mannen lachen. Ze kuste mijn buik, trok ruw mijn korte broek naar beneden. Iemand zong over haar liefje ergens ver weg, een melodie die door de wind werd meegevoerd. Ik voelde me een tikje dronken en kreeg het opeens heel warm, en heel even meende ik iemand tussen de bomen te horen naderen. Tess klom boven op me, nam de leiding. Haar lange haar omlijstte haar gezicht, en ze staarde in mijn ogen toen ze heen en weer wiegde. Het gelach en de stemmen stierven weg, auto's werden gestart, en mensen zeiden gedag, welterusten. Ik liet mijn hand onder haar blouse glijden. Ze wendde haar blik niet af.

'Weet je waar je bent, Henry Day?'

Ik deed mijn ogen dicht.

'Weet je wie je bent, Henry Day?'

Haar haar zwaaide langs mijn gezicht. Iemand claxonneerde en reed snel weg. Ze kantelde haar bekken en leidde me diep naar binnen.

'Tess.'

Ik zei nogmaals haar naam. Iemand gooide een fles in de

rivier en het water spatte op. Ze boog zich voorover en liet haar gewicht op haar armen rusten, en we bleven samen liggen, warm aanvoelend. Ik kuste haar achter in haar nek. Jimmy Cummings schreeuwde 'Tot ziens, Henry' vanaf de plek van de picknick. Tess rolde giechelend van me af en trok haar kleren weer aan. Ik keek toe toen ze zich aankleedde en merkte dat ik voor het eerst in tijden niet bang voor het woud was.

Tweeëntwintig

We waren bang voor wat er nu kon gebeuren. Onder leiding van Béka zwierven we door het woud, en we bleven nooit langer dan drie nachten achter elkaar op dezelfde plek. Het wachten op een beslissing van Béka veroorzaakte spanning in de groep. We maakten ruzie over voedsel, water, de beste slaapplaatsen. Ragno en Zanzara verzorgden zich amper: hun haar zat vol klitten, als verstrengelde ranken, en hun huid kleurde donkerder door een laagje vuil. Chavisory, Blomma en Kivi leden in boze stilte en zeiden soms dagenlang niets. Luchóg, die hevig naar iets te roken en andere afleiding verlangde, schoot bij het minste of geringste uit zijn slof en had vreselijke ruzies met Smaolach kunnen maken als zijn vriend niet zo'n rustig karakter had gehad. Vaak zag ik Smaolach na onenigheid tussen die twee ergens op de grond zitten, waar hij het gras met pollen tegelijk uit de aarde trok. Speck werd steeds afstandelijker, trok zich terug in het wereldje van haar eigen verbeelding, en toen ze voorstelde even met ons tweeën ertussenuit te gaan, ging ik maar al te graag met haar mee.

Tijdens die oudewijvenzomer bleven de dagen warm, hoewel ze steeds korter werden, en de tweede lente zorgde niet alleen voor een nieuwe bloei van de wilde rozen en andere bloemen, maar ook voor een volgende oogst bessen. Door die onverwachte overvloed leefden de bijen en andere insecten langer en bleven ze woest jagen op zoetigheid. De vogels stelden hun trek naar het zuiden uit. Zelfs de bomen verloren minder snel hun blaadjes; de donkere, verzadigde kleuren veranderden langzaam in een bleker groen.

'Aniday,' zei ze, 'luister eens. Daar komen ze.'

We zaten aan de rand van een open plek te niksen en zogen de ongewone zonneschijn in ons op. Speck hief haar gezicht op naar de hemel, in de richting van de schaduw van vleugels die klapperend door de lucht gingen. Toen de merels allemaal waren geland, paradeerden ze tussen de wilde frambozen door, hun staarten uitgespreid als waaiers, en hupten naar een stel jonge scheuten om zich vol te proppen. Hun gekwinkeleer weerklonk door het hele dal. Ze strekte haar arm uit achter mijn rug en legde haar hand op mijn andere schouder, vlijde daarna haar hoofd tegen me aan. Het zonlicht danste door de patronen die de afgevallen, weggewaaide bladeren op de grond hadden gevormd.

'Kijk die eens.' Ze sprak zacht en wees naar een eenzame merel die zijn best deed een dikke rode framboos aan het einde van een buigzame stengel te pakken te krijgen. Het dier hield vol, drukte de steel tegen de grond, spietste die met zijn kromme klauwtjes en viel toen in drie snelle happen op de bes aan. Na zijn maaltijd begon de vogel te zingen en vloog toen weg, met vleugels die flitsten in de spikkels licht, en toen stegen ze allemaal op en volgden hem, de vroege oktobermiddag in.

'Toen ik hier net was,' bekende ik, 'was ik bang voor de kraaien die elke avond terugkeerden naar de bomen rondom ons huis.'

'Je huilde altijd als een klein kind.' Haar stem ging zachter en trager klinken. 'Ik vraag me wel eens af hoe het is om een kindje in je armen te houden, hoe het zou zijn om een volwassen vrouw te zijn in plaats van een spichtig meisje. Ik kan me mijn moeder herinneren, die was zo zacht op onverwachte plekken; ronder, voller, dieper. Sterker dan je op het eerste gezicht zou denken.'

'Vertel eens wat over mijn familie. Wat is er met me gebeurd?'

'Toen je een kleine jongen was,' begon ze, 'waakte ik over je. Je was mijn verantwoording. Ik heb je moeder gekend; ze nam je graag op schoot wanneer ze je oude Ierse verhaaltjes voorlas en noemde je haar "kleine mannetje". Maar je was een zelfzuchtig kind, je wilde altijd meer, en je vond het niet leuk wanneer je zusjes meer aandacht kregen dan jij.'

'Zusjes?' vroeg ik. Van zusjes kon ik me niets herinneren.

'Een tweeling. Ze waren nog heel klein.'

Ik was blij dat ze kon bevestigen dat het er twee waren.

'Je vond het vreselijk als je moest helpen bij hun verzorging, je werd kwaad als je niet kon doen wat je wilde. O, je was zo'n verwend nest. Je moeder moest voor de tweeling zorgen, maakte zich druk over je vader, had niemand die haar kon helpen. Het putte haar vreselijk uit, en dat maakte jou nog bozer. Een ongelukkig kind...' Haar stem stierf weg, en ze legde haar hand op mijn arm.

'Hij zat op je te wachten als een vos aan de rand van een vijver, en hij haalde allerlei streken uit op de boerderij: een hek omverduwen, een kip stelen, lakens van de waslijn trekken. Hij wilde jouw leven, en wie aan de beurt is, duldt geen tegenspraak. Maandenlang waren alle ogen op jou gericht en wachtten we op een moment waarop je het niet meer zag zitten. En toen liep je inderdaad van huis weg.'

Speck trok me dichter naar zich toe, haalde haar hand

door mijn haar, legde mijn hoofd in de holte tussen haar nek en schouder.

'Ze vroeg je of je na het ontbijt de tweeling wilde wassen, zodat zij even snel een bad kon nemen, maar je liet ze helemaal alleen achter, kun je je dat voorstellen? "Blijf hier maar braaf met jullie poppen spelen. Mama zit in bad, ik ben buiten aan het spelen, dus houd je rustig." En daar ging je naar buiten, waar je een bal opgooide naar de heldergele hemel en naar de sprinkhanen keek die wegvluchtten voor je rennende voeten. Ik wilde met je spelen, maar iemand moest op de kleintjes letten. Ik sloop naar binnen, hurkte neer op het aanrecht en hoopte maar dat ze me niet zouden zien en zich niet zouden bezeren. Ze hadden die nieuwsgierige leeftijd waarop je kastdeurtjes opent, met bleekwater en meubelwas speelt, aan het rattengif zit of bestekladen optrekt om met messen te spelen, op zoek gaat naar de drank en alle whisky opdrinkt. Ze liepen gevaar, terwijl zij haar badjas aantrok en zingend haar haar droogde.

Ondertussen dartelde jij langs de rand van het bos, in de hoop iets te ontdekken. Er bewoog iets groots tussen het tapijt van droge bladeren en de schaduwen van de takken, de takjes knapten toen het door het schemerlicht bewoog. Een konijn? Of misschien een hond of een hertje? Je moeder kwam de trap af, riep je met kalme stem en zag toen de meisjes helemaal alleen op tafel dansen. Jij stond op de wildroosters en knipperde met je ogen tegen de spikkels zonlicht. Van ergens achter je kwam een hand die je bij je schouder pakte en je omdraaide. Daar stond je moeder, met druipnat haar, haar gezicht een masker van woede.

"Hoe heb je zomaar weg kunnen lopen?" vroeg ze. Achter haar zag je de tweeling over het gazon drentelen. In haar gebalde vuist hield ze een pollepel, en omdat je wist dat dat problemen betekende, begon je te rennen, en zij ging je achterna, de hele tijd lachend. Aan de rand van jouw wereld trok ze je aan je arm en gaf je zo'n harde klap op je billen dat de lepel brak.'

Speck hield me nog steviger vast.

'Maar je bent altijd al een lastig kind geweest. Je billen deden pijn, en je wilde haar een lesje leren. Toen ze iets te eten voor je maakte, wilde je er niets van weten. Een ijzig zwijgen, dat was alles. Toen ze de tweeling naar boven bracht voor een dutje lachte ze naar je, maar jij trok een boos gezicht. Daarna wikkelde je wat eten in een zakdoek, propte die in je zak en glipte zonder geluid te maken naar buiten. Ik ben je de hele middag gevolgd.'

'Vond ik het eng om alleen te zijn?'

'Nee, ik zou eerder zeggen dat je nieuwsgierig was. Je volgde een drooggevallen beek die een paar honderd meter evenwijdig aan de weg naar jullie huis liep en daarna afboog naar het woud. Je luisterde naar het zingen van de vogels, keek naar de eekhoorns die door de rommel banjerden. Ik hoorde Igel een seintje geven aan Béka, die vervolgens naar onze leider floot. En terwijl jij op die met gras begroeide oever een van je bolletjes en de rest van de koude eieren zat op te eten, maakten zij zich op om je weg te grissen.'

'Telkens wanneer de bladeren bewogen,' zei ik, 'wilde een monster me pakken.'

'Ten oosten van de bedding stond een oude kastanje, die in tweeën was gespleten en vanaf de voet stervende was. Een dier had een groot hol in de stam uitgegraven, en jij kon je nieuwsgierigheid niet bedwingen en kroop erin. Je moet meteen in slaap zijn gevallen, door de vochtigheid en de duisternis. Ik bleef de hele tijd buiten wachten, verstopt, terwijl de mensen die je waren gaan zoeken je op een haar na misten. Dansende zaklantaarns wezen hun donkere gestalten de weg, ze schuifelden als geesten door de zware lucht. Ze liepen langs de boom, en al snel klonken hun stemmen in de verte, om daarna helemaal weg te sterven.

Niet lang nadat de mensen waren verdwenen, kwamen de feeën van alle kanten aangerend en bleven voor mij, bewaker van de boom, staan. Het wisselkind stond te hijgen. Hij leek zoveel op jou dat ik mijn adem inhield en zin had om te huilen. Hij kroop een stukje het hol in, pakte je bij je enkel en trok je naar buiten.'

Ze omhelsde me stevig en kuste me boven op mijn hoofd.

'Als ik weer opnieuw zou wisselen,' vroeg ik haar, 'zou ik je dan ooit nog zien?'

Ondanks mijn vragen wilde ze me niet meer vertellen dan ik volgens haar moest weten, en na een tijdje gingen we frambozen plukken. Hoewel de dagen aan hoogzomer deden denken, was de aardbol wel degelijk in zijn baan verschoven. De nacht kwam als een plotselinge klap. We liepen terug onder de opkomende planeten en sterren, onder de bleke opkomende maan. Bij thuiskomst werden we halfslachtig glimlachend begroet, en ik vroeg me af waarom de magere kinderen in ons tijdelijke onderkomen niet zelf naar merels waren gaan kijken of hun dromen hadden gedroomd. Boven het vuur hing pap te borrelen, en het groepje at uit houten nappen met houten lepels, die ze helemaal aflikten. We lieten de frambozen uit onze omgevouwen hemden rollen, zodat er ambrozijn uit de gekneusde vruchten druppelde, en de anderen propten ze lachend en kauwend in hun mond, totdat hun lippen rood als kussen waren.

De volgende dag meldde Béka dat hij een nieuw thuis had gevonden, 'een plek waar alleen de grootste waaghalzen onder de mensen durven te komen, een schuilplaats waar we veilig zullen zijn'. Hij leidde ons een steile, afgelegen heuvel op, een uiterst ongastvrije hoop waar de stukjes leisteen en slakken onder onze voeten weggleden. Er was geen teken van leven te zien, er waren geen planten of dieren, alleen wat giftig onkruid dat door het gruis naar boven kwam. Hier landde geen vogel, zelfs niet om even uit te rusten, en evenmin vlogen er insecten rond, al zouden we snel genoeg de vleermuizen ontdekken. Geen voetafdrukken, behalve die van onze leider. Amper houvast voor meer dan ons vermoeide groepje. Tijdens de klim naar boven vroeg ik me af waarom Béka deze plek was gaan verkennen, en al helemaal waarom dit hem een goed thuis leek. Ieder ander zou na één blik op deze woestenij huiverend zijn doorgelopen. Het landschap was even kaal als de maan, het straalde geen enkel gevoel uit, en pas toen we er bijna bovenop stonden, zag ik de spleet in de rotswand. Een voor een persten we ons door de opening en werden we opgeslokt door het gesteente. De overgang van de lichte warmte van de nazomer naar de vochtige duisternis van de ingang voelde even plotseling als een duik in koud water. Terwijl mijn ogen aan het donker wenden, vroeg ik, zonder te beseffen aan wie ik die vraag stelde: 'Waar zijn we eigenlijk?'

'Het is een mijn,' antwoordde Speck. 'Een verlaten mijnschacht waar ze ooit steenkool hebben gedolven.'

Een pas aangestoken fakkel verspreidde een bleek licht. Béka grijnsde, zijn gezicht een grimas van vreemde, onnatuurlijke schaduwen, en zei met krakende stem tegen ons allemaal: 'Welkom thuis.'

Drieëntwintig

Ik had het Tess meteen aan het begin moeten bekennen, maar wie kan zeggen wanneer liefde begint? Ik werd verscheurd door twee tegengestelde verlangens. Ik wilde haar niet wegjagen met het verhaal over het wisselkind, maar tegelijkertijd wilde ik haar dolgraag al mijn geheimen vertellen. Maar het was alsof ik voortdurend werd geschaduwd door een demon die mijn mond dichtkneep om te voorkomen dat ik de waarheid zou vertellen. Ze bood me talloze kansen mijn hart te luchten, maar elke keer aarzelde ik even en bracht ik geen woord uit.

Op Labor Day, de eerste maandag van september, zaten we in het honkbalstadion in de stad te kijken naar de wedstrijd tussen het thuisteam en dat van Chicago. Ik werd afgeleid door een speler van het andere team die naar het tweede honk rende.

'Wat zijn de plannen voor The Coverboys?'

'Plannen? Hoezo, plannen?'

'Jullie zouden een plaat moeten maken. Jullie zijn echt goed.' Vol genoegen beet ze in een hotdog. Onze pitcher gooide hun slagman uit, en ze joelde bewonderend. Tess was dol op honkbal, en omwille van haar verdroeg ik het spel.

'Wat voor plaat? Met covers van liedjes van anderen? Denk je echt dat iemand een cover koopt wanneer hij ook het origineel kan krijgen?'

'Dat is waar,' zei ze tussen de happen door. 'Misschien kun je iets nieuws doen, iets anders. Je eigen liedjes schrijven.'

'Tess, de liedjes die wij spelen, zijn niet het soort liedjes dat ik zou schrijven.'

'Goed, stel dat je zou kunnen schrijven wat je maar wilde, waarvoor zou je dan kiezen?'

Ik keek haar aan. Er zat een druppel saus bij haar mondhoek waaraan ik wilde likken. 'Als ik het kon, zou ik een symfonie voor je componeren.'

Daar kwam de tong naar buiten en likte haar lippen af. 'Wat houdt je tegen, Henry? Ik zou dolgraag een eigen symfonie willen hebben.'

'Misschien had ik het kunnen doen als ik was doorgegaan met pianospelen. Als ik mijn studie had afgerond.'

'Wat houdt je tegen om weer te gaan studeren?'

Helemaal niets. De tweeling had eindexamen gedaan en een baan gevonden. Mijn moeder had het extra geld dat ik inbracht echt niet nodig, en oom Charlie uit Philadelphia belde haar tegenwoordig bijna dagelijks en had zich laten ontvallen dat hij hier wilde komen wonen zodra hij zou stoppen met werken. The Coverboys hadden als band niet echt een toekomst. Ik zocht naar een geloofwaardig excuus. 'Ik ben al te oud om terug te gaan. Volgend jaar april word ik zesentwintig, en de andere studenten zijn allemaal een jaar of achttien. Die zijn met heel andere dingen bezig.'

'Je bent zo oud als je je voelt.'

Op dat moment voelde ik me 125. Ze leunde achterover op

haar stoeltje en zat zonder nog een woord over het onderwerp te zeggen de rest van de wedstrijd uit. Toen we die middag naar huis reden, schakelde ze de radio over van een zender met rock naar eentje met klassiek, en toen het orkest Mahler inzette, vlijde ze haar hoofd tegen mijn schouder en ging met gesloten ogen zitten luisteren.

Tess en ik liepen de veranda op en gingen op de schommelbank zitten, waar we een tijdlang bleven zwijgen en een fles perzikwijn deelden. Ze vond het fijn me te horen zingen, en daarom zong ik voor haar, en daarna wisten we niets meer te zeggen. Haar ademende aanwezigheid naast me, de maan en de sterren, de zingende krekels, de motten die rond de buitenlamp zwermden, het briesje dat de vochtige lucht in beweging bracht: het moment oefende een vreemde aantrekkingskracht op me uit, alsof ik me dromen uit een ver verleden herinnerde, niet van dit leven of van het woud, maar van het leven voor de wissel. Alsof een verwaarloosd verlangen de illusie bedreigde die ik met zo veel zorg had geschapen. Om volledig mens te zijn moest ik toegeven aan mijn ware aard, mijn eerste opwelling.

'Vind jij het gek,' vroeg ik, 'om vandaag de dag componist te willen worden? Ik bedoel, wie zou jouw symfonie willen horen?'

'Dromen zijn er nu eenmaal, Henry, en je kunt ze niet onderdrukken, net zo min als je ze tevoorschijn kunt toveren. Je moet beslissen of je ze na wilt jagen of ze wilt laten verdwijnen.'

'Als het niet gaat, kan ik altijd weer naar huis terugkeren. Een baan zoeken. Een huis kopen. Een leven leiden.'

Ze pakte mijn hand vast. 'En als je niet met mij meegaat, zal ik je niet meer elke dag zien en zou ik je vreselijk missen.'

'Hoe bedoel je, meegaan?'

'Ik heb gewacht op het juiste moment om het je te vertellen, maar ik heb me ingeschreven aan de universiteit. De colleges beginnen over twee weken. Ik heb besloten mijn doctoraal te halen. Voordat het te laat is. Ik wil niet eindigen als een oude vrijster die nooit heeft gedaan wat ze echt wilde.'

Ik wilde tegen haar zeggen dat leeftijd er niet toe deed, dat ik nu van haar hield en over twee of twintig of tweehonderd jaar nog steeds van haar zou houden, maar ik zei niets. Ze gaf een klopje op mijn knie en kroop dichter tegen me aan, en ik ademde de geur van haar haar in. We lieten de avond verstrijken. Een vliegtuig doorkruiste de hemel tussen ons en de maan, zodat voor heel even de illusie werd gewekt dat het toestel op het oppervlak van de maan zat vastgekleefd. Ze dommelde in en schrok kort na elven wakker.

'Ik moet gaan,' zei Tess. Ze gaf me een zoen op mijn voorhoofd en we liepen naar haar auto. De wandeling leek haar uit haar door wijn gevoede sluimer te wekken.

'Zeg, wanneer beginnen je colleges precies? Als het overdag is, kan ik je wel brengen.'

'Dat is een goed idee. Misschien krijg je dan zelf ook zin om terug te gaan.'

Ze wierp me een kushandje toe, kroop achter het stuur en reed weg. Het oude huis staarde me aan, op het erf staken de bomen hun takken uit naar de gele maan. Ik liep naar boven, ondergedompeld in de muziek in mijn hoofd, en ging in Henry's bed, in Henry's kamer, liggen slapen.

Wat Tess bezielde om kinderdoding te kiezen, is me een raadsel. Er waren zo veel andere onderwerpen: rivaliteit tussen broers en zussen, de positie van het oudste kind in het gezin, de oedipale zoon, de vader die zijn gezin in de steek laat, enzovoort. Maar ze koos kindermoord als onderwerp voor haar werkstuk voor het vak 'Sociologie van het gezin'. En omdat ik het grootste deel van de tijd niets beters te doen had dan op de campus zitten wachten of door de stad rijden terwijl zij college had, bood ik aan te helpen met het verzamelen van materiaal. Na haar laatste college gingen we ergens koffie of een borrel drinken, waarbij we ons aanvankelijk afvroegen wat de beste manier was om het thema te lijf te gaan, maar na verloop van tijd kwam het gesprek steeds vaker op opnieuw gaan studeren en de symfonie waaraan ik nog niet was begonnen.

'Weet je wat jouw probleem is?' vroeg Tess. 'Je hebt geen discipline. Je wilt een groot componist zijn, maar je schrijft nooit een liedje. Henry, het gaat bij echte kunst niet zozeer om wat je wilt zijn, maar gewoon om het doen. Speel gewoon, schat.'

Ik speelde met het porseleinen oortje van mijn koffiekopje.

'Het wordt tijd om te beginnen, Chopin, of om te zeggen dat je met die onzin ophoudt en volwassen wordt. Kom achter die bar vandaan en ga mee naar de universiteit.'

Ik deed mijn best niets van mijn frustratie en wroeging te laten merken, maar ze had me als een zwak dier van de kudde gescheiden. Opeens merkte ze op: 'Ik weet alles van je. Je moeder heeft erg veel inzicht in de echte Henry Day.'

'Heb je het met mijn moeder over me gehad?'

'Ze zei dat je opeens bent veranderd van een zorgeloos jongetje in een serieuze oude man. Lieverd, je moet ophouden in je fantasie te leven en eens aan het echte leven beginnen.'

Ik kwam overeind van mijn stoel en boog me over tafel heen om haar een kus te geven. 'Goed, vertel me dan nu eens wat je theorie is over ouders die hun eigen kinderen doden.'

Wekenlang werkten we aan haar project; we troffen elkaar in de bieb of bespraken het onderwerp wanneer we ergens gingen dansen of naar de film gingen of uiteten. Het gebeurde meerdere keren dat vreemden ons geschrokken aankeken wanneer ze ons over het doden van kinderen hoorden discussiëren. Tess boog zich over de historische context en dook in de beschikbare statistieken. Ik probeerde te helpen bij het ontwikkelen van een aannemelijke theorie. In bepaalde culturen gaf men de voorkeur aan jongens boven meisjes omdat zonen op het land konden werken of rijkdommen konden erven, en een logisch gevolg daarvan was dat veel meisjes werden gedood omdat ze ongewenst waren. Maar in minder patriarchale samenlevingen kwam kinderdoding voor omdat ouders in tijden van grote gezinnen en bittere armoede geen extra mond konden voeden; het was een wrede manier van geboortebeperking. Wekenlang vroegen Tess en ik ons af hoe ouders bepaalden welke kinderen ze zouden sparen en welke ze zouden opgeven. Professor Laurel, die het vak gaf, wees ons erop dat mythen en folklore mogelijk interessante antwoorden konden bieden, en zo stuitte ik op het artikel.

Toen ik op een avond laat in de rekken van de bieb aan het snuffelen was, stuitte ik op het enige aanwezige exemplaar van het *Tijdschrift voor mythen en cultuur*, een tamelijk recent blad dat het drie uitgaven lang had volgehouden. Ik bladerde het door, probeerde als eenzame bezoeker nonchalant over te komen, totdat mijn oog opeens op een naam viel die me naar de keel leek te grijpen. Thomas McInnes. En de titel van zijn artikel was als een mes in het hart: 'Het gestolen kind.'

De rotzak.

Volgens de theorie van McInnes was er tijdens de middeleeuwen in Europa sprake van een bepaald verschijnsel: ouders die een kind kregen aan wie iets mankeerde, beschouwden dat bewust niet als menselijk. Ze beweerden dat demonen of 'kobolden' in het holst van de nacht hun echte baby hadden gestolen en in plaats daarvan een van hun eigen ziekelijke, misvormde of kreupele telgen hadden achtergelaten, zodat de ouders geen andere keuze hadden dan het duivelsgebroed op te voeden of in de steek te laten. In Engeland sprak men over *fairy children*, in Frankrijk over *enfants changés* en in Duitsland over *Wechselbalgen*. Met dergelijke ideeën probeerde men te verklaren waarom er geen wolk van een baby in de wieg lag, of waarom een kind een bepaalde aangeboren lichamelijke of geestelijke afwijking had. Er werd niet van ouders verwacht dat ze het wisselkind als hun eigen kroost zouden opvoeden en het zouden liefhebben, integendeel: niemand vond het vreemd wanneer ze zich van zo'n misvormd schepsel wilden ontdoen, bijvoorbeeld door het 's nachts in het bos te vondeling te leggen. Daar konden de kobolden het komen halen, en als die hun kroost niet terug wilden, dan kon het sterven aan onderkoeling of door de wilde dieren worden opgegeten.

In het artikel behandelde McInnes verschillende aspecten van de legende, zoals de twaalfde-eeuwse Franse cultus van de Heilige Windhond. Het verhaal ging dat een man op een dag thuiskomt en ziet dat zijn hond, die hij heeft opgedragen zijn kind te bewaken, bloed aan zijn snuit heeft. Hij ontsteekt in zo'n felle woede dat hij het dier doodslaat, maar dan ziet hij dat de zuigeling ongedeerd is en dat er naast de wieg een dode adder ligt. De man beseft zijn vergissing en laat een heiligdom bouwen voor de 'heilige windhond' die zijn zoon tegen een giftige slang heeft beschermd. Naar aanleiding van dit verhaal brachten moeders baby's met 'kinderziektes' naar een schrijn in het bos en lieten ze daar achter met een briefje voor de beschermheilige en hoeder der kinderen: '*À Saint Guinefort, pour la vie ou pour la mort.*'

'Deze vorm van infanticide, het opzettelijk doden van een kind omdat de kansen op overleven uiterst bescheiden zijn,' schreef McInnes, 'speelde al snel een rol in de mythen en legenden die tot ver in de negentiende eeuw in Duitsland, op de Britse eilanden en andere Europese landen de ronde deden, en met de emigranten kwamen deze verhalen ook naar de nieuwe wereld. Rond 1850 werd er in een klein mijnstadje in Pennsylvania bericht dat een twaalftal kinderen uit verschillende gezinnen in de omringende heuvels zou zijn verdwenen. En in afgelegen dalen van de Appalachen, van New York tot Tennessee, leidden zulke plaatselijke legenden tot een algemeen verbreid geloof dat deze kinderen nog steeds door de bossen dwalen.

Een eigentijds geval dat een goed beeld geeft van de psychologische oorsprong van de legende betreft een jongeman, "Andrew", die onder hypnose beweerde door "kobolden" te zijn ontvoerd. De onverklaarbare dood van een niet-geïdentificeerd kind, wiens lijk in een nabijgelegen rivier werd aangetroffen, werd eveneens aan deze kwaadaardige wezens toegeschreven. Andrew verklaarde dat een groot deel van de verdwenen kinderen uit die streek door de kobolden is ontvoerd en ongedeerd in wouden in de buurt leeft. Een wisselkind zou de plaats hebben ingenomen van het kind in kwestie en diens leven zijn gaan leiden. Met waanvoorstellingen als de mythe van het wisselkind probeert men overduidelijk trieste verschijnselen als verdwenen of ontvoerde kinderen te verklaren.'

Hij had niet alleen het verhaal verkeerd begrepen, maar ook mijn eigen woorden tegen me gebruikt. Een cijfer achter de naam 'Andrew' attendeerde de lezers op een voetnoot in kleine lettertjes:

Andrew (niet zijn echte naam) vertelde een uitgebreid verhaal over een subcultuur van kobolden die volgens hem in de nabijgelegen wouden leefden en al meer dan een eeuw lang op kinderen uit het stadje joegen. Hij beweerde ooit een mensenkind te zijn geweest dat Gustav Ungerland heette en dat halverwege de negentiende eeuw als zoon van Duitse immigranten naar de streek was gekomen. Nog onwaarschijnlijker is dat Andrew in zijn vorige leven een muzikaal wonderkind zou zijn geweest en dat een dergelijk talent hem opnieuw werd geschonken toen hij eind jaren veertig *nogmaals wisselde*. Zijn gedetailleerde verslag wijst helaas op een ernstige pathologische ontwikkelingsstoornis, mogelijk ten gevolge van misbruik, verwaarlozing of een ander trauma tijdens zijn vroege jeugd.

Ik moest die laatste zin een paar keer lezen voordat ik begreep wat McInnes ermee bedoelde. Ik had zin om te gillen, ik wilde hem opsporen en die woorden door zijn strot duwen. Ik scheurde de pagina's uit het tijdschrift en gooide het vernielde exemplaar in de prullenbak. 'Leugenaar, bedrieger, dief,' mompelde ik keer op keer, ijsberend tussen de rekken met boeken. Gelukkig kwam ik niemand tegen, want god mag weten hoe ik dan mijn woede had geuit. Misvormd schepsel. Pathologische stoornis. In de steek gelaten kinderen. Hij gaf ons wisselkinderen geen enkele keer de eer die ons toekwam en had het hele verhaal verkeerd begrepen. We gristen hen uit hun bedjes. We waren even echt als nachtmerries.

Het belletje van de lift klonk als een geweerschot, en tussen de open deuren verscheen de bibliothecaresse, een magere vrouw met een bril met dikke glazen en haar haar in een knotje. Ze verstijfde toen ze me zag staan, tamelijk verfomfaaid, maar temde me met haar stem. 'We gaan sluiten,' riep ze. 'U moet gaan.'

Ik dook weg achter een rij boeken en vouwde de pagina's

van McInnes twee keer dubbel, zodat ik ze in de zak van mijn spijkerjasje kon steken. Ze liep naar me toe, haar hakken tikkend op het linoleum, en ik probeerde mijn uiterlijk te veranderen, maar de oude magie was verdwenen. Het beste wat ik kon doen, was mijn hand door mijn haar halen, opstaan en de kreukels uit mijn kleren strijken.

'Hebt u me niet gehoord?' Ze bleef vlak voor me staan, riet dat niet wilde buigen. 'U moet vertrekken.' Ze keek me na. Bij de lift draaide ik me om om te zwaaien, en ze stond tegen een pilaar geleund, alsof ze mijn hele verhaal kende.

Er viel een koude regen en ik was laat voor mijn afspraak met Tess. Haar college was al uren geleden geëindigd en we hadden al op weg naar huis moeten zijn. Terwijl ik de trap af rende, vroeg ik me af of ze boos op me zou zijn, maar een dergelijke angst verbleekte naast de woede die ik jegens McInnes voelde. Onder de lantaarnpaal op de hoek stond Tess te wachten, ineengedoken onder een paraplu. Ze liep naar me toe, greep me onder het scherm en pakte me bij mijn arm.

'Henry, is alles in orde? Je trilt helemaal, lieverd. Heb je het koud? Henry, Henry?'

Ze trok me naar zich toe, warmde ons op en hield ons droog. Ze drukte haar warme handen tegen mijn gezicht, en ik wist dat die koude, natte avond me de beste kans bood alles op te biechten. Onder de paraplu zei ik dat ik van haar hield. Meer kon ik niet zeggen.

Vierentwintig

We betrokken het donkere hol, maar de verlaten mijn op de heuvel bleek een erg slechte woonstee te zijn. Die eerste winter verzonk ik in een nog diepere winterslaap dan voorheen; ik werd slechts om de paar dagen wakker om wat te eten of een paar slokken te drinken en ging daarna meteen weer naar bed. De meeste anderen verkeerden in slaapdronken toestand, een waas dat van december tot mei duurde. De duisternis omhulde ons met zijn vochtige omhelzing, en wekenlang kon geen straaltje zon ons bereiken. Sneeuwbuien sloten ons bijna helemaal van de wereld af, maar de kou wist heel goed binnen te dringen door het gat dat de ingang vormde. De wanden huilden en bevroren tot een dikke koek van ijs die onder druk uiteenbarstte.

In de lente glipten we de groene wereld in, hongerig en mager. Op dit onbekende terrein werd het zoeken naar voedsel een dagelijkse last. De heuvel zelf bestond uit slakken en steenslag, waarop alleen de hardste grassen en mossen enig houvast konden vinden. Dieren namen nauwelijks de moeite hier naar voedsel te zoeken. Béka waarschuwde dat we niet te ver mochten afdwalen, en dus moesten we het doen met wat we in de buurt bij elkaar konden scharrelen: sprinkhanen en larven, thee getrokken van boombast, de borst van een roodborstje, een gebraden stinkdier. We dachten allemaal aan wat we misten nu we niet naar het stadje konden gaan.

'Ik doe een moord voor een ijsje,' zei Smaolach tot besluit van een karig maal. 'Of voor een lekkere gele banaan.'

Onions viel hem bij: 'Zuurkool en varkenspootjes.'

'Spaghetti,' zei Zanzara, en Ragno voegde eraan toe: 'Met Parmezaanse kaas.'

'Cola en wat te roken.' Luchóg klopte op zijn lege buideltje.

'Waarom mogen we niet naar het stadje?' vroeg Chavisory.

'Het is al zo'n tijd geleden, Béka.'

De slungelige despoot stak boven ons uit, gezeten op een troon die was gemaakt van een oud dynamietkrat. Hij had telkens wanneer we om iets vroegen nee gezegd, maar misschien was ook hij iets milder gestemd nu de dagen langer werden. 'Onions, neem vanavond Kivi en Blomma maar mee, maar zorg dat je voor zonsopgang terug bent. Mijd de weg en neem geen risico.' Hij glimlachte om zijn eigen toegeeflijkheid. 'En neem een flesje bier voor me mee.'

De drie meisjes stonden tegelijk op en vertrokken meteen. Béka had de signalen moeten zien en de verandering in zijn botten moeten voelen, maar misschien was zijn dorst groter dan zijn beoordelingsvermogen. Een koudefront trok over de heuvels in het westen en stuitte op de warme meilucht, zodat er binnen een paar uur een dikke mist in het woud hing die als het vel van een perzik aan de duisternis kleefde. We konden amper een hand voor ogen zien, en de onzichtbare mantel die tussen de bomen was opgespannen maakte onze bezorgdheid over onze afwezige vriendinnen alleen maar groter.

Toen de anderen de duisternis in kropen om te gaan sla-

pen, hield Luchóg me gezelschap tijdens mijn eenzame wake
bij de ingang van de mijn. 'Maak je geen zorgen, juweeltje. Ze
kunnen niets zien, maar worden ook niet gezien. Ze hebben
zich vast goed verstopt en zitten te wachten totdat de zon
weer door deze sombere sluier breekt.'

We zaten voor ons uit te kijken en werden één met het
niets. In het holst van de nacht deed een krakend geluid tussen de bomen ons opschrikken. Het zwol aan tot een angstaanjagende golf. Takken kraakten en braken, er klonk een
onmenselijke kreet die al snel verstomde. We tuurden ingespannen door de mist naar de plek waar we het geluid hadden gehoord. Luchóg streek een lucifer af en stak de fakkel
aan die altijd bij de ingang van de mijn lag. Het vochtige hout
siste, vatte vlam en verspreidde een bol van licht. Gesterkt
door het vuur liepen we behoedzaam naar de plek waar we
het geluid voor het laatst hadden gehoord en waar de aarde
lichtjes naar bloed rook. Voor ons in de nevel weerspiegelde
een stel ogen het licht van onze fakkel, en dat schijnsel
bracht ons tot stilstand. Een vos klapte zijn kaken op elkaar
en voerde zijn prooi weg, en we liepen verder naar de plek
des doods. Veren met witte en zwarte strepen lagen in een
waaier, als glas in een caleidoscoop, uitgespreid over de bladeren. De vos liep strompelend de struiken in, worstelend
met de zware kalkoen, en boven ons zochten de vogels die
het hadden overleefd troost bij elkaar.

Toen ik Speck later de plek liet zien waar de vos de haan
had gedood, waren Onions, Kivi en Blomma nog steeds niet
terug. Speck pakte een van de grote veren op en stak die in
haar haar. 'De laatste der Mohikanen,' zei ze, en daarna rende ze joelend de ochtend in, en ik rende haar achterna, en zo
brachten we spelend de dag door. Toen we aan het einde van
de middag terugkeerden naar de mijn troffen we Béka
kwaad ijsberend aan. De meisjes waren er nog steeds niet, en

hij wist niet of hij nu naar hen moest gaan zoeken of in de mijnschacht moest blijven wachten.

'Hoe bedoel je, blijven wachten?' vroeg Speck. 'Je hebt gezegd dat ze voor zonsopgang terug moesten zijn. Denk je dat Onions ongehoorzaam zou durven zijn? Ze hadden al uren geleden terug moeten zijn. Waarom gaan we niet naar hen zoeken?' Ze deelde ons op in tweetallen en tekende vier verschillende routes naar het stadje uit. Om Béka mild te stemmen nam ze samen met hem de kortste weg. Smaolach en Luchóg liepen in omtrekkende bewegingen rond ons oude territorium, en Ragno en Zanzara namen de veel gebruikte hertenwissels.

Chavisory en ik volgden een oud pad dat misschien nog door de Indianen was aangelegd en dat evenwijdig liep aan de rivier; het kronkelde, steeg en daalde al naar gelang de loop van het water. Het lag voor de hand dat Onions, Kivi en Blomma een andere route hadden genomen die een betere dekking bood, maar we bleven opletten of we niets hoorden of sporen zagen die aangaven dat ze hier waren geweest, zoals verse voetafdrukken of gebroken takjes. Soms was het struikgewas zo dicht dat we er niet doorheen konden komen en via de oever van de rivier moesten omlopen. Op zulke momenten kon iedereen die over de hoge brug tussen de weg en het stadje reed ons in het schemerlicht zien, en ik heb me vaak afgevraagd hoe we er van boven uit moeten hebben gezien. Waarschijnlijk leken we net mieren, of verdwaalde kinderen. Chavisory zong en neuriede in zichzelf een woordeloos deuntje dat tegelijkertijd vertrouwd en vreemd was.

'Wat is dat voor liedje?' vroeg ik toen we even bleven staan om ons te oriënteren. Ver voor ons op de rivier duwde een sleepboot een rij sloepen naar de stad.

'Chopin, geloof ik.'

'Wat is een chopin?'

Ze giechelde en wond een lok haar rond twee vingers. 'Niet wat, gekkie. Wie. Chopin schreef muziek, dat zei hij tenminste.'

'Wie zei dat? Chopin?'

Ze lachte luid en sloeg toen haar vrije hand voor haar mond. 'Chopin is dood. De jongen die me dat liedje heeft geleerd. Hij zei dat het Chopins mayonaise was.'

'Welke jongen was dat? Die vóór mij kwam?'

Haar uitdrukking veranderde, en ze keek in de verte, naar de boten die steeds kleiner werden. Zelfs in het vage licht kon ik haar zien blozen.

'Waarom vertel je het me niet? Waarom praten jullie nooit over hem?'

'Aniday, we praten nooit over wisselkinderen als ze eenmaal weg zijn. We proberen alles over hen te vergeten. Het heeft geen zin herinneringen na te jagen.'

In de verte klonk een kreet, een kort alarm dat ons ertoe aanzette snel naar de anderen te gaan. We staakten ons gesprek en liepen in de richting van het geluid. Ragno en Zanzara hadden haar als eerste gevonden, eenzaam huilend in een verlaten dal. Ze had al een halve dag rondgezworven, zo van streek en in de war dat ze de weg naar huis niet meer wist. De andere tweetallen kwamen binnen een paar minuten aangelopen en hoorden het nieuws, en Béka ging naast Onions zitten en sloeg zijn arm rond haar schouders. Kivi en Blomma waren er niet meer.

De drie meisjes hadden de mist zien naderen en waren snel naar het stadje gelopen. Zodra ze de verlaten straten aan de rand hadden bereikt, had het slechte weer toegeslagen. De straatlantaarns en lichtbakken van de winkels hadden kringen van licht door de nevelige duisternis geworpen en de wisselkinderen als bakens de weg door de straten gewezen. Blomma had tegen de andere twee gezegd dat ze niet bang hoefden te zijn dat de mensen in de huizen hen zouden zien. 'In deze mist zijn we onzichtbaar,' had ze gezegd, en misschien was haar dwaze vastberadenheid hun ondergang geweest. In de supermarkt hadden ze suiker, zout, meel en een net sinaasappels gestolen en daarna hadden ze de buit in een steeg naast de drogist verstopt. Toen ze daar door de achterdeur naar binnen waren geslopen, stonden ze versteld van alle veranderingen die er sinds hun laatste bezoek hadden plaatsgevonden.

'Alles is veranderd,' zei Onions tegen ons. 'De frisdrankautomaat is weg, net als de hele toonbank en die ronde stoelen waarop je rondjes kon draaien. En er zijn geen bankjes meer. Geen toonbank met snoep, en de trommels met zuurtjes voor een cent zijn ook weg. In plaats daarvan is er meer van alle andere dingen. Zeep en shampoo, veters, een hele wand met stripboeken en tijdschriften. Luiers van plastic, die je zomaar weg kunt gooien, en zuigflesjes en blikken melk. En honderden piepkleine potjes met eten, allemaal tot moes geprakt, en met een etiket waarop de schattigste baby ter wereld staat. Appelmoes en peer en banaan. En gemalen kalkoen en kip met rijst. Kivi wilde alles proeven, we hebben daar uren gezeten.'

Ik zag het drietal voor me, hun gezichten besmeurd met bosbessen, volgepropt en loom in het gangpad, met tientallen lege potjes verspreid om hen heen.

Er was een auto aan komen rijden die voor de grote etalageruiten was blijven staan. Het licht van een zaklantaarn scheen door de ruit naar binnen, de straal gleed langzaam door het interieur, en toen de bundel licht dichterbij kwam, sprongen de meisjes op en gleden uit over de plassen erwten en worteltjes, waardoor de potjes alle kanten op rolden over het zeil. De voordeur ging open en er kwamen twee agenten binnen. De een zei tegen de ander: 'Hij zei dat het hier was.'

Onions riep dat ze weg moesten rennen, maar Blomma en Ki-vi verroerden zich niet. Ze bleven naast elkaar midden in het gangpad met babyvoeding staan, hand in hand, en wachtten totdat de mannen hen kwamen halen.

'Ik snap niet waarom,' zei Onions. 'Het was het ergste wat ik ooit heb gezien. Ik liep een rondje, zodat ik achter de mannen kwam te staan, en zag Kivi en Blomma toen ze met dat licht in hun gezichten schenen. Ze keken alsof ze erop hadden gewacht. De agent zei: "Hij had gelijk. Er is iemand." En de ander zei: "Geen beweging." Kivi kneep haar ogen dicht, en Blomma hief een hand op naar haar voorhoofd, maar ze keken helemaal niet bang. Eerder bijna blij.'

Onions was door de deur naar buiten geglipt en had de buit laten liggen. Haar instinct had de overhand gekregen en ze was door de lege straten gerend, zonder acht te slaan op eventueel verkeer, zonder ook maar één keer om te kijken. Door de mist had ze zich maar moeilijk kunnen oriënteren, en ze was het hele stadje doorgerend, naar de andere kant. Toen ze eenmaal een schuilplaats had gevonden in een gele schuur, bleef ze daar een dag lang wachten voordat ze verder durfde te gaan, en toen ze dat deed, had ze een route gekozen die alle straten vermeed. Toen Ragno en Zanzara haar vonden, was ze doodmoe.

'Waarom zei die man dat?' vroeg Béka aan haar. 'Wat bedoelde hij met "Hij zei dat het hier was"?'

'Iemand moet de politie hebben verteld dat wij daar waren.' Onions huiverde. 'Iemand die onze gewoonten kent.'

Béka pakte haar handen vast en hielp haar op te staan. 'Wie kan het anders zijn?' Hij keek me recht aan, alsof hij me van een vreselijke misdaad wilde beschuldigen.

'Maar ik heb nooit iets gezegd...'

'Nee, jij niet, Aniday,' snauwde hij. 'Degene die je plaats heeft ingenomen.'

'Chopin,' zei Chavisory, en ze lachten om die naam voordat ze hun lach weer onder controle kregen. We strompelden zwijgend naar huis en dachten aan onze ontbrekende vriendinnen Kivi en Blomma. We hadden ieder onze eigen manier om te rouwen. We haalden hun poppen uit het hol en begroeven ze in één graf. Smaolach en Luchóg waren twee weken lang bezig een steenhoop op het graf op te richten, terwijl Chavisory en Speck de bezittingen van onze verdwenen kameraden onder ons negenen verdeelden. Alleen Ragno en Zanzara bleven onaangedaan en onbewogen; ze namen hun deel van de schoenen en kleren aan en zeiden verder nagenoeg geen woord. De hele zomer, tot de herfst aan toe, bleven we ons hardop afvragen waarom de meisjes zich hadden overgegeven. Onions deed haar best ons ervan te overtuigen dat er sprake was geweest van verraad, en Béka viel haar bij, bevestigde dat er een samenzwering moest zijn geweest, dat de mensen ons wilden pakken en dat het slechts een kwestie van tijd was voordat Kivi en Blomma alles zouden bekennen. Dan zouden de mannen in de zwarte pakken weer komen, de mannen van het leger, de politie met haar honden, en dan zouden ze ons opjagen. Anderen in ons groepje waren een minder voor de hand liggende mening toegedaan.

Luchóg zei: 'Ze wilden weg, het was gewoon een kwestie van tijd. Ik kan alleen maar hopen dat die arme schepsels ergens een thuis vinden en niet in een dierentuin belanden, of onder de microscoop van een geschifte wetenschapper.'

We hebben nooit meer iets van hen gehoord. Verdwenen, in rook opgegaan.

Nu wilde Béka al helemaal dat we in duisternis zouden leven, maar heel soms mochten we de uitgedunde groep een nachtje verlaten. Wanneer zich in de jaren daarna een kans voordeed, glipten Speck en ik weg naar ons plekje achter de bibliotheek, waar een zekere rust heerste en het betrekkelijk comfortabel was. We stortten ons op onze boeken en papieren. We lazen de oude Grieken in vertaling, het verdriet van Clytaemnestra, de eer van Antigone in een dun laagje aarde. Grendel dwaalde door de donkere Deense nacht. De pelgrims van Canterbury en hun levens onderweg. De bullen van de paus, het rijke weefsel der mensheid in alle werken van Shakespeare, de engelen en duivels van Milton, de kleine en grote Gulliver, de Yahoo's. De wilde extase van Keats. Frankenstein van Shelley. Rip Van Winkle en zijn lange slaap. Speck wilde per se Austen lezen, en Eliot, Emerson, Thoreau, de gezusters Brontë, Alcott, Nesbitt, Rossetti, de beide Brownings, en vooral over Alice en haar val in het konijnenhol. We baanden ons een weg naar het heden en kauwden op de boeken als een stel zilvervisjes.

Soms las Speck iets aan me voor. Ik gaf haar een verhaal aan dat ze nooit eerder had gezien, maar bijna onmiddellijk maakte ze het tot het hare. Ze maakte me doodsbang met 'The Raven' van Poe, al vanaf het allereerste woord. Ze roerde me tot tranen met de verdronken kat van Thomas Gray. Ze liet hoeven roffelen in 'The Charge of the Light Brigade' en de golven rollen in Tennysons 'Ulysses'. Ik luisterde graag naar de muziek van haar stem en keek naar haar gezicht terwijl ze las, seizoen na seizoen. In de zomer was haar ontblote huid donkerder maar werd haar donkere haar lichter door de zon. Tijdens de koudste maanden van het jaar verdween ze onder lagen textiel, zodat ik soms alleen nog maar haar brede voorhoofd en donkere wenkbrauwen kon zien. Op winteravonden, in het kaarslicht, straalde haar blik vanuit de kringen rond haar ogen. Hoewel we al twintig jaar met elkaar hadden doorgebracht, had ze nog steeds de verborgen kracht me te laten schrikken of te verbazen, en met een enkel woord mijn hart te breken.

Vijfentwintig

Ik had een naam, al was Gustav Ungerland soms niet veel echter voor me dan Henry Day. De eenvoudigste oplossing zou zijn Tom McInnes op te sporen en hem te vragen naar wat ik precies onder hypnose had gezegd. Nadat ik dat artikel in de bibliotheek had gevonden, ging ik op zoek naar de auteur, maar meer dan het adres in het tijdschrift had ik niet. Een paar weken na ontvangst van mijn brief deelde de redacteur van het inmiddels opgeheven *Tijdschrift voor mythen en cultuur* me mee dat hij mijn schrijven met alle plezier door wilde sturen naar de professor, maar zonder resultaat. Toen ik zijn universiteit belde, zei het hoofd van de faculteit dat McInnes op een maandagmorgen was verdwenen, midden in het semester, en geen adres had achtergelaten. Mijn pogingen contact te leggen met Brian Ungerland bleken even frustrerend. Ik kon moeilijk Tess lastigvallen met vragen over haar vorige vriendje, en toen ik in het stadje wat rondvroeg, kreeg ik te horen dat Brian in Fort Skill in Oklahoma zat, waar het leger hem leerde dingen op te blazen. Er stond geen enkele Ungerland in het plaatselijke telefoonboek.

Gelukkig had ik andere dingen die me bezighielden. Tess had me overgehaald weer te gaan studeren, en ik zou in januari beginnen. Ze was veranderd toen ik haar over mijn plannen had verteld, ze was attenter en liever geworden. We vierden het feit dat ik me had aangemeld met een uitgebreid etentje en het kopen van kerstcadeautjes in de grote stad. Gearmd liepen we door het centrum. In de etalage van warenhuis Kaufmann beeldden piepkleine figuurtjes keer op keer hetzelfde tafereel uit. De kerstman en zijn elfjes werkten aan dezelfde houten fiets. Schaatsers draaiden voor altijd hun rondjes op een ijzige spiegel. We bleven een tijdje naar een van de taferelen staan kijken: een mensengezin, een kindje in een wiegje, trotse ouders die elkaar onder de maretak een zoen gaven. Onze eigen gestalten werden weerspiegeld in het glas en vormden zo een extra laagje over de gemechaniseerde huiselijke knusheid.

'O, is dat niet schattig? Kijk eens hoe echt dat kindje lijkt. Krijg je dan geen zin in een eigen baby?'

'Ja hoor, als die zo stil kan zijn als die daar.'

We wandelden verder langs het park, waar een stel sjofel ogende kinderen in de rij stond voor een kraampje met warme chocolademelk. We kochten twee bekers en gingen op een koud bankje zitten. 'Je houdt toch wel van kinderen, hè?'

'Kinderen? Ik heb er nooit over nagedacht.'

'Maar zou je geen zoon willen met wie je kunt gaan kamperen, of je eigen kleine meid, helemaal van jezelf?'

'Van mezelf? Een mens is niet andermans bezit.'

'Soms kun je alles zo letterlijk nemen.'

'Ik geloof niet...'

'Nee, dat doe je niet, nee. De meeste mensen hebben wel oog voor subtiliteiten, maar jij leeft in een andere dimensie.'

Maar ik wist wat ze bedoelde. Ik wist niet of een mensenbaby mogelijk was. Of zou het half mens, half kobold worden, een monster? Een afzichtelijk wezen met een enorm hoofd en een verschrompeld lijf, dode ogen die me van onder een zonnehoedje zouden aankijken. Of een ellendig schepsel dat zich tegen me zou keren en mijn geheim zou openbaren. Toch had het gevoel van Tess' warme lijf tegen mijn arm een vreemd effect op mijn geweten. Een deel van me wilde de last van het verleden afleggen, haar alles vertellen over Gustav Ungerland en mijn leven als vluchteling in het woud. Maar er was sinds de wissel zo veel tijd verstreken dat ik me soms afvroeg of dat leven wel had bestaan. Alle krachten en vaardigheden die ik in een leven had bezeten waren verdwenen, opgelost terwijl ik eindeloos piano zat te spelen, vervaagd in het comfort van warme bedden en knusse woonkamers, in de werkelijkheid van de heerlijke vrouw naast me. Is het verleden even echt als het heden? Misschien wou ik dat ik wel alles had verteld en dat de waarheid de loop van het leven had veranderd. Ik weet het niet. Maar ik kan me dat gevoel van die avond nog goed herinneren, die mengeling van heel veel hoop en peilloze akelige voortekens.

Tess keek naar een groepje kinderen dat op een geïmproviseerde ijsbaan aan het schaatsen was. Ze blies in haar beker en liet een wolkje damp opstijgen. 'Ik heb altijd al een eigen kindje gewild.'

Bij wijze van uitzondering begreep ik wat een ander me wilde vertellen. Toen de muziek van een stoomorgel zich vermengde met het geluid van kinderen die onder de sterren lachten, vroeg ik haar of ze met me wilde trouwen.

We wachtten tot het einde van het voorjaarssemester en trouwden in mei 1968 in dezelfde kerk waar Henry Day als baby was gedoopt. Staande voor het altaar voelde ik me bijna weer mens, en in onze geloften school de belofte van een gelukkig leven. Toen we door het middenpad van de kerk lie-

271

pen, zag ik in de glimlachende gezichten van onze vrienden en familieleden een onverwachte blijdschap vanwege het huwelijk van de heer en mevrouw Day. Tijdens de plechtigheid verwachtte ik min of meer dat de dubbele deuren open zouden gaan en dat er een gevolg aan wisselkinderen zou staan wachten totdat ze me weg konden voeren. Ik deed mijn best mijn verleden te vergeten en de gedachte te onderdrukken dat ik een bedrieger was.

Op de receptie waren mijn moeder en oom Charlie de eersten die ons kwamen feliciteren. Ze betaalden niet alleen het feestje, maar hadden ons zelfs een huwelijksreis naar Duitsland cadeau gedaan. Tijdens ons verblijf in Duitsland zouden die twee in het geheim met elkaar trouwen, maar die middag was het raar hem te zien op de plek waar Bill Day had moeten staan. Het verlangen naar mijn vader duurde maar heel even, want we lieten het verleden achter ons en legden beslag op het leven. In de komende paar jaar zou er zo veel veranderen. George Knoll zou een paar weken na de bruiloft het stadje verlaten om een jaar door het land te zwerven en te eindigen in San Francisco, waar hij met een oudere vrouw uit Spanje een bistro met terras zou beginnen. Nu er geen Coverboys meer waren, kocht Oscar die herfst een jukebox, en de klanten bleven langskomen voor een borrel en popmuziek. Jimmy Cummings nam mijn oude baan achter de bar over. Zelfs mijn kleine zusjes werden groot.

Mary en Elizabeth kwamen met hun nieuwste vriendjes, een tweeling met lang haar, naar de receptie. Op het hoogtepunt van het feest trakteerde oom Charlie de gasten op zijn jongste plannen. 'Die huizen boven op de heuvel zijn nog maar het begin. Mensen zullen niet alleen maar de stad verlaten, ze zullen zo ver mogelijk bij de stad vandaan willen wonen. Mijn bedrijf zit in deze streek op een goudmijn.'

Mijn moeder kwam naast hem staan, en hij sloeg zijn arm

om haar middel en liet zijn hand op haar heup rusten.

'Toen ik hoorde dat er problemen waren in het woud en dat de Nationale Garde eropaf was gestuurd, was mijn eerste gedachte dat dat stuk land spotgoedkoop zou zijn als de regering er eenmaal mee klaar was. Voor het oprapen, zeg maar.'

Ze lachte zo gehoorzaam om zijn grapje dat ik ineenkromp. Tess kneep in mijn arm om te voorkomen dat ik zou zeggen wat ik dacht.

'Leven op het platteland. Aangenaam geprijsd, veilig en rustig, bij uitstek geschikt voor jonge stellen die een gezin willen stichten.' Als op bevel keek mijn moeder naar de buik van Tess. Nu al waren ze van hoop vervuld.

Elizabeth veinsde onschuld en zei: 'En jullie twee dan, oom Charlie?'

Tess kneep me in mijn billen en ik uitte een joelend kreetje, net toen Jimmy Cummings het woord nam: 'Daar zou ik niet willen wonen, man.'

'Nee, natuurlijk niet, Jimmy,' zei Mary. 'Niet na alles wat je daar hebt meegemaakt.'

'Er is daar iets,' zei hij tegen de gasten. 'Hebben jullie de verhalen gehoord over die kleine meisjes die ze laatst hebben gevonden?'

De gasten liepen in groepjes weg en begonnen nieuwe gesprekken. Sinds Jimmy de kleine Oscar Love had gevonden, had hij de naam gekregen het verhaal elke keer opnieuw te vertellen, waarbij hij de details opblies tot een bijzonder onwaarschijnlijke geschiedenis. Zodra hij het woord nam, zag iedereen hem al snel als de zoveelste verhalenverteller die wanhopig naar aandacht hengelde. 'Nee, echt waar,' zei hij tegen de paar mensen die waren blijven staan. 'Ik heb gehoord dat de plaatselijke dienders twee meisjes hebben aangetroffen, van een jaar of zes, zeven, die in het holst van de nacht hadden ingebroken bij de drogist en binnen alles kapot hadden geslagen. De agenten waren bang voor die meisjes, zeiden dat ze even angstaanjagend waren als een stel wilde katten. Man, ze spraken amper een woord Engels, en ook geen andere bekende taal. Tel het een en ander eens bij elkaar op. Ze woonden daar ergens in het woud – weet je nog waar ik Oscar heb gevonden? Misschien zijn er nog meer. Denk daar eens over na. Een hele stam wilde kinderen. Wat een trip, man.'

Elizabeth staarde me aan toen ze hem vroeg: 'Wat is er met hen gebeurd? Waar zijn die twee meisjes?'

'Ik weet niet wat er waar is van de geruchten,' zei hij, 'en ik heb ze zelf ook niet gezien, maar dat hoeft ook niet. Weet je dat de FBI hen is komen halen? Ze zijn naar Washington gebracht, naar de geheime laboratoria, zodat ze kunnen worden bestudeerd.'

Ik wendde me tot Oscar, die met open mond naar Jimmy stond te luisteren. 'Weet je zeker dat je deze knaap achter de bar wilt hebben, Oscar? Het klinkt alsof hij een slok te veel heeft gehad.'

Jimmy kwam vlak voor me staan en zei op zachte toon: 'Weet je wat het probleem met jou is, Henry? Je hebt een gebrek aan fantasie. Maar ze zitten daar, man. Geloof me nou maar.'

Tijdens de vlucht naar Duitsland verstoorden dromen over wisselkinderen het beetje slaap dat ik onderweg kon vatten. Toen Tess en ik landden in een vochtig en bewolkt Frankfurt hadden we allebei een andere verwachting van de huwelijksreis. Het arme kind wilde avontuur, opwinding en romantiek. Twee jonge geliefden op reis door Europa. Bistro's, wijn en kaas, tochtjes op de motorfiets. Ik was op zoek naar een illusie en bewijzen van mijn verleden, maar alles wat ik wist, paste op een bierviltje: Gustav Ungerland, 1859, Eger.

We voelden ons meteen overvallen door de stad en vonden een kamertje in een pension in de Mendelssohnstraße. We waren van ons stuk gebracht door het Hauptbahnhof, een soort met roet besmeurde, zwarte olifant die urenlang treinen uitbraakte. Erachter verrees de nieuwe stad, een en al staal en betonnen torenflats die uit de as van de ruïnes waren opgetrokken. Overal liepen Amerikanen. Soldaten die het geluk hadden dat ze de wacht mochten houden tegen Oost-Europa en niet in Vietnam hoefden te vechten. Opgefokte weglopertjes zaten op klaarlichte dag op de Konstablerwache te spuiten en om kleingeld te bedelen. Tijdens onze eerste week samen voelden we ons tussen de soldaten en de junkies niet op ons plaats.

Op zondag kuierden we over de Römerberg, een papiermachéversie van de middeleeuwse oude binnenstad die tijdens de laatste maanden van de oorlog was gebombardeerd. Voor het eerst tijdens onze reis was het droog en zonnig, en we brachten een bezoek aan een kermis. Op de draaimolen in het midden van het terrein maakte Tess een rondje op een zebra en ik op een griffioen; daarna hielden we na de lunch in een café elkaars hand vast terwijl een straatorkestje een lied voor ons speelde. Het was alsof de huwelijksreis eindelijk echt was begonnen, en toen we die avond de liefde bedreven, voelde onze kleine kamer als een knus paradijs.

'Dat lijkt er meer op,' fluisterde ze in het donker. 'Zo had ik me ons samen voorgesteld. Ik wou dat het altijd zo kon zijn.'

Ik ging rechtop zitten en stak een Camel op. 'Ik vroeg me af of we morgen allebei zelf iets kunnen doen. Je weet wel, wat tijd voor onszelf nemen. Bedenk je eens hoeveel we dan te bepraten zullen hebben als we elkaar weer zien. Ik wil een paar dingen doen die voor jou waarschijnlijk nogal saai zullen zijn, dus ik vroeg me af of ik misschien eerder zal opstaan en op pad zal gaan. Dan ben ik weer terug tegen de tijd dat jij wakker wordt. Ik wil graag naar de nationale bibliotheek. Dat zul jij saai vinden.'

'Hé, rustig maar, Henry.' Ze draaide zich om en keek naar de muur. 'Dat klinkt perfect. Ik werd het een beetje zat om elke minuut van de dag op elkaars lip te zitten.'

Het duurde de hele morgen voordat ik de juiste tram, de juiste straat en het adres van de Deutsche Bibliothek had gevonden, en daarna nog een uur of zo voordat ik de zaal met kaarten had gevonden. Een charmante jonge bibliothecaresse die redelijk Engels sprak hielp me met de historische atlas en vertelde over de ogenschijnlijk duizenden grenscorrecties die het gevolg waren van honderden jaren oorlog en vrede, van de laatste dagen van het Heilige Roomse Rijk via de Reichstag van de Hessische vorstendommen naar de verdeling na beide wereldoorlogen. De naam Eger zei haar niets, en ze kon op de afdeling Naslagwerken niemand vinden die ooit van de plaats had gehoord.

'Weet u misschien,' vroeg ze ten slotte, 'of het in de DDR ligt?'

Ik keek op mijn horloge en zag dat het vijf over half vijf was. De bibliotheek ging om vijf uur dicht, en er zat een woedende kersverse echtgenote op me te wachten.

Ze zocht de kaart af. 'O, ik zie het al. Het is een rivier, geen stad. Eger, aan de grens.' Ze wees naar een stipje met het bijschrift *Cheb (Eger)*. 'De plaats die u zoekt, heet geen Eger meer en ligt niet in Duitsland, maar in Tsjecho-Slowakije.' Ze likte aan haar vinger en bladerde terug, zoekend naar een andere kaart. 'Bohemen. Kijk maar, in 1859 was dit hele gebied Bohemen, van hier tot daar. En hier ligt Eger. Ik moet bekennen dat ik de voorkeur geef aan de oude naam.' Glimlachend legde ze een hand op mijn schouder. 'Maar we hebben het gevonden. Een plaats met twee namen. Eger is Cheb.'

'Goed, hoe kom ik in Tsjecho-Slowakije?'

'Niet, tenzij u over de juiste papieren beschikt.' Ze zag hoe teleurgesteld ik was. 'Vertel eens, waarom is Cheb zo belangrijk?'

'Ik ben op zoek naar mijn vader,' zei ik. 'Gustav Ungerland.'

Haar stralende uitdrukking verdween. Ze keek naar de vloer tussen haar voeten. 'Ungerland. Is hij in de oorlog gedood? Naar de kampen gestuurd?'

'Nee, nee, we zijn katholiek. Hij komt uit Eger, uit Cheb, bedoel ik. Zijn familie, bedoel ik. Ze zijn in de vorige eeuw naar Amerika geëmigreerd.'

'Dan zou u de doopregisters in Cheb kunnen proberen, als u het land in kunt komen.' Ze trok een donkere wenkbrauw op. 'Er is wel een manier.'

We dronken een paar borrels in een café, en ze vertelde me hoe ik de grens over kon steken zonder te worden ontdekt. Toen ik laat die avond terug naar de Mendelssohnstraße ging, had ik een verklaring voor mijn afwezigheid bedacht. Tess sliep al toen ik na tienen binnenkwam, en ik gleed naast haar het bed in. Ze schrok wakker, draaide zich om en keek me aan vanaf haar kussen.

'Het spijt me,' zei ik. 'Verdwaald in de bibliotheek.'

In het licht van de maan oogde haar gezicht opgezwollen, alsof ze had gehuild. 'Ik wil graag weg uit deze grijze stad, ik wil het platteland zien. Wandelen, onder de sterren slapen. Echte Duitsers leren kennen.'

'Ik ken een plek,' fluisterde ik, 'vol oude kastelen en donkere wouden, in de buurt van de grens. Laten we die oversteken en al hun geheimen ontdekken.'

Zesentwintig

In mijn herinnering is het een volmaakte ochtend, een dag aan het einde van de zomer met een blauwe hemel die de voorbode vormt van de frisheid van de naderende herfst. Speck en ik waren naast elkaar wakker geworden in een zee van boeken en hadden toen de bibliotheek verlaten op een van die magische stille momenten tussen het tijdstip waarop ouders naar hun werk en de kinderen naar school gaan en winkels en bedrijven hun deuren openen. Volgens mijn steentjeskalender waren er vijf lange en ellendige jaren verstreken sinds onze uitgedunde stam ons nieuwe onderkomen had betrokken, en we hadden langzamerhand genoeg van het donker. Wanneer we tijd doorbrachten buiten de mijn werd Specks stemming onverminderd zonniger, en die ochtend wilde ik haar na die eerste blik op haar vredige gezicht dolgraag vertellen hoe ze mijn hart liet kloppen. Maar dat heb ik niet gedaan. In dat opzicht leek het een dag als alle andere, maar het zou een dag worden die met geen andere te vergelijken was.

Boven onze hoofden liet een vliegtuig een spoor van rook

achter dat wit afstak tegen de bleekheid van september. We liepen met elkaar in de pas en praatten over onze boeken. Boven ons verschenen heel even schaduwen tussen de bomen, een dun briesje blies, en een paar bladeren dwarrelden naar beneden. In mijn ogen leek het heel even alsof Kivi en Blomma voor ons op het pad in een poel zonlicht zaten te spelen. De luchtspiegeling verdween meteen weer, maar de speling van het licht herinnerde me aan de raadsels rondom hun verdwijning, en ik vertelde Speck over mijn vluchtige visioen van onze verdwenen vriendinnen. Ik vroeg haar of ze zich wel eens afvroeg of ze zich met opzet hadden laten vangen.

Speck bleef aan de rand van het woud staan, vlak voor het open stuk grond dat ons van de ingang van de mijn scheidde. De slakken onder haar voeten knerpten en schoven heen en weer. Een bleke maan stond aan een wolkeloze hemel, en we zagen op tegen de klim, staarden naar de lucht om te kijken of er misschien een vliegtuig was dat ons zou kunnen zien. Ze pakte me bij mijn schouder en draaide me zo snel om dat ik een onmiddellijk gevaar vreesde. Haar blik zoog zich vast aan de mijne.

'Je begrijpt het niet, Aniday. Kivi en Blomma konden het gewoon niet langer aan. Ze wilden dolgraag naar de andere kant. Ze wilden bij hen zijn die in het licht wonen, in de bovenwereld, met echte familie, echte vrienden. Heb jij nooit zin om weg te lopen en als iemands kind terug te gaan naar die wereld? Of om samen met mij weg te gaan?'

Haar vragen stroomden naar buiten als suiker uit een gescheurde zak. Het verleden hield me niet langer in zijn greep en mijn nachtmerries over die wereld waren opgehouden. Pas toen ik ging zitten om dit boek te schrijven, keerden de herinneringen terug, afgestoft en weer opgepoetst. Maar die ochtend was mijn leven daar. Bij haar. Ik keek haar in haar ogen, maar ze leek in gedachten verzonken, alsof ze niet mij zag, maar slechts een verre plek en tijd die alleen in haar verbeelding bestonden. Ik was verliefd op haar geworden. En op dat moment rolden de woorden over mijn lippen en kwam de bekentenis naar buiten.

'Speck, ik moet je iets...'

'Stil eens. Luister.'

Het geluid omringde ons: een laag gerommel dat uit het binnenste van de heuvel kwam, zigzaggend door de grond schoot, naar de plek waar wij stonden, en de bodem onder ons deed trillen en daarna uitwaaierde over het woud. Een tel later klonk er gekraak en een plof, gedempt door de bovenste laag. Met een zucht zeeg de aarde ineen. Ze kneep in mijn hand en sleepte me mee, zo hard mogelijk rennend, naar de ingang van de mijn. Stof steeg op uit de spleet, als kalme rook uit een schoorsteen op een winteravond. Vlakbij was de bijtende stofwolk dikker en konden we bijna niet ademhalen. We deden ons best, maar moesten uit de wind wachten totdat de nevel was opgetrokken. Een dun geluid steeg vanbinnen op door de spleet en loste op in de lucht. Voordat het roet was neergeslagen zagen we de eerste naar buiten komen. Een hand klemde zich rond de rand van de rots, daarna verschenen een tweede hand en een hoofd en kwamen er schouders door de spleet naar buiten. In het zwakke licht renden we door de wolk naar het ineengedoken lichaam. Speck draaide het om met haar voet: Béka. Onions volgde al snel, piepend en hijgend, en ging naast hem liggen, haar arm over zijn borst.

Speck boog zich voorover en vroeg: 'Is hij dood?'

'Ingestort,' fluisterde Onions.

'Zijn er overlevenden?'

'Ik weet het niet.' Ze streek Béka's vuile haar naar achteren, weg van zijn knipperende ogen.

We dwongen onszelf de duisternis van de mijn te betreden. Speck tastte naar vuursteen, tikte het tegen elkaar en stak de fakkels aan. Het licht weerkaatste de stofdeeltjes die in het rond zweefden en neerkwamen als droesem in een glas waarmee iemand had geschud. Ik riep de namen van de anderen, en mijn hart begon sneller te kloppen van hoop toen een stem 'Hier, hier,' antwoordde. Het was alsof we ons door een nachtmerrie van sneeuw voortbewogen toen we het geluid door de grootste tunnel volgden. We sloegen linksaf naar de kamer waar de meesten van ons elke nacht sliepen. Luchóg stond bij de ingang, fijn stof kleefde aan zijn haar, huid en kleren. Zijn ogen straalden helder en vochtig, en op zijn gezicht hadden tranen natte sporen achtergelaten in het stof. Zijn vingers, rood en rauw, trilden hevig. As dwarrelde neer in de stralenkrans van licht die de fakkel wierp. Ik kon de brede rug van Smaolach onderscheiden, die voor een stapel puin stond op de plek waar onze slaapplaats ooit was geweest. In een hoog tempo gooide hij stenen aan de kant en probeerde de berg stukje bij beetje kleiner te maken. Verder zag ik niemand. We schoten hem te hulp en tilden puin van de berg die tot aan het plafond reikte.

'Wat is er gebeurd?' vroeg Speck.

'Ze zitten vast,' zei Luchóg. 'Smaolach denkt dat hij stemmen heeft gehoord aan de andere kant. Het hele dak kwam in één keer naar beneden. We zouden er ook onder hebben gezeten als ik niet meteen na het wakker worden trek had gehad in iets te roken.'

'Onions en Béka zijn al buiten. We hebben hen gezien,' zei ik.

'Zijn jullie daar?' vroeg Speck aan de stenen. 'Wacht maar, we komen jullie bevrijden.'

We groeven net zo lang totdat we een opening hadden waar Smaolach zijn arm tot aan zijn elleboog doorheen kon steken. Hierdoor aangemoedigd gingen we met hernieuwde energie verder en bleven we stenen weghalen totdat Luchóg door de opening kon kruipen en uit het zicht verdween. We bleven met ons drieën staan wachten, en het leek eeuwen te duren voordat we iets hoorden. Ten slotte riep Speck door de opening: 'Zie je iets, muis?'

'Graaf door,' riep hij terug. 'Ik hoor iemand ademen.'

Zonder een woord te zeggen liep Speck opeens weg, maar Smaolach en ik gingen verder met het vergroten van het gat. Aan de andere kant hoorden we Luchóg door de tunnel scharrelen, als een klein wezentje in de wanden van een huis. Om de paar minuten mompelde hij iets geruststellends tegen iemand en moedigde ons aan te blijven graven, en we gingen bijna wanhopig door, totdat onze spieren pijn deden en onze kelen vol stof zaten. Even plotseling als ze was verdwenen, dook Speck weer op, met in haar hand een tweede fakkel die ons kon bijschijnen. Haar gezicht was verstrakt van woede toen ze haar hand uitstak en aan de stenen begon te trekken. 'Die rotzak van een Béka,' zei ze. 'Ze zijn weg. Denken alleen aan zichzelf.'

Na veel gegraaf hadden we een opening die zo groot was dat ik erdoorheen kon kruipen. Ik viel bijna op mijn gezicht, maar Luchóg brak mijn val. 'Hier,' zei hij zacht, en we bogen ons samen over de ineengedoken gestalte. Half begraven onder het puin lag Chavisory, roerloos en koud. Bedekt door een laagje as leek ze net een geest, en haar adem rook dodelijk bedorven.

'Ze leeft nog.' Luchóg sprak fluisterend. 'Maar nog maar net, en ik denk dat ze haar benen heeft gebroken. Ik krijg die zware stenen niet in mijn eentje opzij.' Hij leek getroffen door angst en vermoeidheid. 'Je moet me helpen.'

Steen voor steen groeven we haar op. Bijna bezwijkend onder het gewicht van het puin vroeg ik hem: 'Heb je Ragno en Zanzara gezien? Zijn zij ontkomen?'

'Geen spoor.' Hij gebaarde achter zich, naar het slaapgedeelte dat nu was bedolven onder een ton aarde. De jongens moesten daar hebben gelegen toen het plafond naar beneden kwam, en ik hoopte maar dat ze niets hadden gemerkt en net zo gemakkelijk vanuit hun slaap de dood in waren gegleden als je je omdraait in bed. Maar we bleven maar aan hen denken. De kans op een tweede instorting dreef ons voort. Chavisory kreunde toen we de laatste steen van haar linkerenkel tilden. Die was gebroken, de botten en huid waren rauw en beurs. Toen we haar optilden, bungelde haar voet in een misselijkmakende hoek naar beneden en raakten onze handen besmeurd met bloed. Bij elke stap schreeuwde ze het uit, en toen we haar door de tunnel wisten te krijgen, half trekkend, half duwend, verloor ze het bewustzijn. Toen Smaolach haar been zag, het bot dat door de huid stak, draaide hij zich om en gaf over in de hoek. We rustten even uit voordat we aan het laatste stukje begonnen, en Speck vroeg: 'Is er verder nog iemand in leven?'

'Ik denk het niet,' zei ik.

Ze sloot heel even haar ogen en zei dat we hier zo snel mogelijk weg moesten. Het moeilijkste was nog het verlaten van de mijn zelf; Chavisory kwam weer bij en schreeuwde toen we haar naar buiten duwden. Op dat moment wou ik dat we allemaal binnen hadden liggen slapen, naast elkaar, dat we allemaal waren begraven, voorgoed uit ons lijden verlost. Uitgeput vlijden we haar voorzichtig op de helling neer. We wisten geen van allen wat we moesten zeggen of denken. Binnen stortte er weer een deel in, en de mijn blies als een stervende draak zijn laatste adem uit.

Doodmoe, van ons stuk gebracht door ons verdriet, wachtten we op het vallen van de avond. We geloofden niet dat iemand in het stadje iets kon hebben gehoord, of dat er mensen zouden komen kijken. Luchóg zag het vlekje licht als eerste, een klein vuur bij de rand van het woud. Zonder aarzelen, zonder iets te zeggen, tilden we met ons vieren Chavisory op, onze armen door elkaar gehaakt tot een brancard, en droegen haar in de richting van het licht. Hoewel we bang waren dat het vuur van vreemden was, besloten we dat het uiteindelijk beter was hulp te zoeken. Voorzichtig liepen we over de steenslag, waardoor we de arme Chavisory alleen maar meer pijn deden, maar we hoopten dat het vuur ons gelegenheid zou bieden de kou van de nacht op afstand te houden. Misschien konden we daar haar wonden verzorgen.

De wind blies krakend door de botten van de boomtoppen en liet de bovenste takken schudden als knippende vingers. Het vuur was door Béka ontstoken. Hij verontschuldigde zich niet en legde niets uit, hij gromde slechts als een oude beer toen we hem vragen stelden en slofte er daarna vandoor om alleen te kunnen zijn. Onions en Speck maakten een spalk voor Chavisory's gebroken enkel en bonden die vast met Luchógs jasje, en daarna dekten ze haar toe met afgevallen bladeren en bleven de hele nacht naast haar liggen om hun warmte met haar te delen. Smaolach verdween en kwam even later terug met een kalebas vol water. We zaten naar het vuur te kijken, veegden het aangekoekte stof van ons haar en onze handen, en wachtten totdat de zon op zou komen. In die stille uurtjes rouwden we om de doden. Ragno an Zanzara waren er niet meer, en Kivi en Blomma en Igel ook niet.

In plaats van de stralende gloed van de ochtend kwam er een zachte motregen, die lange tijd aanhield. Alleen het gefluit van een eenzame vogel gaf aan dat de tijd verstreek. Rond het middaguur verscheurde een hevige kreet van pijn de stilte. Chavisory was bijgekomen en vervloekte de stenen, de mijn, Béka, ons allemaal. Haar kreten verstomden pas toen Speck haar hand vastpakte en haar met eindeloos geduld wist te bedaren. De rest van ons wendde de blik af, keek

steels naar de gezichten van de anderen, die maskers van vermoeidheid en verdriet waren. We waren nu met ons zevenen.
Ik moest twee keer tellen om het te kunnen geloven.

Zevenentwintig

Tess hoefde niet te worden overgehaald om heimelijk de grens over te steken. Alleen al het idee gaf onze huwelijksreis een erotische opleving. Hoe dichter we in de buurt van Tsjecho-Slowakije kwamen, hoe levendiger de seks werd. Op de dag dat we onze geheime oversteek uitstippelden, hield ze me tot halverwege de ochtend in bed. Haar verlangens voedden mijn eigen nieuwsgierigheid naar mijn verborgen verleden. Ik moest weten waar ik vandaan kwam, wie ik was geweest. Elke stap die ik zette, gaf me het gevoel dat ik naar huis terugkeerde. Het landschap oogde vertrouwd, als iets uit een droom, alsof de bomen, meren en heuvels al heel lang een slapend bestaan hadden geleid in mijn geest. De gebouwen van steen en hout waren precies zoals ik me had voorgesteld, en de mensen die we in herbergen en kroegen zagen, oogden met hun stevige lichamen, fijnbesneden trekken, helderblauwe ogen en golvende blonde haar vertrouwd. Hun gezichten lokten me verder naar Bohemen. We besloten de grens naar het verboden land over te steken bij het plaatsje Hohenberg, dat aan de Duitse kant lag.

Het kasteel aan de rand van het stadje, dat voor het eerst in 1222 in geschriften was genoemd, was al meerdere keren verwoest en weer opgebouwd, voor het laatst na de Tweede Wereldoorlog. Op een zonnige zaterdag hadden Tess en ik het stadje bijna voor onszelf; er was verder alleen een jong Duits gezin met vier kinderen dat ons van het ene naar het andere gebouw achternaliep. Ze wisten ons op een bepaald moment buiten in te halen, bij de ongelijke witte muren die langs de achterste grens van het stadje liepen, als een fort dat moest beschermen tegen aanvallen uit het bos of van de erachter gelegen rivier de Eger.

'Pardon,' zei de moeder in het Engels tegen Tess, 'u bent Amerikaans, niet? U wilt foto nemen? Van mijn gezin, op mijn camera?'

Ik verbleekte omdat ik zo gemakkelijk als Amerikaan te herkennen was. Tess glimlachte naar me, deed haar rugzak af en legde die op de grond. Het gezin van zes stelde zich op aan de voet van een van de oorspronkelijke borstweringen. De kinderen hadden mijn broers en zussen kunnen zijn, en terwijl zij poseerden, drong heel even tot me door dat ik ook ooit tot een dergelijk gezin had behoord. Tess deed een paar stappen naar achteren, zodat ze hen allemaal op de foto kon krijgen, en de kleine kinderen riepen uit: '*Vorsicht, der Igel! Der Igel!*' De jongen, die niet ouder dan vijf was, rende met een geschrokken blik in zijn ogen recht op Tess af. Hij bleef vlak voor haar staan, bukte zich, reikte met zijn handjes tussen haar enkels door naar een klein bloembed en tilde voorzichtig iets op.

'Wat heb je daar?' Tess boog zich naar hem toe.

Hij stak zijn handen uit, en tussen zijn vingers bewoog een egeltje. Iedereen lachte omdat er een tragedie was afgewend en Tess niet op het kleine stekelige wezentje was gaan staan, maar ik trilde zo hevig dat ik mijn sigaret amper kon opsteken. Igel. Die naam had ik al bijna twintig jaar niet meer gehoord. Ze hadden allemaal namen gehad, die niet geheel vergeten waren. Ik stak mijn hand uit om Tess te helpen, in de hoop hen uit mijn gedachten te kunnen bannen.

Nadat het gezin was doorgelopen, zochten we met de kaart in de hand naar de wandelpaden achter het kasteel. Op een van de paden passeerden we een kleine grot, met ervoor resten van een bivak dat in mijn ogen nog het meest op een verlaten ring leek. Ik leidde ons snel verder, naar het oosten, heuvelafwaarts naar het zwarte bos. Ons pad kwam uit op een tweebaansweg waarop geen verkeer te zien was. Voorbij de bocht wees een bord EGERSTEIG naar een onverhard pad aan de rechterkant, en we passeerden een flauwe stroomversnelling in een smal riviertje, eigenlijk niet meer dan een breed, ondiep beekje. Op de andere oever lagen de Tsjecho-Slowaakse bossen, en in de heuvels daarachter lag Cheb. Er was geen sterveling te bekennen en de grens werd niet beschermd door prikkeldraad, misschien wel vanwege de rivier of de stenen. Tess pakte mijn hand vast en we staken over.

We konden over de stenen boven de waterspiegel lopen, maar we moesten voorzichtig zijn. Zodra we de Tsjechische kant hadden bereikt, ging er een rilling door me heen, scherp als een scheermes. We hadden het gered. Thuis, of zo dicht bij huis als maar mogelijk was. Op dat moment was ik klaar om me te bekeren – of terug te keren – en mijn identiteit op te eisen. Tess en ik hadden ons die ochtend zo goed mogelijk vermomd en getracht ons haar en kleren van een onverschillig Europees tintje te voorzien, maar ik vreesde dat anderen door onze vermomming heen zouden kijken. Achteraf gezien had ik me geen zorgen hoeven maken, want 1968 was het jaar van de Praagse lente, dat open venster waardoor Dubček het 'socialisme met een menselijk gezicht' naar de onwetende Tsjechen en Slowaken trachtte te brengen. De Russische tanks zouden pas in augustus aan komen rollen.

Tess genoot van het gevaar van onze verboden oversteek en sloop als een ontsnapte gevangene over de met bladeren bedekte bodem in het bos. Ik probeerde haar bij te houden, haar hand vast te houden en een zekere zwijgzame geslepenheid uit te stralen. Nadat we ongeveer anderhalve kilometer hadden gelopen, viel er af en toe een druppel tussen de bladeren door, maar al snel begon het harder te regenen. De regendruppels vielen met zekere regelmaat neer op het bladerdak boven ons, maar ergens daarachter was het onregelmatige geluid van voetstappen hoorbaar. Het was te donker om iemand te kunnen onderscheiden, maar ik hoorde ze door het struikgewas benen, in rondjes om ons heen, ons achtervolgend. Ik pakte haar bij haar arm en maande haar door te lopen.

'Henry, hoorde je dat?' Tess' blik schoot heen en weer, en ze draaide haar hoofd van links naar rechts. Ze bleven komen, en we begonnen te rennen. Tess wierp een laatste blik over haar schouder en gilde, maar toen greep ze me bij mijn elleboog, dwong me te blijven staan en draaide me om, zodat ik onze kwelgeesten kon zien. In de vallende regen oogden ze een tikje verloren. Drie koeien, twee bonte en een witte, staarden ons aan, onverschillig herkauwend.

Doorweekt ontvluchtten we het bos en kwamen bij een weg aan. We moeten een beklagenswaardige aanblik hebben geboden, want een boer hield naast ons halt en gebaarde met zijn duim dat we in de laadbak mochten meerijden. Tess riep door de regen 'Cheb?' naar hem, en toen hij knikte, klommen we achterin en reden een half uur lang boven op een berg aardappelen mee naar het schilderachtige Tsjechische stadje. Ik bleef naar de bossen kijken die we steeds verder achter ons lieten en was er zeker van dat we werden gevolgd.

De huizen en winkels waren in bleke pastelkleuren geverfd, als bloemen in een lentetuin, de oude gebouwen in wit en geel, taupe en kopergroen. Een groot deel van Cheb oogde tijdloos, maar de gebouwen en monumenten maakten niets los in mijn herinnering. Een zwarte sedan met een zwaailicht van rood glas stond scheef geparkeerd voor het gemeentehuis. Teneinde de politie te ontlopen gingen we de andere kant op, in de hoop dat we iemand zouden vinden die ons gebroken Duits zou begrijpen. We bleven uit de buurt van het roze Hotel Hvezda, waarvoor een ernstig ogende agent stond die ons minstens een halve minuut strak aankeek en ons daardoor doodsangst aanjoeg. Aan de andere kant van het plein, achter het standbeeld van de Wilde Man, stond een vervallen hotel, vlak naast de rivier de Ohře. Ik had gehoopt en verwacht dat de aanblik van gebouwen herinneringen aan Gustav Ungerland zou oproepen, maar niets was vertrouwd. Mijn hooggespannen verwachtingen die door de reis waren opgeroepen bleken een stap te ver. Het was alsof ik hier nooit eerder was geweest, alsof de jeugd in Bohemen nooit had bestaan.

In een donkere en rokerige kroeg wisten we de baas dankzij Amerikaanse dollars zover te krijgen dat hij ons worsten en gekookte aardappelen voorschotelde, plus een muffe halve fles Oost-Duitse wijn. Na onze maaltijd werden we een kromme trap op geleid naar een piepklein kamertje met slechts plaats voor een bed en een wastafel. Ik deed de deur op slot, en Tess en ik gingen met onze jas en schoenen nog aan op onze rug op het versleten beddengoed liggen, te gespannen, moe en opgewonden om ons te verroeren. De duisternis stal langzaam het laatste beetje licht, en de stilte werd slechts verbroken door de geluiden van onze ademhaling en woest kloppende harten.

'Wat doen we hier eigenlijk?' vroeg ze ten slotte.

Ik ging rechtop zitten en begon me uit te kleden. In mijn

vorige leven had ik haar in het donker even helder als het aanbreken van de dag kunnen zien, maar nu vertrouwde ik op mijn verbeelding. 'Is dit niet opwindend? Dit stadje hoorde ooit bij Duitsland, en daarvoor bij Bohemen.' Ze deed haar schoenen uit, trok haar jas uit. Terwijl zij zich uitkleedde, liet ik me onder de wollen dekens en ruwe lakens glijden. Naakt en huiverend kroop Tess tegen me aan, met een koude voet over mijn been wrijvend. 'Ik ben bang. Stel dat de geheime politie straks aanklopt?'

'Maak je geen zorgen, schatje,' zei ik in mijn beste James Bond-imitatie. 'Ik ben bevoegd tot doden.' Ik liet me boven op haar zakken, en we deden ons best om voor het gevaar te leven.

De volgende morgen stonden we laat op en haastten ons naar de fraaie oude kerk van de heilige Nicolaas, waar we nog net op tijd waren voor het begin van de mis in het Tsjechisch en het Latijn. Het dichtst bij het altaar zat een rijtje oude vrouwen met rozenkransen tussen hun gevouwen handen, en her en der verspreid zaten gezinnetjes bij elkaar, verdwaasd en bedachtzaam als schapen. Bij de ingang stonden twee mannen in donkere pakken die ons mogelijk in de gaten hielden. Ik probeerde mee te zingen met de gezangen, maar kon alleen maar doen alsof ik de tekst kende. Hoewel ik de kerkdienst niet kon volgen, waren de riten en rituelen dezelfde als tijdens de missen die ik lang geleden met mijn moeder had bezocht: iconen boven kaarsen; de versierde gewaden van de priesters en de ongerepte misdienaars; het ritme van het opstaan, knielen, zitten; een wijding die werd ingeluid door het gebeier van klokken. Hoewel ik toen al wist dat het niet meer was dan een dwaas romantisch schouwspel zag ik mijn oude ik voor me, op zijn paasbest, naast haar in de kerkbank, met ernaast mijn met tegenzin meezingende vader en de gerokte tweeling die onrustig heen en weer zat te schuiven. Wat me nog het meeste trof, was de orgelmuziek die van een verdieping helemaal bovenin naar beneden stroomde als een rivier over rotsen.

Na de dienst bleven de gelovigen bij het verlaten van de kerk staan om een paar woorden te wisselen en de gerimpelde priester te groeten die net buiten de deur in het stralende zonlicht stond. Een blond meisje wendde zich tot haar bijna identiek ogende zusje en wees naar ons, fluisterde in zijn oor, en toen renden ze hand in hand de kerk uit. Tess en ik bleven achter, keken naar de rijk versierde beelden van Maria en Sint Nicolaas die de ingang flankeerden en waren de laatsten die het gebouw verlieten. Toen Tess haar hand naar de priester uitstak, merkte ze dat die haar stevig vastpakte en naar zich toe trok.

'Bedankt voor jullie komst,' zei hij, en toen keek hij naar mij, met een vreemde blik in zijn ogen, alsof hij mijn verleden kende. 'En God zegene je, mijn zoon.'

Tess lachte betoverend. 'Uw Engels is heel erg goed. Hoe wist u dat we Amerikanen zijn?'

Hij bleef haar hand de hele tijd vasthouden. 'Kort na mijn wijding heb ik vijf jaar lang in de St. Louis Cathedral in New Orleans gewerkt. Ik ben pater Karel Hlinka. Jullie zijn hier vanwege het festival?'

'Welk festival?' Tess klaarde op bij het vooruitzicht.

'Pražské jaro. Het Praagse Internationale Muziekfestival.'

'O nee. Daar weten we helemaal niets van.' Ze boog zich voorover en sprak op lage, vertrouwelijke toon: 'We zijn de grens over geglipt.'

Hlinka lachte, beschouwde haar opmerking als een grapje, en ze veranderde snel van onderwerp, vroeg hem naar zijn ervaringen in Amerika en de uitgaansgelegenheden in New Orleans. Terwijl zij praatten en lachten, ging ik buiten in een hoekje een sigaret staan roken en keek naar de blauwe rook die kringelend opsteeg naar de hemel. De twee blonde zusjes hadden een rondje gelopen en waren weer terug, deze keer aan het hoofd van een groepje kinderen dat ze op straat hadden opgetrommeld. Als een rij vogels op een telefoondraad stonden ze vlak buiten het hek van de kerk, een tiental hoofden dat over het lage muurtje keek. Ik hoorde hen babbelen in het Tsjechisch, en een zin die klonk als *podvržené dítě* dook keer op keer op in hun kwetterende lied. Na een snelle blik op mijn vrouw, die pater Hlinka uitermate wist te boeien, liep ik naar de kinderen toe, die als duiven uiteenstoven toen ik te dichtbij kwam. Ze kwamen weer aangevlogen toen ik hun mijn rug liet zien, en toen ik me omdraaide, renden ze lachend en gillend weg. Ik zette een stap buiten het hek en zag een meisje weggedoken achter de muur zitten. We spraken in het Duits met elkaar, en ik zei dat ze niet bang hoefde te zijn.

'Waarom rent iedereen weg, waarom lachen ze allemaal?'

'Ze zei tegen ons dat er een duivel in de kerk zat.'

'Maar ik ben geen duivel... alleen maar een Amerikaan.'

'Ze zei dat je uit het bos komt. Een fee.'

Achter de straten van het stadje ritselde het oude bos van het leven. 'Zulke dingen bestaan niet.'

Het meisje stond op en keek me aan, haar handen op haar heupen. 'Ik geloof je niet,' zei ze, en toen rende ze weg naar haar kameraadjes. Ik keek haar na, mijn gedachten overhoop gehaald, bang dat ik een fout had gemaakt. Maar we waren nu al zo ver gekomen dat ik niet meer bang was voor een paar kinderen of de dreiging van de politie. In bepaalde opzichten waren ze niet anders dan andere mensen. Argwaan was als mijn tweede huid, en ik had het gevoel dat ik uitstekend in staat was de feiten voor iedereen te verbergen.

Tess kwam door de poort naar buiten en trof me op het trottoir aan. 'Zin in een privérondleiding, liefje?'

Pater Hlinka verscheen naast haar. 'Frau Day zegt dat u musicus bent, componist. Dan moet u ons orgel proberen. Het beste van Cheb.'

Op de zolder hoog boven in de kerk ging ik aan het orgel zitten. Onder me lagen de lege banken, het vergulde altaar, het reusachtige kruisbeeld, en ik speelde als een bezetene. Om de pedalen te kunnen bedienen en de juiste klanken aan het enorme instrument te ontlokken moest ik heen en weer wiegen en mijn gewicht op het apparaat laten rusten, maar toen ik eenmaal had uitgedokterd hoe de registers en balgen werkten en meeging met de muziek was het net een soort dans. Ik speelde een eenvoudig stukje uit *Berceuse* van Louise Vierne, en voor het eerst in jaren had ik het gevoel dat ik weer mezelf was. Terwijl ik speelde, kwam ik los van alles, was me niet langer bewust van iets of iemand, alleen maar van de muziek, die me vulde als warm ijs en me als een wonderbaarlijk vreemde sneeuw bedekte. Pater Hlinka en Tess zaten naast me bovenin en zagen mijn handen bewegen, mijn hoofd op en neer gaan, en luisterden naar de muziek.

Toen Tess genoeg had van de gewelddadige klanken gaf ze me een zoen op mijn wang en liep de trap af om de rest van de kerk te gaan bekijken. Nu ik alleen was met de pater wijdde ik snel uit over de redenen voor mijn bezoek aan Cheb. Ik vertelde hem dat ik de familiegeschiedenis nader had bekeken en dat de bibliothecaresse in Frankfurt me had aangeraden de doopregisters van de kerk te bekijken. Er was immers weinig hoop dat ik toegang zou krijgen tot de archieven van de centrale regering.

'Ik wil haar verrassen,' zei ik. 'Ik wil Tess' stamboom natrekken, maar de ontbrekende schakel is haar grootvader, Gustav Ungerland. Als ik erachter kan komen op welke dag hij is geboren, of een ander detail, dan kan ik de familiegeschiedenis misschien voor haar reconstrueren.'

'Dat lijkt me een geweldig idee. Komt u morgen maar terug, dan zal ik voor u in de archieven kijken en kunt u nog wat voor me spelen.'

'Maar u mag niets tegen mijn vrouw zeggen.'

Hij knipoogde, en daarmee was onze samenzwering beklonken.

Tijdens het eten vertelde ik Tess over het muzikale gedeelte van Hlinka's aanbod, en ze was blij dat me de gelegenheid werd geboden het orgel nogmaals te bespelen. Op maandagmiddag zat ze beneden in de middelste bank een uurtje te luisteren, maar daarna ging ze in haar eentje op pad. Na haar vertrek fluisterde pater Hlinka: 'Ik heb iets voor u.' Hij kromde zijn vinger en gebaarde dat ik hem moest volgen naar een kleine alkoof naast de zolder. Ik nam aan dat hij in het archief iets over Ungerland had aangetroffen, en mijn verwachting nam toe toen de pater een houten kist boven op een gammel bureau tilde. Hij blies het stof van de deksel, grijnzend als een elfje, en deed de kist open.

Ik had documenten van de kerk verwacht, maar ik zag bladmuziek. Vellen vol, voor het orgel, en niet alleen de gebruikelijke gezangen, maar ook symfonische meesterwerken die het instrument een bestaansrede gaven: heel veel Händel, de *Tweede Symfonie* van Mahler, de *Hunnenschlacht* van Liszt, de *Fantasie Symphonique* van François-Joseph Fétis en een stel orgelsolo's van Guilmant. Er waren stukken van Gigout, Langlais en Chaynes, en Poulencs *Concerto pour orgue, cordes et timbales*. Opnamen op plaat van *Symphony 1* van Aaron Copland, van Barbers *Toccata Festiva*, Rheinberger, Franck en dertien stukken van Bach. Ik was verbijsterd en geïnspireerd. Het zou maanden of zelfs jaren duren om dat alles alleen al te beluisteren, laat staan die stukken zelf te spelen, en we hadden slechts een paar uur. Ik wilde mijn zakken volproppen met de buit, mijn hoofd vullen met liederen.

'Mijn enige zonde en hartstocht,' zei Hlinka. 'Geniet ervan. We verschillen niet zo veel van elkaar, u en ik. Vreemde wezens met een ongewone voorliefde. Alleen u, mijn vriend, u kunt spelen, en ik kan slechts luisteren.'

Ik speelde de hele dag voor pater Hlinka, die de oude registers van de kerk naspeurde op doopsels, huwelijken en begrafenissen. Ik overviel hem met fonkelende, buitenissige klanken, gaf de bas extra nadruk, en ramde op de toetsen voor de krankzinnige laatste noten van de *Symphonie Concertante* van Joseph Jongen. Aan dat orgel gezeten kwam er een verandering over me, en ik hoorde mijn eigen composities tussen de andere stukken door. De muziek riep herinneringen op die verder gingen dan het stadje, en op die heerlijke middag experimenteerde ik met variaties en werd ik zo meegesleept dat ik de pater helemaal vergat, totdat hij om vijf uur weer verscheen, met lege handen. Geërgerd omdat hij in zijn eigen archief niets over de familie Ungerland had kunnen vinden had hij zijn vakbroeders in Sint Wensceslas gebeld, die weer contact hadden opgenomen met de archivarissen van de inmiddels verlaten kerken van Sint Bartholomeus en Sint Klara, om te vragen of zij bij de zoektocht konden helpen.

Mijn tijd begon op te raken. Ondanks de betrekkelijke vrijheid bestond nog steeds het gevaar dat iemand naar onze papieren zou vragen, en we hadden geen visum voor Tsjecho-Slowakije. Tijdens het ontbijt had Tess geklaagd dat de politie haar in de gaten had gehouden toen ze de Zwarte Toren had bekeken, dat ze haar waren gevolgd naar het museum aan de Ružovíj kopeček. Op straat wezen schoolkinderen haar na. Ik had hen ook gezien; ze renden de schaduwen in, verborgen zich in donkere hoekjes. Op woensdagmorgen klaagde ze dat ze zo'n groot deel van de huwelijksreis in haar eentje moest doorbrengen.

'Nog één dagje,' zei ik smekend. 'Het geluid in die kerk is met niets te vergelijken.'

'Goed, maar dan blijf ik vandaag niet hier. Zou je niet liever weer naar bed gaan?'

Toen ik laat die middag bij het orgel aankwam, zag ik tot mijn verbazing dat de pater daar op me zat te wachten. 'Mag ik het aan uw vrouw vertellen?' Hij grijnsde. 'We hebben hem gevonden. Althans, ik denk dat dit haar grootvader is. De data kloppen niet helemaal, maar hoeveel Gustav Ungerlands kunnen er zijn?'

Hij gaf me een korrelige fotokopie van de passagierslijst van het Duitse schip Albert, dat op 20 mei 1851 Bremen had verlaten op weg naar Baltimore in Maryland. De namen en leeftijden stonden in een keurig handschrift vermeld:

212	Abram Ungerland	42	Musikant	Eger	Boheme
213	Clara Ungerland	40		"	"
214	Friedrich "	14		"	"
215	Josef "	6		"	"
216	Gustav "	$^1/_2$		"	"
217	Anna "	9		"	"

'Dat zal ze vast enig vinden. Wat een mooi cadeau.'

Ik kon zijn vragen niet eens beantwoorden. De namen riepen een golf aan herinneringen op. Josef, mijn broer – Wo in der Welt bist du? – Anna, die tijdens de overtocht stierf, het ontbrekende kind dat mijn moeders hart brak. Mijn moeder, Clara. Abram, de musicus. Namen die bij mijn dromen pasten.

'Ik weet dat u zei dat hij hier in 1859 moet hebben gewoond, maar soms is het verleden een raadsel. Maar ik denk dat 1851, en niet 1859, het goede jaar is voor Herr Ungerland,' zei pater Hlinka. 'De geschiedenis vervaagt in de loop van de tijd.'

Heel even kwam het zestal tot leven. Natuurlijk kon ik me Eger of Cheb niet meer herinneren. Ik was een baby, nog geen jaar oud, toen we naar Amerika waren gegaan. Er was een huis, een salon, een piano. Daar werd ik weggehaald, niet hier.

'Er is niets te vinden in de archieven van de kerk, maar ik denk dat we de gegevens over emigranten moeten bekijken, denkt u ook niet? Zal mevrouw Day dit niet enig vinden? Ik sta te popelen om haar gezicht te zien.'

Ik vouwde het vel op en stak het in mijn zak. 'Natuurlijk, pater, ja, u moet het haar vertellen. We moeten het vieren... vanavond, als u dat wilt.'

Door zijn vergenoegde glimlach had ik bijna spijt van mijn leugen, en het deed me evenveel pijn het orgel achter me te moeten laten. Maar ik haastte me naar buiten, de geschiedenis in mijn zak dicht tegen mijn hart. Toen ik Tess had gevonden, verzon ik een verhaal over de politie die in de kerk naar twee Amerikanen was komen zoeken, en we glipten weg, ons spoor terug volgend naar de grens.

Toen we in het bos aankwamen, vlak bij de voorde, schrok ik hevig toen ik een jongetje van een jaar of zeven helemaal alleen naast een grote boom zag staan. Hij schonk geen aandacht aan ons, maar bleef doodstil staan, alsof hij zich voor iemand verstopte. Ik kon me wel voorstellen wie er achter hem aan zat, en diep in mijn hart wilde ik hem redden. We waren bijna bij hem toen hij ineenkromp en een vinger op zijn lippen legde. Een kind dat ons smeekte stil te zijn.

'Spreek je Duits?' fluisterde Tess in die taal.

'Ja, stilte alstublieft. Ze zitten me achterna.'

Ik keek van boom naar boom, rekenend op een golf wisselkinderen.

'Wie zitten je achterna?'

'Versteckspiel,' siste hij, en na die woorden stoof een jong meisje uit het struikgewas naar voren en tikte hem op de schouder. Toen de andere kinderen uit hun schuilplaatsen opdoken, besefte ik pas dat ze gewoon verstoppertje aan het spelen waren. Maar toen ik van de jongen naar het meisje keek, van het ene gezicht naar het andere, herinnerde ik me weer hoe moeiteloos ze hun uiterlijk hadden kunnen veranderen. Tess vond hen schattig en wilde nog even blijven kijken, maar ik zei dat we door moesten lopen. Bij de rivier sprong ik van steen naar steen en stak zo snel als ik kon over. Tess nam de tijd, geërgerd en geïrriteerd omdat ik niet op haar wachtte.

'Henry, Henry, waarom heb je zo'n haast?'

'Schiet op, Tess. Ze zitten ons achterna.'

Ze maakte zich op om naar de volgende steen te springen. 'Wie?'

'Zij,' zei ik, en ik liep terug om haar vanaf de andere oever de beek over te helpen.

Na onze huwelijksreis kregen we het al snel zo druk dat ik geen tijd had om onderzoek te doen naar de familie Ungerland of een ander kerkorgel te zoeken. We hadden nog een laatste overvol semester aan de universiteit voor de boeg, en naarmate het moment van afstuderen naderde, gingen onze gesprekken steeds vaker over de toekomst. Tess lag in bad, omringd door de damp die uit het warme water omhoog kringelde. Ik leunde tegen de rand van de wasmand en deed alsof ik een eerste opzet voor een nieuwe compositie doornam, maar zat eigenlijk genietend te kijken hoe zij lag te weken.

'Henry, ik heb goed nieuws. Het ziet ernaar uit dat ik die baan bij de gemeente kan krijgen.'

'Dat is fantastisch,' zei ik. Ik draaide het vel om en neuriede een paar noten. 'Wat moet je daar precies doen?'

'In het begin vooral adviezen geven. Mensen komen langs met hun problemen, ik schrijf alles op, en dan zorgen we voor een goede doorverwijzing.'

'Nou, ik heb een sollicitatiegesprek op de lagere school.' Ik legde de compositie neer en keek naar haar halfverzonken naakte gestalte. 'Ze zoeken een muziekleraar voor de twee hoogste klassen die ook het schoolorkest kan leiden. Het klinkt erg aantrekkelijk, en ik zou tijd overhouden om te componeren.'

'Het gaat goed met ons, liefje.'

Ze had gelijk, en op dat moment nam ik mijn besluit. Mijn leven ging de goede kant op. Tegen alle verwachtingen in, en ondanks de onderbreking die het gevolg van mijn vaders dood was geweest, zou ik afstuderen en aan een nieuwe carrière beginnen. In mijn badkuip lag een prachtige jonge vrouw zich te ontspannen.

'Waarom sta je zo te glimlachen, Henry?'

Ik begon mijn overhemd los te knopen. 'Schuif eens op, Tess. Ik moet je even iets influisteren.'

Achtentwintig

Het meest genadeloze ter wereld is liefde. Wanneer de liefde vlucht, rest alleen nog de herinnering ter compensatie. Onze vrienden waren verdwenen of zouden verdwijnen, en hun geesten waren het beste wat onze geesten konden oproepen om het gat van hun ontbrekende liefde te vullen. Tot op de dag van vandaag word ik achtervolgd door gedachten aan hen die er niet meer zijn. Het verlies van Kivi, Blomma, Ragno en Zanzara bleek ook voor Speck hartverscheurend. Ze deed grimmig en vastberaden wat ze moest doen, alsof ze de kwade geesten op afstand kon houden door druk bezig te zijn.

Na de ramp in de mijn werd Béka met zijn instemming afgezet en koos de uitgedunde groep Smaolach als nieuwe leider. We leefden voor het eerst in jaren weer bovengronds en waren door Chavisory's bedlegerigheid gebonden aan een kleine open plek in het woud. Het verlangen naar huis terug te keren vrat aan ons allemaal. Er was vijf jaar verstreken sinds we ons kamp hadden verlaten, en we namen aan dat we veilig terug konden keren. De laatste keer dat iemand ons voormalige thuis had gezien, was alles kaal geweest, maar nu moest er wel weer iets nieuws groeien: op de plekken waar zwarte as had gelegen, zouden nieuwe loten zijn opgekomen tussen de wilde bloemen en het nieuwe gras. Net zoals de natuur haar resten opnieuw opeist, zouden de mensen de jongen in de rivier en de twee meisjes in de winkel zijn vergeten. Ze wilden immers dat het leven zo doorging als zij dachten dat het was.

Toen we weer veilig konden reizen, gingen Luchóg, Smaolach en ik op pad en lieten de andere drie achter in ons geïmproviseerde kamp, waar ze op Chavisory konden passen. Hoewel er die dag een koude wind stond, werden we heel wat vrolijker bij het vooruitzicht onze oude stek weer te zien. We renden als herten over de paden, lachten wanneer we elkaar inhaalden. Het oude kamp glansde in onze verbeelding als een belofte van stralende verlossing.

Toen we de westelijke heuvelrug beklommen, hoorde ik gelach. We vertraagden ons tempo. Op het moment dat we de rand hadden bereikt, trokken de geluiden beneden onze aandacht. Het dal werd zichtbaar, tussen de verbroken sluier van boomstammen en takken door. Rijen huizen en open gazons slingerden en kronkelden langs keurige straten die net linten leken. Precies op de plek waar ons kamp was geweest, stonden vijf nieuwe huizen in een kring. Aan weerszijden van een brede weg die door de bomen heen sneed, stonden er nog eens zes. Op die weg kwamen nog meer straten uit, met erlangs huizen die de hele heuvel bedekten, tot aan de grote weg naar het stadje toe.

'Eigen haard,' zei Luchóg.

Ik keek ver voor me uit en zag allerlei bedrijvigheid. Een vrouw tilde pakjes die met linten waren dichtgeknoopt uit een stationcar. Twee jongens gooiden een bal over. Een gele auto, in de vorm van een kever, pruttelde de kronkelende straat in. We hoorden een radio iets melden over een wedstrijd tussen het leger en de marine, en een man probeerde vloekend een lichtslang aan de rand van zijn dak vast te spijkeren. Ik was zo geboeid door alles dat ik niet eens merkte dat de dag plaatsmaakte voor de avond. In de huizen gingen de lampen aan, alsof iemand een teken had gegeven.

'Zullen we kijken wie er nu in de kring wonen?' vroeg Luchóg.

We slopen naar de cirkel van asfalt. Twee van de huizen oogden verlaten. In de drie andere waren tekenen van leven te zien: auto's op de opritten, door lampen beschenen gestalten die achter de ramen heen en weer schoten, alsof ze iets heel belangrijks te doen hadden. We keken door alle ramen en zagen dat zich overal hetzelfde verhaal afspeelde. Een vrouw stond in de keuken in een pan te roeren. Een andere tilde een enorme vogel uit de oven, terwijl in de aangrenzende kamer een man naar piepkleine figuurtjes in een lichtgevend kastje zat te kijken, met een gezicht dat rood zag van opwinding of woede. Zijn naaste buurman lag te dutten in een luie stoel en merkte niets van het geluid of de flikkerende beelden.

'Hij komt me bekend voor,' fluisterde ik.

Een klein kind, tot aan zijn tenen in blauwe badstof gehuld, zat in een hoek van de kamer in een kooi. Hij speelde afwezig met felgekleurd plastic speelgoed. Heel even dacht ik dat de slapende man op mijn vader leek, maar ik begreep niet hoe hij nog een zoon zou kunnen hebben. Een vrouw liep van de ene kamer naar de andere, haar lange blonde haar zwiepte in een staart achter haar aan. Ze tuitte haar lippen voordat ze zich vooroverboog en iets tegen de man fluisterde, misschien wel een naam, en hij schrok op, beschaamd omdat hij slapend was betrapt. Toen zijn ogen openvlogen, leek hij nog meer op mijn vader, maar zij was zeker niet mijn moeder. Ze uitte een scheef lachje en tilde de baby over de spijlen heen, en het kind lachte en kirde en sloeg zijn armpjes om de nek van zijn moeder. Ik had dat geluid eerder gehoord. De man deed het kastje uit, maar voordat hij naar vrouw en kind liep, ging hij naar het beslagen raam, veegde met beide handen een cirkel schoon en tuurde de duisternis in. Ik geloof niet dat hij ons zag, maar ik wist zeker dat ik hem al eerder had gezien.

We liepen in kringetjes terug het woud in en wachtten totdat de maan hoog aan de hemel stond en de meeste lampen uitgingen. De huizen in de kring waren donker en stil.

'Ik vind dit helemaal niet leuk.' Mijn adem was zichtbaar in het zachtpaarse licht.

'Je trekt zorgen aan zoals een jong katje aan een stukje wol trekt,' zei Smaolach.

Hij gaf op barse toon een bevel, en we volgden hem terug naar de doodlopende straat. Smaolach koos een huis waar geen auto voor de deur stond en de kans op een ontmoeting met mensen erg klein was. We glipten zonder problemen door de voordeur naar binnen, die niet op slot was, en zorgden ervoor dat we niemand wakker maakten. Aan een kant van de gang stond een keurige rij schoenen, en Luchóg keek meteen of er een paar in zijn maat bij was. Hun zoontje zou morgenochtend niet blij kijken. De keuken lag in het zicht van de gang, aan de andere kant van een kleine eetkamer. We laadden ieder een rugzak vol met fruit en groenten in blik, meel, zout en suiker. Luchóg propte handenvol theezakjes in zijn broekzakken en griste op weg naar buiten een pakje sigaretten en een doosje lucifers van het dressoir. We stonden binnen een paar minuten weer buiten, zonder iemand te hebben gestoord.

Het tweede huis – waar de baby in het blauw woonde – bood meer verzet. Alle deuren en ramen op de begane grond zaten op slot, zodat we door de kruipruimte naar binnen moesten glippen en uitkwamen in een klein kamertje, zo groot als een kast, dat een doolhof vol leidingen herbergde. Door die leidingen te volgen, kwamen we uiteindelijk terecht in het binnenste van het huis, in de kelder. Om nog stiller te kunnen zijn, trokken we onze schoenen uit en bonden die aan de veters om onze nek voordat we de trap opliepen en langzaam de keukendeur openden. Het vertrek rook naar vers brood.

Terwijl Smaolach en Luchóg de provisiekast plunderden, liep ik op mijn tenen door de kamers, op zoek naar de voordeur en de gemakkelijkste manier om weg te komen. Aan de wanden van de woonkamer hing een rij foto's die vooral als oninteressante schimmen oogden, maar toen ik erlangs liep, viel een straal maanlicht op een ervan en verstijfde ik. Twee personen, een jonge moeder en haar kleine kindje, dat ze tegen haar schouder gedrukt hield zodat het in de lens kon kijken. De baby oogde net als iedere andere zuigeling, rond en glad als een knoop. De moeder keek niet recht naar de fotograaf, maar vanuit haar ooghoeken naar haar zoontje. Haar kapsel en kleren wezen op een andere periode, en zij, met haar betoverende glimlach en hoopvolle blik, oogde zelf als een kind met een kind. Ze had haar kin opgeheven, alsof ze elk moment kon uitbarsten in een lach van vreugde vanwege het kind in haar armen. De foto zorgde ervoor dat er een vloedgolf aan chemische stoffen naar mijn hersenen stroomde. Duizelig en gedesoriënteerd als ik was, wist ik wat ik zag, maar ik kon hun gezichten niet plaatsen. Er waren nog meer foto's: een lange witte jurk die naast een schaduw stond, een man met een hoge hoed, maar ik bleef maar naar die foto van moeder en kind kijken, legde mijn vingers op het glas, volgde de omtrekken van de gezichten. Ik wilde het me herinneren. Ik was zo dom naar de wand te lopen en de lamp aan te doen.

In de keuken hapte iemand naar adem, en op hetzelfde moment werden de foto's aan de muur scherp en glashelder. Twee oudere mensen met zware brillen. Een dikke baby. Maar ik zag heel duidelijk de foto die me zo had gegrepen, en ernaast zag ik er eentje die me nog meer van mijn stuk bracht. Op de foto stond een jongen, zijn ogen ten hemel geslagen, opkijkend in afwachting van iets wat niet te zien was. Hij was hoogstens een jaar of zeven op het moment dat de foto was gemaakt, en als het geen zwart-witafdruk was geweest, had ik hem waarschijnlijk eerder herkend. Want dat was mijn gezicht, dat was ik, met een jas aan en een muts op, kijkend naar... Wat? Vallende sneeuw, een opgegooide voetbal, een vlucht ganzen, handen boven me? Wat een vreemd lot dat een jongetje kon treffen, eindigen aan de wand van dit onbekende huis. De man en de vrouw op de trouwfoto boden geen enkel aanknopingspunt. Het was mijn vader met een andere bruid.

'Aniday, wat ben je aan het doen?' fluisterde Luchóg. 'Doe dat licht uit.'

Boven ons kraakte een matras toen iemand uit bed stapte. Ik knipte meteen het licht uit en maakte dat ik wegkwam. De vloerplanken kraakten. Een vrouwenstem mompelde iets op hoge, ongeduldige toon.

'Goed, goed,' antwoordde de man. 'Ik ga wel even kijken, maar ik hoorde helemaal niets.' Hij liep naar de trap, kwam langzaam tree voor tree naar beneden. We voelden aan de achterdeur in de keuken maar snapten niet hoe het slot werkte.

'Dat stomme ding wil niet,' zei Smaolach.

De naderende gestalte stond onder aan de trap en deed het licht aan. Hij liep naar de woonkamer, die ik nog maar een paar tellen geleden had verlaten. Luchóg rommelde aan het slot en wist het ten slotte met een zachte klik open te krijgen. We verstijfden toen we dat geluid hoorden.

'Hé, wie is daar?' riep de man vanuit de andere kamer. Hij slofte op zijn blote voeten onze kant op. 'Godverdomme,' zei Smaolach, en hij drukte de klink naar beneden en duwde de deur open. De deur ging een centimeter of tien open, maar werd tegengehouden door een dun metalen kettinkje boven onze hoofden. 'Kom, dan gaan we,' zei hij, en we persten ons een voor een door de smalle opening, een spoor van suiker en meel achterlatend. Ik weet zeker dat hij de laatste van ons zag, want hij riep nog een keer 'Hé!' maar we waren al buiten en renden over het bevroren gazon. De buitenverlichting sprong als een flitslamp aan, maar we waren al buiten de cirkel van licht. Boven op de heuvelrug bleven we staan en zagen overal in zijn huis achter elkaar de lampen aangaan, totdat alle ramen glansden als een rij lantaarntjes. Midden in het dorp begon een hond als een dolle te janken, en dat beschouwden we als het teken om naar huis terug te keren. De grond was koud onder onze blote voeten, maar we wisten met onze schatten te ontkomen, uitgelaten als ondeugende kinderen, lachend onder de koude sterren.

Boven aan de heuvelrug bleef Luchóg staan om een van zijn meegenomen sigaretten op te steken, en ik wierp nog een laatste blik op het keurige dorpje waar ons thuis was geweest. Dat was de plek waar het allemaal was gebeurd: grijpen naar wilde honing hoog boven in een boom, een stuk weg waar een auto een hert had geraakt, een open plek waar ik voor het eerst mijn ogen opendeed en elf donkere kinderen zag staan. Maar iemand had dat allemaal uitgeveegd, als een woord of een regel, en op die plek een andere zin geschreven. Het buurtje leek hier al eeuwen te liggen.

'Die man daar,' zei ik. 'Die aan het slapen was. Hij deed me aan iemand denken.'

'Ik vind ze allemaal op elkaar lijken,' zei Luchóg.

'Het was iemand die ik ken. Of heb gekend.'

'Kan het je broer van vroeger zijn?'

'Ik heb geen broer.'

'Of misschien iemand die een boek heeft geschreven dat je in de bieb hebt gelezen?'

'Ik weet niet hoe die mensen eruitzien.'

'Misschien die man van dat boekje dat je maar mee blijft slepen?'

'Nee, het was niet McInnes. Die ken ik niet.'

'Een man uit een tijdschrift? Een foto uit de krant?'

'Het was iemand die ik heb gekend.'

'De brandweerman? De man die je bij de beek hebt gezien?' Hij trok aan de sigaret en blies de rook als een oude stoommachine uit.

'Ik dacht eerst dat hij mijn vader was, maar dat kan niet. En er was ook nog een vreemde vrouw en haar kind in het blauwe pakje.'

'Welk jaar is het, juweeltje?' vroeg Luchóg.

Het had 1972 kunnen zijn, maar eerlijk gezegd wist ik dat niet meer zeker.

'Inmiddels zou jij een jongeman van bijna dertig moeten zijn. En hoe oud was de man achter het raam?'

'Hij had die leeftijd, denk ik.'

'En hoe oud zou zijn vader dan zijn?'

'Twee keer zo oud,' zei ik, dwaas lachend.

'Je vader zou nu een oude man zijn, bijna net zo oud als ik.'

Ik ging op de koude grond zitten. Er was zo veel tijd verstreken sinds ik mijn ouders voor het laatst had gezien; hun echte leeftijd was een raadsel.

Luchóg kwam naast me zitten. 'Na een tijd vergeet iedereen van alles. Ik zou je niet kunnen zeggen hoe mijn jeugd is geweest. Die oude herinneringen zijn niet echt, het zijn gewoon personages uit een sprookje. Mijn moeder zou nu naar me toe kunnen lopen en zeggen: "Zonnetje van me," en dan zou ik antwoorden: "Het spijt me, mevrouw, ik heb geen idee wie u bent." Mijn vader kan net zo goed een mythe zijn. Dus in zekere zin heb je geen vader en moeder meer, snap je, en als dat wel zo was, zou je hen toch niet meer herkennen, en zij jou evenmin, helaas.'

'Maar die man die in die stoel zat te slapen? Als ik heel erg mijn best doe, zie ik het gezicht van mijn vader voor me.'

'Het kan om het even wie zijn geweest. Of helemaal niemand.'

'En het kindje?'

'Die lijken in mijn ogen allemaal op elkaar. Lastposten zonder tanden, die de hele tijd honger hebben. Kunnen niet praten, niet lopen, geen peuk met je delen. Hou ze maar. Sommigen zeggen dat een wisselkind het beste voor een baby kan kiezen, dan hoef je minder te leren, maar dan ga je alleen maar terug in de tijd. Je zou vooruit moeten gaan. En de goden mogen ons bijstaan als we ooit een eeuw lang voor een baby zouden moeten zorgen.'

'Ik wil helemaal geen kind stelen. Ik vraag me alleen af van wie die baby was. Wat is er met mijn vader gebeurd? Waar is mijn moeder?'

Teneinde het koude seizoen te kunnen overleven stalen we tien dekens en een half dozijn kinderjassen uit de winkel van het Leger des Heils, en we aten weinig, hielden ons voornamelijk op de been met slappe thee, gezet van bast en twijgjes. In het zwakke licht van januari en februari kwamen we vaak amper van onze plaats, zaten we ergens in ons eentje of in groepjes van twee, drie bij elkaar, druipnat of steenkoud, wachtend op de zon en het moment waarop het leven verder zou gaan. Chavisory werd met de dag sterker, en toen de wilde uien en de eerste narcissen verschenen, kon ze, ondersteund door anderen, een paar stappen zetten. Elke dag dwong Speck haar een pijnlijke stap meer te zetten. Zodra ze zich weer enigszins kon voortbewegen ontvluchtten we die ellendige beerput van herinneringen. Ondanks de risico's kozen we voor een beter geschikt en verborgen onderkomen vlak bij het water, ongeveer anderhalve kilometer ten noorden van de nieuwe huizen. Op winderige avonden bereikten de geluiden van het buurtje zelfs ons kamp, en hoewel we niet volkomen afgelegen zaten, bood de plek toch voldoende bescherming. Toen we die eerste dag daar begonnen te graven, werd ik overvallen door rusteloosheid. Smaolach ging naast me zitten en legde een arm rond mijn schouders. De zon zakte weg aan de hemel.

'*Ní mar a síltear a bítear,*' zei hij.

'Smaolach, ik zal jouw taal nooit leren spreken, al word ik duizend. Spreek Engels tegen me.'

'Denk je aan onze vrienden, heengegaan en beweend? Ze zijn beter af waar ze nu zijn, zonder dit eeuwige wachten. Of heb je iets anders aan je hoofd, juweeltje?'

'Ben je ooit verliefd geweest, Smaolach?'

'Slechts één keer, godzijdank. We hadden een erg hechte band, als moeder en zoon.'

'Luchóg zei dat mijn vader en moeder er niet meer zijn.'

'Ik kan me niet veel meer van haar herinneren. De geur van wol, wellicht, en grove zeep. Een adem die naar munt rook. Een enorme boezem waarop ik mijn... Nee, dat klopt niet. Ze was een scharminkel, een en al vel en botten. Ik weet het niet meer.'

'Elke keer wanneer we ergens weggaan, verdwijnt een deel van me.'

'En... mijn vader was een potige vent met een grote zwarte snor, met omgekrulde punten, of misschien was het wel mijn grootvader, dat kan ook. Het is al heel lang geleden, en ik weet niet goed meer wie wie was.'

Het was nu helemaal donker geworden.

'Zo is het leven. Dingen verdwijnen, maken plaats voor iets anders. Het is niet verstandig om je te veel aan een wereld of de bewoners ervan te hechten.'

Verbijsterd door Smaolachs filosofie liep ik naar mijn nieuwe bed, haalde de feiten overhoop en keek wat eronder krioelde. Ik probeerde me mijn vader en moeder voor te stellen, maar kon me hun gezichten of het geluid van hun stemmen niet meer herinneren. Het leven dat ik me kon herinneren, leek me net zo onecht als mijn naam. Deze schaduwen zijn zichtbaar: de slapende man, de mooie vrouw, en het kirrende, lachende kind. Maar een even groot deel van het echte leven, en niet alleen het leven waarover ik in boeken heb gelezen, blijft onbekend voor me. Een moeder zingt zachtjes een wiegenliedje voor een slaperig kind. Een man schudt een spel kaarten en speelt patience. Minnaars knopen elkaars kleren los en vallen neer op het bed. Even onwerkelijk als een droom.

Ik zei niet tegen Smaolach wat de reden voor mijn onrust was. Speck had onze vriendschap geheel verwaarloosd en zich teruggetrokken in een hard pantser van eenzaamheid. Na de verhuizing had ze haar best gedaan ons nieuwe kamp iets huiselijker te maken, en ze was overdag urenlang bezig Chavisory weer te leren lopen. Uitgeput door al haar inspanningen viel Speck elke avond al vroeg in een diepe slaap. Op koude en natte dagen in maart bleef ze in haar hol, waar ze op een stukje opgerold perkament een ingewikkeld motief zat te tekenen, maar toen ik haar naar de tekening vroeg, reageerde ze afstandelijk en zwijgzaam. 's Morgens vroeg zag ik haar vaak aan de westkant van het kamp zitten, waar ze gehuld in haar warmste jas en met stevige schoenen aan haar voeten naar de horizon zat te staren. Ik weet nog dat ik haar van achteren naderde en een hand op haar schouder legde.

Voor de allereerste keer kromp ze ineen toen ik haar aanraakte, en toen ze zich naar me omdraaide, beefde ze, alsof ze moeite moest doen haar gezicht in de plooi te houden. 'Wat is met je, Speck? Gaat het wel?' 'Ik heb te hard gewerkt. Er komt wat laatste sneeuw aan.' Glimlachend pakte ze mijn hand vast. 'We gaan er bij de eerste vlokken vandoor.'

Toen het dagen later eindelijk begon te sneeuwen, was ik in slaap gevallen onder een stapel dekens. Ze maakte me wakker, witte vlokjes kleefden aan haar donkere haar. 'Het is zover,' fluisterde ze even zacht als het tere gemurmel tussen de dennen. Speck en ik liepen over de vertrouwde paden, zorgden ervoor dat niemand ons zag, en wachtten aan de rand van het bos, zo dicht mogelijk bij de bibliotheek, totdat de schemering was gevallen. Door de sneeuwval was de ondergaande zon niet goed te zien, en de koplampen van de paar auto's die onderweg waren, gaven ons te vroeg de indruk dat we al konden gaan. We kropen door de spleet en hoorden boven ons het personeel lopen dat de bibliotheek afsloot voor de nacht. Om warm en stil te blijven, kropen we onder een deken, en al snel viel ze tegen me aan in slaap. Het ritme van haar kloppende hart en ademhaling, en de warmte van haar huid wiegden mij ook al snel in slaap, en we werden in het pikdonker weer wakker. Ze stak de kaarsen aan, en we begonnen aan onze boeken.

Speck was bezig met Flannery O'Conor en ik waagde me in het diepe met Wallace Stevens. Maar ik kon me niet op zijn abstracte gedachtegang concentreren en staarde in plaats van te lezen tussen de regels door naar Speck. Ik moest het tegen haar zeggen, maar de woorden waren onvoldoende, incompleet, en misschien wel onbegrijpelijk – maar toch zou niets anders volstaan. Ze was mijn beste vriendin op de hele wereld, maar een groter verlangen naar meer hield me nu al jaren gezelschap. Ik kon het geen tel langer nuchter bekijken of het met een verklaring afdoen. Speck was verdiept in *The Violent Bear It Away*. Een gebogen arm ondersteunde haar hoofd, en ze lag op de grond, met haar haar voor haar gezicht.

'Speck, ik moet je iets vertellen.'

'Heel even. Nog één zin.'

'Speck, kun je dat boek heel even wegleggen?'

'Ik ben er bijna.' Ze hield haar vinger tussen de bladzijden en sloot het boek.

Ze keek me aan, en in die ene seconde veranderde mijn stemming van opgetogen in angstig. 'Ik moet heel, heel vaak aan je denken, Speck. Ik wil tegen je zeggen wat ik voel.'

Haar glimlach verdween. Haar ogen keken onderzoekend naar mijn aanhoudende blik. 'Aniday,' zei ze op vasthoudende toon.

'Ik wil tegen je zeggen dat...'

'Niet doen.'

'Ik wil zeggen, Speck, dat ik heel veel...'

'Alsjeblieft, doe dat niet, Henry.'

Ik zweeg, opende mijn mond om woorden te vormen en hield weer op. 'Wat zei je?'

'Ik weet niet of ik dat nu wel wil horen.'

'Hoe noemde je me?'

Ze sloeg haar hand voor haar mond, alsof ze de ontsnapte naam wilde vangen.

'Je noemde me Henry.' Het hele verhaal werd in één keer ontrafeld. 'Dat ben ik, ik ben Henry. Dat zei je toch?'

'Het spijt me zo, Aniday.'

'Henry. Niet Aniday. Henry Day.'

'Henry Day. Dat had je niet mogen weten.'

Door de schrik vergat ik helemaal wat ik tegen haar had willen zeggen. Talloze gedachten en gevoelens streden om

313

voorrang. Beelden, antwoorden op diverse raadsels en puzzels, en onbeantwoorde vragen. Ze legde haar boek neer, liep naar me toe en omhelsde me. Ze hield me heel lang vast en wiegde me heen en weer, ze verzachtte mijn verhitte verbeelding met de lichtste aanrakingen en liet de chaos door strelingen verdwijnen. En toen vertelde ze me mijn verhaal. Het verhaal dat op deze bladzijden is verteld, was alles wat ze zich kon herinneren. Ze vertelde me wat ze wist, en mijn herinneringen aan dromen, visioenen en ontmoetingen vulden de rest van de gaten op. Ze vertelde me waarom ze het zo lang geheim hadden gehouden. Dat het beter is niet te weten wie je echt bent. Het verleden te vergeten. De naam uit te wissen. Dit alles werd onthuld met een geduldige, hemelse stem, totdat alles wat kon worden beantwoord ook was beantwoord en er geen verlangen onvervuld was gebleven. De kaarsen doofden, we hadden zo lang gepraat, en het gesprek ging verder in het donker, en het laatste wat ik me herinner, is dat ik in haar armen in slaap viel.

Die nacht droomde ik dat we samen wegliepen, een plek vonden waar we samen groot konden worden en uitgroeiden tot de man en vrouw die we hadden moeten worden. In de droom kuste ze me op mijn mond en gleden mijn vingertoppen over haar naakte huid. Er zong een merel. Maar de volgende ochtend was ze niet waar ik haar had verwacht. Tijdens onze lange vriendschap had ze nooit een woord voor me op papier gezet, maar nu lag er naast me, daar waar zij had moeten liggen, een briefje in haar handschrift. Elke letter staat in mijn gedachten gegrift, en hoewel ik er niets over zal zeggen, stond er helemaal aan het einde 'Vaarwel, Henry Day'.

Het was tijd voor haar om te vertrekken. Speck is weg.

Negenentwintig

Toen ik hem voor het eerst zag, was ik zo bang dat ik niets durfde te zeggen. Ik was zo van mijn stuk gebracht dat ik hem niet eens aan durfde te raken. Hij was geen monster of duivel, maar een in alle opzichten volmaakt, prachtig jongetje. Nadat ik zo lang had gewacht op de eerste kennismaking met hem overviel de plotselinge verandering me; het was niet zozeer zijn lichamelijke aanwezigheid of het feit dat hij er na zo'n tijd verborgen te zijn geweest eindelijk was, maar het was de verandering in mezelf. Zijn geboorte maakte me onnoemelijk veel menselijker. Tess glimlachte om mijn verwarring en de blik in mijn ogen waarmee ik hem bekeek.

'Je zult hem echt niet laten vallen,' zei ze.

Mijn zoon. Ons kind. Tien vingers, tien tenen. Gezonde kleur, sterke longen, een natuurtalent aan de borst. Ik hield hem in mijn armen en dacht aan de tweeling in hun identieke gele pakjes, aan mijn moeder die voor me had gezongen wanneer ze in het badje mijn rug waste, aan mijn vader die mijn hand vasthield wanneer we tijdens wedstrijden in de herfst de tribune beklommen. Toen dacht ik aan Clara, mijn eerste moeder, aan het feit dat ik het zo heerlijk had gevonden onder haar wijde rokken te kruipen, aan de geur van lotion die aan de wangen van mijn vader Abram had gekleefd, aan de vederachtige snor die ik had gevoeld wanneer hij zijn lippen op mijn huid drukte. Ik gaf onze zoon een zoen en dacht aan het doodgewone mirakel dat geboorte was, aan het wonder dat mijn vrouw was, en ik was dankbaar voor dit mensenkind.

We noemden hem Edward, en hij was een wolk van een baby. Hij was twee weken voor Kerstmis 1970 ter wereld gekomen, ons schatje, en tijdens die eerste paar maanden moesten we nog wennen aan het huis in de nieuwe wijk bij het bos dat mama en Charlie voor ons hadden gekocht. In het begin vond ik het een vreselijk idee daar te moeten wonen, maar ze verbaasden ons op onze tweede trouwdag met het aanbod, en omdat Tess in verwachting was en de rekeningen zich opstapelden, kon ik niet weigeren. Het was een groter huis dan we nodig hadden, zeker vóór de komst van de baby, en ik richtte er een kleine studio in waar ik de oude piano neerzette. Ik gaf muziekles aan leerlingen in de hoogste klassen van de basisschool en leidde het orkest van de Mark Twain School, maar 's avonds en in het weekend, wanneer ik niet op de baby hoefde te passen, werkte ik aan mijn muziek en droomde ik over een compositie die het beeld opriep van een leven dat overgaat op een ander.

Op zoek naar inspiratie vouwde ik soms de passagierslijst open en keek naar hun namen. Abram en Clara, hun zonen Friedrich, Josef en Gustav. De legendarische Anna. Hun geesten kwamen in fragmenten tot me. Een arts luistert naar mijn hartslag terwijl moeder bezorgd over zijn schouder toekijkt. Gezichten komen op me af, spreken zachtjes in een taal die ik niet versta. Haar donkergroene rok tijdens een wals. De scherpe smaak van cider, *Sauerbraten* op het vuur. Door een bevroren ruit zie ik mijn broers op een winterdag naar het huis lopen, hun adem barst los in wolkjes terwijl ze onderling grappen maken. In de salon staat de piano, die ik opnieuw aanraak.

Muziek maken is de enige levendige herinnering uit dat andere leven. Ik kan me niet alleen de vergeelde toetsen herinneren, maar ook de doorwrochte kronkelende houten latjes van de standaard, de gladheid van het palissander, en ik hoor de liederen weer, ik voel weer wat hij tijdens het spelen voelde: het aanraken van die toetsen, de noten die oprijzen uit het inwendige van het instrument. De combinatie van de noten vormt de melodie. Vertaal de symbolen op de bladmuziek naar de bijpassende toetsen en geef het lied het juiste tempo. Mijn enige echte band met mijn eerste kindertijd is het gevoel dat ik de noten uit dromen tot leven wekte. Het lied dat door mijn hoofd speelt, wordt het lied dat door de lucht klinkt. Als kind liet ik op die manier mijn gedachten vrij, en nu, een eeuw of wat later, probeerde ik dezelfde naadloze expressie in mijn compositie tot uiting te brengen, maar het was alsof ik een sleutel had gevonden en het sleutelgat was kwijtgeraakt. Ik was even hulpeloos als Edward die nog niet kon praten en moest opnieuw leren mijn verlangens over te brengen.

In de nabijheid van dat kleine zwijgzame jongetje moest ik aan dat verdwenen leven denken, en daardoor ging ik de herinneringen koesteren waarvoor Edward elke dag zorgde. Hij kroop, hij ging staan, kreeg tandjes en haar, werd verliefd op ons. Hij liep, hij praatte, hij werd groot toen we even niet keken. Een tijdlang waren we het volmaakte gezinnetje.

Mijn zussen bedierven de idylle. Mary, die al een dochtertje had, en Elizabeth, die in verwachting was van haar eerste, waren de eersten die op de eigenaardigheden wezen. We zaten met de hele familie bij mijn moeder thuis te eten. Edward was ongeveer anderhalf, want ik weet nog dat ik hem scherp in de gaten hield toen hij keer op keer het trapje van de veranda op- en afklom.

Charlie en de echtgenoten van de tweeling zaten voor het eten naar de laatste minuten van de wedstrijd te kijken en mijn moeder en Tess hielden de pannen in de gaten, zodat ik voor het eerst in tijden alleen was met de meiden, die een voor een hun mening gaven waar ik niet om had gevraagd.

'Hij lijkt helemaal niet op jou.'

'En al helemaal niet op haar.'

Ik keek naar Edward, die gras uit de grond trok en het omhooggooide.

'Kijk eens naar zijn kin,' merkte Liz op. 'Zo'n kuiltje hebben jullie geen van tweeën.'

'En hij heeft een andere kleur ogen dan jullie,' zei Mary. 'Groen als die van een kat. Die wimpers heeft hij niet van onze kant van de familie. Ja, je hebt zulke mooie lange wimpers, ja, die heb je. Jammer dat hij geen meisje is.'

'Nou, het zijn anders ook geen Wodehouse-wimpers. Kijk maar naar Tess.'

'Dat is allemaal mascara.'

'En die neus. Nu zie je nog niet veel, maar wacht maar af. Hij krijgt een fikse gok, dat arme kereltje. Hopelijk krijgt mijn kind er niet zo eentje.'

'Er is nooit een Day met zo'n neus geweest.'

'Wat willen jullie daarmee zeggen?' Ik sprak zo luid dat ik mijn zoon liet schrikken.

'Niets, hoor.'

'Vind je het niet vreemd dat hij helemaal niet op zijn ouders lijkt?'

Bij zonsondergang, toen mijn moeder, Charlie en ik op de veranda naar de dansende motten zaten te kijken, kwam het gesprek weer op Edwards uiterlijk.

'Je moet gewoon niet naar die twee luisteren,' zei mijn moeder. 'Hij lijkt sprekend op jou, met misschien iets van Tess rond zijn ogen.'

Oom Charlie lurkte aan een flesje fris en liet toen een zacht boertje. 'Die jongen lijkt als twee druppels water op mij. Dat geldt voor al mijn kleinkinderen.' Edward trippelde over de planken vloer en liet zich tegen Charlies benen aanvallen, en toen hij zijn evenwicht vond, brulde hij als een tijger.

Toen Edward ouder werd, leek hij meer op een Ungerland dan op een Day, maar ik deed mijn best de waarheid verborgen te houden. Misschien had ik het allemaal aan Tess moeten uitleggen en zou dat een einde aan mijn kwellingen hebben gemaakt, maar ze verdroeg de nare opmerkingen over haar zoon dapper. Een paar dagen na Edwards tweede verjaardag kwamen Oscar Love en Jimmy Cummings bij ons eten. Na het eten experimenteerden we wat met een arrangement dat ik had geschreven in de hoop de aandacht te kunnen trekken van een kwartet uit de stad dat kamermuziek speelde. Natuurlijk kwamen we een muzikant tekort, nu George alweer jaren in Californië zat. Het voelde echter heel natuurlijk en vertrouwd om na zo'n tijd weer met hen samen te spelen. Tess verontschuldigde zich en liep naar de keuken om te zien hoe het met haar citroenschuimtaart was. Toen Edward merkte dat ze weg was, begon hij in zijn box te jammeren en sloeg met zijn vuisten tegen de spijlen.

'Vind je niet dat hij daar een beetje te groot voor is?' vroeg Oscar.

'Na het eten is hij soms wat lastig. En hij vindt het niet erg om in de box te zitten. Daar voelt hij zich veilig.'

Oscar schudde zijn hoofd en tilde Edward achter de spijlen vandaan, liet hem paardjerijden op zijn knie en met de kleppen van zijn klarinet spelen. Toen ik zag hoe mijn alleenstaande vrienden met mijn zoontje omgingen, had ik onwillekeurig het gevoel dat ze hun vrijheid vergeleken met wat het gezinsleven hun zou kunnen bieden. Ze hielden van dat kind, maar waren ook een beetje bang voor hem en voor alles waar hij voor stond.

'Hij wordt nu al aangetrokken door de toeter,' zei Oscar. 'Dat is me een hippe vogel. Blijf maar bij de piano vandaan, die kun je toch niet tillen.'

'Zeker weten dat-ie van jou is?' vroeg Cummings. 'Hij lijkt helemaal niet op jou of op Tess.'

Oscar deed met hem mee. 'Nu je het zegt... Kijk eens naar dat kuiltje in zijn kin en die grote ogen.'

'Toe jongens, zo is het genoeg.'

'Mond dicht,' fluisterde Oscar. 'Daar komt ma.'

Tess kwam binnen met het toetje, zich volkomen onbewust van de wending die ons gesprek had genomen. Ik had mijn aanhoudende twijfel ter sprake moeten brengen, er een grapje over moeten maken, iets moeten zeggen in haar bijzijn, maar dat deed ik niet.

'En, Tess,' zei Jimmy, die het gebaksbordje op zijn knie liet balanceren, 'op wie vind jij Eddie lijken?'

'Je hebt wat schuim bij je mondhoek zitten.' Ze tilde ons zoontje op en zette hem op haar schoot, streelde hem over zijn haar, drukte zijn hoofd tegen haar borst. 'Hoe is het met mijn mannetje?'

Edward stak meteen zijn hand uit naar de taart, pakte een klomp zachte gele vulling en propte die in zijn mond.

Ze lachte. 'Net zijn vader.'

Dank je wel, liever. Ze beantwoordde mijn glimlach.

Toen de jongens afscheid hadden genomen en Edward in zijn wiegje lag te slapen, wasten Tess en ik samen af, starend uit het keukenraam. De sterren straalden als speldenprikken aan de koude zwarte hemel, en het warme water in de gootsteen en de hitte van de brullende boiler hulden het vertrek in een slaapverwekkende damp. Ik legde de theedoek neer en sloeg mijn armen van achteren om haar heen, kuste haar vochtige warme hals, en ze huiverde.

'Ik hoop dat je het niet erg vond dat Jimmy zo zat te zeuren over het feit dat Eddie niet echt op ons lijkt.'

'Ik weet het,' zei ze. 'Het is best eng.'

Heel even dacht ik dat ze had gemerkt dat er iets mis was, maar ze draaide zich naar me om en vatte mijn gezicht tussen haar rubberen handschoenen. 'Je maakt je druk over de vreemdste dingen.' Ze gaf me een kus, en het gesprek ging al snel over iets anders.

Een paar nachten later lagen Tess en ik in ons bed te slapen en lag Edward een paar deuren verder in zijn kamer. Ze maakte me wakker door tegen mijn schouder te porren en me heftig toe te fluisteren: 'Henry, Henry, word eens wakker. Ik heb beneden iets gehoord.'

'Wat is er?'

'Luister dan. Er is iemand beneden.'

Ik mompelde dat er niets aan de hand was.

'En ik zeg dat er iemand in huis is. Kun je niet even gaan kijken?'

Ik rolde mijn bed uit en bleef even staan, probeerde bij mijn positieven te komen en liep toen langs de dichte deur van Edwards kamer naar de trap. Ik zag niets, maar had het gevoel dat er beneden net een lamp was uitgedaan en dat er een vage schim van de ene naar de andere kamer bewoog. Voorzichtig liep ik de trap af, in een soort hypnotische trance, en probeerde mijn afdwalende gedachten op een rijtje te zetten, steeds verder afdalend naar de duisternis. Onder aan de trap liep ik naar de woonkamer en deed het licht aan. Er leek niets te zijn veranderd, alleen hingen een paar foto's aan de wand een tikje scheef. We hadden een soort overzichtje gemaakt, foto's van onze ouders, van Tess en mij als kind, een trouwfoto, en een hele rij portretten van Edward. Ik hing de lijstjes weer recht en hoorde op hetzelfde moment de klik van het slot van de keukendeur.

'Hé, wie is daar?' riep ik. Ik rende naar de keuken en was nog net op tijd om te zien dat een klein duiveltje zich door de opening tussen deur en kozijn wrong. Buiten in de donkere koude nacht renden drie gestalten over het bevroren gazon. Ik deed het buitenlicht aan en riep dat ze moesten blijven staan, maar ze waren al verdwenen. In de keuken was het een bende, de provisiekast was ontdaan van conserven, granen en suiker en een klein koperen steelpannetje, maar verder was er niets weg. Een zak meel was opengebarsten toen ze door de deur naar buiten waren gekropen, en er was een stoffig spoor van voetafdrukken achtergebleven. Een uiterst merkwaardige inbraak, gepleegd door hongerige dieven. Tess kwam naar beneden en was nogal van streek door de rommel, maar ze duwde me de keuken uit, zodat ze kon opruimen. In de woonkamer keek ik of al onze spullen er nog waren, en dat was zo: de tv, de stereo, er was niets van waarde weg.

Ik keek aandachtiger naar de foto's. Tess zag er nog bijna precies zo uit als op onze trouwdag. Sergeant William Day staarde voor zich uit, ergens in het verleden in zijn militaire uniform vastgelegd. Vanuit haar ooghoeken keek Ruth Day naar haar zoon, amper meer dan een kind met een kind, maar vol liefde en trots. In het volgende lijstje was ik weer een jongetje, en ik keek vol hoop op. Maar dat was ik natuurlijk niet. De jongen was te jong. En op dat moment besefte ik wie er was gekomen en waarom.

Tess kwam binnen en legde een hand op mijn rug. 'Zullen we de politie bellen? Is er iets weg?'

Ik kon geen antwoord geven, want mijn hart bonsde als een bezetene en een overweldigende vrees zorgde ervoor dat ik geen vin kon verroeren. We hadden niet naar onze zoon gekeken. Ik rende naar zijn kamer boven. Hij lag te slapen, zijn knieën opgetrokken tegen zijn borst, en droomde alsof er niets was gebeurd. Toen ik naar zijn onschuldige gezicht keek, wist ik meteen dat hij mijn vlees en bloed was. Hij zag er bijna net zo uit als de jongen die ik nog steeds in mijn nachtmerries zag. De jongen aan de piano.

Dertig

Ik stopte de brief in mijn boek en ging op zoek naar Speck. Paniek was sterker dan logica, en ik rende het gazon voor de bibliotheek op, in de hoop dat ze nog maar net weg was. De sneeuw was overgegaan in een koude regen die elk mogelijk spoor van haar uitwiste. Er was geen sterveling te zien. Niemand gaf antwoord toen ik haar naam riep. De straten waren ongewoon leeg en de kerkklokken luidden het begin van een nieuwe zondag in. Het was stom van me dat ik zomaar 's morgens de straat opging. Ik had geen idee waar ik heen ging en volgde de doolhof aan trottoirs. Een auto kwam de hoek om en minderde vaart toen de vrouw me door de regen zag lopen. Ze remde, draaide het raampje naar beneden en riep: 'Kan ik je een lift geven? Zo vat je nog kou.'

Ik had op die ellendige dag het geluk dat ik eraan dacht mijn stem verstaanbaar te laten klinken. 'Nee, dat hoeft niet, mevrouw, ik ben al op weg naar huis.'

'Je hoeft geen "mevrouw" te zeggen,' zei ze. Ze had een blonde paardenstaart, net als de vrouw in dat huis waar we maanden eerder hadden ingebroken, en een scheve glimlach. 'Het weer is veel te slecht om buiten rond te lopen, en je hebt geen muts of handschoenen.'

'Bedankt, maar ik woon om de hoek.'

'Ken ik je soms?'

Ik schudde mijn hoofd, en ze begon haar raampje omhoog te draaien.

'U hebt niet toevallig een klein meisje buiten zien lopen?' riep ik.

'In dit noodweer?'

'Ze is mijn tweelingzus,' loog ik. 'Ik ben haar aan het zoeken. Ze is ongeveer net zo groot als ik.'

'Nee, ik heb geen mens gezien.' Ze keek me aandachtig aan. 'Waar woon je? Hoe heet je?'

Ik zweeg even, het leek me het beste een einde aan het gesprek te maken. 'Billy Speck.'

'Ga maar naar huis, jongen. Ze duikt wel weer op.'

De auto sloeg de hoek om en reed weg. Gefrustreerd liep ik naar de rivier, weg van de verwarrende straten en de kans op een volgende ontmoeting met een mens. De regen viel gestaag neer, niet koud genoeg om in sneeuw of hagel te veranderen, en ik was doorweekt en had het koud. De wolken pakten zich samen voor de zon, zodat ik me maar moeilijk kon oriënteren en de rivier als kompas moest gebruiken. Ik volgde een bleke dag lang zijn loop, totdat de schemering langzaam kwam opzetten. Pas laat die avond staakte ik mijn wanhopige zoektocht naar haar. Bij een groepje naaldbomen vol spreeuwen en Vlaamse gaaien bleef ik staan en wachtte totdat het zou opklaren.

Nu ik niet langer in de buurt van het stadje was, was het enige geluid dat ik hoorde de rivier die tegen de rotsige oever klotste. Zodra ik was gestopt met zoeken werd ik overvallen door de vragen die ik de hele dag had geprobeerd op afstand te houden. Vragen vol twijfel die niet te beantwoorden waren, zouden me in de jaren daarna nog op stille momenten plagen. Waarom had ze ons verlaten? Waarom zou Speck me in de steek willen laten? Ze zou nooit het risico hebben genomen dat Kivi en Blomma wel hadden genomen. Ze had ervoor gekozen alleen te zijn. Hoewel Speck me mijn echte naam had verteld, had ik geen idee hoe de hare luidde. Hoe zou ik haar ooit kunnen vinden? Had ik mijn mond moeten houden, of had ik haar alles moeten vertellen, zodat ze een reden had gehad om te blijven? Een scherpe pijn welde op achter mijn ogen en leek mijn bonzende schedel te doorboren. Ik stond op en strompelde verder door de natte duisternis, in de hoop dat dat een einde aan mijn gepieker zou maken. Ik vond niets.

Koud, moe en hongerig kwam ik na twee dagen lopen bij de bocht in de rivier aan. Speck was de enige van ons groepje die ooit zo ver was gekomen, en op de een of andere manier had ze de overkant weten te bereiken. Het water stroomde hier snel, blauw als saffier, het kolkte zo snel over verborgen rotsen en uitstekende punten dat het schuim op de golven stond. Als Speck zich aan de andere kant bevond, dan kwam dat puur door haar moed. Op de verre oever verscheen een visioen uit de diepste krochten van mijn vreemde geheugen: een man, een vrouw en een kind, het snelle ontsnappen van een wit hert, een vrouw in een rode jas. 'Speck,' riep ik over het water, maar ze was er niet. Voorbij dit punt in het landschap ontvouwde zich de hele wereld, te groot en onbekend. Al mijn hoop en moed vloeiden uit me weg. Ik durfde niet over te steken en ging op de oever zitten wachten. Op de derde dag liep ik zonder haar naar huis.

Ik strompelde het kamp in, uitgeput en verslagen, en hoopte dat ik er niet over hoefde te praten. De anderen hadden zich de eerste dagen geen zorgen gemaakt, maar tegen het einde van de week waren ze ongerust en zenuwachtig geworden. Nadat ze een vuur hadden gemaakt en netelsoep uit een koperen pan voor me hadden opgeschept, kwam het hele verhaal naar buiten – afgezien van mijn echte naam, afgezien van wat ik niet tegen haar had gezegd. 'Zodra ik merkte dat ze was verdwenen, ben ik naar haar op zoek gegaan. Ik ben helemaal naar de bocht in de rivier gelopen. Misschien is ze wel voor altijd verdwenen.'

'Juweeltje, ga maar slapen,' zei Smaolach. 'We verzinnen wel iets. Morgen brengt weer een nieuwe belofte.'

Maar de volgende morgen was er geen nieuw plan en geen nieuwe belofte, en daarna evenmin. De dagen kwamen en gingen. Elk gespannen moment, elk kraken en knappen, elke fluistering, elk morgenlicht was voor mij als haar terugkeer. De anderen respecteerden mijn verdriet en lieten me met rust, gaven me de gelegenheid me terug te trekken en weg te zweven. Ze misten haar ook, maar ik had het gevoel dat elk ander verdriet naast het mijne verbleekte en voelde weerzin omdat hun herinneringen zo vaag waren en ze zich haar niet meer konden voorstellen zoals ze was geweest. Aan alle vijf kreeg ik de pest omdat ze haar niet hadden tegengehouden, omdat ze mij bij dit leven hadden betrokken, omdat mijn verbeelding een woeste hel was. Ik bleef maar denken dat ik haar zag, ik zag ieder van hen per ongeluk voor haar aan, zodat ik vreugde voelde, maar die verdween weer even snel wanneer ik zag dat zij gewoon zichzelf waren. Of ik zag het donker van haar haar in de vleugel van een raaf. Toen ik op de oever van de rivier naar het spel van het water over de rotsen zat te kijken, zag ik opeens haar vertrouwde gestalte, voeten onder haar opgetrokken, maar het bleek slechts een hertenkalfje dat even rustte in een vlekje zonlicht. Ze was overal, altijd. En nooit hier.

Haar afwezigheid vormt een gat in het vel dat over mijn verhaal is gespannen. Ik bracht een eeuwigheid door met haar vergeten, en nog een eeuwigheid met me haar herinneren. Een dergelijk verlangen kent geen troost. De anderen wisten dat ze in mijn nabijheid niet over haar moesten praten, maar toen ik op een middag terugkwam van het vissen viel ik in een gesprek dat niet voor mijn oren bestemd was.

'Nee, niet onze Speck,' zei Smaolach tegen de anderen. 'Als ze nog leeft, komt ze ons niet halen.'

De feeën wierpen steelse blikken op me, niet wetend hoeveel ik had gehoord. Ik legde mijn net vol vissen neer en begon de dieren van hun schubben te ontdoen, waarbij ik net deed alsof hun woorden me koud lieten. Door de uitspraak van Smaolach was ik echter wel iets gaan beseffen: het was mogelijk dat ze het niet had overleefd, al gaf ik er de voorkeur aan te denken dat ze of naar de bovenwereld was gegaan of eindelijk haar geliefde zee had bereikt. Het beeld van de oceaan deed me denken aan de intense kleuren van haar ogen, en een korte glimlach gleed over mijn gezicht.

'Ze is weg,' zei ik tegen het zwijgende groepje. 'Dat weet ik.'

De volgende dag brachten we door met het zoeken naar hagedissen en salamanders onder de stenen in de rivier, zodat we een stoofpot zouden kunnen koken. Het was warm en het werk was inspannend. Uitgehongerd vielen we aan op de dikke, nog net vloeibare massa en vermaalden de piepkleine botjes bij elke hap tussen onze tanden. Toen de sterren aan de hemel verschenen, gingen we allemaal slapen, met volle buiken en spierpijn van het harde werken. De volgende morgen werd ik laat wakker en besefte, nog slaperig, dat ik de vorige dag tijdens het zoeken naar voedsel niet één keer aan haar had gedacht. Ik haalde diep adem. Ik begon te vergeten.

Nu Speck er niet meer was, kreeg matheid de overhand. Ik zat soms tijden naar de hemel of naar een stoet mieren te staren en deed dan mijn best haar te vergeten. Alles wat een herinnering kon opwekken, moest van persoonlijke, verborgen betekenissen worden ontdaan. Een framboos is een framboos. Een merel is een metafoor voor niets. Woorden duiden aan wat jij wilt dat ze aanduiden. Ik probeerde Henry Day eveneens te vergeten en te aanvaarden dat ik de laatste van mijn soort was.

We zaten allemaal op niets te wachten. Smaolach zei er nooit iets over, maar ik wist dat hij er niet op uit was om te wisselen. En hij smeedde geen plannen om een kind te stelen. Misschien vond hij dat we met te weinig waren om uitgebreide voorbereidingen te treffen, of misschien merkte hij dat de wereld zelf veranderde. In de tijd van Igel werd het onderwerp regelmatig uitputtend en vol geestdrift besproken, maar onder Béka's leiding was dat minder geworden, en nu kwam het nooit meer ter sprake. We voerden geen verkenningstochten uit naar het stadje, we zochten niet naar eenzame, verwaarloosde en vergeten kinderen. We trokken niet aan gezichten, namen geen andere vorm aan, brachten niet langer verslag uit. Het was alsof we erin berustten en we gingen gewoon door met wat we altijd deden, vol vrees dat ons nog een volgende ramp zou treffen.

Dat liet me koud. Ik was vervuld van een zekere onbevreesdheid en zag er geen been in alleen naar het stadje te gaan, al was het maar om een pakje sigaretten voor Luchóg of een zakje snoep voor Chavisory weg te grissen. Ik jatte dingen die we niet nodig hadden: een zaklantaarn en batterijen, een schetsboek en houtskool, een honkbal en zes vishaken, en één keer, met Kerstmis, een heerlijke taart in de vorm van een boomstam. In de beslotenheid van het woud hield ik me met nutteloze taken bezig: ik sneed een vervaarlijk slaghout uit een wandelstok van notenhout, ik legde een ring van stenen in een cirkel rond ons kamp, ik zocht naar oude schilden van schildpadden en maakte een halsketting. Ik liep in mijn eentje naar de heuvel van steenslag en de verlaten mijn, die er nog precies zo bij lag als we hem hadden achtergelaten, en ik legde de ketting van de schilden op het graf van Ragno en Zanzara. Ik werd niet midden in de nacht wakker van mijn dromen, maar dat kwam alleen maar omdat mijn leven de nachtmerrie van een slaapwandelaar was geworden.

Er was een handvol seizoenen verstreken toen een toevallige ontmoeting me eindelijk deed beseffen dat ik Speck echt was vergeten.

We waren bezig de jonge zaailingen te verzorgen die we op een zonnige helling een paar honderd meter van het kamp hadden geplant. Onions had de zaadjes gestolen, en binnen een paar weken kwamen de eerste dunne scheuten op: doperwtjes, worteltjes, lente-uitjes, watermeloen en een rij bonen. Chavisory, Onions, Luchóg en ik waren op die voorjaarsochtend net het onkruid in onze moestuin aan het wieden toen het geluid van naderende voetstappen ons als een stel herten deed opschrikken, klaar om te vluchten, ons te verstoppen. De indringers waren verdwaalde wandelaars die het pad hadden verlaten en onze richting op kwamen. Sinds de nieuwe woonwijk was verrezen kwam er heel af en toe een reiziger onze kant op. Omdat deze vreemdelingen ons goed onderhouden lapje grond in het midden van de wildernis wel eens heel ongewoon zouden kunnen vinden, bedekten we de tuin met dennentakken en verstopten ons achter een rijtje bomen.

Twee jongemannen en een jonge vrouw, met petten op en enorme rugzakken over hun schouders, kwamen vrolijk aangelopen, zich nergens van bewust. Ze liepen langs de rij planten en langs ons. De voorste man keek naar de wereld voor hem. De tweede in de rij, het meisje, keek naar hem, en de derde man keek naar haar rug. Hoewel hij verdwaald was, leek hij maar aan één ding te denken. We volgden op veilige afstand, en uiteindelijk gingen ze een eindje verder op een heuvel zitten en dronken van hun flessen water, haalden hun repen uit de wikkels en legden hun zware last af. De eerste man pakte een boek en las iets aan het meisje voor, terwijl de derde wandelaar achter de bomen een plas ging doen. Hij bleef een hele tijd weg, want de man met het boek had niet alleen de gelegenheid om het hele gedicht voor te lezen, maar ook om het meisje te zoenen. Na hun korte pauze hees het drietal de rugzakken weer op hun schouders en liep weg. We wachtten enige tijd voordat we naar de plek renden waar ze hadden gezeten.

Op de grond lagen twee lege waterflessen, die Luchóg opraapte. Vlakbij vond hij ook nog de doppen. Ze hadden de wikkels van hun repen op de grond gegooid, de jongen had zijn dunne bundel poëzie in het gras laten liggen. Chavisory gaf het boekje aan mij. *The Blue Estuaries* van Louise Bogan. Ik bladerde er even in en mijn oog viel op de regel: 'Dat meer zich roert/dan bloed in het hart.'

'Speck,' zei ik in mezelf. Ik had haar naam al heel lang niet meer hardop gezegd, al eeuwen niet meer.

'Wat is er, Aniday?' vroeg Chavisory.

'Ik probeer het me te herinneren.'

We liepen met ons vieren terug naar de tuin. Ik draaide me om om te zien of mijn metgezellen hetzelfde pad volgden, maar ik zag alleen Luchóg en Chavisory die hand in hand aarzelend de ene voet voor de andere zetten. Mijn gedachten werden opeens beheerst door Speck. Ik voelde me aangespoord haar te gaan zoeken, al was het maar om te kunnen begrijpen waarom ze was weggegaan. Ik wilde haar vertellen dat ik in gedachten nog steeds gesprekken met haar voerde. Ik had haar moeten vragen te blijven, ik had de juiste woorden moeten vinden om haar te overtuigen, ik had alles wat mijn hart roerde moeten opbiechten. En zoals altijd vol hoop dat het niet te laat was, nam ik me voor opnieuw te beginnen.

Eenendertig

Ik wilde niet opnieuw kind zijn, want een kind leeft in onzekerheid en gevaar. Ons vlees en bloed, we vrezen voor hen, daar kunnen we niets aan doen, net zoals we hopen dat het hen goed zal gaan in het leven. Na de inbraak maakte ik me aan één stuk door zorgen over onze zoon. Edward is niet wie we zeggen wie hij is omdat zijn vader een bedrieger is. Hij is geen Day, maar het kind van een wisselkind. Ik heb mijn oorspronkelijke genen doorgegeven, hem het gezicht en de trekken van de familie Ungerland geschonken, en god mag weten welke andere eigenschappen er in de loop van generaties zijn doorgesijpeld. Van mijn eigen jeugd weet ik weinig méér dan een naam op een stukje papier: Gustav Ungerland. Ik ben lang geleden gestolen. En nadat de wisselkinderen waren gekomen, begon ik te geloven dat ze Edward als een van hen zagen en hem kwamen opeisen. De rommel die ze in de keuken achterlieten moest bedoeld zijn om een veel sinisterder voornemen aan het oog te onttrekken. Dat de foto's aan de muur scheef hingen, was een teken dat ze naar iemand op zoek waren. Verdorvenheid hield zich op de achtergrond schuil en sloop door het woud, vastberaden om onze zoon te stelen.

Op een zondag in de lente raakten we Edward kwijt. Op die heerlijk warme middag waren we naar de grote stad gegaan omdat ik in een kerk in Shadyside een orgel had ontdekt dat mijn toets der kritiek kon doorstaan en waarop ik van de dominee na de dienst een uurtje mocht komen experimenteren, zodat ik de nieuwe geluiden kon ontdekken die in mijn verbeelding rondzwierven. Daarna namen Tess en ik Edward mee naar de dierentuin voor zijn eerste kennismaking met olifanten en apen. Bijna iedereen bleek hetzelfde idee te hebben gehad; het was er vol stelletjes achter kinderwagens, mokkende pubers, en zelfs een gezin met zes roodharige kinderen die elk een jaar van elkaar scheelden en een samenzwering van sproeten en blauwe ogen vormden. Naar mijn smaak waren het te veel mensen, maar we sjokten zonder klagen door. Edward was hevig geboeid door de tijgers en bleef een hele tijd voor het ijzeren hek treuzelen. Hij peuterde aan zijn suikerspin en schreeuwde tegen de beesten in de hoop ze uit hun sluimer te kunnen wekken. Eén tijger bewoog in zijn zwart-oranje dromen heel even zijn staart, geïrriteerd door de verzoeken van mijn zoon. Tess nam de gelegenheid waar en sprak me aan nu Edward was afgeleid.

'Henry, ik wilde het met je over Eddie hebben. Is jou iets vreemds opgevallen? Hij is de laatste tijd veranderd, en er is iets, ik weet het niet, er is iets niet goed.'

Ik keek over haar schouder naar hem. 'Er mankeert niets aan hem.'

'Of misschien ligt het aan jou,' zei ze. 'Je doet de laatste tijd anders tegen hem. Je bent te beschermend, je geeft hem niet de kans kind te zijn. Hij zou kikkervisjes moeten vangen en in bomen moeten klimmen, maar het lijkt wel alsof jij hem geen moment uit het oog durft te verliezen. Hij moet de kans krijgen zelfstandiger te worden.'

Ik nam haar apart, zodat onze zoon ons niet kon horen. 'Kun je je die nacht nog herinneren waarop er iemand bij ons heeft ingebroken?'

'Ik wíst het wel,' zei ze. 'Je zei dat we ons geen zorgen moeten maken, maar je maakt je er druk over, hè?'

'Nee, nee, het was alleen zo, toen ik die nacht naar die foto's aan de muur keek, dat ik aan mijn eigen jeugd moest denken; dat ik jarenlang piano heb gespeeld, dat ik bleef zoeken naar de juiste muziek om tot uitdrukking te brengen wat ik voelde. Ik heb naar antwoorden gezocht, Tess, die gewoon voor het grijpen lagen. Eerder vandaag klonk het orgel in die kerk net als het orgel in Cheb. Het orgel is het antwoord op de symfonie. Orgel en orkest.'

Ze sloeg haar armen om me heen en drukte zich tegen me aan. Haar blik was vol licht en hoop, en in al mijn verschillende levens had nog nooit iemand zo veel vertrouwen in me gehad, in de kern van wat ik zelf dacht te zijn. Op dat moment was ik zo verliefd op haar dat ik de hele wereld en alles erin vergat, en toen zag ik, toen ik over haar schouder keek, dat onze zoon weg was. Verdwenen van de plek waar hij had gestaan. Mijn eerste gedachte was dat hij genoeg had van de tijgers en was doorgelopen, dat hij even verderop stond te wachten totdat wij hem kwamen omhelzen. Maar die hoop vervloog al snel, maakte plaats voor de gedachte dat hij tussen de spijlen door was gekropen en meteen was opgepeuzeld. Eén snelle blik op de tijgers maakte duidelijk dat de twee katachtigen nog steeds uitgestrekt lagen te dutten in de slaapverwekkende zonneschijn. In de wildernis van mijn verbeelding verschenen de wisselkinderen. Ik keek weer naar Tess en was bang dat ik haar hart zou breken.

'Hij is weg,' zei ik. Ik maakte me van haar los. 'Edward.'

Ze draaide zich met een ruk om en liep naar de plek waar

we hem voor het laatst hadden gezien. 'Eddie,' riep ze. 'Waar zit je in vredesnaam?'

We volgden het pad naar de leeuwen en de beren en riepen zijn naam. Bij elke kreet klonk haar stem een octaaf hoger, waardoor andere ouders geschrokken opkeken. Tess hield een ouder stel tegen dat de andere kant op liep. 'Hebt u een klein jongetje gezien, alleen? Drie jaar oud. Met een suikerspin.'

'Er lopen hier alleen maar kinderen rond,' zei de man, die met een magere vinger achter ons wees. Een rij kinderen haastte zich lachend en rennend achter iets aan over het beschaduwde pad. Een oppasser rende voor hen uit en probeerde de kinderen in toom te houden en tevens zijn prooi bij te houden. Voor de groep uit rende Edward, met zijn ernstige, onhandige tred, achter een zwartvoetpinguïn aan die uit zijn kooi was ontsnapt en nu voortwaggelde, zich onbewust van zijn omgeving. Misschien was hij op weg naar de oceaan, of op zoek naar verse vis. De oppasser haalde Edward in en greep de vogel vast, die balkte als een ezel. Hij legde een hand om de snavel, drukte het dier tegen zijn borst en liep net langs ons toen wij onze zoon bereikten. 'Wat een opschudding,' zei hij. 'Deze ontsnapt wel vaker uit zijn kooi en gaat dan zijn eigen gang. Soms is hun wil zo sterk.'

We pakten Edwards handen vast en waren vastbesloten hem nooit meer te laten gaan.

Edward was een vlieger aan een touw, hij dreigde altijd los te breken. Voordat hij naar school ging, zat hij veilig thuis. 's Morgens zorgde Tess heel goed voor hem, en door de week was ik 's middags thuis om op hem te passen. Toen hij vier werd, reed hij met me mee wanneer ik naar mijn werk ging. Ik zette hem af bij de kleuterschool en ging hem na mijn les-

sen aan Twain weer ophalen. In de paar uurtjes die we met elkaar konden doorbrengen, leerde ik hem toonladders, maar
wanneer hij genoeg had van de piano waggelde hij weg naar
zijn blokken en dinosaurussen en bedacht spelletjes en
denkbeeldige vriendjes om de eenzame uren door te komen.
Af en toe kwam er een vriendje spelen, maar die kinderen leken nooit een tweede keer te komen. Wat ik verder prima
vond, want ik vertrouwde die vriendjes nooit helemaal. Ze
konden allemaal een wisselkind in vermomming zijn.
Gek genoeg kwam mijn muziek tot bloei in die verrukkelij-
ke eenzaamheid die we voor onszelf hadden geschapen. Terwijl Edward bezig was met zijn speelgoed en boeken zat ik te
componeren. Tess moedigde me aan een eigen geluid te
vinden. Elke week bracht ze wel een nieuwe plaat met orgelmuziek mee die ze ergens in een of ander stoffig tweede-
handsplatenwinkeltje had gevonden. Ze wist kaartjes voor
de Heinz Hall te bemachtigen, duikelde bladmuziek en boeken over orkestratie en instrumentatie op en stond erop dat
ik naar de stad zou gaan om de muziek die door mijn hoofd
speelde uit te werken in behulpzame kerken en op het conservatorium. In zekere zin riep ze opnieuw het repertoire uit
de schatkist in Cheb tot leven. Ik schreef talloze werken, al
leidden mijn pogingen amper tot succes of aandacht: een af-
gedwongen uitvoering van een nieuw arrangement door een
plaatselijk koor, of een avond aan een elektrisch orgel met
blazers uit het noorden van de staat; meer niet. Ik deed mijn
uiterste best mijn muziek te laten horen, ik stuurde bandjes
en bladmuziek naar uitgevers en musici in het hele land,
maar als ik al iets terugkreeg, was het doorgaans een afwij-
zing. Iedere grote componist maakt een zekere leertijd door,
zelfs leraren aan een basisschool, maar in mijn hart wist ik
dat mijn composities nog niet aan mijn verwachtingen vol-
deden.

Eén telefoontje veranderde alles. Ik had Edward van de kleuterschool opgehaald en kwam net binnen. De stem aan de andere kant van de lijn kwam uit een andere wereld. Een veelbelovend kwartet uit Californië, gespecialiseerd in experimentele muziek, wilde zowaar een van mijn composities opnemen: een atonaal stemmig stuk dat ik kort na de inbraak had geschreven. George Knoll, mijn oude makker uit The Coverboys, had mijn partituur aan een aantal mensen laten zien. Toen ik hem belde om hem te bedanken, nodigde hij ons uit voor een bezoek. Ik kon bij hem logeren, zodat ik bij de opnamen kon zijn. In de zomer van '76 vlogen Tess, Edward en ik naar San Francisco en brachten een paar heerlijke dagen door met George en zijn gezin. Zijn bescheiden eettentje in North Beach was het enige authentieke Andalusische restaurant te midden van een heel stel Italianen, en zijn oogverblindende vrouw en chef-kok deed de zaken ook geen kwaad. Het was geweldig hen te zien, en die paar dagen ver van huis brachten me tot rust. In Californië sloop niets vreemds rond.

De pastoor van Grace Cathedral in San Francisco bood ons de gelegenheid daar een middag lang op te nemen, en het kerkorgel kon zich qua klank en balans meten met dat oude instrument in Cheb. Zodra ik de pedalen indrukte, had ik hetzelfde gevoel dat ik daar had gehad, namelijk dat ik thuiskwam, en vanaf de allereerste noten voelde ik weer een hevig verlangen naar de toetsen. Het kwartet veranderde een paar maten, zette een paar noten naar zijn hand, en nadat we mijn fuga voor orgel en strijkers een zevende keer hadden gespeeld, was iedereen tevreden. Mijn kennismaking met roem was in anderhalf uur voorbij. Toen we afscheid namen, leek iedereen hoopvol over onze beperkte kansen. Misschien zouden hoogstens duizend mensen de plaat kopen en mijn compositie horen, maar de opwinding die gepaard ging met een plaat opnemen was sterker dan de angst dat we slechts een klein publiek zouden bereiken.

De cellist van het kwartet zei dat we beslist Big Sur moesten bezoeken, dus op de laatste dag van ons verblijf huurden we een auto en reden over de Pacific Coast Highway naar het zuiden. Het grootste deel van de ochtend schoven er telkens wolken voor de zon, maar de rotskust was indrukwekkend. Tess had altijd al de oceaan willen zien, dus we verruilden de grote weg voor een baai in de Ventana Wilderness. Terwijl we over het zand liepen, kwam er vanuit zee een lichte nevel opzetten die ons het zicht op de Stille Oceaan benam. In plaats van terug te keren besloten we te gaan picknicken op een klein halvemaanvormig strandje naast McWay Falls, een bijna dertig meter hoge waterval die zich vanaf een granieten klif de zee in stortte. Op weg erheen zagen we geen andere auto's, zodat we dachten dat we de plek voor onszelf hadden. Na het eten strekten Tess en ik ons uit op een deken, en Eddie, vijf jaar oud en bruisend van de energie, had het strand voor zich alleen. Een paar zeemeeuwen lachten ons vanaf de rotsen toe, en in ons afgelegen hoekje voelde ik me voor het eerst sinds tijden op mijn gemak.

Misschien kwam het door het ritme van het getij, of door de frisse lucht, maar na het eten vielen Tess en ik op de deken in slaap. Ik had een rare droom, een die me al heel lang niet meer had geplaagd. Ik was weer bij de kobolden, we joegen als een troep leeuwen op de jongen. Ik stak mijn hand in een holle boom en trok aan zijn been totdat hij er als een baby in een stuitligging uit geperst kwam. Een ontzette blik verscheen in zijn ogen toen hij zijn levende evenbeeld zag. De rest van de woeste stam stond om ons heen, keek naar ons, scandeerde een naar liedje. Ik wilde net zijn leven afpakken en hem het mijne geven. De jongen krijste.

Hoog boven ons uitte een meeuw die op de thermiek

zweefde een kreet en vloog toen weg over de golven. Tess lag naast me te slapen, verrukkelijk lui, en een draad van lust kronkelde door me heen. Ik drukte mijn gezicht tegen haar hals en wekte haar snuffelend, en ze sloeg haar armen om me heen, bijna om zichzelf te beschermen. Ik wikkelde de deken om ons heen en kroop boven op haar, pelde de laagjes van haar af. We begonnen te lachen en wiegden elkaar al grinnikend. Opeens hield ze op en fluisterde tegen me: 'Henry, weet je waar je bent?'

'Ik ben bij jou.'

'Henry, Henry, hou op. Henry, waar is Eddie?'

Ik rolde van haar af en ging rechtop zitten. De mist was iets dikker geworden, zodat de omtrekken van een klein, rotsig schiereilandje dat een stukje de zee in stak niet meer duidelijk te zien waren. Een groepje coniferen klampte zich vast aan de granieten top. Achter ons stroomde de waterval naar het strand. Het was eb. Het enige geluid dat te horen was, was dat van de kabbelende golven.

'Eddie?' Ze was al gaan staan. 'Eddie!'

Ik ging naast haar staan. 'Edward, waar ben je? Kom hier.'

Een ijle kreet uit de bomen, daarna een ondraaglijk wachten. Ik was al om hem aan het rouwen toen hij naar beneden geklauterd kwam en over het strand naar ons toe rende, zijn haar en kleren nat van de zilte nevel.

'Waar heb jij gezeten?' vroeg Tess.

'Ik ben zo ver als ik kon dat eiland op gelopen.'

'Weet je niet hoe gevaarlijk dat is?'

'Ik wilde kijken hoe ver ik kon komen. Er is daar een meisje.'

'Op die rots?'

'Ze zat daar naar de zee te kijken.'

'Helemaal alleen? Waar zijn haar ouders?'

'Echt waar, mam. Ze is van heel, heel erg ver hierheen gekomen. Net als wij.'

'Edward, je kunt niet zomaar dingen uit je duim zuigen. Er is hier verder helemaal niemand.'

'Echt waar, pap, kom maar kijken.'

'Ik ga die rotsen niet op. Het is daar koud en nat en glad.'

'Henry...' Tess wees naar de naaldbomen. 'Kijk daar eens.'

Een jong meisje met donker haar dat achter haar aan zwiepte, kwam tussen de bomen vandaan en rende als een geit de helling af, even dun en soepel als de wind. Van een afstand oogde ze onwerkelijk, alsof ze uit de nevel was geweven. Ze bleef staan toen ze ons daar zag, en hoewel ze niet dichterbij kwam, was ze geen vreemde. We keken elkaar over het water heen aan, en het moment duurde even kort als het nemen van een foto. Ze was er, en op hetzelfde ogenblik was ze verdwenen. Ze draaide zich om naar de waterval en rende weg, om in een waas van rotsen en naaldbomen te verdwijnen.

'Wacht even!' riep Tess. 'Blijf hier.' Ze rende in de richting van het meisje.

'Laat maar,' brulde ik, en ik ging mijn vrouw achterna. 'Ze is al weg. Zo te zien kent ze de weg hier.'

'Toe nou, Henry, je kunt haar niet zomaar weg laten lopen, hier in de wildernis.'

Edward stond te rillen in zijn dunne kleren. Ik wikkelde hem in de deken en ging met hem op het zand zitten. We vroegen hem of hij alles over haar wilde vertellen, en terwijl hij opwarmde, rolden de woorden over zijn lippen.

'Ik was op avontuur en kwam bij de grote rots aan de rand. En daar zat ze. Net achter die bomen, daar zat ze naar de golven te kijken. Ik zei hoi en zij zei ook hoi. En toen zei ze: "Wil je bij me zitten?"'

'Hoe heet ze?' vroeg Tess.

'Ooit van een meisje gehoord dat Speck heet? Ze komt hier graag in de winter om naar de walvissen te kijken.'

'Eddie, zei ze nog waar haar ouders zijn? Of hoe ze helemaal alleen hierheen is gekomen?'

'Ze is komen lopen, en het duurde langer dan een jaar. Toen vroeg ze waar ik vandaan kwam, en dat zei ik tegen haar. En toen vroeg ze hoe ik heette, en toen zei ik Edward Day.' Opeens wendde hij zijn blik af en keek naar de rots en het afzakkende getij, alsof hij zich een verborgen gevoel van opwinding herinnerde.

'Zei ze verder nog iets?'

'Nee.' Hij greep de deken rond zijn schouders steviger vast.

'Helemaal niets?'

'Ze zei: "Hoe is het leven in de grote, grote wereld?" en dat vond ik grappig.'

'Deed ze nog iets... bijzonders?' vroeg ik.

'Ze kan lachen als een zeemeeuw. Toen hoorde ik dat jullie me riepen. En toen zei ze: "Vaarwel, Edward Day," precies zo. En ik zei tegen haar dat ze moest wachten, zodat ik mijn vader en moeder kon gaan halen.'

Tess omhelsde onze zoon en wreef door de deken heen over zijn blote armen. Ze keek weer naar de plek waar we het meisje hadden zien rennen. 'Ze is gewoon weggeglipt. Als een geest.'

Vanaf dat moment tot aan de landing van ons vliegtuig thuis kon ik alleen maar aan dat verdwaalde meisje denken, en wat me nog het meest dwarszat, was niet zozeer haar geheimzinnige verschijning en verdwijning, maar het feit dat ze me zo vertrouwd was geweest.

Toen we weer thuis waren, begon ik overal wisselkinderen te zien.

Op een zaterdag in het stadje, tijdens een bezoek aan de kapper met Edward, werd ik behoorlijk van mijn stuk gebracht door een jongen met vlassig haar die zuigend op een lolly op zijn beurt zat te wachten en zonder te knipperen mijn zoon aanstaarde. Toen na de zomer de scholen weer begonnen, liet een tweeling uit de zesde me schrikken omdat ze zo vreselijk veel op elkaar leken en elkaars zinnen konden afmaken. Op een donkere avond reed ik na een optreden van het orkest naar huis en zag drie kinderen op de begraafplaats. Heel even vroeg ik me af wat ze daar zo laat uitspookten. Op feestjes of tijdens incidentele avondjes uit met andere stellen zinspeelde ik met verhulde verwijzingen op de legende van de twee wilde meisjes en de potjes babyvoedsel, in de hoop dat ik iemand zou treffen die het verhaal geloofde of de geruchten kon bevestigen, maar er werd steevast spottend om gelachen. Alle kinderen, op mijn eigen zoontje na, werden een tikje verdacht. Het kunnen bedrieglijke schepsels zijn. Achter de heldere blik van ieder kind gaat een verborgen universum schuil.

De plaat van het kwartet, *Verhalen van verwondering*, kwam tegen Kerstmis uit, en we draaiden hem bijna grijs voor vrienden en familie. Edward luisterde graag naar de dissonante klanken van de violen, de aanhoudende lijn van de cello, de plotselinge eerste tonen van het orgel. Hoewel we wisten dat dat stuk zou volgen, was het elke keer bij het beluisteren toch weer een schok. Op oudejaarsavond, ver na middernacht, toen het huis stil als een gebed was, werd ik gewekt door het onverwachte harde geluid van mijn eigen melodie. Ik rekende op het ergste en liep met een honkbalknuppel in mijn hand de trap af, in pyjama, maar trof beneden alleen mijn zoon aan, die met grote ogen voor de luidsprekers zat, gehypnotiseerd door de muziek. Toen ik het geluid zachter zette, knipperde hij snel met zijn ogen en schudde zijn hoofd, alsof hij uit een droom was gewekt.

'Hé, makker,' zei ik zacht. 'Weet je hoe laat het is?'

'Is het al 1977?'

'Al uren. Het feest is voorbij, jongen. Waarom heb je deze plaat opgezet?'

'Ik had een enge droom.'

Ik trok hem op mijn schoot. 'Wil je erover praten?' Hij gaf geen antwoord, maar kroop dichter tegen me aan, dus ik hield hem nog steviger vast. De laatste, lang aangehouden noot weerklonk, het stuk was ten einde. Ik stak mijn hand uit en zette de stereo uit.

'Papa, weet je waarom ik die plaat wilde horen? Omdat ik er dan weer aan moet denken.'

'Waaraan, Edward? Aan onze vakantie in Californië?'

Hij draaide zijn gezicht naar me toe, zodat we elkaar recht konden aankijken. 'Nee. Aan Speck,' zei hij. 'Het feeënmeisje.'

Met een zachte kreun trok ik hem dichter tegen me aan, zodat ik in de warmte van zijn borst zijn hart sneller kon voelen kloppen.

Tweeëndertig

Speck zat altijd graag in de buurt van bewegend water. Mijn sterkste herinnering aan haar was die van een meisje dat werd geraakt door vloeiend water, dat meevoelde met de stroom. Jaren geleden heb ik haar een keer helemaal naakt zien zitten, haar benen onder zich opgetrokken, met het water tot aan haar middel en schouders die door de zon werden gestreeld. Waren de omstandigheden anders geweest, dan zou ik naast haar in de beek zijn gesprongen, maar nu kon ik me niet verroeren, zo getroffen was ik door de sierlijke vorm van haar nek en ledematen, door de contouren van haar gezicht. Een andere keer, toen de mensen in het stadje vuurwerk aan het afsteken waren en wij er verderop langs de rivier naar zaten te kijken, leek ze meer in de ban van het stromende water dan van de bloemen die aan de hemel luid uiteenspatten. Iedereen keek omhoog, maar zij keek naar het licht dat over de golven speelde en naar de vonken die sissend het oppervlak raakten. Vanaf het allereerste begin kon ik wel raden waar ze heen was gegaan en waarom, maar vanwege een wezenlijk gebrek aan moed deed ik niet wat mijn intuïtie me influisterde. Diezelfde angsten hielden me tegen toen ik de rivier bij de bocht wilde oversteken, dus ik staakte mijn zoektocht en ging terug naar het kamp. Ik had het water moeten volgen.

Het pad naar de bibliotheek had nog nooit zo lang en angstaanjagend geleken als op de avond toen ik er voor het eerst in tijden weer heen ging. Sinds onze wegen zich hadden gescheiden was het woud langs de randen uitgedund, en roestige blikjes, flesjes en ander afval zwierven tussen de struiken. In de jaren sinds haar vertrek was hier niemand meer geweest. De boeken lagen nog waar we ze hadden laten liggen, al hadden muizen aan de randjes van de bladzijden geknaagd en hun uitwerpselen in onze kandelaars en koffiemokken achtergelaten. Haar Shakespeare wemelde van de zilvervisjes. Stevens was opgezwollen van het vocht. In het zwakke kaarslicht was ik de hele avond bezig op te ruimen; ik veegde spinnenwebben weg, verjoeg krekels, bleef peinzend staren naar wat zij ooit in haar handen had gehouden. Ik viel in slaap, gewikkeld in de schimmelige deken waaruit haar geur al een hele tijd geleden was verdwenen.

Trillingen boven me gaven aan dat het ochtend was geworden. Het personeel begon aan de dag, steunbalken kraakten onder hun gewicht en de patronen van hun gewoonten. Ik kon me voorstellen hoe het daarboven ging: binnenkomen, hallo zeggen, op de werkplek gaan zitten. Er verstreek ongeveer een uur voordat de deur werd geopend en de mensen naar binnen geschuifeld kwamen. Toen het ritme normaal aanvoelde, ging ik aan het werk. Mijn papieren waren bedekt door een dunne laag stof, en ik was het grootste deel van die eerste dag bezig de stukjes en beetjes in de juiste volgorde te leggen en te kijken bij welke notities in het schrift van McInnes de losse velletjes precies pasten. Er was zo veel achtergelaten, verloren, vergeten en begraven sinds we de eerste keer waren verdreven. De woorden die het verstrijken van de tijd weergaven, waren nu niet meer dan een bescheiden stapeltje, vol diepe gaten en gapende stiltes. Er was bijvoorbeeld nog maar heel weinig over van die eerste dagen na mijn aankomst – slechts een paar grove tekeningen en armzalige notities. Er waren jaren verstreken, zonder een enkele opmerking erover. Nadat ik alle papieren had bekeken, besefte ik dat me een fikse taak wachtte.

Toen het personeel die avond naar huis ging, duwde ik het luik onder de kinderafdeling open. Ik wilde niet een nieuw boek gaan halen, zoals ik tijdens andere strooptochten had gedaan, maar nieuw schrijfmateriaal stelen. Achter de balie van de hoofdbibliothecaresse lag een ware schat: vijf gele blocnotes en genoeg pennen voor de rest van mijn leven. Om een zekere spanning op te werpen, zette ik de Wallace Stevens terug die al zo lang ontbrak.

De woorden vloeiden uit mijn pen, en ik schreef totdat ik een pijnlijke kramp in mijn hand voelde. Het einde, de nacht van Specks vertrek, werd het begin. Vanaf daar ging het verhaal terug naar het punt waarop ik had beseft dat ik verliefd op haar was geworden. Een groot deel van het oorspronkelijke manuscript, dat godzijdank is verdwenen, was gewijd aan de lichamelijke spanningen die een volwassen man in het lijf van een kleine jongen voelt. Midden in een zin over verlangen hield ik op. Stel dat ze had gewild dat ik was meegegaan? Dan had ik gesmeekt of ze had willen blijven, gezegd dat ik niet dapper genoeg was om weg te lopen. Tegelijkertijd knaagde er een ander besef aan mijn geweten. Misschien was het nooit haar bedoeling geweest dat ik erachter zou komen. Ze was weggelopen vanwege mij en had al die tijd al geweten dat ik van haar hield. Ik legde mijn pen neer en wenste dat Speck bij me was, zodat ik met haar kon praten en ze antwoord op al die vragen kon geven.

Zulke obsessies krioelden als parasieten door mijn hersenen, en ik lag te woelen op de harde vloer. Midden in de nacht werd ik wakker, en ik begon in een lege blocnote te schrijven, vastbesloten mijn geest van de donkerste gedachten te ontdoen. De uren verstreken en de dagen vloeiden in elkaar over. In het half jaar dat volgde, verdeelde ik mijn tijd tussen het kamp en de bibliotheek en deed mijn best mijn levensverhaal op te tekenen, zodat ik dat aan Speck zou kunnen geven. Onze winterslaap vertraagde mijn vorderingen. In december werd ik moe, en ik sliep tot aan maart. Voordat ik terug kon keren naar mijn boek, keerde mijn boek terug naar mij.

Op een morgen kwamen Luchóg en Smaolach met ernstige blikken naar me toe. Ik zat net op een haverkoekje te kauwen en nam de laatste slokken van een kop thee. Uiterst overwogen gingen ze aan weerszijden van me zitten, in kleermakerszit, zich opmakend voor een lang gesprek. Luchóg zat te frunniken aan een scheut jonge rogge die door de oude bladeren heen omhoog was gekomen en Smaolach staarde de andere kant op, alsof het licht dat tussen de takken speelde hem heel erg boeide.

'Goedemorgen, jongens. Hoe is het?'

'We zijn in de bibliotheek geweest,' zei Smaolach.

'Daar waren we al een hele tijd niet meer geweest,' zei Luchóg.

'We weten wat je aan het doen bent.'

'Hebben je levensverhaal gelezen.'

Smaolach keek mij aan. 'Honderdduizend excuses, maar we moesten het gewoon weten.'

'Waar haal je het recht vandaan?' vroeg ik.

Ze wendden hun gezichten af, en ik wist niet waar ik moest kijken.

'Je hebt een paar verhalen niet helemaal goed opgeschreven,' zei Luchóg. 'Mag ik vragen waarom je dit boek schrijft? Voor wie het is bestemd?'

'Wat heb ik verkeerd gedaan?'

'Ik heb altijd begrepen dat een auteur bij het schrijven van een boek steevast een of meer lezers in gedachten heeft,' zei Luchóg. 'Je gaat niet al die moeite doen als je de enige bent die het ooit zal lezen. Zelfs iemand die een dagboek bijhoudt, verwacht dat het slotje een keer zal worden opengebroken.'

Smaolach plukte aan zijn kin, als in gedachten verzonken. 'Ik denk dat het een grote vergissing zou zijn een boek te schrijven dat niemand leest.'

'Daar heb je helemaal gelijk in, makker. Ik heb me wel eens afgevraagd waarom kunstenaars nog met iets nieuws durven komen in een wereld waar alles al eens is gedaan en alle antwoorden bekend zijn.'

Ik stond op en onderbrak hun vragenstellerij. 'Kunnen jullie me alsjeblieft duidelijk maken,' brulde ik, 'wat er mis is met dat boek?'

'Het gaat om je vader, ben ik bang,' zei Luchóg.

'Mijn vader? Wat is er met hem? Is hem iets overkomen?'

'Hij is niet wie je denkt dat hij is.'

'Wat mijn vriend wil zeggen, is dat de man die je als je vader beschouwt je vader helemaal niet is. Die man is een andere man.'

'Kom maar mee,' zei Luchóg.

Terwijl we het kronkelende pad volgden, vroeg ik me af wat er kon gebeuren nu ze mijn boek hadden gelezen. Ze hadden altijd al geweten dat ik Henry Day was, en nu wisten ze dat ik dat ook wist. Ze hadden gelezen wat ik voor Speck voelde en hadden vast al geraden dat ik voor haar schreef. Ze wisten ook wat ik van hen vond. Gelukkig kwamen ze over het algemeen over als sympathieke figuren, een tikje excentriek, dat wel, maar betrouwbare bondgenoten in mijn avonturen. Hun vragen hadden me echter wel voor een boeiend probleem gesteld, want ik had er nooit aan gedacht hoe ik Speck mijn boek kon laten lezen, of, om preciezer te zijn, wat eigenlijk de redenen waren waarom ik alles zo graag wilde opschrijven. Smaolach en Luchóg, die voor me uit liepen over het pad, woonden al tientallen jaren in dit woud en dwarrelden door de eeuwigheid zonder te worden geplaagd door zulke zorgen of de behoefte alles op te schrijven en er wijs uit te worden. Ze schreven geen boeken, schilderden niets op de muren, dansten geen nieuwe dans, maar toch leefden ze in vrede en harmonie met de natuurlijke wereld. Waarom was ik niet zoals de anderen?

Bij zonsondergang verlieten we de beschutting van de bomen en liepen naar de kerk, naar een handjevol graven dat verspreid lag over een groen stukje grond naast het kerkhof en dat werd omringd door een stenen muur. Ik was er één keer eerder geweest, jaren geleden, in de veronderstelling dat het een korte weg terug naar de veiligheid was, of misschien alleen maar een goede schuilplaats. We glipten tussen de ijzeren spijlen door en betraden een rustige, overwoekerde tuin. Een groot deel van de inscripties op de stenen was verweerd en vervaagd, en de eigenaren lagen al jarenlang onder hun verdwijnende namen. Mijn vrienden voerden me mee over een kronkelend pad dat tussen de graven door liep, en we bleven staan tussen de gedenktekens en het onkruid. Smaolach liep met me naar een graf en wees op de steen: WILLIAM DAY, 1917-1962. Ik ging op mijn knieën in het gras zitten, liet mijn vingers over de verzonken letters gaan en liet de getallen tot me doordringen. 'Wat is er gebeurd?'

Luchóg sprak op zachte toon. 'We hebben geen idee, Henry Day.'

Smaolach legde zijn hand op mijn schouder. 'Ik geef de voorkeur aan Aniday. Je bent een van ons.'

'Hoe lang weten jullie dit al?'

'We vonden dat je de waarheid moest weten vanwege je boek. Die avond waarop we het oude kamp verlieten, heb je niet je vader gezien.'

'En je begrijpt wel,' voegde Luchóg eraan toe, 'dat de man met de baby in het nieuwe huis je vader niet kan zijn.'

Ik ging zitten en leunde tegen de grafsteen om te voorkomen dat ik flauw zou vallen. Natuurlijk hadden ze gelijk. Volgens mijn kalender was er veertien jaar verstreken sinds het tweede jaartal op de grafsteen. Als William Day al zo lang geleden was overleden, was hij niet degene die ik dacht dat hij was, en was die man niet William Day, maar een dubbelganger. Ik vroeg me af hoe dat mogelijk was. Luchóg maakte zijn buideltje open, rolde een sigaret en ging bedaard tussen de graven zitten roken. De sterren verschenen en gaven de hemel vorm: hoe ver weg, hoe lang geleden? Mijn vrienden leken op het punt te staan nog meer geheimen te ontsluieren, maar ze zeiden niets, dus dat zou ik misschien zelf uit moeten zoeken.

'Goed, laten we maar weer gaan,' zei Smaolach, 'en er morgen verder over nadenken.'

We sprongen over het hek in de hoek en liepen naar huis. Het gesprek kwam telkens op kleinere foutjes in mijn verhaal. Een groot deel van hun voorstellen ging aan me voorbij omdat mijn gedachten telkens afdwaalden naar zaken die ik altijd weinig aandacht had geschonken. Speck had me verteld wat ze zich kon herinneren, maar veel bleef een raadsel. Af en toe kwam mijn moeder even in beeld, en de gezichten van mijn kleine zusjes, de tweeling, zag ik nu glashelder voor me. Van mijn vader weet ik bijna niets meer. Voor dit leven had er een leven bestaan, en ik had de rivier van mijn onderbewuste nog niet voldoende afgedregd. Later die avond, toen de anderen sliepen, zat ik klaarwakker in mijn holletje. Het beeld van Oscar Love verscheen duidelijk voor me. We hadden maandenlang onderzoek naar die jongen gedaan, we hadden de kleinste details over zijn leven blootgelegd, over zijn familiegeschiedenis, zijn manier van denken – allemaal om Igel bij de wissel te kunnen helpen. Als we Oscar zo goed kenden, dan moesten de anderen mijn verleden ook zo goed hebben gekend, in elk geval stukken beter dan ik mezelf kende. Nu ik wist hoe ik echt heette, hadden ze geen reden meer de waarheid verborgen te houden. Ik kroop mijn hol uit en liep naar de plek van Luchóg, maar die was verlaten. Ik trof hem in het aangrenzende holletje aan, in de armen van Chavisory, en heel even vroeg ik me af of ik hun rust wel moest verstoren.

'Luch,' fluisterde ik. Hij knipperde met zijn ogen. 'Word wakker en vertel me een verhaal.'

'Aniday, in vredesnaam... zie je niet dat ik lig te pitten?'

'Ik moet het weten.'

Nu bewoog zij zich ook. Ik wachtte totdat ze zich van elkaar hadden losgemaakt, en hij kwam overeind, zodat zijn gezicht op gelijke hoogte met het mijne was. 'Wat is er?' wilde hij weten.

'Je moet me alles vertellen wat je je over Henry Day kunt herinneren.'

Hij geeuwde en keek naar Chavisory, die als een bal opgerold lag. 'Nu ga ik weer slapen. Vraag het morgen nog maar eens, dan zal ik je helpen met het schrijven van je boek. Maar nu wil ik mijn kussen en mijn dromen.'

Ik wekte Smaolach en Béka en Onions met hetzelfde verzoek en werd op vergelijkbare wijze afgewezen. Ondanks mijn opwinding oogstte ik de volgende dag bij het ontbijt niets dan vermoeide en boze blikken, en pas nadat de hele groep had gegeten durfde ik het nogmaals te vragen. 'Ik schrijf een boek,' meldde ik, 'over Henry Day. Ik ken de grote lijnen, die heeft Speck me voor haar vertrek verteld, en nu vraag ik jullie de details in te vullen. Doe maar net of ik op het punt van wisselen sta en geef een uitgebreid verslag van Henry Day.'

'O, ik weet het nog wel,' zei Onions. 'Je was een baby die in het woud te vondeling was gelegd. Je moeder had je in doeken ingebakerd en je bij het heiligdom van de windhond gelegd.'

'Nee, nee, nee,' zei Béka. 'Je vergist je. De oorspronkelijke Henry Day was helemaal geen Henry, maar de helft van een eeneiige tweeling, Elspeth en Maribel.'

'Jullie hebben het allebei mis,' zei Chavisory. 'Hij was een jongetje, een slim, schattig jongetje dat in een huis aan de rand van het woud woonde, met zijn vader en moeder en twee kleine zusjes, een tweeling.'

'Ja, dat is zo,' zei Luchóg. 'Mary en Elizabeth. Twee krullenkopjes, dik als lamsboutjes.'

'Je was hoogstens acht of negen,' zei Chavisory.

'Zeven,' zei Smaolach. 'Hij was zeven toen we hem stalen.'

'Zeker weten?' vroeg Onions. 'Ik zou toch zweren dat hij nog een baby was.'

De rest van de dag verliepen de gesprekken op min of meer gelijke wijze, werd er getwist over de verschillende stukjes informatie en bleek de waarheid aan het einde een verre neef van de waarheid aan het begin. De hele zomer, tot in de herfst, bestookte ik hen met vragen, alleen of in de groep. Soms leidde een antwoord, in combinatie met mijn teruggekeerde herinneringen of de zichtbare aanwijzing van een tekening of een paar woorden op papier, tot een vaststaand feit. Langzaam, in de loop der tijd, ontstond er een patroon, en mijn jeugd keerde terug. Maar één ding bleef een raadsel.

Vóór de lange slaap van de winter ging ik op pad, vastbesloten de hoogste top van de heuvels rond het dal te beklimmen. De bomen hadden hun bladeren al laten vallen en hieven naakte armen op naar de grijze hemel. In het oosten leek de stad net een verzameling blokken. Ten zuiden van me lag ons stadje, in tweeën gedeeld door de rivier. In het westen was de bocht in de rivier en het weidse land erachter. In het noorden het woeste woud, een boerderij of twee uit bomen en steen gehakt. Ik ging op de top zitten en las, droomde 's nachts over twee Specks en twee Days, wat we zijn, wat we zouden kunnen zijn. Ik vastte, op een fles water na, en dacht na over het raadsel van het bestaan. Op de derde dag werd mijn geest helder en kwam het antwoord tot me. Als de man die mijn vader leek te zijn niet mijn vader was, wie was hij dan wel? Wie was ik in de nevel tegengekomen? Wie was de man die ik bij de beek had gezien, op de avond toen we zowel Igel als Oscar Love hadden verloren? De man die ons door de keukendeur achterna was gekomen? Hij leek op mijn vader. Een hert, geschrokken van de plotselinge beweging van mijn hoofd, sprong weg tussen de gevallen bladeren. Een vogel slaakte een kreet; de klank hield even aan en stierf toen weg. De wolken dreven verder en onthulden de bleke zon. Wie had mijn plaats ingenomen toen ze me hadden meegenomen?

Ik wist het. Die man bezat wat voor mij bedoeld was geweest. De rover van mijn naam, de steler van mijn verhaal, de dief van mijn leven: Henry Day.

Drieëndertig

Ik was een van hen geweest. Mijn zoon had aan de andere kant van het land oog in oog met een van hen gestaan, en het was onmogelijk te zeggen hoeveel moeite ze zouden doen om ons te volgen. De wisselkinderen waren tijdens die ene nacht, jaren geleden, al voor Edward gekomen, maar toen had ik hen weggejaagd omdat ik beneden was gaan kijken. Maar ze zouden terugkeren. Ze hielden ons in de gaten, wachtend op mijn zoon. Hij zou niet veilig zijn zolang ze in de buurt van ons huis rondslopen. Wanneer ze eenmaal een geschikt kind hadden uitgekozen, was dat in zekere zin al voorgoed verloren. Ik mocht Edward geen moment uit het oog verliezen en ontwikkelde de gewoonte om elke avond alle ramen en deuren af te sluiten. Ze krioelden rond in mijn verbeelding, overwoekerden mijn rust. De piano was mijn enige afleiding. Door te componeren trachtte ik geestelijk gezond te blijven. Valse start volgde op valse start. Ik deed mijn uiterste best die twee werelden van elkaar gescheiden te houden.

Gelukkig had ik Tess en Edward die vastigheid boden. Op

mijn verjaardag reed er een vrachtwagen van een koeriersdienst onze doodlopende straat in, en Edward, die voor het raam stond, riep: 'Daar is het, daar is het!' Ze stonden erop dat ik in de slaapkamer bleef wachten, met de gordijnen dicht, totdat mijn cadeau veilig en wel binnen zou staan, en ik gehoorzaamde braaf, dronken van liefde vanwege de opgetogenheid van mijn zoontje en Tess' verleidelijke, alwetende glimlach. In het donker, op het bed, deed ik mijn ogen dicht en vroeg me af of ik een dergelijke liefde op mijn beurt wel verdiende, bang dat die me zou worden afgenomen als de waarheid ooit boven water zou komen.

Edward stommelde de trap af en klopte luid op de gesloten deur. Hij greep met zijn handjes mijn arm vast en trok me mee naar de studio. Daar was een grote groene strik voor de deur gespannen, en Tess maakte een kniebuiging en gaf me de schaar aan.

'Als burgemeester van deze stad,' verklaarde ik op plechtige toon, 'zou ik mijn voorname zoon willen vragen de honneurs met mij waar te nemen.' Samen knipten we het lint door en deden de deur open.

Het kleine orgel was niet nieuw of verfijnd, maar het was bijzonder vanwege de liefde waarmee het was geschonken. En voor mij bleek het genoeg om de klanken te vinden waarnaar ik op zoek was. Edward speelde met de registers, en ik nam Tess apart en vroeg haar hoe ze zich zoiets had kunnen veroorloven.

'Sinds onze reis naar San Francisco, of misschien al sinds Tsjecho-Slowakije, wilde ik dit voor je doen,' zei ze. 'Hier en daar wat sparen en wegleggen, en dan flink onderhandelen over de prijs. Eddie en ik ontdekten dat dit te koop stond in een oude kerk in Coudersport. Je moeder en Charlie hebben het laatste beetje bijgelegd, want we wilden allemaal dat je dit zou krijgen. Ik weet dat het niet perfect is, maar...'

'Het is het beste cadeau...'

'Maak je geen zorgen over de kosten. Speel gewoon, lieverd.'

'Ik heb mijn zakgeld gegeeft,' zei Edward.

Ik omhelsde hen allebei en hield hen stevig vast, overvallen door een gevoel van geluk, en toen ging ik zitten en speelde uit Bachs *Die Kunst der Fuge*, zonder besef van tijd.

Een paar dagen later, toen ik nog steeds helemaal in de ban van het instrument was, kwam ik samen met Edward, die ik van de kleuterschool had opgehaald, thuis in een leeg en stil huis. Ik gaf hem iets lekkers, zette *Sesamstraat* voor hem aan en ging aan het werk in mijn studio. Op het toetsenbord lag een enkel stuk papier, opgevouwen, met een geel notitievelletje erop geplakt. 'Bespreken!' had ze erop gekrabbeld. Ze had de passagierslijst met de namen van de familie Ungerland ontdekt die ik achter slot en grendel bij mijn papieren bewaarde; God mocht weten hoe ze die had gevonden.

De voordeur zwaaide krakend open en viel met een klap weer dicht, en een duister moment lang werd ik geplaagd door de gedachte dat ze voor Edward kwamen. Ik rende naar de voordeur en zag nog net dat Tess langzaam naar de eetkamer liep, haar armen vol tassen met boodschappen. Ik nam een paar zakken van haar over en we brachten alles naar de keuken, waar we de boodschappen opruimden en in een pas de deux om elkaar heen dansten. Ze leek zich over niets anders druk te maken dan over doperwtjes en worteltjes in blik.

Toen we klaar waren, veegde ze denkbeeldig stof van haar handen. 'Heb je mijn briefje nog gezien?'

'Over de Ungerlands? Waar heb je die lijst vandaan?'

Ze blies haar pony uit haar ogen. 'Je bedoelt natuurlijk: waar heb ik hem zien liggen? Je hebt hem op het dressoir laten liggen, naast de telefoon. De vraag is: waar heb jij hem vandaan?'

'Uit Cheb. Kun je je pater Hlinka nog herinneren?'

'Cheb? Dat is negen jaar geleden. Ben je daar soms mee bezig? Hoe kom je erbij om onderzoek te doen naar de familie Ungerland?'

Een algeheel zwijgen verraadde me.

'Ben je jaloers vanwege Brian? Dat zou eerlijk gezegd lichtelijk gestoord zijn, vind je ook niet?'

'Nee, ik ben niet jaloers, Tess. We waren daar toevallig, en ik heb hem geholpen zijn stamboom na te trekken. Zijn opa te vinden.'

Ze pakte de passagierslijst op en las die tot het einde aan toe door. 'Dat is niet te geloven. Wanneer heb je Brian Ungerland dan gesproken?'

'Dat is nu allemaal verleden tijd, Tess. Toen we nog verloofd waren, kwam ik hem een keer in de kroeg van Oscar tegen. Ik vertelde dat we naar Duitsland zouden gaan, en toen vroeg hij me of ik tijd zou hebben om naar de nationale archieven te gaan en zijn familie op te zoeken. Toen ik daar niets vond, bedacht ik dat ze misschien ergens anders vandaan kwamen, en toen we in Cheb waren, heb ik pater Hlinka ernaar gevraagd. Niets bijzonders.'

'Henry, ik geloof er geen woord van.'

Ik deed een stap naar voren, wilde haar in mijn armen nemen en dolgraag een einde aan het gesprek maken. 'Tess, ik heb je altijd de waarheid verteld.'

'Maar waarom heeft Brian het niet gewoon aan zijn moeder gevraagd?'

'Zijn moeder? Ik wist niet dat hij die had.'

'Iedereen heeft een moeder. Ze heeft altijd hier gewoond, volgens mij woont ze hier nog. Je kunt haar gaan vertellen hoe jaloers je bent geweest.'

'Maar ik heb haar in het telefoonboek opgezocht.'

'Dat meen je niet.' Ze sloeg haar armen over elkaar en

schudde haar hoofd. 'Ze is jaren geleden hertrouwd, toen Brian nog op de middelbare school zat. Eens even denken, ze heet Blake, Eileen Blake. En ze zou zich die opa nog wel kunnen herinneren. Hij is minstens honderd geworden, en ze had het altijd over die gekke oude man.' Ze gaf het op en liep in de richting van de trap.

'Gustav?' riep ik haar achterna.

Ze keek over haar schouder, fronste, vond de naam in haar herinnering. 'Nee, nee... Joe. Gekke Joe Ungerland is Brians opa. Maar in die familie zijn ze allemaal gek, zelfs zijn moeder.'

'Weet je het zeker? Heette hij niet Gustav Ungerland?'

'Ik ga jou nog gekke Henry Day noemen... Dit had je ook allemaal aan mij kunnen vragen. Hoor eens, als je het zo graag allemaal wilt weten, dan moet je maar met Brians moeder gaan praten. Eileen Blake.' Boven aan de trap bleef ze staan en keek over de rand, zodat haar lange blonde haar naar beneden viel als dat van *Raponsje*. 'Het is lief dat je zo jaloers bent, maar je hoeft je nergens zorgen over te maken.' Met haar scheve lachje lachte ze mijn bezorgdheid weg. 'Doe die oude dame de groeten van me.'

Ze was tot aan haar nek in de bladeren begraven en staarde zonder knipperen recht voor zich uit, en pas toen ik voor de derde keer langsreed, zag ik dat ze een pop was. Een tweede pop was met een rood springtouw aan een boomstam er vlak naast vastgebonden, en uit het lange, ongemaaide gras staken afgehakte armen en benen in vreemde hoeken omhoog. Aan het einde van een touwtje dat aan de tak van een Virginische kers was gebonden draaide een hoofd zachtjes in de wind rond; het onthoofde lijf was in de brievenbus gepropt, in afwachting van de zaterdagse postbode. De bedenkers van deze verminkingen keken me vanaf de veranda grinnikend aan toen ik de auto voor hun huis parkeerde, maar toen ik het trottoir opliep, leken ze bijna in algehele staat van verlamming te vervallen. 'Meisjes, kunnen jullie me misschien helpen? Ik ben de weg kwijt,' zei ik onder aan het trapje.

Het oudste meisje sloeg beschermend haar arm om de schouders van haar zusje.

'Zijn jullie vader en moeder thuis? Ik zoek iemand die hier in de straat woont. Weten jullie welk huis dat van Blake is?'

'Daar spookt het,' zei de jongste zus. Ze miste twee voortanden en sliste.

'Ze is een heks, meneer.' De oudste was een jaar of tien, mager als een lat, met ravenzwart haar en wallen onder haar ogen. Als er iemand was die iets van heksen zou weten, was zij het wel. 'Waarom wilt u op bezoek bij een heks, meneer?'

Ik zette een voet op de volgende tree. 'Omdat ik een kabouter ben.'

Ze lachten allebei breeduit. De oudste vertelde me dat ik vóór de volgende straathoek af moest slaan, een verborgen steegje in dat eigenlijk een laantje was. 'Het heet Asterisk Way,' zei ze, 'omdat het te klein is voor een echte naam.'

'Gaat u haar opvreten?' vroeg de jongste.

'Ik ga haar opvreten en haar botjes uitspugen. Komen jullie met Halloween maar langs, dan kunnen jullie een skelet maken.' Ze draaiden zich om en keken elkaar vergenoegd lachend aan.

Asterisk Way werd aan het oog onttrokken door een invasie van gifsumak en woekerende buxus. Toen ik de heggen aan beide kanten langs de auto hoorde schrapen, stapte ik uit en liep het laatste stukje. Langs het paadje lagen her en der half aan het zicht onttrokken huizen, en de laatste aan de linkerkant was een verweerd vierkant pand met BLAKE op de brievenbus. Verborgen achter struiken zag ik een stel blote benen langsschieten, die over het erf renden, en toen hoorde ik een tweede persoon ritselend door de bosjes lopen. Ik dacht dat die vreselijke zusjes me waren gevolgd, maar toen schrok ik op van een derde beweging. Ik tastte naar mijn autosleutels en had die duistere plek bijna verlaten, maar omdat ik er nu al bijna was, klopte ik op de voordeur.

Een elegante vrouw met een dikke bos wit haar deed de deur open. Ze was gekleed in wit linnen en stond lang en rechtop in de deuropening, met een onderzoekende blik in haar heldere ogen, en heette me welkom in haar huis. 'Henry Day. Heb je het gemakkelijk kunnen vinden?' Er schemerde vaag iets van New England door in haar stem. 'Kom binnen, kom binnen.'

Mevrouw Blake beschikte over een tijdloze charme en heeft een bepaalde manier van doen die anderen op hun gemak stelde. Om met haar te kunnen praten, had ik tegen haar gelogen; ik had gezegd dat ik samen met haar zoon Brian op de middelbare school had gezeten en dat onze klas een reünie organiseerde en we op zoek waren naar klasgenoten die nu ergens anders woonden. Op haar verzoek babbelden we tijdens een lunch die ze had klaargemaakt, en ze deed uitgebreid uit de doeken hoe het met Brian, zijn vrouw en hun twee kinderen ging en wat hij in de afgelopen jaren allemaal had bereikt. Onze broodjes eiersalade lieten langer op zich wachten dan haar verslag, en ik probeerde het gesprek op de echte reden van mijn komst te brengen.

'Goed, mevrouw Ungerland...'

'Zeg toch Eileen. Ik heet al jaren geen mevrouw Ungerland meer. Niet sinds de dood van mijn eerste man. En toen de onfortuinlijke meneer Blake en zijn vreemde ongeval met de hooivork. Achter mijn rug om noemen ze me "de zwarte weduwe", die vreselijke kinderen.'

'Om eerlijk te zijn noemen ze je een heks... Wat naar voor je, Eileen. Van beide echtgenoten, bedoel ik.'

'Nou, je hoeft het helemaal niet naar te vinden, hoor. Ik ben met meneer Blake getrouwd vanwege zijn geld, God hebbe zijn ziel. En wat meneer Ungerland betreft, die was veel en veel ouder dan ik, en hij was...' Ze tikte met een lange, slanke vinger tegen haar voorhoofd.

'Ik heb op de katholieke lagere school gezeten en leerde Brian pas op de middelbare school kennen. Hoe was hij toen hij klein was?'

Haar gezicht klaarde op, en ze stond zo snel op dat ik even bang was dat ze om zou vallen. 'Wil je soms foto's van vroeger zien?'

In elke fase van zijn leven, van de dag van zijn geboorte tot aan zijn studententijd, had Brian Ungerland een zoon van me kunnen zijn. Zijn gelijkenis met Edward was gewoon griezelig; dezelfde trekken, dezelfde houding, ze aten zelfs op dezelfde manier een maïskolf en gooiden op dezelfde manier een bal. Toen we door het album bladerden, werd mijn overtuiging bij elke foto sterker.

'Brian vertelde vaak sterke verhalen over de familie,' zei ik. 'Over de familie Ungerland, bedoel ik. De Duitse kant.'

'Heeft hij je over opa Josef verteld? Zijn opa Joe? Natuurlijk was Brian nog maar een baby toen opa overleed, maar ik kan me hem nog herinneren. Hij was zo geschift als ik weet niet wat. Dat waren ze allemaal.'

'Ze zijn uit Duitsland hierheen gekomen, toch?'

Ze leunde achterover in haar stoel en probeerde het zich te herinneren. 'Het is een heel triest verhaal, die familie.'

'Triest? Hoezo?'

'Nou, je had gekke Joe, mijn schoonvader. Hij woonde bij ons toen we pas getrouwd waren, eeuwen geleden. We gaven hem een kamer op zolder. O, hij moet toen een jaar of negentig zijn geweest, misschien wel honderd, en hij zat altijd maar te razen en te tieren over dingen die er niet waren. Geesten, dat soort dingen, alsof ze hem kwamen halen, de stakker. En hij zat maar over zijn jongere broer te mompelen, Gustav, en zei dat die zijn broer helemaal niet was en dat zijn echte broer was gestolen door de *Wechselbalgen*. Wisselkinderen. Mijn man zei dat het door dat zusje kwam. Als ik het me goed herinner, is het zusje tijdens de oversteek van Duitsland naar Amerika gestorven. Dat was een zware klap voor het hele gezin, waar ze nooit helemaal van zijn hersteld. Zelfs die arme Josef zag na al die jaren nog geesten om zich heen.'

De kamer begon ongewoon warm aan te voelen, en mijn maag draaide zich om. Ik had hoofdpijn.

'Eens even denken, je had de moeder, en de vader, die arme man. Abram heette hij. En de broers. Ik weet niets van de oudste broer, die is tijdens de Burgeroorlog bij Gettysburg gesneuveld. Maar je had Josef, die bijna tot zijn vijftigste vrijgezel is gebleven, en dan had je nog die krankzinnige broer, de jongste. Zo'n triest gezin.'

'Krankzinnig? Hoe bedoelt u?'

'Zo noemen ze het tegenwoordig niet meer, maar toen zeiden ze dat. Ze zeiden altijd maar dat hij zo geweldig piano kon spelen, maar het was gewoon een trucje. Hij was wat ze een idiot savant zouden noemen. Gustav heette hij, het arme kind. Speelde als Chopin zelf, zei Josef altijd, maar verder was hij heel stil en extreem introvert. Misschien was hij wel autistisch, als ze dat toen al hadden.'

Het bloed steeg naar mijn hoofd en ik begon me duizelig te voelen.

'Of misschien was hij gewoon een zenuwpees. Maar na het voorval met de zogenaamde wisselkinderen hield hij zelfs op met pianospelen en trok zich helemaal in zichzelf terug, zei de rest van zijn leven geen woord meer, en ook hij is stokoud

geworden. Ze zeggen dat de vader gek werd toen Gustav ophield met spelen en de wereld liet voor wat die was. Ik heb
hem een paar keer in het gesticht bezocht, de arme drommel. Je kon merken dat hij ergens aan zat te denken, maar
god mag weten waaraan. Alsof hij in zijn eigen wereld was
gaan wonen. Hij stierf kort na ons trouwen. Dat zal in 1934
zijn geweest, denk ik, maar hij oogde ouder dan Mozes zelf.'

Ze boog zich over het album heen en bladerde terug naar
de eerste pagina's, waar ze op een foto wees van een man van
middelbare leeftijd met een grijze gleufhoed. 'Dit is mijn
man Harry, de zoon van gekke Joe. Hij was al oud toen we
trouwden, en ik was nog maar een jong meisje.' Daarna wees
ze naar een verschrompeld mannetje dat oogde alsof hij de
oudste man ter wereld was. 'Gustav.' Heel even dacht ik dat ik
het was, maar toen besefte ik dat de oude man op de foto helemaal geen familie van me was. Onder hem was een bekras-
te foto van een oudere vrouw in een jurk met een hoge kraag
te zien. '*La belle dame sans merci.* Al ver voor mijn tijd overleden, maar als hun moeder er niet was geweest om de boel bij
elkaar te houden, zou er niets van de Ungerlands zijn overgebleven. En dan zouden wij hier nu niet zitten, hè?'

'Maar,' zei ik stamelend, 'hoe slaagden ze erin om na zo'n
vreselijke gebeurtenis verder te gaan?'

'Op dezelfde manier zoals wij dat allemaal doen. Op dezelfde manier waarop ik door ben gegaan na de dood van
mijn echtgenoten en alles wat er is gebeurd. Op een bepaald
moment moet je het verleden loslaten, jongen. Dan moet je
je openstellen voor wat nog in het verschiet ligt. In de jaren
zestig, toen iedereen de weg kwijt was, had Brian het vaak
over op zoek gaan naar zichzelf. Dan zei hij altijd: "Zal ik
mijn ware ik ooit kennen? Zal ik ooit zijn wie ik geacht word
te zijn?" Zulke domme vragen vereisen duidelijke antwoorden, denk je ook niet, Henry Day?'

Ik voelde me flauw, verlamd, vernietigd. Ik kroop van de bank af, liep naar de voordeur, sleepte mezelf helemaal naar huis en kroop in bed. Als we al afscheid hadden genomen, dan zijn die woorden snel verdampt te midden van de resten van de schok die haar verhaal bij me opwekte.

De volgende morgen wekte Tess me uit een diepe slaap met een pot warme koffie en een laat ontbijt van eieren en broodjes, dat ik als een uitgehongerd kind verslond. Ik was beroofd van al mijn sterkte en mijn wilskracht, verbijsterd als ik was door het nieuws dat Gustav een idiot savant was geweest. Te veel geesten op zolder. We zaten op die koele ochtend op de veranda en wisselden katernen van de zondagskrant uit. Ik deed net alsof ik las, maar mijn gedachten waren ergens anders. Ik probeerde net wanhopig wijs te worden uit alles wat ik had vernomen toen er plotseling sprake was van opschudding in de buurt. Honden sloegen een voor een aan toen er iets langs hun huizen liep, een kettingreactie die steeds feller werd.

Tess stond op en keek de straat in, naar beide kanten, maar ze zag niets. 'Ik kan er niet tegen,' zei ze. 'Ik blijf wel binnen totdat ze weer stil zijn. Zal ik nog wat koffie zetten?'

'Graag.' Ik gaf haar mijn kopje aan. Zodra ze naar binnen was gegaan, zag ik waar de dieren zo woest om waren geworden. Daar op straat, in het felle zonlicht van een zondagmorgen, zigzagden twee duiveltjes over de gazons in de buurt. Het ene rende hinkend voort, en het andere, een muizig monster, gebaarde dat ze op moest schieten. Het tweetal hield twee huizen verder halt toen ze me op de veranda zagen staan, en heel even keken ze me recht aan. Walgelijke wezens met afzichtelijke gaten als ogen, hoofden als knollen op hun vervallen lichamen. Bedekt met een dikke laag modder en zweet. De wind stond mijn kant op, zodat ik de wilde stank van verval en muskus kon ruiken. De kreupele wees met een benige vinger naar me, maar de ander leidde haar snel weg door een opening tussen de huizen. Tess kwam te laat met de koffie terug om ze nog te kunnen zien, en zodra de wezens verdwenen waren, kwamen de honden weer tot rust, kropen hun hokken in en trokken niet langer aan hun kettingen.

'Heb je nog gezien waarom ze zo'n herrie maakten?'

'Er renden twee dingen door de buurt.'

'Dingen?'

'Ik weet het niet.' Ik nam een slokje. 'Monstertjes.'

'Monstertjes?'

'Ruik je die stank niet? Alsof er net iemand over een stinkdier heen is gereden.'

'Henry, waar heb je het over? Ik ruik helemaal niets.'

'Ik weet niet waarom die honden zo tekeer zijn gegaan. Massahysterie, zinsbegoocheling? Een muis of een vleermuis? Een stel kinderen.'

Ze legde een koele hand op mijn voorhoofd. 'Gaat het, Henry? Je doet vandaag zo vreemd.'

'Zo voel ik me ook,' zei ik. 'Misschien moet ik weer naar bed gaan.'

Toen ik in slaap verzonk, drongen wisselkinderen mijn dromen binnen. Een stuk of tien kropen er de bossen uit, kwamen van achter elke boom tevoorschijn. Ze bleven maar komen, een bende spichtige kinderen die mijn huis omsingelden en optrokken naar de deuren en ramen. Binnen opgesloten rende ik van de ene verdieping naar de andere en keek door spionnetjes en van achter gordijnen naar buiten, waar ze stilletjes aan kwamen lopen en zich in een kring opstelden. Ik rende over de overloop naar de kamer van Eddie, en hij was weer een baby, als een bal opgerold in zijn wiegje. Ik schudde hem wakker en wilde met hem ontsnappen, maar toen ik het kind op zijn rug draaide, bleek hij het gezicht van een volwassen man te hebben. Ik krijste en sloot mezelf op in de badkamer. Door het kleine raampje zag ik de monstertjes in de palen van de veranda klimmen, als spinnen tegen de muren op klauteren, en toen ze hun kwaadaardige gezichten mijn kant op draaiden, zag ik haat en dreiging in hun glanzende ogen. In andere kamers werden ruiten aan diggelen gegooid; het glas barstte in stukken uiteen en raakte de vloer in een onwaarschijnlijk mild crescendo. Ik keek in de spiegel en zag dat mijn spiegelbeeld veranderde in dat van mijn vader, mijn zoon, Gustav. In de spiegel zag ik een van de wezens achter me opduiken en zijn klauwen uitsteken, klaar om die om mijn nek te slaan.

Tess zat op de rand van het bed en schudde mijn schouder. Ik was drijfnat van het zweet, en hoewel ik het bloedheet had, was ik volgens haar klam en koud. 'Je hebt naar gedroomd. Het is al goed, niets aan de hand.' Ik begroef mijn gezicht tussen haar borsten en ze streelde me over mijn haar en wiegde me heen en weer totdat ik me weer de oude voelde. Heel even wist ik niet waar ik was, wist ik niet wie ik was, nu niet, nooit.

'Waar is Edward?'

Mijn vraag leek haar te verbazen. 'Bij mijn moeder, dat weet je toch? Hij is een weekendje uit logeren. Wat is er toch met je?'

Ik huiverde in haar armen.

'Komt het door die nare mevrouw Ungerland? Je moet je richten op wat belangrijk is en niet langer het verleden najagen. Je weet toch dat ik van je hou, dat is altijd al zo geweest.'

Iedereen koestert wel een onuitsprekelijk geheim dat zo erg is dat ze het aan niemand durven te bekennen, zelfs niet aan een vriend of een geliefde, priester of psychiater; een geheim dat zo met hun diepste wezen is verbonden dat ze het niet kunnen uitdrijven zonder schade aan te richten. We verhullen het zo gewiekst dat zowaar het lichaam zelf vergeet dat het geheim bestaat. Ik wilde ons kind niet verliezen, ik wilde Tess niet verliezen. De angst dat iemand zou ontdekken dat ik een wisselkind was en dat Tess me om die reden zou afwijzen had een geheim gemaakt van de rest van mijn leven.

Nadat ik het ware verhaal van Gustav had gehoord, begreep ik dat het geen wonder was dat ik me zo weinig van die periode herinner. Ik had opgesloten gezeten in mijn eigen geest, met slechts muziek als uitlaatklep. Als niemand me had gestolen, zou ik nooit onder de wisselkinderen hebben geleefd, dan had ik nooit de kans gehad Henry Day te worden. En als ik niet van plaats had geruild met de jongen, dan zou ik Tess nooit hebben gekend, zou ik nooit een eigen kind hebben gehad en zou ik nooit mijn weg terug naar deze wereld hebben gevonden. In zekere zin gaven de wisselkinderen me een tweede kans, en toen ze opnieuw in mijn leven opdoken – door de inbraak bij ons thuis, de ontmoeting die Edward in Californië had, het stel dat over de gazons rende – was dat een bedreiging en tegelijkertijd een herinnering aan wat er op het spel stond.

Toen ik voor het eerst opnieuw wisselkinderen begon te zien, weet ik dat aan de stress die ik had ervaren door de ontdekkingen over mijn verleden. Ze leken hallucinaties, nachtmerries, niet meer dan een hersenspinsel, maar toen doken er echte wezens op die hun sporen achterlieten. Ze daagden me uit: een sinaasappelschil midden op de eettafel; een geopende fles bier boven op de televisie; smeulende peuken in de tuin. Er verdwenen dingen. Mijn verchroomde onderscheiding die ik met mijn pianospel had gewonnen. Foto's, brieven, boeken. Op een keer hoorde ik om twee uur 's nachts, toen we allemaal in bed lagen, de deur van de koelkast dichtvallen, en toen ik naar beneden liep, zag ik een half opgegeten gegrilde ham op het aanrecht liggen. Meubels die al eeuwen op dezelfde plek stonden, doken opeens naast open ramen op. Op kerstavond, toen we bij mijn moeder waren, dachten de jongere kinderen dat ze rendieren op het dak hoorden lopen, en ze holden naar buiten om te kijken. Twintig minuten later renden ze hijgend weer naar binnen en zwoeren dat ze twee elfjes het woud in hadden zien huppelen. Een andere keer kroop er eentje onze achtertuin in, door een spleet onder de poort die niet groter was dan een konijnenhol. Toen ik naar buiten rende om het wezen te vangen, was het al verdwenen. Ze werden steeds brutaler en meedogenlozer, en ik wilde alleen maar dat ze weg zouden blijven en me met rust zouden laten.

Er moest iets tegen mijn oude vrienden worden ondernomen.

Vierendertig

Ik nam me voor al het mogelijke over de andere Henry Day te weten te komen. Mijn levensverhaal en het vertellen ervan zijn verbonden met het zijne, en alleen door te begrijpen wat hem was overkomen, zou ik weten wat ik allemaal had gemist. Mijn vrienden wilden me graag helpen, want we zijn van nature spionnen en geheim agenten. Omdat hun vaardigheden sinds de mislukte wissel met Oscar Love een slapend bestaan hadden geleid, putten de feeën nu extra veel genoegen uit het bespioneren van Henry Day. Ooit was hij een van hen geweest.

Luchóg, Smaolach en Chavisory volgden hem naar een oudere buurt aan de andere kant van het stadje, waar hij rondjes door de straten reed, alsof hij verdwaald was. Hij bleef staan en vroeg de weg aan twee schattige jonge meisjes die met hun poppen in de voortuin aan het spelen waren. Nadat hij weer was doorgereden, ging Chavisory naar de twee meisjes toe, in de hoop dat het misschien Kivi en Blomma in menselijke gedaante waren. De zusjes raadden meteen dat Chavisory een fee was, en ze rende, lachend en gillend, naar onze schuilplaats in een krans van braamstruiken. Korte tijd later zagen onze spionnen Henry Day met een vrouw praten die hem van streek leek te maken. Toen hij haar oude huis verliet, oogde hij getergd, en hij bleef een hele tijd in zijn auto zitten, met zijn hoofd gebogen en schouders die schokten van zijn snikken.

'Hij zag er afgeleefd uit, alsof die vrouw zijn levenskracht uit hem had gezogen,' zei Smaolach later tegen ons.

'Het is me ook opgevallen,' zei Luchóg, 'dat hij de laatste tijd is veranderd, alsof hij zich schuldig voelt over het verleden en zich zorgen maakt over de toekomst.'

Ik vroeg of ze dachten dat de oudere vrouw mijn moeder was, maar ze verzekerden me dat ze iemand anders was.

Luchóg rolde een sigaret. 'Hij kwam als een compleet andere man weer naar buiten.'

Chavisory rakelde het vuur op. 'Misschien zijn er wel twee van hem.'

'Of misschien is hij maar een halve man,' merkte Onions op.

Luchóg stak de sigaret op en liet die aan zijn onderlip bungelen. 'Hij is een puzzel waarvan een stukje ontbreekt. Hij is een klok die niet tikt.'

'We zullen het slot van zijn gedachten openbreken,' zei Smaolach.

'Zijn jullie nog iets meer over zijn verleden te weten gekomen?' vroeg ik aan hen.

'Niet veel,' zei Luchóg. 'Hij heeft in jouw huis gewoond, met je vader en moeder en je twee zusjes.'

'Onze Chopin heeft heel veel prijzen gewonnen voor het maken van muziek,' zei Chavisory. 'Er staat een glanzende kleine piano op de schoorsteenmantel, of dat was in elk geval zo.' Ze stak een hand achter haar rug en haalde de prijs tevoorschijn, zodat we die konden bewonderen. Het oppervlak weerspiegelde het licht van het vuur.

'Ik ben hem op een dag naar school gevolgd,' zei Smaolach. 'Hij leert kinderen hoe ze muziek moeten maken, maar als ik op hun prestaties af moet gaan, is hij daar niet echt goed in. De blazers tetteren te hard en de strijkers kunnen beter gaan strijken.'

We moesten allemaal lachen. In de loop der tijd vertelden ze me meer over die vent, maar er bleven nog steeds blinde vlekken in het verhaal aanwezig, en bepaalde vragen bleven onbeantwoord. Leefde mijn moeder nog, of lag ze naast mijn vader onder de grond? Ik wist helemaal niets over mijn zusjes en vroeg me af wat er van hen was geworden. Het was heel goed mogelijk dat ze nu zelf ook moeder waren, al bleven ze in mijn verbeelding altijd baby's.

'Heb ik al verteld dat hij ons heeft gezien?' zei Luchóg. 'We waren op ons oude terrein, waar zijn huis nu staat, en ik weet zeker dat hij Chavisory en mij recht aankeek. Hij is niet echt een knapperd om te zien.'

'Eerlijk gezegd,' vulde Chavisory aan, 'is hij nogal angstig. Net als toen hij bij ons woonde.'

'En oud.'

'En versleten,' zei Smaolach. 'Je bent bij ons beter af. Altijd jong.'

Het vuur knapte en de as siste, steeg op in het donker. Ik stelde me voor dat hij knus met zijn vrouwmens in bed lag, en die gedachte herinnerde me aan Speck. Ik slofte terug naar mijn holletje en probeerde het me op de harde bodem gemakkelijk te maken.

In mijn droom liep ik een trap op met duizend treden die in een berghelling waren uitgehakt. Het duizelingwekkende uitzicht benam me de adem, en mijn hart bonsde tegen mijn ribben. Slechts de blauwe hemel en de laatste paar treden lagen nog voor me. Ik ploegde voort en bereikte de top, en aan de andere kant van de berg ging de trap verder, onvoorstelbaar steil, nog angstaanjagender dan de klim omhoog. Ik was als verstijfd; terug kon ik niet, maar ik kon ook niet verder. Van opzij, uit het niets, dook Speck op en kwam naast me staan op de top. Ze was een ander persoon geworden. Haar ogen vonkten van levenslust, ze lachte naar me alsof er geen tijd was verstreken.

'Zullen we samen naar beneden gaan, jij en ik?'

Ik kon geen woord uitbrengen. Als ik me bewoog, met mijn ogen zou knipperen, mijn mond open zou doen, dan zou zij verdwijnen en zou ik vallen.

'Het is niet zo moeilijk of gevaarlijk als het lijkt.'

Ze nam me in haar armen, en een tel later stonden we onder aan de trap. Het droomlandschap verandert wanneer ze haar ogen sluit, en ik val in een diepe put. Ik blijf alleen zitten wachten totdat er boven mijn hoofd iets zal gebeuren. Er gaat een deur open, licht stroomt naar binnen. Ik kijk op en zie dat Henry Day op me neerkijkt. Eerst lijkt hij op mijn vader, maar dan wordt hij zichzelf. Hij schreeuwt naar me en zwaait een gebalde vuist op en neer. De deur valt met een klap dicht, het licht verdwijnt. Onder mijn voeten begint de put vol te lopen met water, dat als een rivier aan komt stromen. In paniek schop ik met mijn benen, en dan merk ik dat mijn ledematen met een sterk, ragfijn draad zijn vastgebonden. Het water stroomt om me heen, tot aan mijn borst, tot aan mijn kin, en dan ga ik kopje-onder. Niet in staat nog langer mijn adem in te houden doe ik mijn mond open en vul mijn longen met water.

Happend naar adem werd ik wakker. Er verstreken een paar tellen voordat de sterren in beeld kwamen, de reikende takken, de randen van mijn holletje een paar centimeter boven mijn gezicht. Ik gooide de deken van me af, kwam overeind en verruilde het holletje voor bovengronds. Alle anderen lagen in hun kuil te slapen. Op de plek waar het vuur had gebrand, gloeide nog een zweem zwak oranje onder het zwarte hout. Het woud onder de sterrenhemel was zo stil dat ik de regelmatige ademhaling kon horen van de paar feeën die hier nog over waren. De kille lucht beroofde me van de warmte van het bed, en een laagje angstzweet droogde op en verdampte op mijn huid. Ik weet niet hoe lang ik daar roerloos heb gestaan, maar ik verwachtte min of meer dat er iets uit het donker zou opduiken dat me mee zou trekken of omhelzen.

Ik ging weer verder met mijn boek en bleef halverwege een zin steken, in het stukje over Igel die op het punt stond van plaats te wisselen met de kleine Oscar Love. Tijdens mijn eerste bezoek aan de ruimte onder de bibliotheek las ik de pagina's opnieuw, maar nu met de nieuwe ontdekkingen over Henry Day in gedachten, en alle aspecten van mijn vorige leven die de andere leden van de groep hadden onthuld. Natuurlijk wemelde mijn eerste versie van de onjuiste indrukken. Ik pakte mijn papieren en het manuscript vol fouten bij elkaar en dacht over het probleem na. In mijn oorspronkelijke versie was ik ervan uitgegaan dat mijn ouders nog leefden en hun hele leven naar hun enige, vermiste zoon hadden gezocht. Van de paar toevallige ontmoetingen met mijn echte vader kon er maar één echt zijn geweest. En natuurlijk was het eerste verhaal geschreven zonder enige kennis van de oplichter en bedrieger die mijn plaats had ingenomen.

We gingen hem weer in de gaten houden en zagen een getergd man. Hij praatte in zichzelf, zijn lippen voerden felle discussies. Jaren geleden had hij nog een stel andere vrienden gehad, maar naarmate hij steeds vreemder werd, verdwenen zij van het toneel. Henry bracht het grootste deel van zijn tijd opgesloten in een kamer door, waar hij boeken las of op een dreunend orgel speelde en noten op gelinieerd papier krabbelde. Zijn vrouw leefde langs de zijlijn, deed het huishouden, reed elke dag weg en keerde een paar uur later terug. Onions geloofde dat de vrouw werd geplaagd door gevoelens van onbehagen, want wanneer ze alleen was, staarde ze vaak voor zich uit, alsof ze antwoorden op vragen die ze niet had gesteld uit de lucht kon plukken. De jongen, Edward, was een ideale kandidaat voor een wissel, eenzaam en ver weg van de getijden van het leven, gevangen in zijn eigen gedachten, en door het huis van zijn ouders dwalend alsof hij een vriend zocht.

Op een keer werd ik halverwege een nacht met volle maan wakker en hoorde Béka en Onions over de jongen fluisteren. Ze lagen knus in hun holletje en dachten dat niemand hen daar kon horen, maar hun samenzwering trilde door de grond als het geluid van een trein die naderde in de verte.

'Denk je dat het ons zou lukken, met ons tweetjes?' vroeg Onions.

'Wel als we hem op het juiste moment te pakken krijgen. Misschien wanneer de vader is afgeleid of bezig is alle mogelijke klanken uit dat helse orgel te persen.'

'Maar als jij met Edward Day zou wisselen, wat gebeurt er dan met mij?' zei Onions, nu nog klaaglijker. Ik kuchte om duidelijk te maken dat ik wakker was en liep naar hen toe, maar ze kropen bij elkaar en deden net alsof ze sliepen, onschuldig als twee pasgeborenen. Ze waren brutaal genoeg om het echt te proberen, en ik besloot hen in de gaten te houden en een stokje voor eventuele plannen te steken.

In het verleden hebben feeën altijd geweigerd degenen die de stam hadden verlaten nog langer in de gaten te houden. Het wisselkind werd in de steek gelaten, vergeten en kreeg de kans zijn mensenleven te leiden. Het gevaar dat zo iemand verraad pleegt, is altijd aanwezig, want na de wissel krijgen ze een hekel aan hun tijd bij ons en worden ze bang dat ande-

375

re mensen hun duistere geheim zullen ontdekken. Maar dergelijke zorgen, ooit zo overheersend, werden nu minder belangrijk voor ons. We waren aan het verdwijnen. Ons aantal was van een dozijn veranderd in slechts zes. We besloten onze eigen regels te maken.

Ik vroeg hun of ze mijn moeder en zusjes wilden gaan zoeken, en met Kerstmis werden ze eindelijk gevonden. Terwijl de rest van ons een dutje lag te doen, slopen Chavisory en Luchóg weg naar het stadje, dat straalde van de lichtjes en waar zangers kerstliedjes ten gehore brachten. Als een cadeau voor mij besloten ze het huis uit mijn jeugd te gaan bekijken, in de hoop daar aanwijzingen te vinden die meer over mijn verleden zouden kunnen vertellen. Het oude huis stond op de open plek, maar niet zo eenzaam als het ooit was geweest. De nabijgelegen boerderijen waren stuk voor stuk verkocht, en aan alle kanten rezen de skeletten van nieuwe huizen op. Op de oprit stond een handjevol auto's, waardoor ze de indruk kregen dat er in mijn voormalige huis een feestje werd gevierd. Ze slopen naar het raam om te kijken wie er binnen zaten. Henry Day, zijn vrouw en hun zoontje waren er. En Mary en Elizabeth. Het middelpunt van de feestelijkheden was een vrouw met grijs haar die in een luie stoel naast een spar vol lichtjes zat. Haar manier van doen deed Luchóg aan mijn moeder denken, die hij jaren geleden had bespioneerd. Hij klom in een eik naast het huis, sprong van de uitgestrekte takken het dak op en kroop naar de schoorsteen, waarvan de stenen nog steeds warm aanvoelden. De haard beneden was gedoofd, waardoor het voor hem gemakkelijker was het gesprek af te luisteren. Mijn moeder, zei hij, zong voor de kinderen op de ouderwetse manier, zonder instrumenten. Wat zou ik haar graag weer eens horen zingen.

'Speel eens wat voor ons, Henry,' zei ze toen ze klaar was. 'Net zoals vroeger.'

'Als je pianist bent, heb je met kerst nooit rust,' zei hij. 'Wat mag het zijn, moeder? "Christmas in Kilarney", dat soort gewauwel?'

'Henry, je hoeft er niet zo mee te spotten,' zei een van de dochters.

'"Angels We Have Heard on High,"' zei een onbekende oudere man, die een hand op haar schouder had gelegd.

Henry speelde het liedje en begon aan een volgend. Toen Luchóg genoeg had gehoord, sprong hij terug naar de eik en klom naar beneden om zich bij Chavisory te voegen. Ze wierpen een laatste heimelijke blik op het feestje, keken voor mij nog eens aandachtig naar de aanwezigen en het tafereel en keerden daarna terug naar huis. Toen ze me het verhaal de volgende dag vertelden, vond ik het heel erg fijn weer iets over mijn moeder te horen, al kon ik niet echt wijs worden uit de details. Wie was die oude man? Wie waren al die andere kinderen? Zelfs de kleinste flard nieuws riep herinneringen aan het verleden op. Ik verstopte me in een holle boom. Ze was kwaad op me, en ik wilde weglopen en nooit meer terugkomen. Waar zijn je zusjes? Waar zijn mijn kindjes? Ik weet nog dat ik in de v tussen haar benen zat en luisterde naar het verhaal over de omzwervingen van Oisín in Tír na nÓg. Het is niet eerlijk om iemand zo veel jaar te moeten missen.

Maar dit is een dubbelleven. Ik werkte verder aan het ware verhaal over mijn wereld en de wereld van Henry Day. De woorden vloeiden langzaam, pijnlijk, soms letter voor letter het papier op. Hele ochtenden ontsnapten zonder dat een enkele zin de moeite waard bleek. Ik verfrommelde zo veel velletjes en gooide zo veel papier weg dat ik telkens weer terug de bibliotheek in moest om meer papier te stelen, en de stapel afval in de hoek dreigde de hele kamer te overwoekeren. Ik merkte dat ik snel moe werd tijdens het opnieuw vastleggen van mijn verhaal, zelfs 's morgens vroeg al, dus wanneer ik in staat was vijfhonderd woorden aan elkaar te rijgen, zegevierde het schrijven al over onzekerheid en zelfkwelling. Soms vroeg ik me af waarom ik geschreven bewijzen van mijn eigen bestaan wilde zien. Toen ik nog klein was, waren verhalen even echt als andere aspecten van het leven. Ik hoorde het verhaal over de jongen en de bonenstaak en vroeg me dan later af of ik in de hoge populieren voor mijn raam zou kunnen klimmen. Hans en Grietje waren dappere helden, ik huiverde bij de gedachte aan de heks in haar oven. In mijn dagdromen vocht ik tegen draken en redde ik het meisje dat in de toren gevangen zat. Wanneer ik niet kon slapen omdat de woeste gebeurtenissen en buitenissige daden uit mijn eigen verbeelding me te veel waren geworden, maakte ik mijn vader wakker, die steevast zei: 'Het is maar een verhaaltje.' Alsof die woorden het minder echt maakten. Maar ik geloofde hem zelfs toen al niet, want verhalen werden opgeschreven, en de woorden op een bladzijde vormen genoeg bewijs. Die stonden er, lagen voor altijd vast, en alleen daardoor al maakten ze de mensen en plaatsen veel echter in de immer veranderende wereld. Mijn leven met de feeën is echter voor me dan mijn leven als Henry Day. En ik heb het opgeschreven om aan te tonen dat we meer zijn dan een mythe, een verhaal voor kinderen, een nachtmerrie, een dagdroom. Net zoals wij de verhalen van de mensen nodig hebben, hebben de mensen ons nodig om hun levens vorm te geven. Ik heb alles opgeschreven om de wissel betekenis te geven, om te begrijpen wat er met Speck is gebeurd. Door 'dit' in plaats van 'dat' te zeggen, kon ik bepalen wat er zou gebeuren. En kon ik laten zien dat de waarheid onder het oppervlak van het leven schuilt.

Uiteindelijk besloot ik de man zelf onder ogen te komen. Ik had Henry Day jaren geleden al eens gezien, maar nu wist ik dat hij ooit een wisselkind was geweest en mij had ontvoerd toen ik een jongen van zeven was. We hadden hem ontmaskerd, waren hem overal gevolgd en hadden ontdekt wat zijn dagelijkse gewoonten waren. De feeën waren bij hem thuis geweest, hadden een willekeurige partituur van hem meegenomen en een teken van hun ondeugende gedrag voor hem achtergelaten. Maar ik wilde hem zelf zien, al was het maar om, via hem, mijn moeder en zusjes te kunnen groeten.

Ik was op weg naar de bibliotheek om mijn verhaal te voltooien. Een man stapte uit een auto en liep door de voordeur van de bibliotheek naar binnen. Hij zag er oud en vermoeid uit, versleten door zorgen. Hij leek helemaal niet op mij, of zoals ik me had voorgesteld dat ik zou zijn. Hij liep met zijn hoofd gebogen, blik naar de grond gericht, zijn schouders een tikje afhangend, alsof zelfs de simpelste dingen hem enorm afleidden. Hij liet een armvol papieren vallen en bukte zich toen om ze weer op te rapen, ondertussen een reeks vloeken mompelend. Ik vroeg me af of ik het bos uit moest rennen, maar die avond zag hij er zo kwetsbaar uit dat ik het niet over mijn hart kon verkrijgen hem aan het schrikken te maken. Ik perste me daarom door de spleet naar binnen en wijdde me aan mijn taken.

Die zomer werd hij een regelmatig bezoeker van de bibliotheek; hij verscheen een paar dagen achter elkaar en neuriede fragmenten uit de symfonie die we van hem hadden gestolen. Op warme, klamme middagen, wanneer verstandige mensen gingen zwemmen of in bed lagen met de gordijnen dicht, zat Henry vaak in zijn eentje aan een zonovergoten tafel te lezen. Ik kon zijn aanwezigheid boven me voelen, slechts van me gescheiden door een dun plafond, en wanneer de bibliotheek aan het einde van de dag haar deuren sloot, klom ik door het luik en ging op onderzoek uit. Hij had op een rustig plekje helemaal achterin zitten werken. Op een bureau lag een stapel onaangeroerde boeken, met tussen de bladzijden keurige reepjes papier die uitstaken als tongen. Ik ging zitten waar hij had gezeten en keek naar de willekeur aan titels, boeken over van alles en nog wat, van duivels en demonen tot aan een dik werk over 'idiots savants'. Er was geen verband tussen de titels, maar hij had in een priegelig schrift aantekeningen voor zichzelf gemaakt op boekenleggers:

geen fee maar kobolden
Gustav – savant?
Mijn leven verpest.
Henry Day vinden.

De zinnetjes waren weggegooide stukjes van verschillende puzzels, en ik stak de aantekeningen in mijn zak. De volgende morgen drongen de geluiden van zijn ongenoegen door de vloer heen naar beneden. Henry mompelde iets over ontbrekende boekenleggers, en ik voelde een schuldbewust genoegen omdat ik ze had meegejat. Hij trok van leer tegen het personeel, maar uiteindelijk kreeg hij zichzelf weer onder controle en ging aan het werk. Ik was blij met de rust, die me de tijd gaf in de stille uurtjes mijn boek af te maken. Weldra zou ik van Henry Day bevrijd zijn. Die avond deed ik de vellen in een kartonnen doos, legde een paar oude tekeningen boven op het manuscript en vouwde toen zorgvuldig de brief van Speck op, die ik in mijn zak stak. Na een kort tochtje naar huis was ik van plan een laatste maal terug te keren om mijn spulletjes op te halen en afscheid van mijn geliefde plek te nemen. Ik had zo'n haast dat ik de tijd uit het oog verloor. Het laatste uur daglicht hield koppig stand toen ik naar buiten liep. Ik had het risico nooit moeten nemen, maar ik liet de trap aan de achterzijde achter me en begon aan de wandeling naar huis.

Henry Day stond op nog geen tien meter afstand en keek me recht aan, en toen ging zijn blik naar de spleet achter me. Ik reageerde instinctief, als een in het nauw gedreven haas, en rende recht op hem af en week op het laatste moment uit, de straat op. Hij verroerde geen vin. Zijn afgestompte reflexen lieten hem in de steek. Ik rende het stadje door, zonder acht te slaan op de mensen daar, ik stak gazons over waar sproeiers het droge gras natmaakten, ik sprong over gazen hekken, ik stak vlak voor een paar auto's de straat over. Ik bleef pas staan toen ik ver in het woud was, en daar liet ik me op de grond vallen, hijgend, lachend totdat ik ervan moest huilen. Die blik van verbazing, woede en angst op zijn gezicht. Hij had geen idee wie ik was. Het enige wat ik nu nog hoefde te doen, was teruggaan voor het boek, en dan zou het verhaal afgelopen zijn.

Vijfendertig

'Het monster ademt nooit,' schijnt Berlioz over het orgel te hebben gezegd, maar ik merkte dat het tegenovergestelde waar was. Wanneer ik speelde, had ik het gevoel dat ik leefde en één was met het instrument, alsof ik muziek uitademde. Tess en Edward kwamen naar de studio om de uitgewerkte versie van mijn compositie te horen, en aan het einde van mijn optreden zei mijn zoon: 'Je bewoog net zoals ik ademde.' Een jaar lang werkte ik elk vrij moment aan mijn symfonie, ik veranderde voortdurend iets, uit een verlangen een bekentenis te doen, probeerde een vorm te vinden waarmee ik het zou kunnen uitleggen. Ik had het gevoel dat Tess het zou begrijpen, en me zou vergeven als ze mijn verhaal in de muziek zou kunnen horen. In mijn studio kon ik mijn toevlucht zoeken bij de toetsen. De deur op slot doen, de gordijnen sluiten en me veilig en compleet voelen. Mezelf verliezen, mezelf vinden, in de muziek.

Tegen de tijd dat het lente werd, had ik een klein orkest bereid gevonden het stuk op te voeren wanneer het gereed zou zijn. Het was een blazersensemble van Duquesne, pauken van Carnegie-Mellon, een paar plaatselijke musici. In juni, na Edwards eerste schooljaar, ging Tess twee weken met hem naar haar nichtje Penny zodat ik de tijd zou hebben mijn symfonie af te maken: een werk over een kind dat opgesloten zat in zijn eigen stilte, dat de klanken nooit uit zijn verbeelding wist te krijgen en dat in twee werelden leefde, dat een inwendig leven leidde zonder contact met de werkelijkheid buiten hem. Nadat ik jarenlang verwoed had gezocht naar de muziek voor dat gestolen kind was ik nu eindelijk klaar. De partituur lag uitgespreid over het orgel, de gekrabbelde aantekeningen naast de notenbalken waren een wonder van wiskundige schoonheid en precisie. Twee verhalen die tegelijkertijd werden verteld: het innerlijke leven en de buitenwereld als contrapunt. Ik had er niet voor gekozen elk akkoord tegenover zijn dubbelganger te plaatsen, want zo is de werkelijkheid niet. Soms zijn onze gedachten en dromen echter dan de rest van onze ervaringen, en op andere momenten overkomt ons iets wat alles wat we ons kunnen voorstellen overschaduwt. Ik had niet eens snel genoeg kunnen schrijven om de klanken vast te leggen die door mijn hoofd speelden, noten die van diep vanbinnen kwamen, alsof de ene helft van me had zitten componeren en de andere helft het alleen maar had opgeschreven. Ik moest het muzikale steno nog helemaal uitschrijven en alle instrumenten een rol toebedelen – taken die pas na maandenlange oefening perfect kunnen worden uitgevoerd – maar de eerste stappen, het leggen van de fundamenten van de symfonie, hadden me duizelig en vermoeid gemaakt, alsof ik wakker was en toch droomde. De meedogenloze logica, die zo verschilde van de gewone regels van de taal, kwam op me over als dat wat ik al die tijd al had willen schrijven.

Om vijf uur die middag liep ik warm en uitgeput naar de

keuken om een flesje bier te pakken, dat ik op weg naar boven opdronk. Ik was van plan een douche te nemen, nog een biertje te drinken bij het eten en dan weer aan het werk te gaan. De lege plekken in de slaapkamerkast, waar haar kleren hadden gehangen, deden me aan Tess denken, en ik wou dat ze bij me was geweest en getuige had kunnen zijn van die plotselinge uitbarsting van creativiteit en prestaties. Ik stond nog maar net onder de douche toen ik beneden een harde klap hoorde. Zonder de kraan dicht te draaien, stapte ik onder de waterstraal vandaan, wikkelde een handdoek om me heen en ging snel kijken wat er aan de hand was. Een van de ruiten in de woonkamer lag aan diggelen, en overal op het kleed lagen stukken glas. De gordijnen bewogen in de wind heen en weer. Halfnaakt en druipnat bleef ik staan, verbijsterd, totdat een plotseling dissonant gehamer op de toetsen van de piano me aan het schrikken maakte. Het klonk alsof er een kat overheen liep, maar toen ik in de studio ging kijken, was die leeg en stil. Ik keek uitgebreid om me heen.

De partituur was weg – hij lag niet langer op de tafel waar ik hem had achtergelaten, hij was niet op de grond gevallen, hij was nergens te bekennen. Het raam stond wagenwijd open, en ik rende erheen en keek naar het gazon. Een eenzaam vel woei over het gras, voortgedreven door een dun briesje, maar verder was er niets te zien. Ik uitte een kreet van woede en begon te ijsberen, maar daarbij stootte ik mijn voet tegen de poot van de piano en hinkelde op één been over het kleed, waarbij ik bijna mijn voet wist te doorboren met een glasscherf. Er klonk weer een geluid, nu van boven. Met een pijnlijk kloppende voet liep ik de trap op, bang voor wat zich mogelijk in mijn huis bevond, vrezend voor het lot van mijn manuscript. Mijn slaapkamer was leeg. In de kamer van mijn zoon was een ruit gebroken, maar hier lag geen glas op de vloer. De scherven op het dak maakten duidelijk dat de ruit van binnenuit kapot was gemaakt. Ik ging op de rand van zijn bed zitten, in een poging wijs te worden uit wat er was gebeurd. Zijn kamer zag er net zo uit als op de dag dat hij op vakantie was gegaan, en nu ik aan Edward en Tess dacht, voelde ik me opeens heel verdrietig. Hoe kon ik de afwezigheid van mijn symfonie verklaren? Hoe moest ik zonder dat stuk muziek uitleggen wie ik echt was? Ik trok aan mijn natte haar totdat mijn hoofdhuid pijn deed. In mijn gedachten waren mijn vrouw, mijn zoon en mijn muziek met elkaar vervlochten tot een draad die nu dreigde te worden uitgehaald.

In de badkamer bleef de kraan maar lopen. Een wolk warme damp kwam de overloop op, en ik strompelde door de nevel heen om de kraan dicht te kunnen draaien. Op de spiegel van het badkamerkastje had iemand met een vinger woorden op het beslagen glas geschreven: WE KENNEN JOU GEHIJM. Erboven stond, noot voor noot overgeschreven, de eerste maat van mijn partituur.

'Stelletje teringlijers,' zei ik in mezelf toen de boodschap langzaam oploste.

Na een rusteloze en eenzame nacht reed ik bij het krieken van een nieuwe dag naar het huis van mijn moeder. Toen ze niet meteen opendeed nadat ik had geklopt, nam ik aan dat ze nog lag te slapen en liep naar het raam, zodat ik naar binnen kon kijken. Ze was in de keuken en gebaarde glimlachend naar me toen ze me zag staan.

'De deur is nooit op slot,' zei ze. 'Wat kom jij hier midden in de week doen?'

'Goedemorgen. Mag een vent niet eens zijn liefste meisje op komen zoeken?'

'O, wat kun je toch slecht liegen. Trek in koffie? Zal ik een paar eieren voor je bakken?' Ze ging aan de slag aan het fornuis en ik ging aan de keukentafel zitten, waarvan het blad vol deuken zat door alle potten en pannen die er in de loop der jaren op waren gevallen; messen hadden krassen achtergelaten en er waren vage afdrukken zichtbaar van alle brieven die hier waren geschreven. Het ochtendlicht riep herinneringen op aan ons eerste ontbijt samen.

'Het spijt me dat ik niet meteen de deur opendeed,' zei ze boven het gesis uit. 'Ik zat net met Charlie te bellen. Hij is in Philadelphia om wat losse eindjes af te werken. Gaat alles goed met je?'

Ik kwam in de verleiding haar alles te vertellen, te beginnen met de avond waarop we haar zoon hadden gestolen, en vandaar terug naar een klein Duits jongetje dat door wisselkinderen was weggegrist, om te eindigen met het verhaal van de verdwenen partituur. Maar ze oogde te vermoeid voor zulke bekentenissen. Tess had het misschien nog wel aangekund, maar het verhaal zou het hart van mijn moeder breken. Toch moest ik iemand, al was het maar deels, vertellen over mijn fouten uit het verleden en de zonden die ik zou begaan.

'Ik sta de laatste tijd nogal onder druk. Ik zie dingen, ben mezelf niet. Alsof ik word achtervolgd door een boze droom.'

'Achtervolgd worden door problemen is een teken van een slecht geweten.'

'Ik word erdoor bezocht. En ik moet er een oplossing voor vinden.'

'Toen je nog klein was, vormde je het antwoord op al mijn gebeden. En weet je nog dat ik je elke avond in slaap zong toen je een klein jongetje was? Je was zo lief, je probeerde mee te doen, maar je kon nooit een noot zuiver zingen. Dat is zeker veranderd, en jij ook. Alsof er iets met je is gebeurd, die avond toen je bent weggelopen.'

'Het voelt alsof ik door duivels in de gaten word gehouden.'

'Je moet niet in sprookjes geloven. De problemen zitten vanbinnen, Henry, in jezelf. Ze zitten in je eigen hoofd.' Ze gaf me een klopje op mijn hand. 'Een moeder kent haar eigen zoon.'

'Ben ik een goede zoon geweest, mam?'

'Henry.' Ze legde haar hand tegen mijn wang, een gebaar uit mijn kindertijd, en het verdriet over mijn verdwenen partituur zakte. 'Je bent wie je bent, goed of slecht, en het heeft geen zin jezelf te kwellen met je eigen verzinsels. Duivels.' Ze glimlachte alsof er een nieuwe gedachte bij haar was opgekomen. 'Heb je er ooit aan gedacht dat je voor hen echt bent? Ban die nachtmerries uit je gedachten.'

Ik stond op om te vertrekken en boog me toen voorover om haar een afscheidszoen te geven. Ze had me in de loop der jaren lief behandeld, alsof ik haar eigen zoon was.

'Ik heb het altijd al geweten, Henry,' zei ze.

Ik verliet het huis zonder vragen te stellen.

Ik besloot hen onder ogen te komen en te ontdekken waarom ze me zo kwelden. Om die monsters te kunnen verjagen moest ik terug naar het woud. Bosbeheer gaf topografische kaarten van het gebied uit, waarop de groene vlekken het bos aangaven en wegen met de grootste zorgvuldigheid waren afgedrukt, en ik legde een raster over de plekken die het meeste in aanmerking kwamen en verdeelde de wildernis in handzame delen. Twee dagen lang verkende ik ondanks mijn walging jegens het woud en mijn weerzin jegens de natuur een paar van die vakjes, zoekend naar hun nest. De bossen waren leger dan toen ik er had gewoond: af en toe hamerde er ergens een specht, hagedissen lagen te zonnen op de rotsen, een hert rende weg en toonde zijn witte spiegel, en de aasvliegen zoemden eenzaam. Niet veel leven, maar wel genoeg rotzooi: een opgezwollen *Playboy*, een hartenvier uit een kaartspel, een versleten witte trui, een hoopje lege siga-rettenpakjes, een veldfles, een halsketting van stukjes schild-pad op een bergje stenen, een horloge dat niet meer liep en een boek met het stempel REGIONALE BIBLIOTHEEK. Afgezien van wat stof op het omslag en een enigszins muffe geur die uit de bladzijden opsteeg, was het boek ongeschon-den. Het verhaal op die beschimmelde pagina's draaide om een religieus fanaticus die Tarwater of Tearwater heette. Ik las al sinds mijn jeugd geen boeken meer omdat die kunstma-tige woorden de waarheid eerder verhullen dan onthullen. Auteurs verzinnen doorwrochte leugens die moeten voorko-men dat lezers de betekenis achter de woorden en symbolen ontdekken, als dat al mogelijk is. Maar het boek dat ik had ge-vonden, was waarschijnlijk bij uitstek geschikt voor een duvel van veertien of een religieuze verschoppeling, en daarom bracht ik het terug naar de bibliotheek.

'Dit heb ik in het woud gevonden. Het is van u.'

Ze keek naar het boek alsof het een verloren schat was, veegde het vuil van de kaft en sloeg de achterste pagina op. 'Wacht even.' Ze bladerde door een stapel afgestempelde kaartjes. 'Bedankt, maar dit was helemaal niet uitgeleend. Bent u vergeten het af te laten stempelen?'

'Nee,' legde ik uit, 'ik heb het gevonden en wilde het terug-bezorgen bij de rechtmatige eigenaren. Ik was op zoek naar iets anders.'

'Misschien kan ik u daarbij helpen?' Haar glimlach herin-nerde me aan zo veel andere bibliothecaressen, en een kleine vlaag schuldgevoel porde me even tussen de ribben.

Ik boog me voorover en glimlachte naar haar. 'Hebt u boe-ken over kobolden?'

Ze aarzelde even. 'Kobolden?'

'Of feeën. Duivels, trollen, luchtgeesten, wisselkinderen, dat soort dingen?'

Het meisje keek me aan alsof ik een vreemde taal sprak. 'U zou niet zo op de balie moeten leunen. Daar staat een kaartenbak. Alles is alfabetisch gecatalogiseerd op auteur, titel en onderwerp.'

Ik vond geen snelle route naar meer informatie, maar merkte juist dat de ene zoektocht tot een volgende leidde, en hoe nieuwsgieriger ik werd, hoe meer konijnenholen zich voor me openden. Mijn zoekopdracht naar feeën leverde tweeënveertig titels op, waarvan misschien een tiental nuttig zou kunnen blijken, maar dat speurwerk leidde me weer naar boeken over kabouters en kobolden, titels die me op hun beurt de weg wezen naar werken over abnormale psychologie, wonderkinderen en autisme. Het was allang lunchtijd geweest, en ik voelde me licht in mijn hoofd en had frisse lucht nodig. Bij een supermarkt vlakbij kocht ik een broodje en een flesje fris, en daarna ging ik op een bankje op de lege speelplaats zitten en dacht na over de taak die me wachtte. Er was zo veel wat ik moest weten, zo veel wat ik al was vergeten. Ik viel in het meedogenloze zonlicht in slaap en werd drie uur later wakker. Een van mijn armen en de linkerkant van mijn gezicht waren verbrand. In de spiegel op het toilet van de bibliotheek staarde me iemand aan wiens gezicht in tweeën was gedeeld; de ene helft was bleek, de andere vuurrood. Toen ik langs de jonge bibliothecaresse naar buiten liep, deed ik mijn best om haar maar één kant van mijn gezicht te laten zien.

Die nacht keerde mijn droom tot in detail terug. Tess en ik zaten zachtjes met elkaar te praten op het terras van het plaatselijke zwembad. Op de achtergrond waren nog een stel mensen aanwezig, die lagen te zonnen of in het koele water sprongen. Net muurbloemen: Jimmy Cummings, Oscar Love, oom Charlie, Brian Ungerland. Alle bibliothecaressen in bikini.

'Hoe gaat het, schat?' vroeg ze plagend. 'Word je nog steeds achtervolgd door monsters?'

'Tess, dat is niet grappig.'

'Het spijt me, maar jij bent de enige die ze ziet, lieverd. De enige.'

'Maar ze zijn even echt als jij en ik. Stel dat ze Edward komen halen?'

'Ze willen Eddie niet. Ze willen jou.' Ze stond op, trok haar badpak recht en sprong in het water. Ik dook achter haar aan, schrok van het koude water en zwom spartelend naar het midden van het zwembad. Tess kwam naar me toe, haar lichaam oogde steeds gestroomlijnder en sierlijker, en toen de bovenkant van haar hoofd boven water kwam, zat haar haar vastgekleefd aan haar hoofdhuid. Toen ze ophield met zwemmen en ging staan, liep er een laagje water van haar gezicht, dat als een gordijn uiteenweek en helemaal niet haar trekken liet zien, maar die van een kobold, afgrijselijk en afschrikwekkend. Ik verbleekte en begon zonder het te willen te schreeuwen, en toen veranderde ze meteen weer in haar oude zelf. 'Wat is er, lieverd? Weet je niet dat ik weet wie je bent? Vertel het me.'

Ik ging terug naar de bibliotheek, zocht een paar van mijn titels op en ging aan een tafel in de hoek zitten. Nagenoeg alle details van onderzoek dat was verricht, waren onjuist, zeker waar het kobolden betrof, en geen haar beter dan mythes of verzinsels. Niemand vermeldde de juiste informatie over hun gewoonten en gebruiken, hun leven in het duister, het bespioneren van mensenkinderen, het zoeken naar de juiste persoon voor een wissel. Nergens stond vermeld hoe je van ongewenste bezoekers af moest komen. Of hoe je je kind tegen een mogelijke wissel en andere gevaren kon beschermen. Verdiept in die sprookjes werd ik overgevoelig voor de stilte om me heen en schrok ik van de geluiden die die verbraken. Eerst leek ik slechts het willekeurige ritselen te horen van bladzijden die door andere bezoekers werden omgeslagen, of hoorde ik iemand van het personeel die uit verveling door de gangen heen en weer liep of stiekem buiten een sigaret ging roken, maar al snel klonk zelfs het kleinste geluidje uitermate hard in de slaapverwekkende stilte.

Er haalde iemand diep en regelmatig adem, als in slaap verzonken, en dat geluid kwam uit een richting die ik niet meteen kon bepalen. Later hoorde ik iets in de muren schrapen, en toen ik het aan de knappe bibliothecaresse vroeg, zei ze dat het gewoon muizen waren. Maar dit geluid was eerder een gekras, als van een vulpen die snel over een vel papier schoot. Die avond begon iemand ergens beneden in zichzelf te zingen, zonder maat te houden. Ik volgde de melodie naar een punt op de kinderafdeling. Daar was geen mens te zien, dus ik hurkte neer, drukte mijn oor tegen de grond en liet mijn vingers over het stokoude tapijt gaan, waarbij mijn duim bleef haken achter een harde bobbel, mogelijk een scharnier of een kromme spijker. Bijna onzichtbaar was er een vierkantje uitgesneden tapijt op die plek geplakt, waarschijnlijk om een luik of plank eronder te bedekken, en als er geen bibliothecaresse langs was gelopen die me had laten schrikken door haar keel te schrapen, zou ik het vierkantje hebben losgepeuterd. Met een schaapachtige grijns stond ik op en liep verontschuldigend mompelend terug naar mijn hoekje. Nu ik er zeker van was dat er iemand onder het gebouw huisde, begon ik me af te vragen hoe ik hem te pakken kon krijgen en kon laten praten.

De volgende morgen waren mijn boeken een puinhoop, lagen de titels niet langer op alfabet en ontbraken al mijn boekenleggers. Ze hadden me weer bespioneerd. De rest van de dag deed ik alsof ik zat te lezen, maar eigenlijk zat ik te luisteren of ik beneden geluiden kon horen, en één keer liep ik terug naar de kinderafdeling. Het vierkantje tapijt lag een heel klein stukje hoger. Ik liet me op mijn handen en knieën zakken, tikte tegen het stukje en besefte dat er een holle ruimte onder de vloerplanken moest zitten. Misschien waren er daar beneden wel een paar van die ellendelingen aan het werk, misschien zaten ze daar wel hun plannen uit te broeden en te bedenken hoe ze mijn leven konden verwoesten. Een magere jongen met rood haar floot achter mijn rug en ik stond snel op, duwde het stukje tapijt stevig aan en liep zonder iets te zeggen weg.

Omdat de jongen me de zenuwen gaf, liep ik naar buiten en bleef tot aan sluitingstijd op de speelplaats zitten. De jonge bibliothecaresse zag me op de schommel zitten, maar ze draaide zich om en deed net alsof het haar niets kon schelen. Wederom alleen speurde ik het terrein af, op zoek naar bewijzen. Als ze me naar de bieb waren gevolgd, moesten ze een gat hebben gegraven of een verborgen ingang hebben gevonden. Tijdens mijn derde rondje om het gebouw heen, aan de schaduwkant, zag ik hem. Bij de trap aan de achterzijde wrong hij zich door een spleet in de fundering, als een baby die ter wereld komt, en bleef even staan, knipperend tegen het afzwakkende licht. Uit angst dat hij me misschien zou aanvallen, keek ik links en rechts om te zien of er ergens een ontsnappingsroute was. Hij rende recht op me af, alsof hij zijn kaken rond mijn keel wilde klemmen, en schoot toen even snel als een vogel in vlucht weg, zo snel dat ik hem niet duidelijk kon zien, maar ik twijfelde er niet aan wie hij was. Een kobold. Toen het gevaar was geweken, bleef ik maar lachen.

Ik was zo nerveus dat ik urenlang rondjes bleef rijden. Tegen middernacht besefte ik dat ik voor het huis van mijn moeder stond. Terwijl zij boven lag te slapen, sloop ik door het huis en verzamelde alles wat ik nodig had: een stanleymes, een ijzeren koevoet en een bol sterk touw. Uit de oude schuur stal ik de oude petroleumlamp van mijn vader, waarvan het stoffige handvat van ijzerdraad koud aanvoelde. Het kousje maakte een sissend geluid toen ik de lamp probeerde aan te steken, maar ten slotte kwam hij tot leven en verlichtte het lang verwaarloosde hoekje met een onwezenlijk schijnsel.

Tijdens die laatste paar uur was ik in de greep van de slapeloosheid. Mijn geest en lichaam weigerden rust te vinden totdat de daad was volbracht. In de schemer kort voor zonsopgang ging ik terug, prentte de plattegrond van het gebouw in mijn geheugen en bedacht stap voor stap hoe ik het wilde aanpakken. Mijn geduld liet me bijna in de steek. Omdat ik de kobold mogelijk had laten schrikken, ging ik door met wat ik aan het doen was alsof er niets was gebeurd. Ik bracht de dag door met het lezen van een boek over kinderen met bijzondere eigenschappen, begaafde wilden wier geest zo was aangetast dat ze de wereld slechts konden aanschouwen door een enkel venster van klanken of wiskunde of een ander abstract systeem. Ik zou de kobold dwingen te vertellen wat er echt met Gustav Ungerland en mij was gebeurd.

Maar er was iets waarnaar ik nog meer verlangde dan naar een uitleg: ik wilde vooral heel erg graag mijn symfonie terug, want nu mijn partituur weg was, kreeg ik geen noot meer op papier. Ik wilde koste wat kost mijn muziek terug. Als het kon, zou ik redelijk blijven; als het moest, zou ik smeken; en als het niet anders kon, zou ik stelen. Ik was niet langer iets wilds en gevaarlijks, maar ik was wel vastbesloten de orde in mijn leven te herstellen.

De hele dag waren er onder de vloer onmiskenbare geluiden te horen. Hij was terug. Toen de bieb leegliep, deed ik een dutje voor in mijn auto. De zwoele hitte van augustus kroop door de raampjes naar binnen, waardoor ik langer sliep dan mijn bedoeling was geweest. De sterren waren aan de hemel verschenen en het dutje had me nieuwe energie gegeven. Ik wikkelde het touw als een patroongordel om me heen, pakte mijn gereedschap en sloop naar het raam aan de zijkant. Het was niet te zeggen hoe ver naar beneden hun onderwereld lag. Ik wikkelde een handdoek rond mijn vuist en sloeg het ruitje in, deed het raam open en kroop naar binnen. De boekenrekken doemden voor me op als een doolhof van tunnels, en toen ik naar de kinderafdeling sloop, leken de boeken al mijn bewegingen in het donker te volgen. Ik was zo zenuwachtig dat ik drie lucifers moest afstrijken voordat ik de petroleumlamp kon aansteken. Het vette kousje rookte en vatte ten slotte vlam. Mijn hemd kleefde aan mijn zweterige rug en de dikke lucht bemoeilijkte het ademhalen. Met het mes sneed ik het vierkantje in het tapijt los en zag dat het boven op een luikje was geplakt dat met de koevoet gemakkelijk open te wrikken was. Een volmaakt vierkant scheidde onze werelden van elkaar.

Licht filterde vanaf beneden naar boven en onthulde een benauwende ruimte die was bezaaid met dekens en boeken, flessen en borden. Ik boog me voorover om alles beter te kunnen zien en stak mijn hoofd door de opening. Zijn gezicht verscheen voor het mijne, even snel als een slang die aanviel, een paar centimeter van mijn neus. Ik herkende hem meteen, want hij zag er precies zo uit als ik er als kleine jongen uit had gezien. Mijn spiegelbeeld in een oude spiegel. Zijn ogen verraadden hem, een en al ziel maar geen inhoud, en hij bewoog zich niet, maar staarde alleen maar zwijgend, zonder te knipperen terug, terwijl zijn adem zich met de mijne vermengde. Hij gaf van geen enkele emotie blijk, alsof ook hij had gewacht op dit moment, wanneer het allemaal voorbij zou zijn.

Het kind en ik waren met elkaar verbonden. Als jongens

die ervan dromen tot mannen uit te groeien en mannen die dromen van de jongens die ze ooit waren, namen we elk de andere helft in ogenschouw. Hij deed me denken aan die nachtmerrie van lang geleden, toen ik was meegenomen, en al mijn onderdrukte angsten en woede kwamen in één keer naar boven. Het handvat van de lamp sneed in mijn vingers en mijn linkeroog trilde van de zenuwen. De jongen keek naar mijn gezicht en kromp ineen. Hij was bang voor me, en voor de eerste keer betreurde ik wat ik hem had afgepakt en besefte dat ik, door medelijden met hem te hebben, ook om mijn eigen gestolen leven rouwde. Om Gustav. Om de echte Henry Day. Om het leven dat hij nooit zou kennen. Om alles wat ik met Tess en met Edward kon hebben. Om mijn dromen over muziek. En wie was ik in die vergelijking? Niet meer dan de optelsom van mijn eigen deling. Wat een vreselijk lot kan een jongen treffen.

'Het spijt me,' zei ik, en hij verdween. Jaren vol woede losten op toen ik naar de plek staarde waar hij net nog had gestaan. Hij was verdwenen, maar in dat ene moment waarop we elkaar hadden aangekeken, was diep in mijn gedachten mijn verleden losgekomen, afgewikkeld als draad van een klosje, en nu liet ik het gaan. Een soort euforie stroomde door mijn bloed, en ik haalde diep adem en voelde me weer mezelf.

'Wacht even,' riep ik naar hem, en zonder nadenken draaide ik me om, stak mijn benen door de opening en gleed naar binnen. Ik landde in het stof. De ruimte onder de bieb was kleiner dan ik had verwacht, en toen ik ging staan, stootte ik mijn hoofd tegen het plafond. Hun grot was niet meer dan een duistere schaduw, en ik hief de lamp op om het beter te kunnen zien. Ineengedoken zocht ik met mijn lichtje naar de jongen, in de hoop dat hij een paar vragen zou kunnen beantwoorden. Ik wilde niets liever dan met hem praten, vergeven en vergeven worden. 'Ik zal je geen pijn doen,' riep ik in het donker. Ik maakte het touw los en legde het samen met het mes op de grond. De roestige lamp kraakte in mijn hand toen de bundel licht het vertrek bescheen. Hij zat gehurkt in de hoek en kefte naar me als een vos die in de val zat. Zijn gezicht was mijn eigen angst. Hij huiverde toen ik dichterbij kwam, zijn ogen schoten heen en weer, zoekend naar een uitweg. Kaarslicht speelde over de wanden, en overal om hem heen op de grond lagen stapels boeken en papier. Aan zijn voeten lag, samengebonden met een stukje touw, een dikke bundel handbeschreven velletjes, met ernaast mijn ontvreemde partituur. Mijn muziek had het overleefd.

'Begrijp je me soms niet?' Ik stak mijn hand naar hem uit. 'Ik wil met je praten.'

De jongen bleef naar de tegenoverliggende hoek kijken, alsof iets of iemand daar op hem wachtte, en toen ik me omdraaide en keek, rende hij langs me heen en stootte in het voorbijgaan tegen de lamp. Het roestige ijzerdraad knapte, de lamp schoot uit mijn hand en sloeg aan stukken tegen de stenen muur. De dekens en het papier vatten meteen vlam, en ik griste mijn muziek uit de vlammen en sloeg de vellen tegen mijn been om de vonkjes te doven die aan de randen likten. Achteruit liep ik terug naar het luik boven mijn hoofd. Hij stond vol verwondering naar boven te kijken, als aan de grond genageld, en net voordat hij naar buiten klauterde, riep ik een laatste keer naar hem. 'Henry...'

Hij sperde zijn ogen open en keek onderzoekend naar het plafond, alsof hij een nieuwe wereld ontdekte. Toen draaide hij zich naar me om en glimlachte, zei iets wat ik niet kon verstaan. Tegen de tijd dat ik boven was, rees er een dikke rookwolk op uit het gat onder de vloer. Die volgde me door het kapotte raam naar buiten, vlak voordat de vlammen aan de rekken met boeken begonnen te likken.

Na de brand was Tess degene die me redde. Ik was zo van streek door de schade die ik had aangericht dat ik dagen thuis bleef zitten kniezen. Het was niet mijn schuld dat de kinderboekenafdeling was verwoest, al vond ik het heel erg dat al die boeken verloren waren gegaan. De kinderen hadden nieuwe verhalen en sprookjes nodig die hen door hun nachtmerries en dagdromen heen konden helpen, die hun verdriet en angst over het feit dat ze niet altijd kind konden blijven moesten verzachten.

De politie stond net op het punt te vertrekken toen Tess en Edward terugkeerden van het bezoek aan haar nicht. Blijkbaar gold ik als verdachte omdat het personeel van de bieb had gemeld dat ik een erg regelmatige bezoeker was die de laatste tijd 'merkwaardig gedrag' had vertoond. De brandweer had de lamp tussen de as aangetroffen, maar het was onmogelijk vast te stellen dat die ooit van mijn vader was geweest. Tess aanvaardde mijn zwakke excuses, en toen de politie weer langskwam, vertelde ze hun een leugentje, namelijk dat we op de avond van de brand met elkaar hadden gebeld en dat ze zich nog goed kon herinneren dat ze me uit een diepe slaap had gewekt. Nu er geen enkel bewijs bleek te zijn, nam de belangstelling voor de zaak snel af. Voor zover ik weet, kon het onderzoek naar de brandstichting nooit officieel worden afgesloten, en de brand werd deel van de plaatselijke folklore, alsof de boeken uit zichzelf vlam hadden gevat.

Het was tegelijkertijd geruststellend en verontrustend om Tess en Edward in die paar laatste weken van de vakantie weer thuis te hebben. Alleen al hun aanwezigheid in huis kon mijn breekbare psyche na de brand tot rust brengen, maar soms kon ik Tess amper recht aankijken. Ik leed aan een verschrikkelijk schuldgevoel omdat ik haar tot mijn medeplichtige had gemaakt en zocht naar een manier om haar de waarheid te vertellen, en misschien kon ze raden wat de reden voor mijn groeiende onrust was.

'Ik voel me deels verantwoordelijk,' zei Tess tijdens het eten. 'En hulpeloos. Ik heb het gevoel dat we iets moeten bijdragen aan de herbouw.' Boven onze borden met lamskoteletjes zette ze haar plannen uiteen om geld in te zamelen voor de bibliotheek. De details buitelden zo snel achter elkaar over haar lippen dat ik besefte dat ze er al sinds de dag van haar thuiskomst over had nagedacht. 'We kunnen boeken gaan inzamelen, en jij kunt van je concert een benefietoptreden voor de kinderen maken.'

Ik was zo stomverbaasd en opgelucht dat ik geen bezwaar maakte, en in de weken daarna werden mijn gevoel voor decorum en behoefte aan privacy overvleugeld door vlagen van bedrijvigheid. Mensen vulden dozen met sprookjesboeken en bundels met versjes en kwamen die op de gekste tijden bij ons thuis afleveren, zodat er hele stapels in de garage en de studio verrezen. Mijn erfgoed werd een bijenkorf voor lieden vol goede bedoelingen. Er belden voortdurend mensen die wilden komen helpen. Naast al het gedoe rondom de boeken werd onze rust ook verstoord door de voorbereidingen voor het concert. Er kwam een ontwerper langs met ideeën voor het affiche. De voorverkoop van kaartjes vond plaats vanuit onze woonkamer. Op zaterdagochtend kwamen Lewis Love en zijn puberzoon Oscar aangereden in hun pick-up, en we tilden het orgel in de laadbak en brachten het naar de kerk. Drie avonden per week werd er gerepeteerd, en de studenten en musici kregen mijn stuk langzaam onder de knie. Het duizelingwekkende tempo en de bedrijvigheid van ons leven maakten me zo moe dat ik geen tijd had om over mijn botsende gevoelens na te denken. Meegevoerd in de vloedgolf waarvoor Tess verantwoordelijk was, kon ik slechts functioneren door me te concentreren op de muziek, terwijl de datum van het concert steeds dichterbij kwam.Op die avond tegen het einde van oktober zag ik vanuit de coulissen de kerk vollopen met bezoekers van de benefietpremière van *Het gestolen kind*. Omdat ik zelf orgel zou spelen, had ik het dirigeerstokje overgedragen aan Oscar Love, en onze oude drummer van The Coverboys, Jimmy Cummings, bespeelde de pauken. Oscar had voor de gelegenheid een smoking gehuurd en Jimmy had zijn haar geknipt, waardoor we als veel te keurige versies van ons voormalige zelf oogden. Een paar van mijn collega's van school zaten achterin naast elkaar, en zelfs een van de laatst overgebleven nonnen van de lagere school woonde de avond bij. Mijn zussen verschenen in avondkledij, uitbundig als altijd, en gingen aan weerszijden van mijn moeder en Charlie zitten. Charlie knipoogde naar me, alsof hij zo iets van zijn overvloedig aanwezige zelfvertrouwen op me kon overdragen. Het verbaasde me heel erg dat Eileen Blake er was, in gezelschap van haar zoon Brian, die thuis op bezoek was. Hij liet me even heel erg schrikken toen ze binnenkwamen, maar hoe aandachtiger ik hem bekeek, hoe minder hij eigenlijk op Edward bleek te lijken. Dus toch mijn zoon, en godzijdank lijkt hij in alles, op zijn uiterlijk na, op zijn moeder. Edward zag er met zijn getemde haren en in het eerste nette pak van zijn leven uit als ieder ander jongetje, en nu ik de voorbode zag van de man die mijn zoontje op een dag zou worden, voelde ik zowel trots als verdriet omdat de jeugd zo kort duurt. Tess bleef maar dat scheve lachje van haar tonen, en dat was ook terecht, want de symfonie die ik zo lang geleden had beloofd te zullen schrijven was bijna de hare.

Om op deze heldere herfstavond wat frisse lucht binnen te laten had de pastoor de ramen op een kiertje gezet, en een briesje speelde langs het altaar en door het schip. Het orgel was vanwege de akoestiek aan het einde van de apsis neergezet, en ik zat met mijn rug naar het publiek en de overige leden van het bescheiden orkest; vanuit mijn ooghoeken kon ik alleen Oscar zien, die met zijn stokje tikte en zwaaide.

Vanaf mijn allereerste maten had ik het plan te vertellen hoe een kind wordt gestolen en door een ander wordt vervangen, en hoe zowel het kind als het wisselkind zich door het leven slaan. In plaats van het gebruikelijke gevoel van afstand tot het publiek had ik tijdens het optreden nu het idee dat ik met de aanwezigen was verbonden. Ze zwegen, waren stil, vol verwachting, en ik voelde dat er tweehonderd paar ogen naar me keken. Ik concentreerde me totdat ik het punt bereikte waarop ik alles los kon laten en voor hen kon spelen in plaats van voor mezelf. De ouverture zinspeelde op de vier delen van de symfonie: aandacht, achtervolging, weeklagen en verlossing, en op het moment dat ik mijn handen van de toetsen haalde en de strijkers begonnen te tokkelen om de komst van de wisselkinderen aan te duiden, voelde ik zijn aanwezigheid vlakbij. De jongen die ik niet kon redden. En toen Oscar aangaf dat het tijd was voor het intermezzo op het orgel, zag ik het kind door een open raam. Hij zag me voor hem spelen, luisterde naar onze muziek. Toen het tempo in het derde deel afnam, waagde ik het vaker te kijken naar hem die naar ons keek.

Hij had een ernstige blik in zijn ogen en luisterde aandachtig naar de muziek. Tijdens de dans in het laatste deel zag ik de buidel die over zijn schouder hing, alsof hij zich opmaakte voor een reis. De enige taal die we tot onze beschikking hadden, was muziek, dus ik speelde voor hem alleen en verloor mezelf in de klanken. Tijdens het hele deel vroeg ik me af of er nog iemand in de kerk zat die het vreemde gezicht voor het raam had gezien, maar toen ik weer naar hem opkeek, zag ik niets anders dan de donkere avond. Tijdens de cadens besefte ik dat hij me alleen in de wereld had gelaten en niet zou terugkeren.

Toen de laatste klanken van het orgel waren verstomd, stonden de toeschouwers als één man op en klapten en stampvoetten. Toen ik mijn ogen afwendde van het raam en naar mijn enthousiaste vrienden en familieleden keek, schoot mijn blik over de gezichten in het publiek. Ik was bijna een van hen. Tess had Edward naast haar opgetild zodat hij mee kon doen aan het vrolijke gejuich, en van mijn stuk gebracht door hun uitbundigheid zag ik in wat er moest worden gedaan.

Door deze bekentenis aan het papier toe te vertrouwen, Tess, vraag ik je om vergiffenis, zodat ik misschien naar je zal kunnen terugkeren. De muziek heeft een deel van me weggenomen, maar de laatste stap is de waarheid. Ik smeek je het te begrijpen en te aanvaarden dat ik ben wie ik ben, hoe mijn naam ook luidt. Ik had het je lang geleden al moeten vertellen en hoop dat het nu niet te laat is. Mijn jaren van strijd om weer mens te worden hangen af van jouw geloof in mij en mijn verhaal. Het zien van de jongen heeft me bevrijd, zodat ik nu mezelf kan zien. Doordat ik het verleden losliet, liet het verleden mij los.

Ze hebben me weggehaald, gestolen, en ik heb heel lang te midden van de wisselkinderen in het woud geleefd. Toen het eindelijk mijn beurt was terug te keren, aanvaardde ik de natuurlijke gang van zaken. We vonden de jongen Day en voltrokken de wissel. Ik heb mijn best gedaan hem om vergiffenis te vragen, maar misschien zijn het kind en ik te ver heen om elkaar nog te kunnen bereiken. Ik ben niet langer de jongen die ik ooit was, en hij is een ander geworden, een nieuw iemand. Hij is verdwenen, en nu ben ik Henry Day.

Zesendertig

Henry Day. Het maakt niet uit hoe vaak die twee woorden worden geuit of opgeschreven, ze blijven een raadsel. De feeën hadden me al zo lang Aniday genoemd dat ik die naam was geworden. Henry Day is iemand anders. Uiteindelijk, nadat ik hem maandenlang in de gaten had gehouden, was ik niet langer jaloers op de man, maar voelde ik slechts een soort ingehouden medelijden. Hij was zo oud geworden; wanhoop deed zijn schouders afhangen en tekende zich af op zijn gezicht. Henry had mijn naam en het leven dat ik had kunnen hebben van me afgepakt en het door zijn vingers laten glippen. Wat uiterst merkwaardig om je op het oppervlak van de wereld te vestigen, om gebonden te zijn aan tijd, niet langer in staat je ware aard te bereiken.

Ik ging terug voor mijn boek. Omdat de ontmoeting bij de bibliotheek me doodsbang had gemaakt, ging ik 's nachts. Nog voor zonsopgang kroop ik door de spleet de verduisterde ruimte in en stak een kaars aan die me de weg moest wijzen. Ik las mijn verhaal en was tevreden. Probeerde de noten van Henry's lied te zingen. In één bundeltje gingen mijn manuscript, papieren die ik kort na mijn komst had verzameld en de brief van Speck, en in het andere verdween de partituur van Henry. Die wilde ik achterlaten op zijn tafel in de hoek. Nu onze tijd van ondeugd voorbij was, wilde ik vrede sluiten. Boven me klonk het geluid van brekend glas, alsof er een ruit aan diggelen was gegaan. Een vloek, een bons op de vloer, en toen het geluid van voetstappen die het verborgen luik naderden. Misschien had ik weg moeten rennen zodra ik de kans kreeg. Mijn gevoelens zwenkten heen en weer tussen angst en opwinding, een belevenis die enigszins deed denken aan wat ik had ervaren wanneer ik vroeger bij de deur stond te wachten totdat mijn vader uit zijn werk zou komen en me in zijn armen zou sluiten, of aan die eerste dagen in het bos toen ik verwachtte dat Speck opeens zou verschijnen en mijn eenzaamheid zou verzachten. Zulke illusies hoefde ik over Henry Day niet te koesteren, want hij zou na al die jaren heus geen vriendschap willen sluiten. Maar ik had geen hekel aan hem. Ik bereidde mijn woorden voor, hoe ik het hem zou vergeven, hem zijn gestolen muziek zou aanbieden, zou zeggen hoe ik heette en dan afscheid zou nemen.

Hij sneed in het tapijt en probeerde uit te vinden hoe hij in de kruipruimte kon komen, terwijl ik daaronder heen en weer liep en me afvroeg of ik hem te hulp moest schieten. Na een eeuwigheid vond hij het luik en klapte het open. Een bundel licht viel van boven het gat in, als zonlicht dat een bos binnendringt. Een volmaakt vierkant scheidde onze beide werelden. Opeens stak hij zijn hoofd door het gat en tuurde het duister in. Ik schoot naar de opening toe en keek hem recht in zijn ogen, met zijn neus op amper vijftien centimeter afstand van de mijne. Zijn aanblik was verontrustend, omdat zijn trekken niet werden gekenmerkt door vriendelijkheid of herkenning, maar slechts door onverholen walging die een minachtend lachje om zijn mond toverde en zijn ogen deed vonken van woede. Als een waanzinnige dook hij door het gat en betrad onze wereld – een fakkel in de ene hand, een mes in de andere, een afwikkelende rol touw rond zijn borst – en joeg me de hoek in. 'Blijf uit mijn buurt,' zei ik waarschuwend. 'Ik kan je met één klap naar een andere wereld helpen.' Maar hij bleef maar komen. Henry zei dat het hem speet dat hij dit moest doen en hief de lamp op boven mijn hoofd, en dus rende ik vlak langs hem heen. Hij wierp vuur naar mijn rug.

Het glas van de lamp barstte en vuur golfde als water over een stapel dekens; de wol smeulde en ontbrandde, vlammen snelden meteen naar mijn papieren. We keken elkaar aan in het gloeiende schijnsel. Terwijl het vuur brulde en steeds feller werd, rende hij naar voren en raapte de papieren bijeen. Hij sperde zijn ogen open toen hij zijn partituur en mijn tekeningen zag. Ik stak mijn hand uit naar het boek, alleen maar omdat ik de brief van Speck wilde redden, maar hij gooide het in de hoek, zodat ik het daar vandaan moest halen. Toen ik me omdraaide, was Henry Day verdwenen en lagen zijn wapens – het touw, het mes, de ijzeren staaf – op de grond. Het luik klapte dicht en boven mijn hoofd verscheen een lange, dunne spleet. De vlammen schoten omhoog en verlichtten de ruimte alsof de zon dwars door de muren scheen.

Op het plafond begon zich in het felle licht een afbeelding af te tekenen. In de schemer die er doorgaans heerste, hadden de lijnen daar niet meer dan willekeurige scheuren en gaten in de fundering geleken, maar nu het vuur aan kracht won, flakkerden en gloeiden de omtrekken. Ik kon eerst geen wijs worden uit de vormen, maar toen ik alle stukjes eenmaal zag, werd het geheel me duidelijk: de rafelige oostkust van de Verenigde Staten, de Grote Meren die aan vissen deden denken, de brede, vlakke prairies, de Rockies, en daarna verder naar de Stille Oceaan. Vlak boven mijn hoofd verdeelde de zwarte penseelstreek van de Mississippi het land, en ergens in Missouri stak haar spoor de rivier over en snelde naar het westen. Speck had haar ontsnappingsroute uitgestippeld en een kaart getekend van de weg die ze vanaf ons dal naar de kust in het westen zou moeten volgen. Ze moest maanden, jaren, alleen in het donker hebben gewerkt, haar armen uitgestrekt naar het plafond; ze moest de vormen met een steentje hebben uitgehakt of met een ruwe kwast hebben geschilderd, zonder ooit een woord tegen iemand te zeggen, maar in de hoop dat haar geheim op een dag zou worden ontdekt. Langs de omtrekken van het land had ze op dat ruwe beton een sterrenbeeld van tekeningen aangebracht dat al die jaren onzichtbaar was geweest. Honderden inscripties, primitief en kinderlijk, afbeeldingen die andere afbeeldingen bedekten, elk verhaal verteld boven op een voorouder. Sommige tekeningen oogden stokoud, alsof een prehistorisch wezen herinneringen had achtergelaten als schilderingen op de wand van een grot: een vlucht kraaien die opsteeg uit een boom, een koppeltje kwartels, herten bij een beek. Ze had wilde bloemen getekend: sleutelbloemen, viooltjes, tijm. Er waren wezens uit haar dromen, gehoornde mannen met geweren en felle honden. Elfjes en duiveltjes en kobolden. Icarus, Visjnoe, de engel Gabriël. Anderen even modern als stripfiguren: Ignatz die een baksteen naar Krazy Kat gooit, Little Nemo die een dutje doet in Wonderland, Koko springt uit een inktpot. Een moeder met een kind in haar armen. Een groep walvissen die opduikt uit de golven. Spiralen die tot knopen zijn gewikkeld, een krans gevlochten van de ranken van de klimmende winde. De afbeeldingen pakten zichzelf uit in het licht van de dansende vlammen. De temperatuur steeg als in een oven, maar ik kon me niet losmaken van haar woeste ontwerpen. In de donkerste hoek had ze een linker- en een rechterhand geschilderd waarvan de duimen elkaar overlapten. Haar naam en de mijne in tientallen verschillende lettertypen. Twee gestalten die over een heuvel renden; een jongen met zijn hand in een bijenkorf; twee lezers die rug aan rug op een berg boeken zaten. Op het plafond boven de toegang tot de buitenwereld had ze de woorden KOM MET ME SPELEN uitgehakt.

Het vuur slokte de zuurstof op, en de vlaag lucht raakte mijn hart en deed het openbarsten. Ik moest hier weg.

Ik keek aandachtig naar Specks route naar het westen en hoopte dat ik die in mijn geheugen kon prenten. Waarom had ik er nooit eerder aan gedacht omhoog te kijken? Het vuur knapte en een vlokje as schoot als een razende onder mijn ooglid. Rook en warmte vulden de ruimte, en dus raapte ik McInnes' boek en een paar andere papieren bijeen en rende naar de uitgang, maar mijn bundeltje paste niet door de spleet. Een tweede stapel dekens vatte vlam en veroorzaakte een golf van hitte die me omver blies. Ik scheurde het bundeltje open en verspreidde de vellen over de vloer. Specks brief en een paar willekeurige tekeningen uit mijn jeugd lagen vlakbij, en ik drukte die tegen mijn borst. Daarna wrong ik me door de spleet, de heldere nacht in.

De sterren waren aan de hemel verschenen en de krekels tsjirpten als gekken. Mijn kleren roken naar roet, en een groot deel van de vellen was aan de randen verschroeid. De uiteinden van mijn haar waren verbrand en elke centimeter van mijn blote huid klopte, rood, alsof ik te lang in de zon had gezeten. Pijn schoot bij elke stap door mijn blote voetzolen, maar ik wist heel goed dat ik van een brandend gebouw weg moest zien te komen, en ik liet bij de deur nog een paar pagina's vallen toen ik naar het woud rende. De bibliotheek kreunde nog een keer, en toen stortte de vloer boven de ondergrondse ruimte in en gingen duizenden verhalen in vlammen op. Vanuit een schuilplaats in het groen hoorde ik de sirenes van de brandweerauto's die aan kwamen rijden om het vreugdevuur te blussen. Ik propte de vellen onder mijn overhemd en begon aan de lange tocht naar huis, onderweg denkend aan de krankzinnige blik in Henry's ogen en aan alles wat verloren was gegaan. In de totale duisternis gaven vuurvliegjes hun seinen van eenzaamheid door.

Speck had het gehaald, daar twijfelde ik niet aan, van hier naar daar, en nu woonde ze aan een rotskust en was de Stille Oceaan haar dagelijkse gezelschap wanneer ze naar mosselen en scheermessen zocht en in getijdenpoelen naar krabben viste en op het strand sliep. Ze was nu vast zo bruin als een noot, haar haar was een kluwen van klitten, haar armen en benen sterk als touw door al het zwemmen in zee. In één lange ademteug zou ze het verhaal van haar reis door het hele land tot uiting brengen; de dennenbossen van Pennsylvania, de maïsvelden en tarwevelden en sojabonen van het Midden-Westen, de zonnebloemen van Kansas, langs de steile hellingen van de continentale waterscheiding omhoog, zomersneeuw in de Rocky Mountains, de Painted Desert aan de andere kant van de bergrug, en ten slotte de oceaan in zicht, o wat een vreugde! En dan: waar bleef je al die tijd? En dan zou ik haar mijn verhaal vertellen, dit verhaal en dat van Henry Day, totdat ik weer in haar armen zou slapen. Alleen door te fantaseren kon ik de pijn verdragen. Die droom lokte me stap voor gepijnigde stap naar huis.

De andere feeën ontfermden zich over me toen ik de volgende ochtend in het kamp terugkeerde. Onions en Béka kamden het woud uit op zoek naar een balsem voor de blaren op mijn voeten. Chavisory hinkte weg naar het regenbekken en haalde een kan koel water voor me, waarmee ik mijn dorst kon lessen en de as van mijn huid en haar kon spoelen.

Mijn oude vrienden kwamen bij me zitten om naar het verslag van mijn avonturen te luisteren en me te helpen de resten van mijn geschriften te redden. Slechts een paar flarden uit het verleden hadden het overleefd en vormden het bewijs dat mijn verhaal ooit had bestaan. Ik vertelde alles wat ik me kon herinneren over Specks kaart op het plafond en de kunstwerken die ze had achtergelaten, in de hoop dat we alles op die manier in het collectieve onderbewustzijn van de stam konden opslaan.

'Je zult het je gewoon moeten herinneren,' zei Luchóg.

'Vertrouw op de geest, want dat is een gecompliceerde machine onder je schedel,' zei Smaolach. 'Ik weet nog precies hoe ik me voelde toen ik je voor het eerst zag.'

'Wat het geheugen verliest, kan de verbeelding opnieuw tot leven wekken.' Chavisory had duidelijk te veel tijd met mijn oude vriend doorgebracht.

'Soms weet ik niet of er echt zulke vreemde dingen zijn gebeurd in mijn leven of dat ik het alleen maar heb gedroomd, en of mijn geheugen nog wel weet wat echt is en wat een droom is.'

'De geest schept vaak zijn eigen wereld,' zei Luchóg, 'om de tijd door te komen.'

'Ik heb papier nodig. Weet je nog dat je voor de eerste keer papier voor me hebt meegenomen, Luchóg? Dat was zo aardig, dat zal ik nooit vergeten.'

Ik diepte Specks kaart op het plafond op uit mijn geheugen en bracht hem over op de achterkant van haar brief, en in de weken daarna vroeg ik aan Smaolach of hij me aan een gedetailleerde kaart van het land kon helpen, alsmede aan elk boek over Californië en de Stille Oceaan dat hij te pakken kon krijgen. Ze kon wel overal langs de kust in het noorden zitten. Ik kon er absoluut niet zeker van zijn dat ik haar ergens in dit grote, weidse land zou vinden, maar toen ik opnieuw begon, hield die gedachte me op de been. Mijn voeten genazen terwijl ik rustig in ons kamp bleef zitten en elke dag verder schreef in de open lucht, en de hitte van augustus maakte langzaam plaats voor de eerste koele weken van de herfst.

Toen de bladeren van de esdoorns in vlammend rood en geel veranderden en de eiken knisperend bruin werden, dreef er af en toe een vreemd geluid vanuit het stadje over de heuvels naar ons kamp. Op stille avonden steeg muziek op uit de kerk, dat met horten en stoten onze kant opkwam en af en toe werd onderbroken door andere geluiden: verkeer op de grote weg, publiek dat tijdens sportwedstrijden op vrijdagavonden zat te juichen, en het gekabbel van de geluiden die in het moderne leven binnendringen. De muziek stroomde als een rivier, kronkelde door het woud en stortte zich vanaf de heuvelrug ons dal in. We bleven staan om te luisteren, geboeid door de plotselinge klanken, en Luchóg en Smaolach, die door het dolle heen waren van nieuwsgierigheid, besloten op zoek te gaan naar de bron. Op een avond laat in oktober keerden ze terug, ademloos van het nieuws.

'Blijf nog even, *a stoirín*, en het zal klaar zijn.'

Ik was bezig in het licht van het vuur een leren riem aan mijn reisbuidel te bevestigen. 'En wat zal dan klaar zijn, mijn vriend?'

Hij schraapte zijn keel, en toen hij daarmee nog steeds niet mijn aandacht trok, kuchte hij weer, maar nu luider. Ik keek op en zag hem grinnikend een affiche afrollen dat bijna even lang was als hijzelf. Zijn hele lichaam, op zijn handen en voeten na, verdween achter het stuk papier.

'Je houdt het op zijn kop, Luchóg.'

'Zo kun je het ook wel lezen,' zei hij klaaglijk, maar toen draaide hij het affiche om. Het concert in de kerk zou twee dagen later plaatsvinden, en ik werd niet alleen getroffen door de titel, maar ook door de afbeelding eronder, een houtsnede van twee gestalten, de een op de vlucht, de ander als achtervolger.

'Wie is de fee en wie is het kind?'

Smaolach keek nadenkend naar de illustratie. 'Het maakt niet uit wat je denkt, de kans dat je het mis hebt, is net zo groot als de kans dat je het goed hebt. Maar blijf je nog tot aan de symfonie? Gecomponeerd door Henry Day, die ook het orgel zal bespelen.'

'Dat mag je niet missen,' vond Luchóg. 'Het is al over twee dagen, en de reis duurt toch even lang.'

We zochten onze weg door het donkere woud, haalden een paar laatste ondeugende streken met elkaar uit, waarbij we er een dapper genoegen in schepten om dichtbij te komen zonder dat we werden gezien. Op de avond van het concert verstopten we ons op het kerkhof en zagen mensen de kerk betreden, en door de ramen stroomden de eerste klanken van de symfonie naar buiten en weerkaatsten tegen de grafstenen. De prelude vormde een voorbode van zijn grote thema's en eindigde in een lange solo op het orgel. Hij speelde prachtig, dat moet ik toegeven, en we werden dichterbij gelokt en kwamen een voor een achter de grafstenen vandaan en liepen naar de ramen van de kerk. Béka sloeg zijn armen van achteren om Onions heen en fluisterde iets in haar oor. Toen ze om zijn grapje begon te lachen, sloeg hij een hand voor haar mond totdat ze naar adem hapte en zich toen rustig hield. Chavisory deed net alsof ze de dirigent was en hief met grootse gebaren haar handen en maaide met haar armen door de lucht. Mijn oude kameraden Luchóg en Smaolach leunden tegen de muur van de kerk en rookten een sigaret, starend naar de sterrenhemel.

Ik hing mijn tas over mijn schouder – ik zette nu geen stap meer zonder mijn boek – liep naar een raam aan de achterkant en tuurde naar binnen. Henry zat met zijn rug naar het publiek en wiegde tijdens het spelen heen en weer, met een uiterst geconcentreerd gezicht. Toen hij zijn ogen sloot en op de maat van de noten op en neer bewoog, ging hij er helemaal in op. De strijkers speelden de volgende klanken in hun eentje en hij zag me voor het raam staan, maar de vredige uitdrukking verdween geen moment van zijn gezicht. Henry was een ander mens geworden, jonger dan voorheen, meer mens dan monster. Ik zou straks niet meer aan hem denken en verdwijnen, maar ik zal nooit weten of hij besefte dat ik van plan was te vertrekken.

Het publiek in de kerkbanken was gefascineerd door het kleine orkest, en ik weet zeker dat als iemand me door het raam zou hebben gezien, ze allemaal langs het altaar het kerkhof op zouden zijn gesneld. Nu had ik de zeldzame gelegenheid hun gezichten van een afstand te bestuderen en ik herkende meteen Henry's vrouw en zoon, Edward, die op de eerste rij zaten. Godzijdank had ik Béka en Onions ervan weten te overtuigen het kind met rust te laten. De meeste anderen waren vreemden voor me. Ik bleef hopen dat ik mijn zusjes zou zien, maar natuurlijk zijn zij in mijn herinnering nog altijd kinderen die niet ouder zijn geworden. Een oudere vrouw, die met haar vingers tegen haar lippen gedrukt zat te luisteren, leek een paar keer mijn kant op te kijken, en wanneer ze dat deed, deed ze me aan mijn moeder denken, het laatste wat ik van haar zou zien. Een deel van me wilde niets liever dan door de opening kruipen en naar haar toe rennen, haar hand weer op mijn wang voelen, vastgehouden worden, door haar worden herkend, maar mijn plaats is niet te midden van hen. Vaarwel, mijn liefste, fluisterde ik tegen haar, er zeker van dat ze me niet kon horen, maar hopend dat ze het op de een of andere manier begreep.

Henry bleef maar lachen en spelen, en de muziek vertelde

een verhaal als een boek dat, deels, een geschenk leek – alsof hij, in onze enige gemeenschappelijke taal, probeerde uit te drukken wat zijn hart liet kloppen. Een zeker verdriet, misschien, of een zekere wroeging. Voor mij was het genoeg. De muziek voerde ons in twee richtingen, naar boven en naar beneden; en in de tussenpauzen, de ruimte tussen de noten, had ik het idee dat ook hij probeerde afscheid te nemen, het dubbelleven vaarwel te zeggen. Het orgel ademde, legde de ene laag geluid op de andere en blies toen zijn laatste adem uit als stilte. 'Aniday,' zei Luchóg, en ik liet me van het raam op de grond zakken. Een hartslag of twee, en toen barstte het applaus los als een onweersbui. Een voor een kwamen wij feeën overeind en verdwenen in de vallende duisternis, gleden langs de grafstenen het woud in, alsof we nooit onder de mensen hadden verbleven.

Nu ik het weer goed heb gemaakt met Henry Day ben ik klaar om morgen te vertrekken. Het kostte veel minder tijd om deze versie van het verhaal tot leven te wekken. Ik heb me niet druk gemaakt over het vastleggen van alle feiten, ik heb geen gedetailleerde uitleg van de magie gegeven – voor zover ik dergelijke dingen begrijp – en ook niet van de mensen die in het geheim onder de grond wonen. Er zijn er weinig van onze soort, die niet langer als noodzaak wordt beschouwd. Voor kinderen in de moderne wereld bestaan er veel grotere problemen, en ik huiver wanneer ik denk aan de echte gevaren die op de loer liggen. Net als veel andere mythen zullen onze verhalen op een dag niet langer worden geloofd of verteld. Nu ik aan het einde ben gekomen, betreur ik al die verloren zielen en dierbare vrienden die ik heb achtergelaten. Onions, Béka, Chavisory en mijn oude makkers Smaolach en Luchóg zijn er tevreden mee te blijven zoals ze zijn, onbeduidende kinderen der aarde. Ze redden zich wel zonder mij. Op een dag gaan we allemaal.

Mocht iemand toevallig mijn moeder tegenkomen, zeg dan tegen haar dat ik haar vriendelijkheid zal blijven koesteren en haar nog steeds mis. Doe mijn kleine zusjes de groeten. Geef hun namens mij een zoen op hun mollige wangetjes. En weet dat ik jullie allemaal met me mee zal nemen wanneer ik 's morgens vroeg vertrek. Wanneer ik naar het westen ga, helemaal naar het water, om haar te zoeken. Meer slagen dan bloed in het hart. Een naam, liefde, hoop. Ik laat dit voor jou achter, Speck, voor het geval je ooit mag terugkeren en we elkaar op de een of andere manier mislopen. Mocht dat zo zijn, dan is dit boek voor jou.

Ik ben verdwenen en kom niet meer terug, maar ik weet alles nog.

Dankwoord

Hierbij wil ik Peter Steinberg en Coates Bateman hartelijk bedanken, en ook Nan Talese, Luke Epplin en iedereen bij Doubleday, Joe Regal en de geduchte Bess Reed. Ik wil Melanie bedanken voor haar behulpzame meelezen en suggesties en jaren van aanmoediging. En al mijn kinderen.

Bedankt, Sam Hazo, David Low, Cliff Becker, Amy Stolls, Ellen Bryson, Gigi Bradford, Allison Bawden, Laura Becker en Sharon Kangas. En Jane Alexander en Ed Sherin, bedankt voor de peptalk bij Whale Rock.

Mother Nature: A History of Mothers, Infants and Natural Selection van Sarah Blaffer Hrdy vormde de inspiratie voor het tijdschriftartikel over de antropologische wortels van de mythen over wisselkinderen.

Over de auteur

Keith Donohue woont in Maryland, in de buurt van Washington, D.C. Nadat hij jarenlang werkzaam is geweest als speechschrijver voor de National Endowment for the Arts werkt hij nu voor een andere federale instelling. Dit is zijn eerste roman.